AF245019

BLOOD & BONES: EASY

EINE MOTORRADCLUB-ROMANZE

BLOOD FURY MC
BUCH ZWÖLF

JEANNE ST. JAMES

Übersetzt von
LITERARY QUEENS

Copyright © 2022 Blood & Bones: Easy (English Edition) von Jeanne St. James, Double-J Romance, Inc. und 2023 Blood & Bones: Easy (German Edition) von Jeanne St. James & Midnight Romance Publishing

Alle Rechte vorbehalten.

Kein Teil dieses Buches darf in irgendeiner Form oder mit irgendwelchen elektronischen oder mechanischen Mitteln, einschließlich Informationsspeicher- und -abrufsystemen, ohne schriftliche Genehmigung der Autorin vervielfältigt werden, außer für die Verwendung kurzer Zitate in einer Rezension.

* * *

Fotograf/Cover Artist: Golden Czermak bei FuriousFotog

Cover Model: Alen Hasic

Herausgeber: Proofreading by the Page

Beta-Leser: Author BJ Alpha, Sharon Abrams & Alexandra Swab

Blood-Fury-MC-Logo: Jennifer Edwards

 Erstellt mit Vellum

INHALT

HOLEN SIE SICH IHR KOSTENLOSES BUCH!

Tragen Sie sich in meine E-Mail Liste ein, um als erstes von Neuerscheinungen, kostenlosen Büchern, Sonderpreisen und anderen Zugaben zu erfahren.

https://geni.us/jungfrauunddervampir

LISTE DER CHARAKTERE

Um Spoiler zu vermeiden, enthält diese Liste nur Figuren, die in den vorherigen Büchern bereits erwähnt wurden.

<u>BFMC-Mitglieder:</u>

Trip Davis – *President* – Sohn von Buck Davis, Sigs Halbbruder, Mutter ist Tammy, leitet Buck You Recovery

Sig Stevens – *Vice-President* – Sohn von Buck Davis, Mutter ist Silvia, drei Jahre jünger als Trip, hilft bei der Leitung von Buck You Recovery

Judge (Judd) **Scott** – *Sergeant at Arms* – Vater (Ox) war ein *Original*, Inhaber von Justice Bail Bonds

Deacon Edwards – *Treasurer* – Judges Cousin, Zielfahnder/Kopfgeldjäger bei Justice Bail Bonds

Cage (Chris Dietrich) – *Road Captain* – Dutchs jüngster Sohn, Mechaniker bei Dutch's Garage

Ozzy (Thomas Oswald) – *Secretary* – *Original* – leitet das clubeigene Lokal The Grove Inn.

Rook (Randy Dietrich) – Dutchs ältester Sohn, Mechaniker bei Dutch's Garage

Dutch (David Dietrich) – *Original* – Inhaber von Dutch's Garage, Söhne: Cage & Rook

Dodge Duke – Manager des Crazy Pete's Bar, hat mit Rook im Gefängnis gesessen

Whip (Tyler Byrne) – Mechaniker bei Dutch's Garage (vorher bekannt als Prospect Sparky)

Rev (Mickey Rivers) – Mechaniker bei Dutch's Garage (vorher bekannt als Prospect Mouse)

Shade (Julian Bennett) – arbeitet bei Tioga Pet Crematorium (vorher bekannt als Prospect Shady)

Easy (Ethan Long) – arbeitet bei Tioga Pet Crematorium

Dozer – Arbeitet im Crazy Pete's (vorher bekannt als Prospect Tater Tot)

Woody – Arbeitet im Crazy Pete's (vorher bekannt als Prospect Possum)

Castle – *Prospect* – Arbeitet bei Shelter from the Storm

Bones – *Prospect* – Arbeitet bei Shelter from the Storm

Old Ladys:

Stella – *Trips Old Lady* – die Tochter von Crazy Pete, Inhaberin von Crazy Pete's Bar

Autumn (Red) – *Sigs Old Lady* – Buchhalterin für die Geschäfte des Clubs

Cassidy (Cassie) – *Judges Old Lady* – leitet das vereinseigene Tioga Pet Crematorium

Reese – *Deacons Old Lady* – Anwältin für Zivilrecht

Jemma – *Cages Old Lady* – Hospiz-Schwester, Judges jüngere Schwester

Chelle (Rachelle) – *Shades Old Lady* – Grundschulbibliothekarin

Jet Bryson – *Rooks Old Lady* – Arbeitet bei Justice Bail Bonds, Schwester von Adam Bryson

Reilly – *Revs Old Lady* – Leitet Shelter from the Storm, Reeses jüngere Schwester

Shay – *Ozzys Old Lady* – Website-Designerin/Grafikerin

Syn – *Dodges Old Lady* – Leadsängerin von The Synners, Sigs Halbschwester

Fallon Murphy – *Whips Old Lady*

Ehemalige Originals:

Buck Davis – *President* – Verstorben, Vater von Trip und Sig

Ox – *Sergeant at Arms* – Verstorben, Vater von Judge und Jemma

Crazy Pete – *Treasurer* – Verstorben, Stellas Vater

Andere:

Tessa – Trips jüngere Schwester, die Hausmaus von Cage und Jemma

Henry (Ry) – Judges Sohn

Daisy – Cassies Tochter

Saylor – Revs Schwester, Judge und Cassies Hausmaus

Dyna – Cages Tochter

Josie (Josephine) – Chelles jüngere Tochter

Maddie (Madison) – Chelles ältere Tochter

Jude – von Shade gerettet, Shade und Chelles Adoptivsohn

Dane – Deacon und Reeses Sohn

Maya – Syns Tochter

Rush – Trip und Stellas Sohn

Ezrah, Cyrus & Noah – Autumns Halbgeschwister

Gabrielle (Gabi) – Von den Shirleys gerettet

Liz – Ehemalige Sweet Butt, Crashs Old Lady, Stellas Halbschwester und die Tochter von Crazy Pete

Crystal (Crys) – Ehemalige Sweet Butt, Trip und Stellas Hausmaus

Nico, Rex & Eddie – Bandmitglieder von The Synners

Silvia Stevens – Sigs Mutter, Razors ehemalige Old Lady

Bebe Dietrich – Cage und Rooks Mutter, Dutchs ehemalige Old Lady

Clyde Davis – Bucks Vater, Trips und Sigs Großvater, verstorben

Billie/Angel/Amber/ Brandy – Sweet Butts

Max Bryson – *Chief of Police* – Manning Grove PD, Bryson-Bruder

Marc Bryson – *Corporal* – Manning Grove PD, Bryson-Bruder

Matt Bryson – *Officer* – Manning Grove PD, Bryson-Bruder

Adam Bryson – *Officer* – Manning Grove PD, Cousin der Brysons, Teddys Verlobter

Leah Bryson – *Officer* – Manning Grove PD, Marcs Frau

Tommy Dunn – *Officer* – Manning Grove PD

Teddy Sullivan – Eigentümer von Manes on Main, Ehemann von Adam Bryson

Amanda Bryson – Max' Frau, Besitzerin der Boneyard Bakery

Carly Bryson – Matts Frau, Ärztin für Gynäkologie und Geburtshilfe

Levi Bryson – Adoptivsohn von Matt und Carly Bryson (leibliche Mutter: Autumn)

PROLOG

Asche! Asche! Wir gehen alle unter

Ethan nahm einen letzten Zug an seiner Marlboro, schnippte den Rest in die Dunkelheit und schaute sich an, wie die Zigarette auf dem Bürgersteig abprallte und eine kleine Explosion aus Glut erzeugte. Seine Augen folgten der Bewegung, als der Juliwind sie in einen kleinen glühenden Bogen drehte.

Er stieß sich von der Backsteinmauer ab, an der er gelehnt hatte, und bevor er sie zertreten konnte, kam ein anderer Stiefel aus dem Nichts und erledigte es für ihn.

»Landry sagt, er hat eine Kiste Rolling Rock ergattert.«

»Ja?«

»Ja. Er hat uns eingeladen. Willst du mitkommen?«

Ethan zuckte mit den Schultern.

»Er hat gesagt, dass es dort Mädchen geben wird. Und seine Eltern sind über Nacht weg.«

»Ja?«

»Ist das alles, was du zum Teufel sagen kannst?«

»Ja«, antwortete Ethan mit einem Grinsen.

Ben schnaubte und schlug Ethan auf den Arm. »Du bist ein Arschloch.«

»Ja.«

»Willst du heute Abend nichts flachlegen?«

»Doch.«

»Dann lass uns gehen. Du wirst deinen Schwanz nicht nass machen, wenn du hier stehst.«

Das stimmte.

Es war einen Monat her, dass Mallory seinen Arsch wie eine heiße Kohle fallen gelassen hatte. Er hatte es versaut, also konnte er es ihr nicht verübeln, dass sie ihn in die Wüste geschickt hatte. Gleichzeitig mit ihr verschwand auch sein leichter Zugang zur Muschi.

Jetzt musste er dafür arbeiten.

Ja, den Mädchen in seiner Klasse machte Flirten nichts aus, aber wenn es darum ging, ihre Höschen auszuziehen und zwischen ihre Schenkel zu gleiten, erforderte das viel mehr Aufwand. Manchmal mehr, als er bereit war, zu tun.

Er musste sich einfach eine Fick-Freundin suchen. Ein Mädchen, das beim Sex nicht verklemmt war, aber auch nicht klammerte.

Mallory war ein Klammeraffe mit Krallen gewesen.

Sie mochte es nicht, wenn er mit anderen Mädchen sprach und sie nicht ansah. Sie war verdammt eifersüchtig. Sie hatte sogar einer Tussi ein Stück Haar vom Kopf gerissen, als das Mädchen beschloss, sich neben ihn an den Mittagstisch zu setzen und ihn einzuladen, einen Film auf ihrem Großbildschirm anzuschauen.

Das war ihm alles zu viel Drama.

Er mochte es, wenn die Dinge entspannt blieben.

Mallory war alles andere als entspannt. Aber ihre Muschi war eng und es machte ihr auch nichts aus, seinen Schwanz zu lutschen.

Er seufzte. »Ja, lass uns gehen.«

Schlimmstenfalls würde er sich betrinken und bekiffen, wenn er nichts flachlegen konnte. Landrys älterer Bruder hatte normalerweise erstklassiges Grünzeug. Falls der Kerl zu Hause war und bereit war, zu teilen. Allerdings ignorierte er Landry und seine Freunde, da sie noch in der Highschool waren.

Wie auch immer.

Keine zwanzig Minuten später standen er, Ben, Landry und Will um die lodernde Feuerstelle in Landrys Hinterhof.

Bis jetzt war noch kein einziges verdammtes Mädchen aufgetaucht und Landrys älterer Bruder war nirgends zu finden. Das Einzige, was Ethan dort bleiben ließ, war das kalte Bier in seiner Hand und der Rest der Kiste, die in einer nahe gelegenen Kühlbox in Eis vergraben war.

Ansonsten war diese ›Party‹ verdammt lahm.

»Wo sind die Mädchen, Lan?«, fragte Ethan ihn.

Sein Kumpel stand auf der anderen Seite der Feuerstelle und der Schein der Flammen färbte sein Gesicht rötlich. Landry nahm einen Schluck Bier und wischte sich mit der Hand über den Mund. »Sie sagten, sie würden kommen.«

»Ja, richtig«, schnaubte Ethan.

Wahrscheinlich hat Landry über die Mädchen gelogen, um sie zu überreden, herzukommen. Denn mit einer Kiste Rolling Rock und Landrys Playlist auf einer neuen App namens Spotify wird es nicht getan sein.

»Weißt du, wo dein Bruder sein Gras versteckt?«, fragte Ethan ihn.

Landry schüttelte den Kopf. »Wenn ich das wüsste, würden wir jetzt seine Bong herumreichen.«

Ben stieß ein langes, leises »*Whooooooooa*« aus und alle drehten sich um, um zu sehen, wohin er starrte.

Eine heiße Blondine bahnte sich ihren Weg durch zwei Büsche, die zwischen den Häusern standen. Sie trug nur einen winzigen String-Bikini. Um neun Uhr abends. In der verdammten Dunkelheit. Es war viel zu spät, um ein Sonnenbad zu nehmen.

Aber da war sie und lief über den Rasen, als ob sie an einem heißen Sommertag zum Strand wollte.

»Ist das eines der Mädchen, die du eingeladen hast?«, fragte Will Landry.

»Nein.«

Das Mädchen winkte Landry kurz zu und zeigte auf die Kühlbox auf der Veranda. Landry hob sein Bier und rief: »Bedien dich.«

Ethan bewegte sich auf die andere Seite der Feuerstelle, seine Augen klebten immer noch an dem schlanken Mädchen mit dem üppigen Vorbau, als sie auf die Veranda zuging. Er stieß seinen Kumpel mit dem Ellbogen an. »Wer ist das?«

»Meine Nachbarin.«

»Ist sie cool?«, fragte Ethan.

Landry zuckte mit den Schultern.

»Warum habe ich sie nicht in der Schule gesehen?«

»Sie geht auf eine Privatschule nur für Mädchen. Weißt du, da es dort keine Jungs gibt, machen sie es sich gegenseitig.« Er formte zwei Finger jeder Hand zu einem V und drückte sie zusammen, um die Scherenbewegung zweier Mädchen nachzuahmen. Dann nahm er eines der Vs zum Mund und bewegte seine Zunge zwischen den Fingern, als würde er eine Muschi lecken.

Wahrscheinlich hatte Landry in seinem ganzen verdammten Leben noch nie eine Muschi geleckt.

»Hast du das schon gemacht?«, fragte Ethan.

Landry schnaubte. »Nein, aber nicht, weil ich es nicht versucht habe.«

»Ist sie eine versnobte Schlampe?«

Landry zuckte mit den Schultern. »Sie ist zu wählerisch, um mich in ihre Hose zu lassen, nicht einmal für einen schnellen Fingerknall.«

Ethans Augenbrauen zogen seine Stirn hoch. »Du hast sie gefragt, ob du sie mit dem Finger ficken darfst?«

»Ja. Warum?«

Ethan schüttelte den Kopf. Kein Wunder, dass er bei ihr nicht punkten konnte. Er hatte es verdammt noch mal nicht drauf.

Anders als Ethan.

Er konnte den meisten Mädchen die Höschen mit Worten ausziehen. Aber manchmal war es die Mühe nicht wert.

Aber das Mädchen, das sich ein Bier schnappte, war es vielleicht wert. Vor allem, nachdem sie sich vor der Kühlbox bückte und ihr Bikiniunterteil in die Ritze ihres süßen Arsches rutschte.

Ja, das würde er heute Abend tun.

Sein Schwanz beschloss, bei diesem Plan ebenfalls mitzumachen.

Als er sich umdrehte, um dorthin zu gehen, wo sie jetzt unter der Veranda der Landrys stand und Ethan und seine Kumpels beobachtete, hörte er, wie Landry zu Will sagte: »Schau dir das an. Er wird eine Bruchlandung hinlegen.«

Ethan ignorierte das, obwohl *sie*, wie auch immer ihr Name lautete, Landry über die laute Musik hinweg gehört hatte.

Die Blondine beobachte ihn, wahrend er sich Zeit ließ, sich zu nähern. Er wollte neugierig und lässig, aber nicht verzweifelt wirken.

Ihr Bikinioberteil hatte Schnüre, die in der Mitte des Rückens und im Nacken zusammengebunden wurden, sodass es sich leicht lösen ließ, wenn es nicht doppelt verknotet wurde. Auch das Unterteil wurde an beiden Hüften gebunden.

Verdammt leichter Zugang

Als er fast Stiefel an Fuß mit ihr stand, riss er ihr die kalte Flasche aus den Fingern, drehte den Deckel ab und warf ihn über seine Schulter ins Gras. Er hielt ihr das offene Bier hin, und als sie es nahm, glitten ihre Finger langsam über seine.

Sie neigte ihren Kopf und musterte ihn von Kopf bis Fuß, sodass sein Ständer in seiner Jeans einen Freudentanz aufführte.

Als sie ihren Blick wieder auf sein Gesicht richtete, grinste er. »Besuchst du deine Nachbarn immer im Bikini?«

»Ich war spät noch schwimmen.«

Ethan nahm sich Zeit, sie zu erforschen – von ihren langen blonden Haaren, die sie zu einem unordentlichen Knoten auf dem Kopf zusammengebunden hatte, bis hin zu ihren lackierten Fußnägeln. Dabei bemerkte er ihre Brustwarzen, die fragten: *Wie gehts?*«, durch den kleinen, dreieckigen Stoff hindurch, der darum kämpfte, ihre frechen, aber schön gerundeten Titten zu halten. »Du bist nicht feucht.«

»Noch nicht«, sagte sie mit einem Zwinkern.

Verdammt!

Wie alt war sie? Sechzehn oder siebzehn, aber reif wie dreißig?

»Braucht es viel?«

»Kommt darauf an, wer es versucht«, antwortete sie, nachdem sie einen Schluck von ihrem Bier genommen hatte.

Er lächelte. »Das wäre dann ich.«

»Dann werden wir es wohl herausfinden, oder?« Sie kippte die Hälfte des Biers hinunter und als sie fertig war, lächelte sie zurück und sagte: »Nimm noch zwei mit. Wir werden gleich durstig sein.«

Er hob eine Augenbraue. Das würde einfacher werden, als er dachte.

Nachdem er zwei weitere Biere aus der Kühlbox geholt hatte, ergriff sie seine Hand und führte ihn durch Landrys Garten, zurück durch die Lücke im Gebüsch und in ihren Garten, in dem es einen großen Pool gab.

»Sind deine Eltern zu Hause?«

Sie schüttelte den Kopf. »Mein Vater hat ein Date.«

»Kommt er bald nach Hause?«

»Nein. Sie sind auf irgendeiner Veranstaltung, die länger

dauern soll. Manchmal bleibt er über Nacht bei seiner Freundin. Er ruft immer an, wenn er auf dem Heimweg ist.«

Diese Musik hörte sich in seinen verdammten Ohren viel besser an als Landrys lahme Playlist. Er würde sowieso nicht viel Zeit brauchen. Er würde lange bevor ihr Vater nach Hause kam, abhauen.

»Bist du noch Jungfrau?«, fragte er, als sie eine der Flügeltüren auf ihrer Terrasse öffnete.

Sie stieß ein heiseres Lachen aus. Das war die einzige Antwort, die er brauchte.

Ohne seine Hand loszulassen, zerrte sie ihn hinein und schlug die Tür hinter ihnen zu. Sobald sie in einem Raum waren, der wie eine Bibliothek oder ein Büro aussah – er war sich nicht sicher und es war ihm auch scheißegal –, drehte sie sich zu ihm um und fragte: »Bist du es?«

»Nein.«

Ihre Lippen kräuselten sich an den Enden. »Gut.«

Als sie schließlich seine Hand losließ, drehte sie sich um und ging von ihm weg, wobei sie ihm einen tollen Blick auf ihren Hintern im Licht bot. Nachdem sie ihr Bier auf dem Beistelltisch abgestellt hatte, griff sie hinter ihren Nacken und löste die oberste Schleife, bevor sie zur Mitte ihres Rückens ging und auch diese öffnete.

Wie ein verdammtes Geschenk.

Fuck yeah. Weihnachten im Juli.

Noch bevor ihr Bikinioberteil auf dem Boden aufkam, ging sie um die lange Ledercouch herum, die vor dem Kamin stand. Sie blieb stehen, schaute ihm in die Augen und löste dann langsam die Schleifen an den Hüften, sodass ihr Bikini-Höschen für einen Augenblick an seinem Platz blieb, während er auf ihre süßen geilen Titten starrte. Perfekt und munter.

Er hielt den Atem an und wartete.

Ihr »Worauf wartest du?« brachte ihn dazu, die Biere wegzustellen.

Er riss sich sein T-Shirt über den Kopf und warf es auf den Boden, während er auf die andere Seite der Couch ging. Er setzte sich auf die andere Seite der Couch, zog sich schnell seine Stiefel und Socken aus und stand dann auf, um seinen Gürtel zu öffnen und seine Jeans und seine Boxershorts herunterzuschieben, damit seine Erektion frei wurde. Kaum hatte er seine Jeans ausgezogen, zog sie ihn auch schon auf die Couch und auf sie.

Ihm gefiel es, wie das hier lief. Er brauchte nicht zu schmeicheln oder zu überzeugen. *Sie* ging in die Offensive.

Er hatte keine Ahnung, womit er das verdient hatte, aber er sollte es nicht infrage stellen. Er sollte einfach ihre Großzügigkeit ausnutzen.

Mist. Er musste ein Kondom aus seiner Brieftasche holen.

Er streckte seine Finger so weit aus, wie er konnte. Er konnte seine Jeans kaum berühren, aber er schaffte es, sie zu greifen und näher heranzuziehen, seine Brieftasche aus der Gesäßtasche zu ziehen und darin zu wühlen, bis er fand, was er suchte.

Sie – *verdammt*, er wusste immer noch nicht, wie sie hieß – riss ihm die Verpackung aus den Fingern, riss sie auf, griff zwischen ihre Körper und rollte sie über seinen Ständer, sodass seine Hüften bei ihrer Berührung zuckten.

Ja, dieses Mädchen war keine Jungfrau mehr. Ihr ›*Body Count*‹ könnte sogar noch viel höher sein als seine.

Er schlang seine Lippen um eine harte Brustwarze, saugte daran, so fest er konnte, und entlockte ihr ein Stöhnen, während sie mit ihren langen Nägeln durch sein struppiges Haar fuhr.

Er wippte mit den Hüften und rieb seinen latexbedeckten Schwanz an ihrem weichen Innenschenkel.

»Beeil dich«, ermutigte sie ihn.

Er ließ ihre Brustwarze mit einem feuchten Knall los. »Wir haben doch Zeit, oder?«

Ihre Nägel kratzten über seinen Rücken und gruben sich in

seinen Hintern. »Ja ... aber ich bin wirklich geil und will dich in mir haben.«

Mehr brauchst du nicht sagen, verdammt.

Er versuchte, nicht egoistisch zu sein und ihn einfach in sie zu stecken, ohne sich vorzubereiten, aber wenn es das war, was sie wollte, dann wollte er nicht widersprechen. »Soll ich dich küssen?«

»Nein, steck ihn einfach rein.«

Ein Mädchen nach seinem Geschmack. Er sollte sie wirklich nach ihrem Namen fragen.

Bevor er das tun konnte, seufzte sie ungeduldig, griff zwischen die beiden, um seinen Schwanz zu packen und ihn dorthin zu stecken, wo sie ihn haben wollte. Das war zufälligerweise genau die Stelle, an der er ihn auch haben wollte.

Dann beschloss er, dass er ihren Namen gar nicht zu wissen brauchte. Sie wollte weder ein Gespräch noch irgendetwas anderes. Sie wollte nur gefickt werden.

Zum Glück war er ihr Typ.

Er schloss die Augen, während er sich in sie hineinarbeitete. Da er keine Gelegenheit für Vorspiel gehabt hatte, war sie verdammt trocken. Irgendwie schaffte er es aber. Sobald er tief in ihr steckte, nahm er sich ein paar Sekunden Zeit, um tief Luft zu holen. Andernfalls hätte er sie genauso gevögelt wie Wills Dackel sein ›spezielles‹ Kopfkissen.

»Was machst du da? Schläfst du?«

Er öffnete die Augen und sah, dass sie ihn stirnrunzelnd ansah. »Nein. Ich ...«

»Beeil dich einfach und fick mich.«

Sich zu beeilen war nicht das Problem, sondern sie dazu zu bringen, vor ihm zu kommen, war das Problem. »Verdammt, bist du anspruchsvoll.«

»Dazu habe ich jedes Recht.«

Er starrte auf sie herab. »Glaubst du wirklich, dass du das alles bist?«

»Gibt es einen Grund, warum du noch redest?«

Verdammt. »Mein Fehler.«

Sie funkelte ihn mit ihren blauen Augen an.

Ja, ein Fick mit ihr würde mehr als genug sein.

Er biss die Zähne zusammen und begann mit seinen Hüften zu pumpen, in der Hoffnung, dass sie ein bisschen feuchter wurde, um es einfacher zu machen.

Nach drei Stößen lag sie immer noch da wie ein toter Fisch. Er begann schon, die ganze Sache zu bereuen, als er ein Geräusch von der Vorderseite des Hauses hörte.

Er drehte sich mit großen Augen zu ihr um. »Du hast gesagt, dass dein Vater nicht so bald nach Hause kommt.«

»Ich glaube nicht, dass das mein Vater ist«, sagte sie ruhig. *Viel* zu ruhig, verdammt.

Die Härchen in seinem Nacken stellten sich auf. »Wer ist es dann?«

Sie zuckte mit den Schultern. »Wahrscheinlich mein Freund.«

Ihr was?

»Du benutzt mich, um deinen verdammten Freund zu verarschen?« Als er versuchte, von ihr herunterzurollen, klemmte sie ihre Beine um seine Hüften und hielt ihn so fest. »Lass mich verdammt noch mal los!«

Er hörte Schritte und eine männliche Stimme, die rief: »Sarah!«

»Lass mich verdammt noch mal los!«, zischte er und versuchte, sich loszureißen.

Er bäumte sich auf und durchbrach ihren Griff. Mit einem Grunzen schlug er auf dem Boden auf, als er mit einem Satz von ihr und der Couch herunterrollte.

Er rappelte sich auf und versuchte herauszufinden, wo er sein T-Shirt hingeworfen hatte. »Du bist eine verdammte Fotze.«

»Was zum Teufel?«, kam die tiefe Stimme von der Tür her.

Er blickte auf, als er seine Jeans an den Beinen hochzog und dabei seine Boxershorts und Socken opferte. Was er sah, ließ ihn murmeln: »Heilige Scheiße.«

Wenn das ihr verdammter Freund war, dann war er riesig. So groß wie ein Footballspieler. Ethan *war* kein Footballspieler. Nicht einmal annähernd.

Der Typ nahm die Situation schnell wahr und in dem Moment, als sich sein Gesicht veränderte, wusste Ethan, dass er verdammt noch mal tot war.

Er knöpfte seine Jeans zu und hielt seine Handflächen hoch. »Ich hatte keine Ahnung, Kumpel. Sie hat mich ausgetrickst …«

Mit einem Gebrüll stürzte sich der Typ auf ihn und Ethan konnte sich nur noch auf den Aufprall vorbereiten.

Das Arschloch war wahrscheinlich ein Linebacker, denn es fühlte sich an, als würde ein verdammter Zug auf ihn zukommen. Er stolperte rückwärts und versuchte, sein Gleichgewicht zu halten. Wenn er zu Boden ging, war es aus mit ihm. Er musste auf den Beinen bleiben und sein Bestes geben, um den Kerl abzuwehren, damit er aus diesem verdammten Haus verschwinden konnte.

Sein Kopf schnappte zurück, als er wie von einem Vorschlaghammer unter dem Kinn getroffen wurde. Dann flog er zur Seite, als er mit einem rechten Haken am Kinn getroffen wurde.

Er versuchte, zu Atem zu kommen und seine Füße zu stabilisieren, aber er konnte nicht …

Nicht bevor er erneut getroffen wurde. Er konnte weder die Rückwärtsbewegung noch das Taumeln seiner Arme aufhalten, als er mit Hilfe eines beidhändigen Stoßes gegen die Brust von den Füßen gestoßen wurde.

Er flog durch die Luft und als er auf seinem Hintern landete, verfehlte sein Kopf nur knapp die Ecke des gemauerten Kamins.

Um ein verdammtes Fotzenhaar.

Verdammter Mistkerl.

Aber bevor er auch nur versuchen konnte, wieder auf die Beine zu kommen, war der Freund schon auf ihm, packte Ethan an den Haaren und versuchte, ihn damit auf die Beine zu reißen. Ethan streckte seine Finger aus und umklammerte das nächstbeste Ding, das er finden konnte.

Er griff fester zu und schwang den Schürhaken mit aller Kraft, die er aufbringen konnte, und schlug dem Mann auf den Kopf.

Ein dumpfer Aufprall war über seine klingelnden Ohren zu hören und Ethan zog eine Grimasse, als warmes Blut über sein Gesicht und seine nackte Brust spritzte.

Er blinzelte mehrmals, um klar zu sehen, während er sich anschaute, wie der Freund in Zeitlupe wie eine Ziehharmonika zu Boden sackte.

Heilige Scheiße.

Hat Ethan den Ficker gerade umgebracht?

Er blinzelte noch einmal und dann hörte er es endlich.

Die Schreie des Mädchens. Das unaufhörliche Kreischen, das nicht aufhören wollte. Er glaubte nicht einmal, dass sie einen Atemzug tat. Sie heulte einfach weiter, während sie da stand, die Hände auf ihr blasses Gesicht gepresst, die Augen weit aufgerissen und den Mund offen.

Diese verdammte Schlampe. Sie hat das alles verursacht.

Es war alles ihre verdammte Schuld.

Er sollte …

Nein, er musste verdammt noch mal da raus, solange er noch konnte.

Er kämpfte sich auf die Beine und fiel fast um, weil ihm so verdammt schwindlig war. Als sich die Drehung ein wenig verlangsamte, presste er eine Hand auf die Seite seines Gesichts und blickte auf seine Finger.

Blut. Nicht nur das von ihrem Freund, sondern auch das von ihm.

Sein Kopf pochte, als würde er gleich vom Hals ploppen, und

er konnte nur durch den Mund atmen, weil seine Nase gebrochen sein musste.

Aber das war alles egal. Er musste fliehen.

Er stolperte auf dem Weg zur Hintertür und konnte sich gerade noch rechtzeitig fangen, indem er eine Hand an der Wand abstützte. Er starrte nur eine Sekunde lang auf den blutigen Handabdruck an der Wand, bevor er sein T-Shirt entdeckte. Er fiel fast um, als er sich bückte, um es zu ergreifen, und machte sich nicht einmal die Mühe, es anzuziehen, bevor er sich auf den nächstgelegenen Fluchtweg begab.

Sein Herz klopfte so heftig, dass er sich fragte, wie er es in seiner Brust halten konnte, während die Stimme in seinem Kopf ihm zurief, er solle so schnell wie möglich aus diesem Haus verschwinden.

Als er versuchte, den Türknauf zu drehen, rutschte er ihm aus der Hand, also schrubbte er seine blutverschmierten Finger an seiner Jeans ab. Endlich konnte er die Tür aufreißen und als er nach draußen stolperte, hielt er nur kurz inne, um zu Landrys Haus hinüberzublicken. Er konnte die Musik immer noch hören und den Schein der Feuerstelle durch die Büsche hindurch sehen, aber zum Teufel, wenn er hierbleiben würde, um ihnen zu erzählen, was passiert war.

Er hatte das Arschloch vielleicht gerade umgebracht.

Er musste verdammt noch mal weg von dort.

Nach Hause gehen.

Vergessen, dass diese Nacht je passiert war.

Er hoffte, dass er bald aus diesem Albtraum aufwachen und erleichtert sein würde, dass er nicht die Realität war.

Dass die Schlampe ihn nicht nur benutzt hatte, um ihren Freund zu verärgern. Oder um ihn eifersüchtig zu machen. Oder was auch immer sie vorhatte, als sie ihn als Werkzeug für ihren beschissenen Plan benutzte.

Er zog sich sein T-Shirt über den Kopf, als er sich auf den

Weg zum Haus machte und begann, barfuß den Bürgersteig entlangzujoggen.

Er hatte nicht nur seine Stiefel zurückgelassen, sondern auch sein verdammtes Portemonnaie.

Als er zwei Meilen entfernt zu Hause ankam, waren seine Füße aufgeschnitten und eine blutige Sauerei, genau wie sein Gesicht.

Nachdem er die Kellertür auf der Rückseite des Hauses eingetreten hatte, schloss er sie schnell hinter sich ab und lehnte sich dagegen. Er nahm sich ein paar Sekunden Zeit, um zu Atem zu kommen und zu versuchen, das Pochen seines Herzens zu verlangsamen. Es würde ihn nicht wundern, wenn seine Eltern sein Herzklopfen bis in ihr Zimmer im zweiten Stock hören könnten.

Er hatte Mühe, seinen Schrei zu unterdrücken, während er in seinem Kopf noch einmal durchlebte, was gerade passiert war und feststellte, dass es gar kein verdammter Albtraum war.

Nun ja, es war einer, aber nicht die Art, aus der er aufwachen würde.

Dem Teufel sei Dank hatten ihn seine Eltern letztes Jahr in den Keller ziehen lassen. So würden sie sein zertrümmertes Gesicht nicht sofort sehen.

Er stolperte in sein Badezimmer und blickte in den Spiegel über dem Waschbecken.

Verdammte Scheiße.

Wie zum Teufel sollte er verhindern, dass seine Eltern ihn so sahen? Er konnte nicht verbergen, wie beschissen sein Gesicht aussah. Er musste sich eine gute Ausrede für sein Aussehen ausdenken. Er würde zwei schwarze Augen haben. Das rechte war bereits zugeschwollen und färbte sich dunkelviolett.

Er versuchte, das Pochen, den stechenden Schmerz und das Brennen zu ignorieren, während er das Blut abschrubbte und die schlimmsten Wunden, wie die unter seinem rechten Auge, mit Schmetterlingsverbänden versorgte.

Er schnappte sich Klopapier von der Rolle und schob es sich in beide Nasenlöcher, um die Blutung zu stoppen. Der Schmerz war so verdammt unerträglich, dass er fast ohnmächtig wurde.

Nachdem er sein blutiges Shirt und seine Jeans ausgezogen hatte, vergrub er sie in seinem überquellenden Wäschekorb und kramte in seiner Kommode nach sauberen Shorts und einem T-Shirt.

Als er es geschafft hatte, sie anzuziehen, kletterte er ins Bett.

Er wollte die Augen schließen, aber so wie das Adrenalin immer noch durch ihn rauschte, wusste er, dass er heute Nacht keinen Schlaf finden würde. Vor allem, weil sein Körper zitterte und seine Zähne klapperten.

Schlimmer noch, wenn er die Augen schloss, sah er immer noch die Seite des Kopfes dieses Arschlochs, nachdem er mit dem Metallschürhaken getroffen worden war.

Er hatte sich nur gewehrt. Er war gezwungen, es zu tun. Der Typ hätte ihn ohne zu zögern umgebracht. Ethan konnte es in seinen Augen sehen. Die unkontrollierte Wut.

Keine Muschi war das wert. Keine.

Und ganz sicher war keine eine Gefängnisstrafe oder gar den Tod wert.

Vor allem nicht diese egoistische Schlampe.

Es war alles ihre verdammte Schuld.

Sie hat das alles verursacht.

Sie sollte diejenige sein, die dafür bezahlt. Nicht Ethan.

Es dauerte nicht lange, bis es an ihrer Haustür hämmerte. Er war nicht überrascht, dass es geschah, sondern nur, wie schnell es geschah.

Er konnte die Stimmen und Schritte seiner Eltern hören, als sie aus ihrem Schlafzimmer kamen.

Macht die Tür nicht auf.

Bitte, macht die verdammte Tür nicht auf.

Stimmen. Nicht die von seiner Mutter oder seinem Vater. Männer. Mehr als einer.

Dann die von seiner Mutter und seinem Vater.

Es wurde viel geredet.

Er konnte die Worte nicht verstehen, sie gingen ineinander über. Aber er brauchte nicht zu wissen, was gesagt wurde.

Sein Herz pochte jetzt in seiner Kehle, als sich die Tür von der Küche zum Keller öffnete und Stiefel die Stufen hinunterkamen. Nicht nur ein Paar. Nein. Mehrere.

Nicht behutsam, sondern mit Entschlossenheit.

Verdammt!

Er würde wegen Mordes ins Gefängnis gehen und nie wieder herauskommen. Er würde hinter Gittern sterben.

Er würde nie wieder frische Luft riechen.

Er würde nie wieder eine Muschi genießen.

Er würde nie die Highschool abschließen.

Dann ging alles Schlag auf Schlag.

Ethan wurde aus dem Bett gezerrt.

Auf seine Füße gezogen.

Er wurde herumgedreht und ihm wurden Handschellen angelegt. Seine Arme wurden ihm praktisch von den Schultern gerissen.

Sie redeten alle miteinander, aber er wusste nicht, was sie sagten.

Worte. Zu viele Worte.

Er konnte nicht verhindern, dass sich sein Gehirn drehte, um die Worte zu verstehen.

Er wusste nur, dass sein Leben vorbei war.

Es war vorbei.

Er konnte sein Schlamassel nicht ungeschehen machen.

Er konnte nicht zurückgehen und mit seinen Freunden an der Feuerstelle bleiben.

Er konnte Ben nicht sagen, dass er nicht bei Landrys abhängen wollte.

Er konnte nicht zurückgehen und noch einmal aufwachen, um den Tag neu zu beginnen.

Es war zu spät.

Zu spät.

Er würde nie vergessen, die Enttäuschung in den Augen seines Vaters zu sehen. Oder das Gesicht seiner Mutter mit den großen Augen und der Hand vor dem Mund. Tränen liefen ihr über die geisterhaft weißen Wangen, als die Polizisten ihn die Treppe hinauf und aus dem Haus zerrten.

Er hat nie wieder einen Fuß in das Haus gesetzt.

1

***

Die Schlafbaracke war um diese Zeit so verdammt still, dass das Gleiten ihrer Kleidung über ihre weiche Haut ohrenbetäubend klang.

Ohne Fenster war sein Zimmer stockdunkel. Er konnte sich nur vorstellen, wie sie nackt aussah, nachdem die Kleider zu ihren Füßen auf den Boden gefallen waren. Wie sie dastand, mit ihrem langen Haar, das ihr wie ein dunkler Umhang locker um die Schultern fiel.

Ein Arm lag hinter seinem Kopf auf dem Kissen, während seine andere Hand seinen Schwanz umklammerte und ihn langsam pumpte.

Seine Tür öffnete sich jetzt fast jede Nacht.

Er war enttäuscht, wenn sie es nicht tat.

Er war sofort hart, wenn sie es tat.

Easy konnte sich nicht erinnern, wann es anfing. Es hatte einfach angefangen.

Er dachte nicht, dass es so weitergehen würde. Aber das tat es.

Und in all dieser Zeit wurde nie ein Wort zwischen ihnen gesprochen.

Nichts wurde während der Zeit in der Dunkelheit gesagt.

Nichts wurde im Hellen über die Zeit in der Dunkelheit gesagt.

Manchmal dachte er, es wäre nur ein Traum und würde nicht wirklich passieren.

Nur eine Illusion.

Eine Fantasie.

Eine unrealistische Erwartung.

Aber was es war, war eine Gewohnheit.

Eine Gewohnheit, von der er wusste, dass er sie ablegen sollte.

Sie war falsch. Sie war riskant.

Aber er konnte es nicht.

Noch nicht.

Denn, *verdammt*, er musste daran glauben, dass das Risiko die Belohnung wert war.

Und die Belohnung war das Risiko wert.

Die Matratze bewegte sich leicht, als sie auf sein Bett kletterte und sich auf ihn spreizte.

In der Dunkelheit war er mit allem an ihr vertraut geworden.

Der Duft ihrer Erregung. Das seidige Gefühl ihres Haares. Die Art und Weise, wie ihr warmer Atem über ihre geöffneten Lippen strich und seine berührte, wenn sie kurz davor war zu kommen. Das Gleiten ihrer glatten Haut unter seinen Fingerspitzen.

Die Art, wie sie sich bewegte, wenn sie kurz davor war, zu kommen. Ihre Muskeln spannten sich an, ihre Muschi krampfte sich zusammen, ihre Fingernägel krallten sich fest, ihr Brustkorb hob sich. Ihr Herz klopfte wie eine Horde wilder Pferde.

Er kannte das Gewicht ihrer Titten in seinen Handflächen. Die Kontur ihrer Oberlippe. Die Wölbung ihrer Wirbelsäule. Die zarte Silhouette ihres Ohrs.

Er wollte glauben, dass das alles ihm gehörte. Dass sie ihm gehörte. Aber das war wiederum nur eine Fantasie.

Also musste er nehmen, was er während ihrer Zeit im Dunkeln bekommen konnte, und sie im Licht vergessen.

Sie rutschte an seinem Körper herunter, kratzte mit ihren Nägeln leicht über seine Brust und löste seine Faust von seinem Schwanz. Ihre viel kleinere Hand ersetzte seine und streichelte ihn zweimal langsam, bevor ihr gieriger Mund die Eichel umkreiste und die Lusttropfen, die sich an der Spitze sammelten, sauber leckte.

Er stöhnte und versenkte seine Finger in den dicken Strähnen ihres Haares, schloss die Augen und stellte sich vor, wie es im Licht aussah, wenn es ihr um die Schultern fiel, wenn eine Locke über ihre Stirn fiel. Wie sie eine Strähne hinter ihr Ohr steckte, während sie einen Blick in seine Richtung riskierte.

Wie sie mit der Zunge über ihre volle Unterlippe fuhr, wenn sie mit jemandem aus der Schwesternschaft oder mit einem seiner Brüder sprach. Oder sogar mit ihm.

Die Art, wie sie die Lippe zwischen den Zähnen einklemmte, wenn sie sich konzentrierte.

Wie sie lächelte, wenn sie dachte, dass niemand sie anschaute.

Die Art, wie sie lachte, wenn seine Brüder sich gegenseitig in die Pfanne hauten.

All das blieb in den Nächten, in denen sie ihn nicht besuchte, in seinem Gehirn eingebrannt.

Und tagsüber, wenn er bei der Arbeit war.

Er stellte sich vor, wie sie ihr Gewicht auf seinen Rücken drückte, ihre Arme um seine Taille schlang und ihre Wange bei den Clubfahrten an seine Kutte klebte, wenn der hintere Platz seines Schlittens eigentlich frei war.

Er stellte sich vor, wie er sich beim Aufwachen an sie

schmiegte, sie umdrehte und zwischen ihre Schenkel glitt, während die Sonne aufging.

Am Ende würde das alles nicht passieren. Nicht, weil er es nicht wollte, sondern weil sie es nicht wollte.

Also nahm er, was sie ihm gab.

Und sie nahm sich, was sie wollte und ließ den Rest zurück.

Sie war so verdammt gut im Blasen, dass er jedes Mal, wenn sie ihn bearbeitete, Mühe hatte, sich zusammenzureißen und seine Ladung nicht zu verschießen. Denn wenn er es tat, würde sie nicht warten, bis er sich erholte, sie würde einfach zur Tür hinausgehen und verschwinden.

Er wusste das, weil sie es schon einmal getan hatte. Sie hatte ihn an die Klippe getrieben, ihn über die Kante gestoßen und war dann einfach weggegangen.

Aber das war nicht das, was er heute Abend wollte. Er wollte sie ganz und gar. Er wollte in ihr sein. Er wollte ihren erstickten Schrei hören, wenn sie kam, und die Wellen ihres Orgasmus an seinem Schwanz spüren, bevor er sich ein letztes Mal tief in sie stieß und ihre Erlösung mit seiner eigenen verfolgte.

Sie hatte ihn nie hängen lassen. Nicht ein einziges Mal. Und das wollte er ihr nicht antun. Er wollte ihr keinen Grund geben, ihre nächtlichen Besuche einzustellen. Um sich ein anderes Bett zu suchen, in das sie in der stillen Dunkelheit der Nacht klettern konnte.

Seine Tür sollte die einzige sein, durch die sie ging.

Sein Bett sollte das einzige sein, in das sie kletterte.

Sein Schwanz sollte der einzige sein, den sie in sich hineinließ.

Aber er war keineswegs dumm.

Abgesehen davon, wer sie war, hatte sie einen Grund, die Sache geheim zu halten. Zumindest sagte ihm das sein Verstand in den Nächten, in denen sie nicht auftauchte. Oder nachdem sie gegangen war, in den Nächten, in denen sie kam.

Aber die Krümel, die sie ihm gab, reichten gerade aus, um

ihn nach mehr verlangen zu lassen. Um ihn davon abzuhalten, es zu beenden, wenn er es sollte.

Verdammt noch mal, er hätte es beenden sollen, bevor es überhaupt angefangen hatte.

Er ließ ihr Haarelos, packte ihre Ellbogen und zog sie an seinem Körper hoch, bis sie Brust an Brust lagen und die steinharten Spitzen ihrer Brustwarzen in sein Fleisch drückten.

Sie hörte nicht auf. Sie bewegte sich weiter, bis ihre Knie auf beiden Seiten seines Kopfes in die Matratze gepresst waren und ihre süße Muschi über seinem Mund schwebte.

Er packte ihre Hüften und zog sie nach unten, wobei er die weichen, prallen Falten mit seiner Zunge und seinen Lippen erkundete. Er streifte sie leicht mit seinen Zähnen, bevor er an ihrer Klitoris saugte und spürte, wie ihr Körper über ihm bebte.

Ihr Stöhnen erfüllte seine Ohren.

Sie hatten es so weit gebracht, dass sie den Lärm so leise halten konnten, dass niemand, der vorbeikam, bemerkte, dass jemand in seinem Zimmer war. Eine Frau in seinem Zimmer zu haben, war nichts Neues.

Aber wer diese Frau war, war das Problem.

Sein Zimmer lag direkt gegenüber der Küche, ganz am Ende des Ganges vor der ›öffentlichen‹ Toilette der Scheune und der Stahltür, die die Schlafbaracke von der Kirche trennte. An seiner Tür ging eine Menge Verkehr vorbei. Dass sie etwas in der Küche brauchte, war jedoch die perfekte Ausrede für sie, wenn sie erwischt wurde. Die Schwesternschaft plünderte sie oft. Nur nicht um diese Zeit.

Sie presste sich an seinen Mund und ritt auf seinem Gesicht herum, sodass er kaum noch Luft bekam. Er richtete sich auf und rollte sie nach hinten, bis sie flach auf dem Rücken lag und er zwischen ihren Schenkeln eingeklemmt war, sodass ihre Köpfe nun am Fußende des Bettes lagen.

Er tauchte mit dem Gesicht in ihre Muschi ein, ihr

Geschmack benetzte seine Lippen, seine Zunge, seinen Bart. Ihr erregter Duft erfüllte seine Nasenlöcher.

Sie fuhr mit den Fingern in sein Haar und hielt es so fest umklammert, dass es an seiner Kopfhaut zerrte.

Alles, was sie ihm gab, nahm er an.

Alles, was er ihr gab, nahm sie sich.

Er konnte es entweder akzeptieren oder es beenden. Aber er konnte sich nicht dazu durchringen, das Zweite zu tun.

Also fuhr er mit dem Ersten fort und trieb sie mit seinem Mund und seinen Fingern, die in schnellem Tempo in sie hinein- und wieder herausgingen, an den Rand des Abgrunds. Er brachte sie dorthin und gab ihr, wofür sie gekommen war. Währenddessen nahm er sich, was er wollte.

In seinem fensterlosen, dunklen Zimmer konnte er es nicht sehen, aber er konnte es durch sein Gehör und seine Berührung erfahren.

Normalerweise brauchte er nicht viel, um sie beim ersten Mal zum Orgasmus zu bringen. Es war, als würde sie bereits vorbereitet zu ihm kommen und bereit sein anzufangen. So wie sein Schwanz sofort hart wurde, sobald sich die Tür öffnete – vielleicht war es auch die Vorfreude, wenn sie sich so spät in der Nacht in die stille, dunkle Schlafbaracke schlich.

Manchmal machte ihn allein die Erwartung, ob sich die Tür öffnen würde oder nicht, steif. Und wenn sie es tat und die Tür sich nicht öffnete, musste er die Sache selbst in die Hand nehmen.

Sobald sich ihre Hüften hoben, ihre Nägel an seiner Kopfhaut kratzten und ihre Muschi gegen seinen Mund stieß, wusste er, dass sie am Ziel war. Intensive Wellen verschlangen die beiden Finger, die er tief in sie hineingesteckt hatte, während er abwechselnd ihre Klitoris mit seiner Zunge liebkoste und mit seinen Lippen saugte.

Nachdem er seine Finger von ihr gelöst hatte, behielt er seinen Mund auf ihr und folgte ihr, während sie in die Matratze zurücksank und nur ein leises, zufriedenes Seufzen von ihren Lippen kam.

Sie waren noch nicht fertig. Nicht einmal annähernd.

Er musste sich nur noch ein Gummi besorgen. Er nahm an, dass sie verhütete, aber das war eines der vielen Dinge, die sie noch nicht besprochen hatten, also wickelte er ihn jedes Mal fest ein, bevor er in sie eindrang.

Er ergriff ihre Hand und zog sie mit sich, als er zum Kopfende des Bettes zurückkehrte. Er hatte keinen Nachttisch, sondern einen Plastikregal mit Schubladen neben dem Bett. Er riss die oberste auf und zog blindlings ein Gummi heraus, riss die Verpackung mit den Zähnen auf und spuckte sie auf den Boden. Nachdem er die Latexscheibe auf seine pochende, mit Lusttropfen bedeckte Eichel gedrückt hatte, rollte er sie über seine Länge.

Dabei lauschte er die ganze Zeit, um sicherzugehen, dass sie nicht versuchte, aus dem Bett zu fliehen, bevor er mit ihr fertig war. Das war zwar noch nicht passiert, aber eines Nachts könnte es passieren. Dieser Gedanke veranlasste ihn, sich schnell zu bewegen und sicherzustellen, dass das Gummi sicher angelegt war, bevor er sich zu dem Ort zurückrollte, wo sie auf ihn wartete.

Wo sie auf *ihn* wartete.

Er war erleichtert, dass sie heute Abend nicht in Eile zu sein schien, im Gegensatz zu anderen Nächten. In den Nächten, in denen sie in Eile zu sein schien, konnte er nicht einmal fragen, warum.

Hatte sie in letzter Minute beschlossen, sich auf den Weg zur Schlafbaracke zu machen? Waren noch zu viele Leute wach?

Er gab es auf, Antworten auf seine vielen Fragen zu bekommen. Er konnte nicht einmal die typischen Fragen stellen, die er einer Frau stellen würde, mit der er Sex haben wollte, wie zum Beispiel: »Willst du oben sein?«

Wenn sie ihm nicht stillschweigend mit ihrer Hand oder

einem Stupser ihres Knies die Richtung wies, tat er, was ihm der Instinkt sagte.

Aber heute Abend war kein Instinkt nötig. Sie kniete in der Mitte seines Bettes und wartete. Er wusste, was das bedeutete. Sie wollte oben sein.

Nachdem er sich ausgestreckt hatte, spreizte sie sich schnell auf ihm, packte seinen Schwanz, hielt ihn fest und glitt langsam – verdammt langsam – an ihm herunter. Ihre Muschi war heiß, weich und so verdammt glitschig. Es war das reinste Paradies, als sie seinen Schwanz ganz aufnahm. Und sobald er in ihr war, ließ sie sogar ihre Hüften kreisen, um sicherzugehen, dass er nicht noch tiefer eindringen konnte.

Er konnte nicht. Er wünschte sich, *verdammt noch mal*, dass er es könnte.

Er war nie tief genug. Wenn er in sie hineinklettern und sie ganz nehmen könnte, würde er es tun.

Mit den Handflächen auf seiner Brust begann sie sich zu heben und zu senken, zunächst langsam, in aller Ruhe, und ließ sie beide auf den Höhepunkt warten – der Grund für ihren Besuch.

Der einzige Grund.

Ein Mittel zum Zweck.

Das war es, was Frauen in der Vergangenheit für ihn gewesen waren. Und jetzt war das alles, was er für sie war.

Ihr schlanker Körper war nichts weiter als ein Schatten, der sich über ihn beugte, als er nach oben griff und mit seinen Fingern ihre Umrisse nachzeichnete. Ihr Kiefer, ihre vollen Lippen, ihr zarter Hals. Er folgte dem Weg ihres Pulses in die Vertiefung ihres Halses, entlang ihres Schlüsselbeins bis zur Kurve ihrer Schulter.

Schließlich strich er mit beiden Daumen über ihre prallen Brustwarzen und nahm das Gewicht ihrer Titten in seine Handflächen. Er knetete und drückte. Er drehte und zwickte.

Er versuchte, sie zum Einknicken zu bringen. Damit sie etwas sagte. Damit sie *irgendetwas* sagte.

Aber sie war stark, entschlossen und verdammt stur, genau wie alle Frauen der Fury. Nicht ein einziges Mal hatte er sie zum Einknicken gebracht, egal, was er tat.

Hörte er, wie sich ihr Atem veränderte und wie er in ihrer Kehle stecken blieb? Fuck, ja.

Hörte er ihr Stöhnen und Seufzen? Fuck, ja.

Hat er jemals seinen Namen über ihre Lippen kommen hören? Nein. Kein einziges Mal.

Sie merkte es vielleicht noch nicht … Er war genauso stark, entschlossen und stur wie sie. Und er *würde* sie dazu bringen, seinen Namen zu schreien. Vielleicht nicht heute Abend, aber bald.

Das war garantiert, verdammt noch mal.

Während er eine Hand um ihre Titte legte, griff er nach ihrem Haar und zog sie damit zu sich herunter. Er nahm ihren Mund, um ihr zu sagen, dass sie jetzt in seinem ›Haus‹ war. Er wollte ihr sagen, dass er nur nach ihren Regeln spielte, nicht weil er es wollte, sondern nur, weil er dazu gezwungen war.

Ob das nun stimmte oder nicht, er wollte sie in diesem Glauben lassen.

Als sie versuchte, die Kontrolle über den Kuss zu übernehmen, schob er ihre Zunge aus seinem Mund und verlangte stattdessen Einlass in ihren.

Sie gab es ihm, aber ihre Zunge prallte immer noch mit seiner zusammen, während sie seinen Schwanz schneller ritt und sich nicht länger Zeit ließ, sondern sie beide viel schneller zum Ziel brachte, als er wollte.

Er sollte sie bremsen. Sie dazu zwingen, es länger auszuhalten.

Denn, *verdammt noch mal*, sie würde gehen, sobald sie fertig waren.

Sie versuchte, sich aus dem Kuss zu befreien, aber er hielt sie nur noch fester in seinem Griff.

Was er nicht laut aussprechen konnte, sagte er ihr im Stillen.

Du gehörst mir.

Du gehörst verdammt noch mal mir.

Ob du es nun zugeben willst oder nicht.

Eines Tages wird es dir klar werden.

Und wenn es dir klar wird ...

Verdammt, wenn es dir klar wird ...

Dann lässt es sich nicht mehr verheimlichen.

Jeder wird es wissen, verdammt. So wie ich es jetzt schon weiß.

Aber bis dahin spielen wir dein Schachspiel weiter.

Bis der König die Königin gefangen nimmt und sie aus dem Spiel wirft.

Schachmatt, verdammt.

Als sie sich ein weiteres Mal auf ihn stürzte, hielt er ihren Mund mit dem seinen verschlossen und fing ihren Schrei ein, schluckte ihn, bewahrte ihn.

Denn er gehörte ihm.

Er gehörte jetzt ihm.

Sie würde ihn nie wieder zurückbekommen.

Sobald er den Griff um ihr Haar löste, richtete sie sich auf, wölbte ihre zarte Wirbelsäule und ritt den Rest ihres Orgasmus aus. Er packte ihre Hüften und hielt sie fest, während er selbst sich vom Bett erhob. Mit einem Grunzen kam er in ihr und blieb tief in ihr vergraben, während er seinen eigenen Orgasmus auskostete, bis sein Schwanz aufhörte zu zucken.

So intensiv wie seine Orgasmen mit ihr waren, wenn er ein Gummi trug, konnte er sich nicht vorstellen, wie sie ohne ein Gummi sein würden.

Es war verdammt noch mal atemberaubend, ganz sicher.

In dem Moment, in dem er seinen Hintern wieder auf das Bett sinken ließ, rollte sie sich von ihm herunter und versuchte, auf die Beine zu kommen.

Er packte ihr Handgelenk und zog sie zurück, aber als er Luft holte und bevor die Worte herauskommen konnten, tat sie, was sie jedes Mal tat, wenn er zu sprechen begann. Sie drückte ihre Finger an seine Lippen und schüttelte den Kopf.

Die Matratze bewegte sich erneut, als er sie wieder losließ und ihr die Freiheit gab. Leere erfasste ihn in der Sekunde, in der sie das Bett verließ und sich wie immer darauf vorbereitete, ihn zu verlassen. Das Geräusch der Kleidung, die wieder über ihre Haut glitt, war wieder einmal ohrenbetäubend mitten in der Nacht.

Mit Bedauern schaute er ihr nach, wie sie sich durch die Dunkelheit bewegte, ihr Profil nur ein Schatten dessen, was sie wirklich war. Denn sie war so viel mehr.

Sie riss die Tür leicht auf und hielt inne, wie sie es immer tat. Sie wartete. Hörte zu.

Vergewisserte sich, dass der unbeleuchtete Korridor leer war, bevor sie hinausschlüpfte.

Auch er wartete. Und lauschte.

Auf das leise Klicken der Tür, wenn sie ging.

2

»Was ist in der Kiste?«, fragte Easy, als er den hinteren Bereich betrat, in dem sich die Öfen befanden.

Sein Blick fiel automatisch auf Shades Handgelenk, das mit der breiten Manschette, die eines der vielen Geheimnisse aus der Vergangenheit des Mannes verbarg.

Easy wusste, was sich unter dem abgenutzten schwarzen Leder befand. Er war sich nicht sicher, wie viele andere Menschen außer Chelle, ihren Mädchen und Jude die Wahrheit kannten. Es war schwierig, im selben Haushalt zu leben und so etwas zu verbergen. Er konnte die Manschette nicht rund um die Uhr tragen.

Shade hätte es auch leicht vor Easy geheim halten können. Aber eines Tages überkam ihn die Neugierde und Easy fragte nach. Er war verdammt überrascht, als der stille Mann antwortete.

Dieses Geständnis war ein großer Schritt, der Shade und ihn einander näherbrachte. Nachdem er Easy die horizontale Narbe auf der Innenseite seines Handgelenks gezeigt hatte, die von einer Zeit zeugte, in der sein Leben so unerträglich war, dass er es beenden wollte, begann Shade, ein paar Details aus diesem Leben zu erzählen.

Easy wusste nicht alles, aber er wusste genug.

Er wusste auch, warum Shade so langsam sprach und warum er seine Worte so sorgfältig wählte. Und er wusste auch, warum seine Sprache besser wurde, nachdem er sich mit Chelle getroffen hatte.

Seine Old Lady hatte getan, was niemand in Shades Vergangenheit tun konnte: Sie hatte Easys Clubbruder das Lesen beigebracht. Sie hatte bewiesen, dass der Mann mit der verdrehten, verborgenen Vergangenheit seine Legasthenie so weit in den Griff bekommen konnte, dass niemand mehr wusste, dass er damit zu kämpfen hatte.

Easy hatte schon zu Beginn ihrer gemeinsamen Arbeit bei Tioga Pet Services geahnt, dass Shade nicht lesen konnte. Damals wusste er nicht, warum, er wusste nur, dass er nicht lesen konnte, weil er einfach aufmerksam war.

Das erste Indiz war, dass Shade immer die Voice-to-Text-Funktion seines Telefons nutzte, anstatt eine Nachricht zu tippen. Er benutzte auch die Text-to-Speech-Funktion, um eingehende Nachrichten zu lesen.

Oder er tat es früher. Jetzt konnte er sie lesen und sogar selbst tippen. Er hatte einen verdammt langen Weg zurückgelegt, seit er der Fury beigetreten war.

Durch Chelle und die Mädchen in seinem Leben – mittlerweile mit Jude, alle drei waren ihre Kinder – hatte sich der Mann völlig verändert.

Na ja, nicht ganz. Der stille und tödliche Mann tat immer noch das, was er tun musste, wenn er dazu aufgefordert wurde.

Während ihrer gemeinsamen Zeit im Krematorium war Easy Shade nähergekommen als jeder seiner anderen Clubbrüder. Mittlerweile waren sie sich sogar so nahe wie Blutsbrüder. Natürlich ohne die Rivalität zwischen den Geschwistern.

Deshalb fühlte er sich geehrt, als Shade begann, Easy seine Geheimnisse zu erzählen.

Wiederum nicht alle, aber genug.

Nach dem, was Easy gehört hatte, war er sich verdammt sicher, dass es Teile von Shades Vergangenheit gab, die er nicht wissen wollte. Nicht ohne seine eigenen Albträume noch zu vergrößern.

Er konnte sich nicht vorstellen, wie Shade schlief, wenn ihn solche Erinnerungen verfolgten, aber er konnte sich vorstellen, dass Shades Geist einige der schrecklichsten Erinnerungen weggesperrt hatte.

Zumindest hoffte Easy das.

»Asche«, antwortete Shade auf die Frage, was in der Kiste war.

»Kein Scheiß, denn das ist es, was wir hier tun. Asche zu Asche, Staub zu Staub und so ein Quatsch. Wessen Asche?«

»Niemandes.«

Die Augenbrauen von Easy zogen sich zusammen. »Willst du das erklären?«

»Was von den Wegwerfhandys übrig ist. Endlich habe ich die Chance, die Asche zu verstreuen.«

»Nicht auf der Farm.«

»Nicht auf der Farm«, wiederholte Shade. »Ich werde auf dem Heimweg zu einem der Amish-Felder fahren und sie dort verstreuen. Ich glaube, sie pflügen schon für die Saison.«

»Wahrscheinlich.« Easy strich sich mit den Fingern über die drahtigen Haare an seinem Kinn, als er seinen langhaarigen Bruder betrachtete. »Jetzt, wo die Shirleys ein für alle Mal erledigt sind ... Es ist Zeit, Bruder. Wir können uns auf das konzentrieren, was du tun musst.«

Shade stellte die Kiste in der Nähe der Tür ab, die vom großen Ofenraum zur Laderampe führte, wo ihre Schlitten geparkt waren. »Ja.«

Shade war in letzter Zeit sehr schweigsam gewesen, was die

Suche nach seinem Samenspender anging. Wahrscheinlich wegen der ganzen anderen Scheiße, die in letzter Zeit im Club passiert war. Er zögerte, die Stadt zu verlassen und seine Familie allein zu lassen, um sich um diese letzte Angelegenheit zu kümmern. Vor allem, weil sie in der Stadt und nicht auf der Farm lebten, was sie anfälliger für Angriffe der Shirleys machte.

Da diese Gefahr nun gebannt war, war Shade wahrscheinlich verdammt erleichtert.

»Hast du etwas Neues herausgefunden?«

»Ich glaube, ich bin nah dran«, antwortete Shade.

»Wie nah? Hast du genug für uns, um zu sehen, ob das, was du herausgefunden hast, etwas taugt?«, fragte Easy ihn.

»Ich denke schon.«

»Okay, dann …«

»Ich muss mir eine Geschichte ausdenken, die ich Chelle erzählen kann.«

»Willst du ihr nicht die Wahrheit sagen?« Das überraschte Easy. So wie er es verstanden hatte, wusste Shades Old Lady mehr über seine Vergangenheit als jeder andere. Sogar mehr als Easy.

Shade lenkte seinen Blick von der Bürotür, hinter der Cassie arbeitete, zu ihm. Sein stummer Blick war Antwort genug.

»Bist du sicher, dass du sie anlügen willst?« Das war nie eine gute Idee, wenn es um die Schwesternschaft ging. Bei ihnen war es immer das Beste, zu gestehen, bevor man erwischt wurde.

»Ich werde nicht lügen. Ich werde es ihr nur nicht sagen, bevor es vorbei ist. Genau wie die Pläne, die wir mit den Shirleys gemacht haben. Ich will sie nicht beunruhigen. Sobald es erledigt ist …« Shade zuckte mit den Schultern.

Wie bei den Shirleys war Shade also der Meinung, dass es besser ist, um Vergebung zu bitten als um Erlaubnis.

»Sobald es erledigt ist, ist das Risiko vorbei«, beendete Easy für ihn. Er verstand das. Nur zu gut. »Aber sie wird immer noch sauer darüber sein.«

»Vielleicht.«

Es gab kein Vielleicht. Vor allem, wenn man bedenkt, was Shade mit dem Mann vorhatte, der die Entführung von Shade und seiner Mutter organisiert und bezahlt hatte. Vor allem, weil der Wichser *wusste*, dass die Mutter seines Kindes und sein eigener verdammter Sohn für den Sexhandel verkauft werden würden.

Er *wusste* es und hat es trotzdem getan. Um den ›Beweis‹ loszuwerden, dass er seine Frau und seine Familie betrogen hatte. Und dass er eine ganz andere Familie gegründet hatte.

Shades Vater wollte nicht den Preis dafür zahlen, dass er seinen Schwanz dorthin gesteckt hatte, wo er nicht hingehörte.

Gott. Das kam mir verdammt noch mal viel zu bekannt vor.

»Weiß Chelle, dass du die ganze Zeit nach ihm gesucht hast?«

»Nein.«

»Sie hat dir geholfen, deine Mutter zu finden.« Nicht, dass der Mann diese Erinnerung gebraucht hätte. Die Asche seiner Mutter stand auf dem Kaminsims in seinem Haus. Er war einer der wenigen Fury-Mitglieder, die nicht auf der Farm lebten.

Hat Trip das gefallen? Fuck, nein. Hat der President es akzeptiert? Zögernd.

»Ich habe sie aus einem anderen Grund gesucht.«

»Sie kennt deine Geheimnisse besser als jeder andere, Bruder«, erinnerte ihn Easy und neigte seinen Kopf in Richtung von Shades breiter schwarzer Ledermanschette.

»Sie weiß aber nicht alles.«

Auch niemand kannte alle Geheimnisse von Easy. Nicht einmal Shade.

Vor allem nicht dieses warme, lebendige, atmende Geheimnis, das sich mitten in der Nacht in sein Zimmer geschlichen hatte.

Aber von dem Augenblick an, als Easy von Shades Vater erfuhr, war er fest entschlossen, sich an diesem seelenlosen

Mistkerl zu rächen. »Ich habe die perfekte Ausrede für deine Old Lady.«

Shade hob eine Augenbraue und wartete darauf, es zu hören.

»Nico kauft meinen alten Schlitten.«

»Ja?«

»Er will ein Prospect werden. Er hat sich bereits an Trip gewandt, aber natürlich will der President die Sache nicht mit den Offizieren besprechen, bevor der Typ nicht einen Schlitten hat.«

»Wenn du das machst, was zum Teufel fährst du dann?«

Easy lächelte, holte sein Handy aus der Gesäßtasche und zeigte ihm ein Bild. »Ich werde mir diese geile Street 750 kaufen. Ein 2019er-Modell.«

Shade riss ihm das Handy aus den Fingern und blätterte durch ein paar der Fotos, die ihm der Verkäufer geschickt hatte. »Hast du die Kohle dafür?«

»Das werde ich, sobald ich meinen Schlitten an Nico verkauft habe. Dann habe ich mehr, als ich brauche.«

Shade reichte ihm das Telefon zurück. »Was hat das mit meinem Plan zu tun?«

Easy lächelte. »Es mit mir abzuholen, ist eine gute Ausrede, die du Chelle erzählen kannst.«

Shades dunkle Augen sahen ihn an und Easy konnte sehen, wie er überlegte. Schließlich fragte er: »Wo ist die Maschine?«

»Jersey.«

Shade zog eine Grimasse. »Dann fährst du wohl über Baltimore nach Jersey.«

»Aber du weißt nicht genau, wo der gute alte Dad ist, oder? Du hast gesagt, du kommst ihm näher.«

»Ich werde bald ein verdammt genaues Ziel haben«, antwortete Shade.

»Wie?«

»Erinnerst du dich an Hunter?«

»Äh, ja. Diese verdammten Shadows sind verdammt schwer

zu vergessen.« Sie waren auch verdammt beeindruckend. Sie schafften meisterhaft, was die Fury nicht konnte, als es gegen die Shirleys ging.

Und dem Teufel sei Dank dafür. Die Bruderschaft, die Schwesternschaft – einfach alle – atmeten jetzt viel leichter. Hoffentlich würde das so bleiben, solange nichts auf die Fury hindeutete, dass vor etwa einer Woche das Gelände eines ganzen Clans in die Luft flog. Als dies geschah, wurden alle männlichen Shirleys auf dem Berg mitgerissen.

Bis jetzt hatten weder das ATF noch das FBI an die Tür der Fury geklopft. Allerdings hatte Max Bryson neulich ein paar Worte mit Trip gewechselt, als der President im Bullenstall vorbeischaute, um sie über eine Rückkaufvereinbarung zu informieren, die er im Zuständigkeitsbereich des MGPD durchführte. Eine Notwendigkeit, die Trip hasste.

Aber hauptsächlich wollte der Chief den President nur aushorchen und hoffte, dass er einen Fehler machen würde. Das tat Trip nicht. Jet hatte auch ein offenes Ohr, wenn es um ihre Bullenfamilie ging. Auf diese Weise war der Club immer einen Schritt voraus, wenn ein Verdacht aufkam.

Wie zum Beispiel, dass alle Gebäude auf dem Berg in die Luft flogen, kurz bevor alle Mitglieder der Fury an diesem Abend im Pete's zu Whips Geburtstagsparty eintrafen.

Glaubte Jets ältester Cousin, dass die Fury etwas damit zu tun hatte? Vielleicht.

Konnte er es beweisen? Noch nicht und hoffentlich auch nie.

Eines war sicher: Niemand bei der Polizei in Manning Grove glaubte, dass jemand bei der Fury das Wissen oder die Erfahrung hatte, einen Berg voller Sprengstoff hochzujagen. Oder, noch besser, es so aussehen zu lassen, als hätten die Shirleys die für die Herstellung des Sprengstoffs benötigten Komponenten falsch gehandhabt.

Um sich weiter abzusichern, hatte Trip sogar gefälschte

›Quittungen‹ dafür vorgelegt, warum die Konten des Clubs geleert worden waren.

»Er wird nicht ohne Grund Hunter genannt«, murmelte Shade und brachte Easy auf ihr Gespräch zurück.

»Kannst du ihn dir leisten?«

»Er sagte, es wird nicht viel kosten. Nicht länger als eine Stunde, um herauszufinden, wo das Arschloch ist und mir eine Adresse zu besorgen.«

Easy schüttelte den Kopf, einmal mehr beeindruckt von den Fähigkeiten des ehemaligen Spezialeinsatzteams. »Verdammt. Sie sind so gut.«

»Ja.«

»Gut zu wissen, falls wir seine Dienste in der Zukunft brauchen.«

Shades Augenbraue senkte sich. »Wofür?«

Easy zuckte mit den Schultern. »Das weiß man nie. Es ist einfach ein gutes Werkzeug, das wir im Schuppen haben.«

»Ja, wenn du deine Werkzeuge gerne vergoldet hast.«

Easy schnaubte. »Das ist die verdammte Wahrheit. Ich muss mich beim Verkäufer melden, wann wir meinen neuen Wagen abholen. Wann erwartest du eine Antwort von dem Shadow?«

»In ein paar Tagen. Er hat einen anderen Job vor meinem. Er wird mir die Adresse schicken, sobald er sie bestätigt hat.«

»Weißt du, was du tun willst, wenn du sie hast?«

Shade neigte den Kopf und starrte ihn viel zu lange an, verdammt. »Ich habe eine Menge auf der Liste.«

»Da bin ich mir sicher. Und ich bin mir sicher, dass dem Wichser nichts davon gefallen wird.« Genau wie die Shadows wollte auch Easy nie das Ziel von Shade sein. »Hast du das Nummernschild des Vans zusammen mit den Telefonen verbrannt?«

»Ja. Aber ich habe ein anderes gefunden, das wir benutzen können.«

»Glaubst du, Cassie wird sich fragen, warum wir den Van mitnehmen?«

»Um deinen neuen Schlitten abzuholen«, antwortet Shade.

»Ich wollte damit zurückfahren.«

»Das braucht sie nicht zu wissen. Und wenn das Wetter scheiße ist, können wir ihn hinten reinpacken.«

Stimmt. Im April gab es diese ganzen verdammten ›Frühlingsschauer‹. Stundenlanges Fahren im Regen war nicht nur beschissen, sondern auch nicht sicher.

»Wird der Verkäufer den Schlitten für dich zurücklegen, wenn wir eine Woche oder so warten müssen?«

»Ja, ich habe ihm schon die Hälfte des Geldes gegeben, damit er ihn nicht an jemanden anderen verkauft. Ich warte darauf, dass Nico mir die Kohle für meinen Schlitten gibt.«

»Gut, sobald du das Geld hast und ich die Adresse habe, können wir loslegen.«

»Klingt nach einem verdammt guten Plan, Bruder. Es gibt nichts Besseres, als zwei Fliegen mit einer Klappe zu schlagen.«

Shade schüttelte den Kopf, schnappte sich die Kiste vom Boden und ging zur Tür hinaus. »Wir sehen uns später.«

»Bis später«, murmelte Easy, bevor die Stahltür zuknallte.

Er war so verdammt froh, dass Shade auf ihrer Seite war.

Scar hatte eine unheimliche Ausstrahlung, aber Shade war noch viel Furcht einflößender, denn nach außen hin wirkte er ruhig und gelassen. Aber Easy war sich verdammt sicher, dass Shades Leichenzahl viel höher war als die von Scar.

Auch Shades Vater würde auf dieser Liste stehen, denn er würde bald erfahren, was für eine verdammte Bitch Karma war.

Aber nichts von dem, was der Mann erlitt, wäre auch nur annähernd mit den jahrelangen Qualen vergleichbar, die Shade durchmachen musste.

Egal, was Shade mit dem Mann vorhatte, aus dessen Sack er stammte, er würde zu leicht davonkommen.

* * *

»ALSO GUT, wir haben heute Abend einen Haufen Geschäfte zu erledigen. Beruhigt euch verdammt noch mal, damit wir loslegen können.«

Als alle den Club-President nicht hörten, steckte Judge, der auf seinem Platz links von Trip stand, zwei Finger in den Mund und stieß einen ohrenbetäubenden Pfiff aus. »Euer verdammter President hat das Wort! Haltet verdammt noch mal die Klappe und zollt dem Mann etwas Respekt.«

Die Lautstärke ging in weniger als einer Sekunde von zehn auf null.

»Wenn ihr mich wegen eures Gequatsches nicht gehört habt, sage ich es noch einmal … Wir haben eine Menge Scheiße zu besprechen«, wiederholte Trip, »also lasst uns anfangen.«

Sie waren zu einem Treffen in der Scheune einberufen worden. Die meisten waren schon vor einer Stunde eingetroffen und hatten darauf gewartet, dass der Exekutivausschuss nach seiner eigenen Sitzung nach unten kam.

Den Prospects wurde gesagt, dass sie verschwinden sollten, sobald die Offiziere die Treppe herunterkamen, da sie nicht an den Kirchentreffen teilnehmen durften, bevor sie nicht ihr komplettes Set von Patches erhielten. Sie machten sich schnell aus dem Staub, ebenso wie jede Sweet Butt, die sich dort herumgetrieben hatte.

»Ich fange mit den Prospects an. Bis jetzt haben wir zwei Kandidaten, die Dodge sponsern will. Nico und Rex haben sich bei mir gemeldet und sind interessiert. Wir brauchen Zahlen, also brauchen wir Prospects, keine Frage. Ich hatte nicht erwartet, dass eines von Syns Bandmitgliedern daran interessiert wäre, aber seit sie auf der Farm wohnen, haben sie gesehen, wie das Leben hier ist und was der Club bietet. Sie wollen beide ein Teil der Fury-Familie sein.«

»Die Band verdient jetzt so viel, dass sie ihre Beiträge

bezahlen kann. Sie sind lange genug auf dem Rücken des Clubs mitgefahren«, meldete sich Dodge zu Wort.

»Einverstanden«, sagte Trip. »Ist Syn damit einverstanden?«

»Das ist nicht Syns Entscheidung. Aber sie weiß, dass wir mehr als großzügig waren, sie in der Schlafbaracke mit den Prospects wohnen zu lassen.«

»Was ist mit dem Schlagzeuger? Will Eddie kein Prospect werden?«, fragte Deacon.

»Er ist hin- und hergerissen.« Dodge zuckte mit den Schultern. »Wenn er sich dagegen entscheidet, könnte ich mir vorstellen, dass er die Band auch verlässt.«

Dekes Augenbraue senkte sich. »Warum? Jetzt, wo sie einen guten Manager haben, fängt die Scheiße an, für sie zu laufen. Es wäre dumm von ihm, wegzugehen, vor allem, weil wir alle wissen, dass Syn diese verdammte Band führt.«

»Ja, wenn er es tut, ist es kein Verlust. Auch wenn Syn es eine Zeit lang spüren könnte. Aber wenn das passiert, wird ihr Manager die Fühler nach einem neuen Schlagzeuger ausstrecken.«

»Wir wissen, dass nicht jeder für ein solches Leben geeignet ist. Wir haben ihnen viel Zeit gegeben, sich zu entscheiden. Sie wissen, dass sie ein Teil von Syns Band sind, aber das ist nicht dasselbe wie ein Teil der Fury. Wenn er sich nicht dafür entscheidet, ein Prospect zu sein, muss er sich einen anderen Ort suchen, an dem er bleiben kann. Nur nicht hier.« Trip wandte sich an Dodge. »Warum setzen wir beide uns nicht mal mit Eddie zusammen. Er muss scheißen oder von dem verdammten Pott runterkommen.«

»Ich stimme dir zu, Prez«, sagte Dodge. »Da gibt es nix zu diskutieren. Ehrlich gesagt, würde ich gerne sehen, dass Syn die ganze verdammte Band ersetzt. Sie weigert sich nur. Sie mag ihre Meinung nicht laut äußern, aber sie hat sie, wie der Rest der Old Ladys.«

Ein Kichern ging durch die Gruppe.

»Sie waren ihr gegenüber loyal und wie eine Familie. Ich versteh das?« Trip entdeckte Easy in der Gruppe und reckte ihm sein Kinn entgegen. »Nico hat erwähnt, dass er deinen Schlitten kaufen wird. Stimmt das?«

»Wenn du ihm deinen verkaufst, was zum Teufel fährst du dann?«, fragte Sig, der auf dem Vice-President-Platz rechts neben seinem Halbbruder stand.

»Ich habe eine tolle 2019er Street 750 im Visier«, sagte Easy. »Sobald ich die habe, nimmt Nico meine und er kann sich seine Patches holen.«

»Was ist mit 'nem Schlitten für Rex?«, fragte Shade.

»Er weiß, dass er seine Kutte erst bekommt, wenn er auf zwei Rädern fährt«, sagte Trip, was sie alle schon wussten.

»Dutch hat vielleicht etwas«, rief Rook. »Stimmts, alter Mann?«

»Ja, ein Stück Scheiße, das ein bisschen Arbeit erfordert, aber Sparky wird es für ihn in Form bringen.«

Whip schüttelte den Kopf, als Dutch ihn mit diesem Spitznamen ansprach. »Der Schlitten hat einen guten Preis. Es wird auch nicht viel brauchen, um ihn zum Laufen zu bringen. Er wird nur ein bisschen hässlich sein, bis er mehr Geld hat, um ihn hübsch zu machen.«

»So hübsch wie du, Junior«, sagte Ozzy und warf Whip einen Kuss zu.

»Lieber hübsch als ein verdammt hässliches Ozhole«, erwiderte Whip.

Trips Kiefer wurde hart und er schüttelte den Kopf. »Also gut, lasst uns wieder zur Sache kommen, bevor dieses Treffen in die Hose geht.« Er seufzte. »Da wir gerade bei den Prospects sind: Es wird Zeit, dass wir darüber abstimmen, ob Bones und Castle ihre vollen Sets von Patches bekommen.«

»Ist das schon ein Jahr her?«, fragte Cage

»Verdammt«, hauchte Trip, »aber ja.«

»Bessere Prospects kann man sich nicht wünschen, im

Gegensatz zu …« Rev weigerte sich, Scars Namen auszusprechen. Wie die meisten von ihnen. Er war ein Fehler, den man nicht so schnell vergessen würde. Allerdings würden Whip und Gabi die letzten Minuten dieses ehemaligen Prospects nie vergessen.

»Ja«, murmelte Judge, da alle dasselbe dachten wie Easy.

»Diese Shirley-Zuchtweibchen und ihre Brut nach Ohio zu bringen, war großes Kino«, sagte Sig. »Ich bin dafür, dass sie ihre Patches bekommen.«

»Stimmt. Sie haben ihre eigene Freiheit dafür riskiert. Ich weiß, dass keiner von ihnen zurück in den Knast will, und das war eine reale Möglichkeit bei dieser Aufgabe. Aber ihr wisst ja, wie das hier läuft, wir müssen alle darüber abstimmen. Hat jemand ein Problem damit, dass sie ihre Patches bekommen?« Trip sah sich in der Gruppe um. Da er auf einer Holzkiste vor der Bar stand, konnte er alle gut sehen. »Irgendjemand? Sprecht jetzt oder schweigt für immer.« Der President wartete eine Minute und klatschte dann in die Hände. »Also gut, dann lasst uns abstimmen. Wer ist dafür, dass Castle und Bones ihre Patches krigen?«

Alle in der Scheune riefen ein Ja.

»Wer ist dagegen?«

Der Raum war still.

»Na bitte, wir haben unsere zwei neuesten Mitglieder. Das bleibt unter uns erst mal. Wir werden sie am Sonntag vor der Clubfahrt überraschen. So können sie sich uns anschließen. Deke, besorge in der Zwischenzeit ihre Patches, und ich habe das Gefühl, dass Castle seinen Prospect-Namen behalten wird. Es würde mich nicht wundern, wenn Bones das auch tut, aber frag sie am Sonntag, um sicherzugehen.«

Deke nickte. »Das liegt daran, dass Ozhole ihnen gute Namen gegeben hat und keine beschissenen, wie er es eigentlich sollte.«

»Woher zum Teufel sollte ich wissen, dass sie diese Namen mögen?«, fragte Ozzy.

Trip ignorierte den Club-Secretary und wandte sich an Sig. »Sieh zu, dass die Sweet Butts einen großen Schweinebraten für die Feier vorbereiten, ja?«

Der Vice-President fragte: »Haben wir das Geld dafür?«

»Dafür? Ja. Wir werden es zusammenkratzen. Essen müssen wir so oder so, stimmts?« Trip wandte sich an Dodge. »Sag der Band, sie soll sich im Hof aufstellen, wenn wir zurückkommen, ja?«

Der Barchef nickte. »Das ist das Mindeste, was sie für die kostenlose Unterkunft und Verpflegung tun können, die sie bekommen.«

»Vielleicht wäre es an der Zeit, dort draußen eine Plattform zu bauen«, schlug Deacon vor.

Trip blickte in seine Richtung. »Haben wir das nötige Kleingeld dafür?«

Deke neigte seinen Kopf zur Seite.

»Richtig«, fuhr Trip fort. »Das muss warten, bis wir Diesels Crew ausbezahlt haben und ein schönes Polster in der Kasse haben.«

»Dann also der Rollback-Abschlepper«, sagte Deke.

»Also gut, wir haben noch etwas zu besprechen. Wir mussen über unsere Neuzugänge sprechen und ich rede nicht von Mitgliedern oder Prospects. Sobald Castle und Bones mit dem Aufbau des Mobilheims auf einem der Grundstücke fertig sind, werden Sig und Red einziehen. Die Wohnung ist viel zu eng für fünf von ihnen.«

»Sie sollten bis Samstag mit dem Aufbau fertig sein«, rief Rev aus dem hinteren Teil des Raumes.

»Okay, dann können wir ein Team zusammenstellen, das ihren ganzen Kram dorthin bringt. Dann steht die Wohnung erst mal leer.«

»Ich will sie«, sagte Whip und trat vor, um vor Trip zu stehen.

»Nur für dich?«, fragte Trip mit zusammengezogenen Augenbrauen.

Whip schüttelte den Kopf. »Sobald Sig in das Mobilheim gezogen ist, will ich Fallon aus dem Motel holen.«

Im Raum wurde es mucksmäuschenstill. Fallon war gerade erst nach Manning Grove zurückgekommen, nachdem was auch immer zwischen ihr und Whip vorgefallen war. Niemand wusste die genauen Einzelheiten, aber Easy wusste, dass sie sich lange mit der Schwesternschaft zusammengesetzt und danach beschlossen hatte, zu bleiben.

Die Schwesternschaft konnte verdammt überzeugend sein.

»Sie will bei dir wohnen, Junior?« Ozzy gluckste. »Hast du nicht schon eine Mami?«

Easy spürte, wie sich Shade neben ihm bewegte. Der Altersunterschied zwischen ihm und Chelle war viel größer als der zwischen Fallon und Whip.

»So etwas machen wir hier nicht, Bruder«, knurrte Trip Ozzy an. »Hast du ein Problem mit Fallon?«

Ozzy schüttelte den Kopf. »Nein.«

»Dann halt die Fresse.« Trip richtete seine Aufmerksamkeit wieder auf Whip. »Wird sie in der Wohnung zurechtkommen? Das ist nicht die Art von Unterkunft, an die sie gewöhnt ist.«

»Sie hat all das schicke Zeug für ein einfacheres Leben aufgegeben.«

»Einfacher als diese Wohnung geht es nicht.«

»Es ist nur so lange, bis wir uns etwas anderes überlegt haben«, versicherte Whip Trip.

»Sie hat wahrscheinlich genug Geld, um sich irgendwo ein Haus zu kaufen«, sagte Judge. »Oder eins drüben in *Cluburbia* zu bauen.«

Cluburbia war der neue Begriff für die wachsende Nachbarschaft auf der anderen Seite der Baumgrenze, in der jetzt viele von Easys Brüdern lebten. Cage und Jem, Judge und Cassie, Rook und Jet, Rev und Reilly sowie Dodge und Syn lebten bereits dort, und bald würden auch Sig und Red mit den drei Kindern dort wohnen.

»Ja, aber sie bleibt nur etwa einen Monat, bevor sie wieder auf die Straße geht.«

»Sie macht was?« Trip runzelte die Stirn.

»Wir sind noch dabei, die Details zu klären, aber sie wird weiterhin ein bisschen herumreisen.«

Auch Judge runzelte die Stirn. »Ohne dich?«

»Soll ich ihr sagen, dass sie nicht gehen kann?«

»Du forderst sie am Tisch?«, fragte Judge.

Whip zögerte.

»Wird sie deine Old Lady sein?«, Trip drängte.

»So weit sind wir in unseren Diskussionen noch nicht gekommen.« Whips Kiefer krampfte sich zusammen.

»Er muss wohl noch ein bisschen mehr Arschkriecherei betreiben«, sagte Ozzy.

»Damit kennst du dich doch aus, oder?« Whip warf dem älteren Biker einen wissenden Blick zu.

Dutch schnaubte so laut, dass ein Lachen durch die Gruppe schallte.

Trip, der ebenfalls versuchte, nicht zu lachen, hob seine Handflächen, um alle zu beruhigen. »In Ordnung! Kommt schon. Es macht verdammt viel Spaß, den großen Oz zu verarschen, aber können wir das nicht nach diesem verdammten Treffen machen? Lasst uns erst die ernsten Dinge erledigen.«

»Beruhigt euch, damit wir nicht die ganze verdammte Nacht hier sind«, brüllte Judge.

Als sich alle beruhigt hatten, ergriff Rook das Wort. »Es könnte ein Problem für den Club werden, wenn wir weiterhin *Streuner* einsammeln. Ich kann mir auch vorstellen, dass das die Aufmerksamkeit der Familie meiner Freundin erregt. Überleg doch mal. Red hat Levi aufgegeben und jetzt nehmen sie und

Sig drei andere Kinder auf, die aus dem Nichts aufgetaucht sind?«

»Erstens sind das keine Streuner«, knurrte Sig. »Sie gehören zu Reds Familie. Das heißt, sie sind unsere verdammte Familie. Und du weißt, warum sie Levi aufgegeben hat, Arschloch.«

Easy war sich ziemlich sicher, dass, wenn Red damals an der Stelle gewesen wäre, an der sie jetzt war, die Entscheidung, Levi zu behalten, ein Kinderspiel gewesen wäre. Aber sie war es nicht und es war das Beste für sie alle. Vor allem, weil sie Sig als ihren Old Man hatte.

Sie sahen den Jungen ab und zu in der Stadt und es gab keinen verdammten Zweifel, dass der Junge geliebt wurde und dort gelandet war, wo er hingehörte. Red hatte auch eine offene Einladung, ihn zu besuchen. Sie hatte ihn noch nicht besucht, aber zu diesem Zeitpunkt war das eher aus Respekt vor Matt und Carly Bryson.

Trotzdem, es gab keinen von ihnen, der in der Scheune stand und sich nicht fragte, wie Sig es schaffen würde, drei kleine Kinder großzuziehen. Er hatte eine Menge Probleme und Red verschwand immer noch gelegentlich in ihren Gedanken.

Ging es ihnen beiden besser als vor drei Jahren? Fuck, ja.

Aber plötzlich drei Kinder unter fünf Jahren zu haben, könnte ihre psychische Gesundheit an ihre Grenzen bringen. Sie hofften, dass das nicht der Fall war, und sie hatten ein gutes Unterstützungssystem um sich herum, aber trotzdem …

»Die drei Kinder aufzunehmen, wird kein Problem sein«, versicherte Trip Rook. »Wir werden uns eine verdammt gute Geschichte einfallen lassen. Noch besser ist, dass es für sie keine Beweise auf dem Papier gibt, da sie zu Hause geboren wurden und keine Geburtsurkunden haben. Dort, wo wir Judes Unterlagen bekommen haben, werden wir auch ihre bekommen. Sobald wir die Geburtsurkunden haben, können wir ihre Sozialversicherungsausweise beantragen, dann können wir Ezrah in den Kindergarten schicken.«

»Bist du sicher, dass es klug ist, ihn so kurz nach dem Clanplan in die Schule zu stecken?«, fragte Deacon.

»Wir wollen den Kindern ein normales Leben und eine normale Zukunft ermöglichen«, sagte Sig. »Eine Zukunft, die sie mit ihnen nicht gehabt hätten …« Das letzte Wort spuckte er praktisch aus.

Easy war sich nicht sicher, ob sie mit Sig ein normales Leben haben würden, aber das ›Dorf‹, von dem Trip immer sprach, würde ihnen helfen.

»Er ist fünf. Glaubt mir, sie denken sich verrückte Geschichten aus, zu denen die meisten Erwachsenen nur nicken und ›Äh was‹ sagen, ohne ein einziges Wort zu glauben«, versicherte Judge ihnen. »Sie glauben, dass die Zahnfee und der Osterhase echt sind.«

»Ja, aber der verdammte Berg war echt. Ihre Eltern waren echt«, sagte Rook. »Wenn er anfängt, über seine Eltern zu reden oder über das, was da oben passiert ist, könnte das Ärger bedeuten.«

»Ja, verstanden«, sagte Trip und riss sich seine Baseballkappe vom Kopf. Er fuhr sich nicht einmal mit den Fingern durch die Haare, wie er es gewöhnlicherweise tat, sondern setzte sie sich sofort wieder auf den Kopf. »Wir haben Zeit, das alles zu klären. Wir müssen das nicht an einem Tag machen. Ich bin bereit, bessere Ideen zu hören. Wir sind ein Dorf, schon vergessen? Wir alle ziehen diese Kinder auf. Wir müssen alle daran beteiligt sein. Bis hin zu den kleinsten Details.«

»Das ist kein kleines Detail«, sagte Rev. »Wer steht auf ihren Geburtsurkunden? Niemand in dieser Stadt wird glauben, dass Red und Sig ihre leiblichen Eltern sind. Das wäre ein riesiges Warnsignal.«

Trip wischte sich mit einer Hand über den Mund. »Du hast recht, wir können Sig und Red nicht in die Geburtsurkunde eintragen. Wie ich schon sagte, wir werden das alles hinkriegen. Aber nicht heute Abend. Wir wollen sie erst einmal in ihrem

Mobilheim unterbringen. Ezrah ist derjenige, der die Fragen stellt und der nachts immer noch weint, stimmts, Bruder?«

Sig nickte. »Ja, es ist eine Menge Scheiße passiert und er hatte Angst, und ja, er wird noch eine Weile um seine Eltern weinen. Red tut mit ihnen, was sie kann. Wie der President gesagt hat, werden wir den Scheiß schon hinkriegen.«

Trip nickte. »Es wird sich alles klären. Wir müssen uns nur Zeit lassen.«

Easy fragte sich, ob Ezrah ihnen die ganze Scheiße, die auf dem Berg passiert war, jemals übel nehmen würde. Mit fast fünf Jahren war er alt genug, um viele Erinnerungen zu haben, gute und schlechte. Nicht nur an seine Eltern, sondern auch an jene Nacht, in der er innerhalb weniger Stunden nicht mehr nur zwei Elternteile besaß, sondern plötzlich von seiner älteren Schwester aufgezogen wurde. Eine Schwester, die er nicht kannte.

»Da wir gerade von Kindern sprechen, wir haben noch eine Sache zu besprechen«, sagte Trip als Nächstes. »Ein weiteres Opfer dieses Clans.«

»Und der verdammte Scar«, sagte Cage leise neben Easy.

Trip fuhr fort. »Wir müssen uns überlegen, was wir mit Gabi machen.«

»Sie behauptet ständig, dass sie keine Familie hat. Ich kann nirgendwo etwas über sie finden. Keine Vermisstenmeldung, keine Zeitungsartikel über ein vermisstes vierzehnjähriges Mädchen. Nichts«, sagte Deke und schüttelte den Kopf. »Entweder lügt sie oder die Shirleys haben einen Zaubertrick angewandt, als sie sie aus dem Heim geholt haben, in dem sie sie gefunden haben.«

»Oder derjenige, der ihr Vormund sein sollte, hat sich einen Dreck um ihr Verschwinden geschert«, sagte Judge. »Ein Kind weniger, um das man sich kümmern muss.«

»Wahrscheinlich kassiert er aber immer noch den monatlichen Scheck für sie«, fügte Deke hinzu. »Warum zum Teufel sollten sie sich darum scheren, ob sie wirklich da ist oder nicht, solange das Geld reinkommt?«

Easy dachte sich, dass es den Staat New York interessieren könnte, da sie die verdammten Schecks verschicken. Es musste doch ein System geben, mit dem solche Kinder überprüft werden konnten.

Aber er hatte keinen verdammten Schimmer davon. Seine Eltern hatten ihn erst verlassen, als er mit siebzehn Jahren verhaftet wurde.

Als er mit einundzwanzig rauskam, wurde ihm gesagt, er solle nicht nach Hause kommen. Aber er hatte schon geahnt, dass es so kommen würde, als sie ihn im ersten Monat nur einmal besuchten.

Und dann? Nie wieder.

Er hatte sich nur verteidigt. Er war nicht auf der Suche nach Ärger gewesen. Diese verdammte Schlampe hatte ihn ausgetrickst und ihm Ärger eingebrockt. Er hoffte, dass sie ein verdammt mieses Leben hatte, denn in ihrem Egoismus hat sie ihm das seine mit Sicherheit versaut. Außerdem hat sie die Football-Karriere ihres Freundes für immer versaut.

»Wir müssen wohl glauben, was sie uns erzählt, bis wir etwas anderes herausfinden.« Trip fand Shade in der Gruppe. »Was denkst du, seit sie bei dir und Chelle wohnt?«

Shade riss eine Schulter hoch. »Ich habe keinen Grund, ihr nicht zu glauben. Sie sagt, sie kann nirgendwo hin und hat Angst, auf der Straße zu landen.«

»Das werden wir nicht zulassen. Darüber braucht sie sich keine Sorgen zu machen.« Trips Antwort überraschte Easy nicht.

»Chelle sagt ihr das fast jeden verdammten Tag. Sie sagt, sie kann so lange bei uns bleiben, wie sie will.«

»Und was sagst du dazu?«, fragte Trip ihn.

»Ich halte es nicht für klug. Ich habe nichts dagegen, dass sie ein paar Wochen bleibt, weil Maddie und Josie Jude so gut bei der Eingewöhnung geholfen haben. Aber danach ...« Shade schüttelte den Kopf.

»Was macht dir Sorgen?«, fragte Trip. »Noch ein Maul zu stopfen, Kleidung und alles, was mit einem Kind zu tun hat?«

Shade seufzte. »Nein. Das ist es nicht. Wir wissen, dass wir alle mithelfen, uns um unsere Kinder zu kümmern.«

»Sie ist nicht ›unser eigenes Kind‹. Das müssen wir erst mal klären, oder?«, fragte Dodge.

»Ich will immer noch wissen, was Shades Bedenken sind«, sagte Trip dem Barchef.

»Jude.«

3

Jude?

Alle starrten Shade verwirrt an.

»Sie sind beide vierzehn«, sagte er, als ob das alles erklären würde. »Ich will nicht sagen, dass sie ...« Shade schüttelte wieder den Kopf. »Aber gib ihnen ein paar Jahre Zeit, das riskiere ich nicht. Wenn sie nirgendwo anders hinkann, dann werden wir damit fertig. Aber wenn wir uns etwas anderes einfallen lassen, wäre es wohl das Beste. Ich vertraue Jude, er ist ein verdammt guter Junge, aber ihr wisst ja, wie Teenager sein können. Vor allem, wenn ihre Hormone verrücktspielen. Ich würde es vorziehen, diese Versuchung nicht ein Zimmer weiter zu haben. Für keinen von ihnen.«

Trip streichte sich mit der Hand über den Bart. »Ja, ich verstehe, was du sagen willst. So habe ich das noch nicht gesehen. Judge hatte dieselben Bedenken, als Ry mit Saylor im Haus blieb. Die einfache Lösung wäre gewesen, ihm ein eigenes Zimmer in der Schlafbaracke zu geben, aber das können wir mit Gabi nicht machen.« Er blickte sich um. »Hat irgendjemand eine Idee?«

»Was ist mit Crash und Liz? Vielleicht nehmen sie sie als

ihre Hausmaus auf. Sie könnten sie unten im Shadow Valley in der Schule anmelden«, schlug Cage vor.

»Ist sie nicht zu jung für eine Hausmaus?«, fragte Dodge.

»Es würde sie von Hillbilly Hill und den Erinnerungen an die Scheiße, die sie erlebt hat, wegbringen«, antwortete Judge.

»Aber würde es das wirklich? Sie sind oft hier oben. Vor allem jetzt, wo Rush hier ist«, sagte Trip. »Liz will Zeit mit ihrer Schwester und ihrem Neffen verbringen. Das kann ich ihr nicht verübeln, denn Stel und sie versuchen, die verlorene Zeit wieder aufzuholen.«

»Aber werden sie so oft hier oben sein, wenn Crash sie schwängert?«, fragte Rook.

»Wir wissen nicht, ob das passieren wird.« Trip hob eine Handfläche. »Und zum Teufel werd ich sie das fragen. Das ist ihre Sache. Ich könnte bei Zak nachfragen, ob jemand da unten eine Hausmaus braucht. Aber vierzehn ist wirklich ein bisschen jung, um eine zu sein. Ich schätze, der President der Angels wird das auch sagen. Sie braucht die Chance, ein Kind zu sein und in einer sicheren Umgebung aufzuwachsen. Offensichtlich war das Gruppenheim nicht das Richtige. Und wir alle wissen, dass die Guardians of Freedom es auch nicht waren.«

»Hört mir mal kurz zu«, begann Dodge. »Wer von uns allen könnte besser nachempfinden, was ihr auf dem Berg passiert ist als Red?«

In der ganzen Gruppe herrschte Schweigen.

»Fuck«, murmelte schließlich jemand auf der anderen Seite des Raumes. Es hätte jeder von ihnen sein können, denn sie haben es alle gedacht.

»Ja, ich bin mir nicht sicher, ob das funktioniert«, sagte Trip, zog seine schwarze Baseballkappe aus und fuhr sich mit den Fingern durch das Haar. »Sie haben gerade drei Kinder unter fünf Jahren aufgenommen.«

Wieder Schweigen. Denn das dachten sie auch alle.

»Ich werde das langsam wiederholen. Sig und Red haben

gerade drei kleine Kinder aufgenommen.« Trip hob beide Augenbrauen, um alles zu betonen, was er nicht laut aussprach.

Easy konnte in der folgenden Hektik nicht mehr verfolgen, wer was sagte, denn zu viele seiner Brüder meldeten sich zu Wort, sodass es schwer wurde, den Überblick zu behalten.

»Ja, ich bin mir nicht sicher, ob sie eine Vierzehnjährige in die Sache einbeziehen sollten.«

»Sig hat Red geholfen.«

»Aber Red hat Sig geholfen. Sie könnte Gabi helfen.«

»Aber kann sie das?«

»Gabi könnte bei den drei Kleinen helfen. Nicht wie eine Hausmaus, sondern eher wie eine ältere Schwester. Und während sie das tut, geben sie ihr etwas Stabilität«, sagte Judge schließlich.

»Wir alle werden ihr etwas Stabilität geben«, korrigierte Trip den Sergeant at Arms. »Vergiss nicht, es braucht ein verdammtes Dorf.«

»Prez, machst du dir Sorgen, dass die Kinder zu viel für Sig sind?«, fragte Rev.

»Ich will nicht, dass er wieder in den Abgrund stürzt«, antwortete Trip. »Also ja, ich mache mir Sorgen. Red hilft ihm, an der Oberfläche zu bleiben, aber was ist, wenn sie ausrutscht? Wenn sie ausrutscht, wird auch er ausrutschen und beide werden wieder in den dunklen Abgrund stürzen.«

»Verdammt noch mal!«, brüllte Sig. »Ich stehe verdammt noch mal genau hier!«

Trip drehte sich zu ihm um. »Was haben wir denn Falsches gesagt? Irgendetwas?«

»Wie wärs, wenn du mich erst mal fragst, ob wir das überhaupt in Erwägung ziehen würden?«

Sig hatte recht.

»Ist es das?«, fragte Trip seinen Bruder. »Um ehrlich zu sein, hat mich dieser ganze Scheiß die letzten Nächte wachgehalten.«

»Bist du sicher, dass es nicht Rush ist, der dich wachhält?«, scherzte Cage.

»Ja, ich bin mit Rush wach, aber danach sitze ich in diesem verdammten Schaukelstuhl und denke an diese vier verdammten Kinder und wie ich ihnen helfen kann.« Er blickte sich um. »Die meisten von uns haben diese Art von Hilfe nie bekommen. Hätten wir sie bekommen, wären die Dinge für einige von uns vielleicht anders gelaufen.«

»Hätten wir sie bekommen, würde vielleicht keiner von uns hier inmitten dessen stehen, was du wieder aufbauen wolltest«, erinnerte ihn Rook und ignorierte dabei die Tatsache, dass sein eigener Vater im Raum war.

»Du hast die Zukunft erschaffen, um die Vergangenheit zu heilen, Trip«, sagte Judge. »Am Anfang hat es mir nicht gefallen. Ich habe es nicht so gesehen wie du. Ich habe eine Weile gebraucht, um es zu verstehen, aber schließlich habe ich es. Ich habe es verstanden. Es war richtig, dass du es getan hast, und niemand wird das bestreiten.«

»Die Originals haben ihre Spuren hinterlassen, die diese Generation langsam auslöscht«, gab Ozzy zu.

»Hört zu, Liz und Crash kommen dieses Wochenende vorbei. Ich werde sie fragen, ob sie Gabi mit ins Shadow Valley nehmen. Ihr Dorf ist genauso stark, wenn nicht sogar stärker als unseres. Es wäre ein guter Ort für sie, um zu anzukommen, und es wäre weit weg von diesem Berg.«

»Du und Sig solltet auch mit Red reden«, schlug Judge dem President vor. »Der DAMC möchte vielleicht keinen Teenager aufnehmen, der aus fragwürdigen Verhältnissen stammt. Nicht nur von den Shirleys, sondern auch von dem Ort, wo auch immer diese Arschlöcher sie geschnappt haben. Die Möglichkeit, ihren Club in Schwierigkeiten zu bringen, könnte ein Problem darstellen.«

Trip nickte und wandte sich an Sig. »Ist das überhaupt eine

Option für dich, Bruder? Wärst du bereit, eine Vierzehnjährige aufzunehmen? Sie könnte dir und Red helfen, aber sie könnte auch eine Last sein. Du musst also das Für und Wider abwägen. Aber Dodge könnte recht haben. Wer könnte besser als Red verstehen, was Gabi in den Händen dieser Ziegenficker durchgemacht hat?«

»Ich weiß es nicht, verdammt. Aber wenn Red es will …« Er zog eine Grimasse und wischte sich mit der Hand über den Mund. »Was immer Red will.«

Jeder in diesem Raum wusste, dass Red alles bekam, was sie wollte. Dafür hat Sig gesorgt. Wenn seine Frau einverstanden war, würde Gabi mit ihnen in das Mobilheim ziehen, bis ein größeres und dauerhaftes Haus gebaut war.

Aber, *verdammt*, vier Kinder auf einmal? Easy war froh, dass es nicht er war, der in Rekordzeit von null auf vier Kinder kam. Er wollte im Moment nicht einmal eins – zum Teufel, geschweige denn, sich vier aufhalsen zu lassen.

»Was ist mit Gabi? Will sie bei dir und Chelle bleiben?«, fragte Trip Shade.

Shade antwortete auf seine langsame, vorsichtige Art. »Ich glaube nicht. Wie ich schon sagte, hat sie eher Angst, dass sie auf der Straße landet und nichts hat. Wir haben ihr versichert, dass das nie passieren wird. Chelle hat sie auch davor gewarnt, dass sich jetzt mehr Leute in ihre Angelegenheiten einmischen werden, als ihr lieb ist. Aber das wird passieren, egal ob sie hierbleibt oder ins Shadow Valley geht.«

»Genau. Sie ist ein Teenager, sie wird schnell die Nase voll davon haben, dass ihr Erwachsene am Arsch kleben, egal ob bei uns oder bei der DAMC«, sagte Trip.

Judge schnaubte. »Verdammt, Daisy ist noch kein Teenager und sie hat es jetzt schon satt.«

Deacon schlug seinem Cousin auf den Arm. »Lass mich der Erste sein, der dir sein Beileid ausspricht, wenn sie ein Teenager wird.« Er täuschte ein Schaudern vor.

Judge schnitt eine Grimasse und zog an seinem langen Bart. »Ja. Können wir einfach von acht auf achtundzwanzig gehen?«

Dutch schnaubte laut. »So viel Glück wirst du nicht haben, Bruder. Glaub mir.«

»In Ordnung. Bringen wir es hinter uns. Shade, ich nehme an Gabi bleibt erst mal bei dir und Chelle, ja?«

Shade nickte. »Ja.«

»Wir finden eine Lösung und bringen sie so schnell wie möglich irgendwo unter. Im Moment hat sie uns alle an ihrer Seite und das ist das Wichtigste.«

»Verdammt richtig«, murmelte Easy.

Gabi mochte sich im Moment nicht so glücklich fühlen, aber bald würde sie merken, wie verdammt glücklich sie war. Wenn es die Fury nicht gäbe, wäre Easy vielleicht aufgeschmissen. Aber weil er den Club gefunden hatte, stand er auf festem Boden. Er hatte einen guten Job, ein Dach über dem verdammten Kopf, eine loyale Bruderschaft und, was noch wichtiger war, er hatte eine immer größer werdende Familie, die ihn akzeptierte, egal was passierte.

Auch wenn er im Moment einige Geheimnisse hatte.

Wie Eddie, Syns Schlagzeuger, musste auch Easy scheißen oder vom Pott runterkommen, bevor es zu Problemen kam, die er später bereuen würde.

Er blickte an Judge vorbei zum ›The Punisher‹, das hinter dem Enforcer an der Wand hing.

Easy atmete langsam aus, als er sich daran erinnerte, wie Cage damit die Scheiße aus dem Leib geprügelt wurde. Er erinnerte sich auch daran, wie der Road Captain danach aussah.

Zumindest wollte er seinen Platz im Club nicht aufs Spiel setzen. Vielleicht war es an der Zeit, ein Machtwort zu sprechen und ein paar Forderungen an sie zu stellen.

Oder, *scheiß drauf*, er sollte es einfach beenden. Das war es, was er tun sollte. Einen sauberen verdammten Schlussstrich ziehen und einfach vergessen, dass es je passiert war.

Ja, genau das sollte er tun.

Heute Abend.

Er musste nur stark bleiben, wenn sie sich in sein Zimmer schlich. Er musste Nein sagen.

Er atmete tief durch, denn er wusste bereits, dass das nicht passieren würde.

Trip riss Easy aus seinen Gedanken. »Lass uns dieses Treffen richtig beenden …« Stiefel stampften auf und Fäuste schlugen auf die Brust, als der President rief: »Aus der Asche erheben wir uns!«

»Für unsere Brüder leben und sterben wir!«, schallte es unisono um sie herum. Und wie immer jagte es Easy einen Schauer über den Rücken.

Es war der verdammt beste Tag seines Lebens, diesen Club zu finden.

Wenn sie dabei erwischt wurde, wie sie sein Zimmer betrat oder verließ, könnte es auch sein schlimmster werden.

Er hoffte verdammt noch mal, dass das nicht passieren würde.

Easy ging auf die Bar zu und schlüpfte dahinter. Er war nicht der Einzige, der die gleiche Idee hatte.

»Wo hast du deinen neuen Schlitten gefunden?«, fragte Deacon, als er das Bier nahm, das Trip ihm anbot.

Easy lehnte sich mit dem Rücken an die Bar und wartete darauf, dass er an der Reihe war, ein Bier zu nehmen. »Jersey.«

Deacons Gesicht verzog sich bei seiner Antwort.

»Ich hole nur meinen neuen Schlitten ab, ich ziehe nicht dorthin«, versicherte Easy dem Treasurers des Clubs.

»Wer fährt mit dir?«, fragte Judge.

»Shade.«

Der Enforcer nickte. »Um sicherzugehen, tragt nicht eure Farben.«

Das hatten sie nicht vor. Nicht bei dem, was sie vorhatten.

Und was sie vorhatten, war nur zwischen ihm und Shade.

* * *

SEINE AUGEN ÖFFNETEN SICH, sobald es die Tür tat.

Es war egal, wie kaputt er war, es war egal, wann die Tür aufging, aber in der Sekunde, in der sie aufging, war es besser als jeder verdammte Wecker, den er je benutzt hatte.

Und natürlich wachte auch sein Schwanz auf.

Er musste sie verdammt noch mal wegschicken. Das war es, was er tun sollte. Eine Muschi war es nicht wert, dass ihm zu Ehren eine verdammte Deckenparty geschmissen wurde. Oder dass man ihm die Farben abnahm. Oder sogar zu sterben, verdammt.

Ja, es gab viel sicherere Frauen da draußen. Wie die Sweet Butts. Wie … *Gott* … jede andere als sie.

Absolut jede andere.

Ihre Routine war jedes Mal die gleiche. Reinschlüpfen, aus den Klamotten rausschlüpfen und in sein Bett schlüpfen.

Nur, dass ihre *schlüpfer*-rige Scheiße die Situation auch für ihn schlüpfrig machte.

Er musste verlangen, dass sie aus seinem Zimmer und aus seinem Leben verschwand. Und sich einen anderen Schwanz suchen, den sie reiten könnte, anstatt seines.

Er öffnete den Mund, um ihr das zu sagen, aber es kam nichts heraus. Er konnte die Worte nicht über die Lippen bringen.

Ihr zu sagen, dass sie gehen sollte. Dass sie ihn in Ruhe lassen sollte. Dass sie aufhören sollte, ihn verrückt zu machen. Dass sie sich verpissen sollte.

Warum zum Teufel machte sie ihn so verdammt schwach?

Natürlich sagte er nichts, als ihre Kleider auf den Boden fielen, nichts, als sie sein Laken zurückzog und nichts, als sich die Matratze unter ihrem Gewicht bewegte.

Er hielt sie nicht auf, als sie in der obersten Schublade des Plas-

58

tikschranks neben seinem Bett wühlte. Er hielt sie nicht auf, als sie an seinem Körper herunterrutschte und ihr heißer, feuchter Mund sich um seinen Schwanz wickelte. Er hielt sie auch nicht auf, als ihre Hand ihn mit der Faust umfasste und sie ihn hart und schnell lutschte, bis ihr warmer Speichel an seinen Eiern heruntertropfte.

Er sagte nichts, als er hörte, wie die Folie riss, oder als das Gummi ihren Mund ersetzte. Oder als seine Finger sich in ihr Haar gruben und er sie damit an seinem Körper hochzog.

Heute Abend ging er nicht so behutsam mit der Hand an ihrem Haar um, sondern zerrte besonders kräftig daran. Um sie wissen zu lassen, dass sich die Dinge ändern würden.

Bevor sie sich so weit bewegen konnte, dass sie seinen Schwanz hinunterrutschen konnte, drehte er sie so, dass sie stattdessen sein Gewicht tragen musste. Er drückte sie auf das Bett und hielt sie dort fest. Er durfte nicht in sie hineingleiten, sie nicht küssen und ihre Titten, die er jetzt so verdammt gut kannte, nicht berühren.

Er tat nichts, was sie von ihm wollte.

Er ignorierte den Duft ihrer Erregung, der ihm in die Nase stieg, und das leise Hecheln, das ihren gespaltenen Lippen entkam und seine Ohren erfüllte.

Ihre Beine umkreisten seine Hüften und sie zappelte unter ihm, um ihn zu ermutigen, sie zu nehmen.

Und, *verdammt noch mal*, das wollte er auch. Er wollte in das gleiten, was jetzt ihm gehörte.

Sie gehörte zu ihm.

Zumindest in seinem eigenen Kopf.

Denn sie würde ihm wahrscheinlich widersprechen, wenn er es laut aussprechen würde.

Also tat er es nicht.

Stattdessen ließ er sie heute Abend warten. Wenn er lange genug wartete, würde es sie an den Punkt bringen, an dem sie um das bettelte, was sie von ihm wollte, an dem sie von ihm verlangte, ihre Bedürfnisse zu erfüllen, an dem sie tatsächlich seinen Namen sagte, während sie in seinem Bett lag?

Das Problem war, dass er sie nicht dazu zwingen wollte. Er wollte, dass sie ihm all das freiwillig gab.

Was würde es nützen, wenn er es anders bekäme?

Es würde nichts bedeuten. Genauso wenig wie das, was es bedeutete, wenn sie sich in sein Bett schlich.

Er war ein Spielzeug, mit dem sie spielte. Das war alles.

Aber, *verdammt*, er ließ es weiterhin zu. Letztendlich konnte er nur sich selbst die Schuld dafür geben.

Schwach.

Fuck.

Trottel.

Trottel sollte auf seinem Namensschild stehen, nicht Easy.

Vielleicht war Easy aber auch passender, als er je gedacht hatte.

Sie kratzte mit ihren Nägeln leicht über seine Brust und erwischte dabei die Spitzen seiner beiden Brustwarzen. Sie lernte seine Schwächen kennen.

Ihre andere Hand legte sich um seinen Hinterkopf und sie zog ihn zu sich herunter, sodass ihre Münder nur einen verdammten Millimeter voneinander entfernt waren und ihr warmer Atem über seine Lippen strich. Er schloss die Augen und anstatt sie zu küssen, anstatt ihr zu geben, was sie wollte, ließ er seine Nase an ihrer Seite hinuntergleiten, bis sein Mund wieder über ihrem schwebte.

Sie hob ihren Kopf und stellte die Verbindung her. Ihre Lippen waren weich und geschmeidig. Ihre Zunge glitt über seine Unterlippe, bevor sie in sein Inneres eintauchte.

Ein Geräusch, das aus ihrer Kehle kam, ließ seinen Schwanz zucken.

Er war so gottverdammt hart. Seine Eier waren so verdammt prall. Der Drang, tief in sie hineinzustoßen, war stark.

Er konnte ihr nicht widerstehen. Das konnte er nie.

Und sie wusste es.

Sie wusste es, verdammt noch mal.

Das war es, was ihn am wütendsten machte.

Er hat das Unvermeidliche nur hinausgezögert. Denn am Ende würde sie bekommen, wofür sie gekommen war.

Das tat sie immer.

Ihre Hüften neigten sich, als die Spitze seines Schwanzes sie berührte. Er musste nicht um Einlass bitten, denn sie gab ihn bereitwillig.

Das ›Heilige Scheiße‹, das ihm durch den Kopf ging, rührte von seiner Verärgerung über seine eigene Niederlage her, aber auch von der Art und Weise, wie ihr Körper ihn vollkommen akzeptierte. Sie war offen und geschmeidig, als er tief in sie eindrang und sie in langen, vollen Stößen nahm.

Nach all dieser Zeit waren sie wie zwei gut geölte Maschinen, die perfekt zusammenarbeiteten. Er wusste, was ihr gefiel. Und wenn sie mit ihm fertig war, wusste sie, wie sie ihn über den Rand treiben konnte, bevor er bereit war.

Er versuchte immer, es in die Länge zu ziehen, damit es länger dauerte. Er wollte sie länger in seinem Bett halten, länger als die Zeit, die sie ihm zugestanden hatte.

Nein, *verdammt noch mal*, das war nicht richtig. Die Zeit, die sie sich für sich selbst genommen hatte.

Er war nicht mehr als ein Mittel zum Zweck. Er musste aufhören, es anders zu sehen. Sie benutzte ihn, so wie er und seine Brüder die Sweet Butts benutzten.

War es das verdammte Karma? Wahrscheinlich.

Er verlor seinen Gedanken, als ihre Zunge tiefer in seinen Mund eindrang und ihre Muschi ein glitschiger, warmer Kokon war, der ihn zusammenpresste, sich um ihn herum bewegte und ihn ermutigte, schneller und tiefer zu gehen, sich zu beeilen und sie zum Höhepunkt zu bringen.

Damit sie gehen konnte.

Aus seinem Bett schlüpfen, sich anziehen und aus seinem Zimmer verschwinden.

Und in der Sekunde, in der sich die Tür hinter ihr schloss, war es, als wäre es nie passiert.

Bis zum nächsten Mal.

Er löste sich aus dem Kuss und zog seinen Mund zurück, um ihn an ihre gekrümmte Kehle zu drücken, um mit seinen Lippen ihren pochenden Puls zu spüren und um seine Zunge in die Vertiefung ihres Halses zu stecken. Ihre Haut war weich, warm und schmeckte leicht salzig.

Er beugte sich über sie und drückte sein Gesicht zwischen ihre Titten und fand in der Dunkelheit erst die eine, dann die andere Brustwarze. Als er mit seinen Zähnen über die Spitzen fuhr, stockte ihr der Atem und ihre Finger glitten in sein loses, langes Haar, hielten es fest und ermutigten ihn, so weiterzumachen.

Sie brauchte sich keine Sorgen zu machen, er würde nicht aufhören.

Nicht, bevor er ihr gegeben hatte, was sie wollte. Nicht bevor er sich genommen hatte, was sie zu geben bereit war.

Es mochte nicht alles von ihr sein, aber etwas war besser als nichts, oder? Trips Lieblingsspruch.

Easy war sich nicht so sicher, ob das stimmte.

Etwas war nicht immer besser als nichts. Als er ein kleines Stück von ihr bekam, wollte er nur noch mehr.

Er drückte ihre Titte fest und saugte noch fester an der Brustwarze, wobei er ihr leises Wimmern in seinem Kopf festhielt, damit er sich später daran erinnern konnte. Wenn sein Zimmer ruhig war.

Wenn er allein war.

Es war leicht zu erkennen, wenn sie nah dran war. Heute Nacht gruben sich ihre Nägel scharf in seine Kopfhaut, während er ihre Titten weiter anbetete, damit er härter und stärker in sie eindringen sollte. Er musste sicherstellen, dass er gleich nach ihr fertig wurde, denn er würde es ihr nicht zutrauen, mit ihm fertig zu sein, bevor er mit ihr fertig war.

Also, er stieß zu und stieß zu und stieß zu, tiefer, schneller, in einem Rausch bis zum Ende. Ihr Mund stand offen, ihre Schreie waren anfangs leise, wurden aber mit jedem Stoß lauter.

Er drückte ihr eine Hand auf den Mund, um zu verhindern, dass ihre Schreie durch den Korridor der Schlafbaracke hallten und möglicherweise seine Brüder oder die Prospects aufweckten.

Als er ihre Brustwarze mit einem feuchten Plopp losließ, legte er seine Hand auf ihre Lippen und fing jeden Schrei, jedes Keuchen und jedes Wimmern ein. Er beanspruchte jeden einzelnen von ihnen. Sie gehörten ihm, ob sie es nun wollte oder nicht.

Sie stieß ihre Muschi immer wieder gegen ihn, ihre Hüften wogten und zuckten, eine Hand löste sich aus seinem Haar und grub sich in seinen Hintern.

Oh ja, sie war nah dran.

Aber das war er auch.

Dann folgte er ihr, schluckte ihr Stöhnen hinunter und gab ihr ein Grunzen als Antwort. Sie drehte ihren Kopf, um den Kuss zu unterbrechen, während sie beide darauf warteten, dass die Wellen ihrer Orgasmen abklangen.

In der Sekunde, in der sie das taten, bewegte sie sich unter ihm, was ihm signalisierte, dass er sein Gewicht verlagern musste, um sie loszulassen. Um sie freizugeben.

Mit zusammengebissenen Zähnen hielt er sie noch ein paar Sekunden länger fest, denn der Drang, sie zur Vernunft zu bringen, war zu stark. Er rollte sich von ihr herunter, bevor er es tatsächlich tat.

Wie immer, während er das volle Gummi von seinem Schwanz abstreifte, rutschte sie aus dem Bett und zog sich eilig an. Sie nahm sich nicht die Zeit, sich in seinem winzigen Scheißhaus zu säubern, sondern zog einfach ihre Kleidung und ihre Schuhe an, um so schnell wie möglich zu verschwinden.

Aber heute Abend war er schneller.

Schnell verknotete er das offene Ende des Gummis und ließ es fallen, wo auch immer seine Finger es losließen, und stürzte vom Bett, um sie einzuholen, bevor sie ging.

Sein Herz klopfte, nicht mehr vom Sex, sondern von dem, was er gleich tun würde.

Er war fertig damit, wie die Dinge liefen. Es musste sich etwas ändern, ob sie es wollte oder nicht.

Als sie nach dem Türknauf griff, schlug er eine Hand gegen die Tür, um sie an der Flucht zu hindern. »Tess.« Als sie sich verkrampfte, legte er seinen anderen Arm um ihre Taille und drückte sie fest an seine Brust. »Warte mal.«

»So geht das nicht, E, das weißt du doch.« Ihre Worte kamen atemlos heraus.

Hatte sie darauf gewartet, dass er sich zur Wehr setzt? War er ein Idiot gewesen und hatte es zu lange auf sich beruhen lassen, ohne sie herauszufordern?

Er steckte seine Nase in ihr langes, offenes Haar und atmete tief ein, während der vertraute Duft ihres Shampoos seine Lungen erfüllte. »Sagt wer?«, murmelte er gegen ihr Ohr. »Wer zum Teufel stellt diese Regeln auf?«

Sie stieß sich ruckartig von ihm ab, wahrscheinlich, um sich zu befreien. »So ist es einfacher.«

Seine Augenbraue senkte sich. »Für wen?«

Sie atmete tief ein und stieß hervor: »Für uns beide.«

Er schüttelte den Kopf und schlang seinen Arm um ihre Taille. »Sprich für dich selbst.«

»Das tue ich.«

»Ich könnte mit Trip reden.«

Stille. Eine Antwort, die lauter war als Worte.

»Wenn du nicht willst, dass ich das tue, dann müssen wir damit aufhören.« Er musste ein Machtwort sprechen. Er musste deutlich machen, dass er sich das nicht länger gefallen lassen würde.

Noch mehr Schweigen breitete sich zwischen ihnen aus.

Schließlich brach er sie. »Weil ich nicht bereit bin, meinen verdammten Schöpfer zu treffen.«

Oder ein Date mit dem Punisher zu haben.

»Ich … kann nicht. Wenn du dich meinem Bruder näherst, werden Erwartungen geweckt. Erwartungen, auf die ich nicht vorbereitet bin. Du etwa?«

Erwartungen, mit denen ich nicht umgehen kann.

Da war es.

All die Jahre, in denen er Frauen nur für Sex benutzt hatte, kamen zurück, um ihn zu beißen. Und die Bitch namens Karma hatte verdammt scharfe Zähne.

Er schloss kurz die Augen, sog einen langen Atemzug durch seine geblähten Nasenlöcher ein und sagte: »Ich werde ein paar Nächte weg sein. Ich fahre nach Jersey, um meinen neuen Schlitten abzuholen.«

Keine Überraschung. Keine Begeisterung. Keine Enttäuschung.

Nichts.

Absolut nichts, verdammt.

Er hätte nichts anderes erwarten sollen.

Er ließ seinen Arm von ihrer Taille fallen, griff an ihr vorbei und öffnete die Tür.

Ohne ein weiteres Wort schlüpfte sie hinaus und verschwand.

Er kämpfte wie besessen darum, die Tür nicht hinter ihr zuzuschlagen.

Ein Kampf, den er nur knapp gewann.

4

Tessa bewegte sich schnell und leise den dunklen Korridor entlang, hielt sich im Schatten auf und lauschte, ob sich eine Tür öffnete. Oder auf die Schritte von jemandem, der auf dem Weg zum oder vom Gemeinschaftsbad, der Hintertür oder der Scheune war.

Nachdem Whip sie eines Morgens um fünf Uhr erwischt hatte und sie noch ein paar andere Male knapp daran vorbeigeschrammt war, hatte sie gelernt, bis vier Uhr aus der Schlafbaracke zu verschwinden.

Sobald sie nach draußen trat, atmete sie erleichtert die späte Aprilluft ein.

In ihrem Kopf drehte sich alles um den Scheiß, den Easy gesagt hatte. Mit seinen Fragen. Ganz zu schweigen von der Tatsache, dass er tatsächlich angeboten hatte, mit Trip zu reden.

Was zum Teufel hat er sich dabei gedacht?

Er hat nicht gedacht. Das würde er bei Tageslicht einsehen. Er würde erkennen, dass die Art und Weise, wie sie es handhabten, zu ihrem Besten war.

Diese Sache zwischen ihnen sollte nur vorübergehend sein, eine Möglichkeit für sie, einfach ein Bedürfnis zu stillen. Sie

66

dachte, dass Easy von allen am ehesten bereit wäre, es dabei zu belassen. Eine lockere und einfache Vereinbarung.

Der Mann schlief mit jeder. Was hatte sich denn geändert?

Er konnte sie nicht als seine Geliebte wollen und sie war sicher auch nicht bereit, eine zu sein. Aber wenn er mit Trip redete, würde er unter Druck gesetzt werden. Und das nur, weil sie die Schwester des Presidents war.

Das war sowohl ein Fluch als auch ein Segen.

Ein Fluch, denn Trip neigte zu einer Schwarz-Weiß-Denkweise. Ein Fluch, denn Trip neigte zu einer Schwarz-Weiß-Denkweise. Das kam daher, dass er ein Sohn des originalen Fury-Presidents war. Aus seiner Zeit bei den Marines. Von seiner Zeit hinter Gittern.

Ein Segen, weil er sich um die Familie kümmerte, wenn sie es am meisten brauchte. Er hatte sie in dem Augenblick aufgenommen und akzeptiert, als sie vor seiner Tür landete. Er hatte ihr eine sichere Bleibe gegeben, als sie verzweifelt war.

Er hatte ihr ein echtes Zuhause gegeben – und tat es immer noch.

Ohne Fragen. Ohne zu urteilen. Mit nichts als Verständnis, denn sie hatten zwar nicht denselben Vater, aber dieselbe Mutter und Trip wusste, wie Tammy war.

Er hatte es nicht vergessen.

Und wie sie würde er es wahrscheinlich auch nie.

Mit ihrem Handy als Taschenlampe eilte Tessa durch die Dunkelheit, über den Hof, den steinernen Weg hinunter und an der Baumreihe vorbei Richtugn *Cluburbia*. Die ganze Zeit über kaute sie auf ihrer Unterlippe. Wenn sie nicht aufpasste, würde sie stolpern und sich in die Lippe beißen.

Aber was Easy von ihr wollte …

Unmöglich.

Auf keinen Fall.

Sie mochte die Dinge so, wie sie waren.

Unkompliziert.

Riskant? Ja. Das wusste sie. Aber dass er die Dinge beenden oder schlimmer noch, mit Trip reden wollte …

Nein. Einfach nein.

Beide Möglichkeiten gefielen ihr nicht. Warum konnte er die Dinge nicht einfach so lassen, wie sie waren? Ihre Routine hatte sich bewährt. Sie funktionierte.

Es sollte keine Erwartungen geben. Keine. Sie verstand also nicht, warum er sich Sorgen machte, dass ihr Bruder es herausfinden könnte.

Das musste der einzige Grund sein.

Denn Easy wollte auf keinen Fall eine Old Lady und sie war sich verdammt sicher, dass sie nicht bereit war, eine zu sein.

Sie schlich sich zur Rückseite des Hauses, wie sie es immer tat. Als sie über die hintere Terrasse ging und auf die Glasschiebetür zusteuerte, die sie unverschlossen gelassen hatte, ließ ein lautes Räuspern sie zusammenzucken und ein Quietschen entwich ihr.

Oh, Scheiße.

Oh, verdammte Scheiße.

Sie war aufgeflogen. Schon wieder.

Sie musste sich auf die Schnelle eine gute Ausrede einfallen lassen. Die Ausrede aus der Küche reichte nicht aus. Vor allem, weil ihre Hände leer waren.

Denk nach! Denk nach!

»Wo, zum Teufel, warst du? Es ist drei Uhr dreißig in der verdammten Früh.«

Sie blickte zu dem Stuhl in der Ecke des Decks hinüber. Derjenige, der am weitesten von der Tür entfernt war, damit sie es nicht bemerkte, oder besser gesagt, ihn, der im Dunkeln auf der Lauer lag. Ihr Herz pochte in ihrer Kehle und in ihren Ohren und versuchte, aus ihrer Brust zu entkommen. »Ich … bin spazieren gegangen.«

»Blödsinn.«

Tessa schaute sich an, wie das glühende Ende einer selbst

gedrehten Zigarette in der Dunkelheit aufstieg, und als Cage einatmete, erhellte das Flackern des brennenden Tabaks die Gegend um seinen finsteren Mund. Als sie sich dem Haus näherte, musste er die Zigarette in seiner Hand versteckt haben, damit sie ihn nicht verriet. Auf diese Weise konnte er ihr auflauern.

»Warum bist du wach?« Sie versuchte, die Panik aus ihrer Frage herauszuhalten und so ruhig wie möglich zu bleiben. Sie wollte nicht schuldbewusst klingen, sondern eher wie jemand, der einfach nicht schlafen konnte und einen Spaziergang brauchte.

»Dyna hat angefangen zu weinen. Ihre Ohren machen ihr wieder zu schaffen. Ich habe nachgeschaut, warum du nicht aufgestanden bist, und fand dein verdammtes Bett leer vor. Außerdem waren die Türen unverschlossen, obwohl ich weiß, dass ich sie vor dem Schlafengehen abgeschlossen habe.«

Sie griff nach dem Griff der Schiebetür. »Ich werde nach ihr sehen.«

»Einen Scheiß wirst du!«, brüllte er und ließ sie zusammenzucken.

Ihre Finger begannen zu zittern und sie wischte sich die Hände an den Seiten ihrer Jeans ab.

»Ich habe sie schon wieder ins Bett gebracht. Und jetzt … musst du dich verdammt noch mal hinsetzen.« Er neigte seinen Kopf zu dem Stuhl neben ihm. Als sie zögerte, bellte er: »Setz dich!«

Sie hielt den Atem an, als sie näher kam und ihren Hintern auf den Stuhl neben Cage setzte. Das erinnerte sie an die vielen Male, die sie ins Büro des Schuldirektors geschickt worden war und nachsitzen musste.

Er ließ sie warten. Einen verdammt langen, quälenden Moment, während er zwei weitere langsame Züge von seiner handgerollten Zigarette nahm, als hätte er alle Zeit der Welt.

Die Stille ließ das Grauen in ihrem Magen nur noch

schneller aufsteigen und verursachte, dass ihr ein wenig übel wurde. Was auch immer er sagen wollte, er musste es sagen, bevor sie kotzen musste. »Ist Jemma wach?«

»Nein.«

»Wirst du es ihr sagen?«

»Was soll ich ihr sagen, Tess? Dass du um halb vier Uhr morgens einen verdammten Spaziergang gemacht hast? Das hast du doch gemacht, oder? Einen verdammten Spaziergang im Dunkeln, mitten in der verdammten Nacht? Denn ich kann mir nicht vorstellen, dass du mich deswegen anlügen würdest, oder?«

»Ich war unruhig und konnte nicht schlafen. Ich dachte mir, ein langer Spaziergang würde mich müde machen.«

»Ein langer Spaziergang.« Er stieß ein wenig amüsiertes Lachen aus. »Was glaubst du eigentlich, mit wem du hier redest? Es ist eine verdammte Beleidigung, dass du mich für so blöd hältst.«

»Ich habe nicht gesagt, dass du blöd bist.«

»Das musstest du auch nicht. Du erwartest von mir, dass ich die Scheiße schlucke, die du gerade serviert hast.«

»Ich gehe jetzt ins Bett.« Sie begann sich zu erheben.

»Setz … dich … verdammt … hin«, knurrte er.

Seufzend ließ sie ihren Hintern auf den Sitz fallen und drückte eine Hand auf ihren Magen. »Ich bin nur deine Hausmaus, Cage …«

»Einen Scheiß bist du!«, brüllte er.

Tessa zuckte zusammen, als er so laut wurde. Sie wollte nicht, dass er Jemma oder irgendjemanden sonst in *Cluburbia* aufweckte.

»Du gehörst zur Fury-Familie, du gehörst zu meiner verdammten Familie und … falls du es vergessen hast, du bist die gottverdammte Schwester des Presidents. Also erzähl mir nicht den Scheiß, dass du nur eine Hausmaus bist. Crys ist nur eine

Hausmaus. Du und Saylor seid es nicht. Das ist ein verdammt großer Unterschied. Das weißt du, also stell dich nicht dumm.« Er drückte die handgerollte Zigarette gegen die Unterseite seines Stiefels, um sie auszumachen. Als er seinen Stiefel wieder auf das Deck stellte, drehte er sich in seinem Sitz. »Mit wem bumst du?«

Fuck. »Mit niemandem.«

»Blödsinn. Wessen Kopf setzt du aufs Spiel?«

»Niemandes.«

»Blödsinn. Du spielst mit dem verdammten Feuer, Tess. Und du weißt, was passiert, wenn du mit Feuer spielst. Ich hoffe, es ist kein Prospect.«

»Ich treibe es nicht mit einem Prospect.«

»Einer von Syns Bandkollegen?«

Sie schüttelte den Kopf. »Nein. Ich treibe es mit niemandem.«

»Wer treibt es dann mit dir?«

Sie beugte sich vor, stützte ihren Ellbogen auf ihren Oberschenkel und rieb sich mit den Fingern über die Stirn, um die aufkommenden Kopfschmerzen zu vertreiben. »Cage ...«

»Wer auch immer es ist, er muss mit Trip reden. Wenn er das nicht tut, wäre das ein großer Fehler. Einen, den er bereuen wird.«

Sie setzte sich auf und warf ihm einen bösen Blick zu, auch wenn er das in der Dunkelheit wahrscheinlich nicht sehen konnte. »Du solltest nicht über Fehler reden.«

»Und ich habe verdammt noch mal den Preis für meinen bezahlt«, brüllte er fast. Er schüttelte den Kopf und holte tief Luft, bevor er in einem leiseren, aber nicht weniger wütenden Ton fortfuhr. »Du warst noch nicht hier, also hast du die Konsequenzen nicht gesehen. Aber ich kann dir sagen, dass es nicht schön war. Willst du das für den, den du vögelst? Willst du, dass er mit der Keule, die in der Scheune hängt, vermöbelt wird? Willst du, dass derjenige, der versucht, Trip zu überlisten, den

Punisher dauerhaft mit seinem Blut befleckt? Denn genau das wird passieren.«

»Rev …«

»Rev hatte verdammtes Glück. Und nur, weil Reilly nicht die Schwester des Presidents ist.«

Tessa lehnte sich in ihrem Stuhl zurück und schloss ihre Augen. Hauptsächlich hatte sie kein Problem mit dem MC-Lebensstil. Sie war nicht damit aufgewachsen, aber in den letzten anderthalb Jahren hatte sie sich größtenteils schnell daran gewöhnt. An manchen Tagen war es etwas schwieriger als an anderen, denn Trip benahm sich eher wie ein überfürsorglicher Vater anstatt wie ihr älterer Bruder.

Aber es waren Dinge wie diese … Diese dummen, beschissenen ›Regeln‹ – wie zum Beispiel, dass Frauen und Kinder ›Eigentum‹ der Männer waren, egal ob echt oder eingebildet –, die sie auf die Palme brachten.

Manche Regeln verstand sie, manche nicht. Wenn sie, Saylor, Maddie und manchmal auch Lee irgendwo anders als im Pete's hingingen, musste ein Prospect sie begleiten wie ein verdammter Babysitter.

Oder wenn es um die ›Nicht anfassen‹-Liste ging. Sie war verdammte zweiundzwanzig Jahre alt, *verdammt noch mal*. Sie war kein Kind. Sie war nicht einmal minderjährig.

Sie war alt genug, um legal zu trinken, zu wählen und, *verdammt noch mal*, sogar in den Krieg zu ziehen. Sie sollte auf jeden Fall alt genug sein, um zu entscheiden, wen sie in ihre Vagina lässt. Und wer das war, ging verdammt noch mal niemanden etwas an. Nicht ihren Bruder und schon gar nicht Cage.

Trotzdem verstand sie Cages Sorge. Dieses Mal ging es nicht um sie, sondern um einen seiner Brüder, auch wenn er nicht wusste, um welchen. Die Bruderschaft stand sich nahe. Sie kümmerten sich umeinander. Das war das Gute am MC-Leben. Genauso wie die Schwesternschaft sind nahestand.

Aber es war schwierig für sie, Männer zu treffen, die nichts mit der Fury zu tun hatten. Wenn Jemma und Cage arbeiteten, war sie den ganzen Tag mit Dyna beschäftigt. Und auch an vielen Wochenenden. Da Jemma Krankenschwester in einem Hospiz war, waren ihre Arbeitszeiten sehr unregelmäßig. Deshalb hatte Tessa nicht viel Zeit, um auszugehen und sich zu verabreden. Sie konnte nicht einmal einen schnellen Sexpartner finden, ohne dass sich jemand in ihre Angelegenheiten einmischte.

Die wenigen Male, die sie bei ihrem Besuch im Pete's jemanden kennengelernt hatte, wollten sie nichts mehr mit ihr zu tun haben, sobald sie herausfanden, dass sie an den MC gebunden war.

Sie wollten keinen ›Ärger‹.

Dass sie die Schwester des Presidents der Blood Fury war, ließ die meisten Männern die Arschbacken zusammenkneifen. Und das nicht auf eine gute Art. Nach ein paar Verabredungen – wenn es überhaupt so weit kam – ließen sie sie in der Regel links liegen.

»Du vergisst etwas, Tess … Wenn es kein Prospect ist, wenn es keiner von den Synners ist, und ich weiß ganz genau, dass es nicht mein Vater ist … Herrgott.« Er gab einen würgenden Laut von sich. »Da Woody jetzt in der Wohnung über dem Pete's wohnt … Und wenn du nicht gerade einen Dreier mit Deke und Reese oder Sig und Red machst … Dann bleiben nur zwei Brüder übrig.« Er stöhnte und fuhr sich mit der Hand durch das Haar. »Nein, das stimmt nicht. Es bleibt einer übrig, denn ich weiß, dass du es nicht mit Dozer treibst Der Wichser findet nicht mal seinen Schwanz, es sei denn, man stößt ihn in die Eingeweide, damit er rausspringt, so wie die Augen, wenn Dyna ihr Bug-Out-Bob-Spielzeug drückt.«

Normalerweise würde sie darüber lachen, aber im Moment fand sie das gar nicht lustig. Vor allem, weil Cage gleich die einzig mögliche Schlussfolgerung ziehen würde.

»Verdammt noch mal«, murmelte er und schüttelte den Kopf. »Dieser dumme Wichser. Er hat Zugang zu mehr Sweet Butts, die seinen Arsch beschäftigen und seinen Schwanz feuchter machen als je zuvor.«

Sie musste Schadensbegrenzung betreiben. »Es war ein Fehler. Es wird nicht wieder vorkommen.« Sie hielt sich selbst davon ab, ein ›Ich schwöre‹ anzufügen, denn in Wirklichkeit konnte sie nicht schwören, dass das wahr war. Auch wenn sie es sollte. Sie sollte sich von nun an von Easy fernhalten.

Easy hatte recht. Sie mussten die Sache beenden. Es wäre das Beste für sie beide.

»Du sagst, es war nur einmal? Nur heute Nacht? Oder hast du dich heimlich aus dem Haus geschlichen, ohne dass ich es gemerkt habe? Du hast nicht nur dich, sondern uns alle in Gefahr gebracht, indem du die Hintertür unverschlossen gelassen hast, während du hinter Schwänzen her warst. Oder sollte ich lieber sagen: Easys Schwanz. Gott, Tess. Die verdammten Shirleys haben Jem einmal überfallen und mir meine verdammte Tochter gestohlen …«

»Die Shirleys sind weg.«

»Jetzt sind sie es!«, brüllte er, erhob sich von seinem Sitz und begann auf und ab zu laufen. »Frau, wie lange geht das schon so, verdammt noch mal? Wie lange schleichst du dich schon raus?«

»Es … Ich … Es war nicht …« *Mist.* »Nicht lange.«

»Nicht lange in Menschen- oder Hundejahren?«

Cage konnte witzig sein, wenn er es wollte. Leider kam heute Abend nicht sein Sinn für Humor zum Vorschein, sondern seine Wut. »Es war … Nur ein paar Mal.«

Verdammt, sie war eine erwachsene Frau, sie sollte ihm keine Rechenschaft ablegen müssen. Aber sie wusste, dass sie das nicht laut sagen sollte, egal ob sie frustriert war oder nicht. Das würde die Flammen nur anheizen.

Sie musste so ruhig wie möglich bleiben. Um die Wogen zu glätten.

Er blieb direkt vor ihrem Stuhl stehen, drehte sich zu ihr um und fuhr sich wieder mit der Hand durch das Haar. »Tess ...«

Sie rappelte sich auf. »Bitte sag Trip nichts davon. Oder Stella.«

Sein Schweigen als Antwort war beunruhigend.

»Cage ...«

»Du verlangst von mir, dass ich ein verdammtes Geheimnis für mich behalte, das einen meiner Brüder in die Scheiße reißen könnte?«

»Sei kein Verräter, Cage.«

»Ich habe dich aufgenommen, Tess, und du machst so einen Scheiß. Du willst, dass ich ein verdammtes Geheimnis für mich behalte. Vor unserem verdammten President!« Cage wurde wieder einmal so laut, dass sie Angst hatte, er würde Jemma oder Dyna aufwecken. »Du bist keine Sweet Butt, Tess. Dein Bruder wird ausrasten, wenn er das herausfindet. Ich will nur nicht, dass er wegen mir ausflippt. Das ist mir schon einmal passiert, das muss nicht wieder passieren.«

»Das wird er nicht. Wenn er es herausfindet, übernehme ich die volle Verantwortung. Es ist meine Schuld.«

Cages leises, trockenes Lachen ertönte in ihren Ohren. »Du willst mich wohl verarschen.«

»Tue ich nicht. Ich werde die Strafe auf mich nehmen. Ich bin diejenige, die es ...« Sie konnte seinen Namen nicht laut aussprechen. Auch wenn Cage es bereits herausgefunden hatte, würde sie seine Vermutung nur bestätigen, wenn sie Easys Namen sagte. Wenn sie den Namen laut aussprach, sendete sie ihn vielleicht ins Universum, und das Universum könnte ihn wie einen verdammten Meteor auf die Erde zurückschleudern und Tod und Zerstörung auf seinem Weg verursachen. »Ich war diejenige, die darauf bestand, dass es unter uns bleibt. Aber jetzt ist es vorbei. Es ist vorbei. Es war nur eine kurze Sache. Es ist vorbei, Cage.«

Diesmal hätte sie fast noch ein ›Ich schwöre‹ hinzugefügt,

aber sie konnte sich noch rechtzeitig bremsen. Trotzdem war es vorbei. Das musste es sein.

»Das glaube ich dir nicht. Und lustig, dass du seinen Schwanz reiten, aber seinen verdammten Namen nicht aussprechen kannst. Das sagt mir viel mehr über dich als über ihn.«

Verdammt. Diese Jungs waren wirklich schlau.

»Cage, wenn du es meinem Bruder sagst … Easy wird nicht der Einzige sein, der davon betroffen ist. Ich liebe Dyna … Ich will nicht … Ich will nicht, dass sich etwas ändert.« Eine von Trips Bedingungen, als er sie aufnahm, war, dass sie dem Club keinen Ärger machte.

Ihr älterer Bruder hatte die Fury gerne fest im Griff. Regierte er ihn mit eiserner Faust? Das tat er. Aber laut anderen, die sich daran erinnerten, war es nicht so, wie Buck regiert hatte. Trips Vater war grausam und missbräuchlich gewesen. Er war ein zerstörerisches Monster mit einem ebensolchen Temperament.

Ein Mann, der ihrer Mutter den Kopf verdrehte und sie fast so zerstörerisch machte wie sich selbst.

»Du hast gesagt, du willst nicht, dass sich etwas ändert … Dafür ist es zu spät. Daran hättest du denken sollen, bevor du in Easys Bett geschlüpft bist.« Er stieß einen hörbaren Atemzug aus. »Ich weiß, dass du nicht zu deiner Mutter zurückwillst. Und ich weiß auch, warum.«

Er wusste warum? Wie? »Wer hat es dir gesagt?«

»Es ist egal, wer es mir gesagt hat. Ich wusste, dass deine Mutter dich schon kannte, als du noch gar nicht da warst. Ich weiß, dass sie dich nur hatte, um ihren neuen Mann zu halten, als er bereit war, ihren verrückten Arsch zu verlassen. Ich weiß auch, dass sie es mit deinem jüngeren Bruder wieder getan hat. Die Schlampe hat deinen Vater in eine Falle gelockt und ihn dann überredet, zu bleiben. Das ist kein Grund, ein verdammtes Kind zu haben, geschweige denn zwei. Es ist kein Geheimnis, dass sie euch beide nicht wollte, und wenn jemand verstehen kann, wie sich das anfühlt, dann ich, Tess. Sie schert sich einen Dreck um dich und deinen kleinen Bruder, aber wir tun es. Trip schon. Er hat dich aufgenommen, weil du zur Familie gehörst. Und jetzt spuckst du ihm ins Gesicht, indem du dich rausschleichst und einen unserer Brüder dazu ermutigst, eine Regel zu brechen.«

»Wenn du nichts sagst, wird es niemand wissen. Easy wird sicher sein. Alles wird wieder so sein, wie es war.«

»Wie es war ...« Cage stieß einen Atemzug aus. »Alles was du tun musstest, Frau, war, jemanden zu finden, der nicht auf dieser verdammten Farm lebt. So einfach. Nur nicht so *Easy*.«

»Und du hättest nur deinen Schwanz nicht in ein unschuldiges amisches Mädchen stecken müssen. Da konntest du auch nicht widerstehen.«

Cage erstarrte für den Bruchteil einer Sekunde, dann trat er einen Schritt zurück und verschränkte beide Hände an seiner Seite. Er drehte sich auf den Fersen und ging auf die andere Seite des Decks, wobei er ihr den Rücken zuwandte.

Scheiße, Scheiße, Scheiße. Sie sollte ruhig bleiben und die Dinge glätten, statt sie noch schlimmer zu machen.

Aber wieder einmal hat sie mit ihrer großen Klappe alles vermasselt.

Darin könnte sie ein Profi sein. Genau wie ihre verdammte Mutter.

»Shit happens, Cage. Das solltest vor allem du wissen. Fehler werden gemacht ...«

Er drehte sich um, zeigte auf das Haus und knurrte: »Verpiss dich ins Haus. Ich will dich jetzt weder hören noch sehen. Ich bin fertig mit dir.«

»Cage ...«

»Geh verdammt noch mal ins Haus, Tessa. Ich brauche verdammt noch mal Zeit, um zu begreifen, was du von mir verlangst.«

Tessa schloss ihre Augen und atmete zweimal tief die

Morgenluft ein, um ihren Puls zu beruhigen. Dann versuchte sie, den Kloß in ihrem Hals herunterzuschlucken und den Drang zu überwinden, ihre Sachen zu packen und abzuhauen.

Das hatte sie schon einmal getan und jetzt konnte sie nirgendwo mehr hinlaufen. Sie wäre da draußen auf sich allein gestellt und hätte nichts.

Konnte sie es allein schaffen? Ja. Würde es einfach sein? Auf keinen Fall. Wollte sie aufgeben, was sie hier in Manning Grove, auf der Farm und als Teil der Fury hatte?

Allein bei diesem Gedanken drehte sich ihr Magen wieder um.

»Tut mir leid«, flüsterte sie, als sie auf die Glasschiebetür zuging.

Als sie sie aufschob, hörte sie hinter sich: »Das sagst du der falschen Person. Und ich bin mir verdammt sicher, dass es ihm auch leidtun wird. Denn glaub mir, keine Muschi ist es wert, dass man für sie fast stirbt. Selbst deine nicht, Tessa.«

* * *

Nachdem er sich entschieden hatte, in welche Tasche er die achte Kugel stoßen wollte, lehnte sich Easy über den Billardtisch, stellte sich auf und stieß.

Volltreffer.

Bones sollte es besser wissen, als einen Hunni aufs Spiel zu setzen, wenn es darum ging, mit Easy Billard zu spielen. In den meisten Nächten hatte Easy nichts Besseres zu tun, als Bier zu trinken, einen Joint zu rauchen und zu üben. Danach schaute er sich vielleicht ein paar Pornos an.

Normalerweise würde er auch eine Sweet Butt auf diese Liste setzen, aber in letzter Zeit ging er ihnen aus dem Weg. Leider wussten sie das alle.

Jede Einzelne von ihnen hatte ihm die Meinung gesagt. Auch Billie. Das Problem war nur, wenn die falsche Person ihre

Beschwerden hörte, konnte das Fragen und Probleme aufwerfen.

In den ersten zwei Wochen, als Tess mitten in der Nacht in sein Bett kletterte, war er ihnen nicht aus dem Weg gegangen. Die Dinge waren gleich geblieben, um ein bisschen Normalität zu bewahren. Denn er hatte nicht damit gerechnet, dass es so lange andauern würde.

Damals war Tess nur ein Bonus gewesen. So wie man ein Stück warmen Apfelkuchen mit einer Kugel Vanilleeis verschlingt, nachdem man sich mit dem Thanksgiving-Essen vollgestopft hat.

Dann, eines Abends, als er sich vor dem Kamin entspannt hatte, ließ sich Amber auf der Busbank neben ihm nieder, beugte sich vor, packte sein Paket und drückte zu. Er hatte sich ihr Handgelenk geschnappt, ihre Hand weggezogen und sich eine lahme Ausrede ausgedacht, die selbst sie ihm nicht abnahm.

Niemand würde das tun.

Aber zu dem Zeitpunkt war es das Beste, was ihm einfiel.

Easy schnappte sich den Hundertdollarschein vom Billardtisch, wo Bones ihn hingeworfen hatte, hob ihn in die Luft und ins Licht, um sich zu vergewissern, dass er echt war.

Das neu gepatchte Mitglied schnaubte. »Wenn ich wüsste, wie man *Benjies* fälscht, wäre ich stinkreich.«

»Ja, ich hätte wissen müssen, dass du zu dumm bist, um es herauszufinden.«

Bones stieß Easy gegen die Schulter und lachte albern.

»Aber bist du zu blöd, mich zu einem weiteren Spiel herauszufordern?«

»Fuck, nein«, antwortete Bones. »Danach ist mein Arsch völlig pleite. Aber wenigstens hast du jetzt noch einen Hunderter für dein neues Mädchen.«

Easy erstarrte. *Dein neues Mädchen?*

»Wann holst du deinen neuen Schlitten ab?«

Oh, dem Teufel sei Dank.

Sein Herz machte endlich einen Sprung. »Nächstes Wochenende gehts nach Jersey. Da am nächsten Sonntag keine Clubfahrt stattfindet, müssen wir uns nicht beeilen.«

»Ich wette, du bist ganz wild darauf, ihn dir zu holen.«

»Ich habe die ganze Zeit davon geträumt, dieses süße, starke Mädchen zwischen meinen Beinen zu haben.« Sein neuer Schlitten war nicht das Einzige, worüber er während der dreistündigen Fahrt fantasiert hatte. Tatsächlich war er die meiste Zeit mit einem Halbdicken gefahren.

Wenn ihn das Ficken mit Tessa im Dunkeln so anmachte, hatte er Angst, dass er so verdammt verloren wäre, wenn er sie im Hellen ficken würde.

Er wollte sehen, wie Licht und Schatten auf ihrer Haut spielten, wie sich ihr Hals wölbte, wie sie sich auf die Unterlippe biss und ihre dunkelbraunen Augen voller Verlangen waren. Alles für ihn.

Ja, das würde seine Träume und Fantasien in *Technicolor 3D* verwandeln.

Verdammt noch mal, was war zum Teufel los mit ihm? Er brauchte seine verdammte Angewohnheit nicht zu verstärken, und sie bei Licht zu ficken, würde das nur bewirken.

Whip trat an den Tisch heran, ein Bier in der Hand. »Willst du deines so nennen wie Fallon?«

Wenn ja, würde er sie sicher nicht nach einer Oma wie Agnes benennen. »Klar. Ich werde sie die *Creamed Jeans Machine* nennen. Jede Frau, die das Glück hat, mit mir mitzufahren, wird danach wissen, wieso mein Schlitten so heißt.«

Jeder, der in Hörweite war, brach in Gelächter aus.

Easy zuckte mit den Schultern.

»Du meinst, du cremst deine eigenen Jeans ein«, sagte Dodge, als er sich mit einem Grinsen und einem Bier in der Hand näherte. »Castle ist da draußen und tranchiert das Schwein. Sobald Syns Band mit dem Essen fertig ist, werden sie sich aufwärmen und anfangen zu spielen.« Er drehte sich zur Mitte der Scheune, hielt sich eine Hand vor den Mund und rief: »Das Essen ist fertig!«

Whip verpasste Easy einen Schlag in den Bauch. »Ich bin neidisch, Bruder. Ich würde gerne eine schönere Maschine haben.«

»Das hast du gerade. Du hast Fallon.« Er schenkte seinem jüngeren Clubbruder ein verschmitztes Lächeln. »Oh ja, und ihre Scout auch.«

Whip schüttelte den Kopf. »Das ist ihre Maschine, nicht meine.«

»Vorhin sah das nicht so aus. Sie saß hinter dir auf dem süßen Schlitten, nicht andersherum.«

»Ja, aber sie nimmt ihn mit, wenn sie nach dem Volkstrauertag abreist.«

Mit tiefgezogenen Augenbrauen drehte sich Easy um und sah ihn an. »Abreisen? Was zum Teufel redest du da?«

»Ja, sie bleibt nur einen Monat hier, damit wir …«

Easys Stirnrunzeln vertiefte sich. »Damit ihr was?«

Whip nahm einen Schluck aus seiner Bierflasche, wahrscheinlich um seine Antwort hinauszuzögern. »Wir klären alles unter uns und ziehen in die Wohnung oben ein. Dann wird sie sich jeden Monat eine Woche Zeit nehmen, um zu verreisen.«

»Ist das okay für dich? Sie einfach so gehen zu lassen?« Wer zum Teufel ließ seine Frau wochenlang verschwinden?

»Habe ich denn eine Wahl?«

»Ja, Dumpfbacke, du bist ihr Old Man. Hast du das vergessen?«

»Nein, denn ich bin noch nicht offiziell ihr Old Man.«

»Dann mach das, *verdammt noch mal*, und wenn sie deine Kutte trägt, hau mal auf den verdammten Tisch.«

»So ist das nicht.«

»Es kann so sein, wenn du es willst.«

»Das werde ich ihr nicht antun. Wenn ich es ...« Whip schüttelte den Kopf. »Das werde ich ihr einfach nicht antun.«

»Also wird sie deine Nüsse in ihre Handtasche stecken und sie jedes Mal mitnehmen, wenn sie abhaut?«

Whips Kiefer verkrampfte sich. »E, so ist das nicht.«

Er musste einen Nerv getroffen haben. »Scheint aber so. Klingt so, als würdest du am Ende eine Kutte aus dem Besitz von Fallon tragen, anstatt so, wie es eigentlich sein sollte.«

»So wie es sein sollte?« Whip neigte den Kopf, als er sein Bier anhob. »Sag mir, Bruder ... Warum verheimlichst du, was mit ihr los ist?«

Easy blickte schnell über seine Schulter, um sich zu vergewissern, dass alle nach draußen gegangen waren und die Scheune jetzt leer war. Dem Teufel sei Dank war sie das. »Wer?«

»Mein Gott, du weißt, wer. Ist das deine Entscheidung«, Whip zog eine Augenbraue hoch, »oder ihre? Hat sie deine Eier tief in ihrer Tasche?«

Easy knirschte mit den Zähnen und atmete langsam durch die Nasenlöcher ein. Wenn man hier jemanden in die Pfanne hauen wollte, musste man auch in der Lage sein, auch selbst etwas einzustecken. Er konnte es nicht persönlich nehmen. »Es war nur eine kurze Sache. Es ist vorbei.«

Whip schnaubte und warf ihm ein Grinsen zu. »Ja, Bruder, es ist nicht vorbei. Willst du wissen, woher ich das weiß?«

Er wusste es nicht wirklich, also machte er sich nicht die Mühe zu antworten.

»Weil die Sweet Butts, die schon darüber jammern, dass sie keine Brüder mehr bekommen, jetzt auch noch darüber reden, dass du plötzlich das Interesse an ihnen verloren hast. Sie alle. Das lässt die Alarmglocken schrillen, E. Ich muss nicht einmal erwähnen, dass sie nachts in deinem Bett ein und aus geht. Es wird nicht lange dauern, bis sie erwischt wird, so wie an dem Morgen, als ich sie beim Verlassen angerempelt habe. Es wird auch nicht viel brauchen, bis dein Arsch erwischt wird. Du machst besser einen Plan für den Fall, dass das passiert. Denn wenn es passiert, wird es verdammt weh tun.«

»Ich brauche keinen Plan. Es ist vorbei.«

Whip ging auf die angelehnte Doppeltür zu, die zum Hof hinausführte, und warf über seine Schulter: »*Genaaaaaauuu.* Rede dir das nur weiter ein.« Das Gelächter folgte ihm auf dem Fuße.

Fuck.

5

Er sollte zurück in die Scheune gehen, sich einen neuen Trottel suchen und versuchen, eine weitere Partie Eight-Ball zu gewinnen. Mehr Geld für seine neue Street 750 würde nicht schaden. Aber er konnte sich nicht dazu zwingen, seinen Platz zu verlassen.

Sein Bauch war voll mit Schweinefleisch – so zart, dass es von den Knochen fiel –, einer riesigen Portion von Cassies bombastischem Kartoffelsalat, drei Maiskolben, zwei große Scheiben von Shays geilem Maisbrot, ein ganzer Solobecher voll mit Stellas krassen Baked Beans und, als Krönung des Ganzen, ein von Billie gebackener Hasch-Brownie.

Der Brownie hatte es ihm verdammt noch mal angetan.

Er hob den Solobecher, der jetzt mit Bier statt mit Bohnen gefüllt war, an seine Lippen, ließ das kalte Gebräu seine Kehle hinuntergleiten und stieß einen langen Seufzer aus, als er fertig war.

Die Sonne war gerade hinter den Bäumen in der Ferne verschwunden, und die Dunkelheit schlich sich um alle, die noch draußen waren, und das waren so ziemlich alle, denn das Wetter hätte heute Abend nicht besser sein können. Neben den

Scheinwerfern, die auf den Rollback gerichtet waren, wo die Band gespielt hatte, kam das einzige andere Licht von den Feuern in den Fünfundfünfzig-Gallonen-Fässern, die im Hof verteilt waren.

Er saß auf dem Boden, mit dem Rücken an der Wand von The Barn, stützte ein Handgelenk auf ein angewinkeltes Knie, hielt in der einen Hand einen Becher und in der anderen eine selbst gedrehte Zigarette, während er die Szene beobachtete.

Das war das verdammte Leben. Er hatte einen vollen Bauch, einen endlosen Vorrat an Bier und Schnaps, ein solides Dach über dem Kopf, einen trockenen Platz zum Schlafen, eine Bruderschaft, die ihm den Rücken freihielt, eine Möglichkeit, Geld in die Tasche zu stecken, und bald auch eine neue Harley.

Besser noch, keine Weiber, die jeden seiner Schritte verfolgten, keine unbequemen Etagenbetten mit einer papierdünnen, dreckigen Matratze, fragwürdigen, fleckigen und zerrissenen Laken, niemand, der ihn beobachtete, wenn er scheißte, niemand, der ihm dabei zuhörte, wenn er sich einen runterholte, und keine ungewaschenen, durchgeknallten Zellengenossen. Und vor allem musste er nicht ständig über seine Schulter blicken.

Nur eine Sache würde sein Leben besser machen. Die Bedrohung zu beseitigen, die wegen einer sturen, aber unwiderstehlichen Frau über seinem Kopf hing.

Er nahm einen weiteren langen Zug an seiner Zigarette und blies den Rauch aus seinen Nasenlöchern.

Normalerweise verhielten sich Tessa und er in Gegenwart anderer Menschen ganz normal, aber die meiste Zeit versuchten sie, einander zu ignorieren. Doch egal, wo sie sich im Raum, in der Scheune oder sogar im Hof aufhielt, ohne zu offensichtlich zu sein, behielt er sie im Auge.

Nicht, weil er sich Sorgen machte, dass Bones, Dozer, Woody, Castle oder sogar Dutch sie anbaggern könnten – anscheinend waren sie nicht so dumm wie Easy, sich mit der verdammten Schwester des Presidents einzulassen –, sondern weil er sie einfach nicht aus den Augen lassen konnte.

Es war ein Instinkt, den er nicht abschütteln konnte. Eine Besessenheit, die mit jedem verdammten Tag stärker wurde. Sein Drang, sie für sich zu beanspruchen, wurde mit jeder Nacht, in der sie sich in sein Bett schlich, stärker.

Warum zum Teufel war sein Arsch natürlich immer noch da, wo er jetzt war.

Von dort, wo er saß, hatte er freie Sicht auf Tessa unter dem Pavillon, die mit Saylor, Reilly, Josie und Maddie trank und plauderte. Ihre ›Mädchen-Crew‹. Die Mädchen, mit denen sie auf Partys ging, und möglicherweise auch auf der Suche nach einem Schwanz. Nun, außer Lee, jetzt, wo sie Revs Patch trug. Ihr Old Man hätte vielleicht ein paar nette Dinge zu sagen, wenn sie mehr als eine ›Wingfrau‹ wäre.

Heute Abend hatte Tess Dyna nicht bei sich, wie sie es normalerweise tat. Nach einem kurzen Blick über den Hof entdeckte Easy, wo sich die Schwesternschaft mit den jüngeren Kindern, wie Reds drei Halbgeschwistern sowie Dane und Rush, getroffen hatte.

Er wusste, dass Dyna nicht bei Jemma oder Cage war, denn nur wenige Minuten zuvor war Dutch mit seiner Enkelin auf den Schultern an ihm vorbeigelaufen und trug ein T-Shirt mit der Aufschrift:

Leg dich besser nicht mit mir an
Sonst wird mein Opa hinter dir her sein
Und er bringt die Fury mit

MEIN GOTT, der alte Mann muss sich das Ding extra anfertigen lassen haben. Andererseits war das nichts Neues.

Jemma oder Tess konnten Dyna zwar schicke Klamotten anziehen, aber sobald Dutch sie in die Finger bekam, trug sie irgendein T-Shirt mit einer Botschaft darauf. Früher hatte sich Jemma dagegen gewehrt, sobald Dyna aus den Stramplern herausgewachsen war, aber jetzt seufzte sie nur noch und akzeptierte die Niederlage widerwillig.

Dutch liebte seine *Dutchess*, daran gab es keinen verdammten Zweifel. Für Jem war das wichtiger als das, was ihre und Cages Tochter trug.

Eine Präsenz zu seiner Linken ließ ihn seinen Blick von Tessa auf die Person lenken, die sich gerade näherte.

Jude.

Der Vierzehnjährige streckte Easy seine Hand entgegen. »Kann ich einen Zug davon haben?«

Easy starrte ihn an, als ob der Junge eine Schraube locker hätte. »Einen Zug wovon?«

»Was du da rauchst.«

»Das ist Tabak.«

»Okay.« Shades Junge schüttelte ungeduldig seine Hand.

»Du verarschst mich doch, oder?« Easy blickte sich schnell um. »Dein Vater versteckt sich irgendwo und das hier ist ein verdammter Test?«

»Ich weiß nicht, wo er ist.«

Das machte es noch schlimmer. »Du wirst keinen Zug davon bekommen, egal ob er hinter mir oder drei Meilen entfernt steht.«

»Ich dachte, du wärst cool.«

»Kid, ich bin verdammt cool, nur nicht dumm.« Meistens. Bei manchen Dingen vielleicht, aber nicht bei diesem. »Ich sag dir was, Jude, du gehst zu Chelle und fragst sie, ob du einen Zug nehmen darfst und wenn sie Ja sagt, kommst du wieder hierher und ich teile ihn gerne mit dir.«

»Sie wird nicht Ja sagen.«

Easy hob eine Augenbraue zu ihm. »Ach was. Ich frage mich, warum?«

»Sie wird sagen, dass ich zu jung bin.«

»Ich bin mir verdammt sicher, dass das nicht das Einzige ist, was sie sagen wird.«

Easy hatte Mitleid mit dem Jungen. Er war zu alt, um mit Daisy und Maya abzuhängen, zu jung, um mit der ›Mädchen-Crew‹ abzuhängen und Ry war noch ein paar Wochen auf dem College. Aber selbst wenn Judges Junge nach Hause kam, war er eigentlich schon zu alt, um mit Jude abzuhängen. Shades Sohn hatte also niemanden, mit dem er in Nächten wie diesen abhängen konnte.

Er durfte seine Freunde aus der Schule nicht auf die Farm einladen, weil …

Na ja, zum Teufel, wegen so ziemlich allem. Die Sweet Butts, das Gras, der Alkohol. Die Liste war lang.

»Hast du schon eine Freundin, Hengst?«

»Nein.«

»Willst du eine?«

Jude zuckte mit einer Schulter. »Ich weiß nicht.«

»Wenn du Tipps brauchst, wie man mit Mädchen flirtet, komm zu mir. Geh nicht zu deinem Vater. Ich glaube nicht, dass er es weiß.«

Jude schnaubte.

Eine dunkle Gestalt kam auf ihn zu. »Was machst du da?«

Easy presste seine Lippen zusammen. Auf keinen Fall wollte er den Jungen verpfeifen.

»Nichts«, antwortete Jude Shade.

Shades Blick glitt von Jude zu Easys Rauch und wieder zurück. »Castle sucht jemanden zum Dartspielen.«

Judes Augen leuchteten, sogar im Dunkeln. »Darf ich?«

»Ich hätte es nicht gesagt, wenn du nicht dürfest.«

Jude joggte in Richtung der angelehnten Doppeltür und verschwand darin.

»Chelle musste ihn letzte Woche aus dem Büro des Schulleiters abholen«, sagte Shade. »Er und ein anderer Junge wurden beim Rauchen hinter der Turnhalle erwischt.«

»Shit.«

»Ja.«

Easy grinste. »Hast du ihm Hausarrest gegeben?«

»Ich nicht. Aber Chelle schon.«

Easy versuchte, sein Lachen zu unterdrücken, aber es gelang ihm nicht. »Er ist ein Kind.«

»Ja, aber …« Shades Stimme verstummte.

»Aber?«

»Nichts«, antwortete Shade.

Ein weiteres Geheimnis, das Shade dieses Mal nicht teilen wollte. Easy war das gewohnt, wenn es um seinen Bruder ging.

»Wir werden damit fertig. Lass dich von ihm nicht wegen dieser Scheiße nerven.«

Easy tippte mit einem Finger an seine Schläfe. »Verstanden. Lass Jude keine Line von der Titte einer Hure ziehen. Kein Problem.«

Shade schnaubte, schüttelte den Kopf und ging den gleichen Weg wie sein Sohn in die Scheune.

Das Kreischen eines Verstärkers lenkte Easys Aufmerksamkeit auf den Rollback, der am äußersten Rand des Geländes geparkt war, wo es mit dem Feld zusammenlief. Der Abschleppwagen mit Ladefläche war für die Synners zu eng, aber sie schafften es, ihre gesamte Ausrüstung darauf zu laden.

Easy schätzte, dass sie noch etwa eine Stunde spielen würden und dann für die Nacht fertig wären. Auf den Partys und im Pete's zu spielen, war eine Art, wie die Band ihren verdammten Aufenthalt auf der Farm verdiente. Aber sie waren der Meinung, dass es sich lohnte, denn das Leben in der Gemeinschaftsunterkunft war besser als der beschissene Bus, in dem sie gelebt hatten. Der Schulbus war eine absolute Katastrophe gewesen.

Sowohl Dodge als auch der neue Manager von The Synners hatten die Idee verworfen, ihn weiter zu benutzen, da er nicht zuverlässig war und die Band jetzt ein stabiles Dach über dem Kopf hatte. Ihr Manager hatte ihnen einen neueren Kastenwagen geleast, mit dem sie ihr Equipment zu den Auftritten transportieren konnten, und ließ die Außenseite mit den neuen Grafiken der Band bekleben.

Der alte Schulbus parkte derzeit hinten auf dem Schrottplatz von Dutch's Garage. Easy bezweifelte, dass er jemals wieder von diesem Platz verschwinden würde. Das sollte er auch nicht.

Er nahm einen weiteren langen Zug von seiner handgerollten Zigarette und dabei wurde seine Aufmerksamkeit auf ein Pärchen gelenkt, das aus dem Schatten auftauchte und zu Syns knallharter Version von *Chasing Cars* von Snow Patrol tanzte.

Liz und Crash.

Sie waren für das Wochenende aus dem Shadow Valley gekommen, um Stella und das Baby zu besuchen, und waren wie üblich für die Clubfahrt geblieben. Die beiden waren nun ein wichtiger Teil der Brücke zwischen den beiden MC-Verbündeten.

Stellas Halbschwester – die ehemalige Sweet Butt – sah verdammt glücklich mit ihrem Old Man aus. Nicht, dass sie jemals anders ausgesehen hatte. Liz war schon immer eine unkomplizierte Frau gewesen, die viel lachte und strahlte. Easy konnte verstehen, warum Crash sie sofort ins Visier genommen hatte, nachdem er sie gesehen hatte.

Ursprünglich dachten alle, dass Ozzy mit ihr eine gute Sache vergeigt hatte. Aber am Ende stellte sich heraus, dass es sowohl für Oz als auch für Liz das Beste war. Beide hatten die richtigen Partner für sich gefunden. Partner, die sie als ihre anderen Hälften betrachteten.

Er wandte sich wieder dem Pavillon zu, als sein Herz einen Sprung machte.

Wie zum Teufel hatte sie sich an ihn herangeschlichen? War er so in seine Gedanken versunken?

»Was machst du da?«

»Chillen«, antwortete Easy Angel, die ihm die Sicht auf den Pavillon versperrte.

Wie Jude streckte sie ihre Hand zu ihm hinunter.

Seine Augenbrauen zogen sich zusammen. Angel rauchte nicht. Er zuckte mit den Schultern und bot ihr seine Zigarette an.

Sie zog ihre Hand zurück und machte ein Gesicht. »Ich will das eklige Ding nicht.«

»Was zum Teufel willst du dann?«

Die gertenschlanke Sweet Butt lachte. »Tanzen. Komm schon.«

»Mir ist nicht nach Tanzen zumute.«

»Nur damit du es weißt … wir fühlen uns ignoriert. Warum gehst du uns aus dem Weg? Hast du jemanden, den du geheim hältst? Wir wissen doch alle, wie gerne du fickst, also musst du jemand anderen haben, wenn du uns nicht fickst.«

Verdammt noch mal. »Vielleicht bin ich einfach nicht in der Stimmung.«

Angels schrilles Lachen, laut und schrill genug, um Aufmerksamkeit zu erregen, ließ ihn zusammenzucken. Er schaute absichtlich nicht zum Pavillon hinüber, um zu sehen, ob Tessa es bemerkte, sondern richtete seine Aufmerksamkeit auf Angel. »Was? Frauen können nicht in Stimmung sein, aber Männer nicht?«

Angels Augen wurden groß. »Wurdest du von einem Außerirdischen erforscht und ersetzt?«

»Nein.«

»Hast du dir den Kopf gestoßen?«

Er seufzte. »Nein.«

»Hast du Filzläuse oder brennt es beim Pinkeln und du willst es uns einfach nicht sagen? Willst du uns davor bewahren, dass wir uns das einfangen, was du hast?«

»Verdammt noch mal. Nein!« Eine Geschlechtskrankheit wäre zwar eine gute Ausrede, warum er die Sweet Butts mied, aber sie würde auch alle in eine verdammte Panik versetzen.

»Was dann? Das bist nicht du, E. Seit wann meidest du Sex so, wie wir alle Geschlechtskrankheiten meiden?«

Easy schloss für eine Sekunde die Augen und atmete einfach nur. Als er sie wieder öffnete, erhob er sich auf seine Füße. »Gut. Wenn du tanzen willst, dann tanzen wir. Wird dich das glücklich machen?«

»Es ist ein Anfang.«

Es würde auch das Ende sein, denn das war alles, was sie heute Abend von ihm bekam. *Fuck*, er tanzte nicht mal gerne. Eigentlich hasste er es.

»Ich tanze nicht schnell«, warnte er Angel.

Sie grinste ihn an, schob ihren Arm unter seine Kutte und um seine Taille und stieß mit ihrer Schulter gegen seinen Arm. »Du weißt, ich mag es schnell oder langsam.«

Mit Angel zu tanzen wäre eine gute Idee, denn dass er den Sweet Butts aus dem Weg ging, hatte ihre Aufmerksamkeit erregt. Nicht nur ihre, sondern auch die der anderen.

Ja, es wäre eine gute Idee, aber eine, von der er hoffte, dass er es verdammt noch mal nicht bereuen würde.

Angel lenkte ihn näher zum Rollback und zu der Stelle, an der Crash und Liz einander anlächelten, während sie in den Armen des anderen tanzten.

Er glättete das Stirnrunzeln aus seinem Gesicht und hob das Kinn in Richtung des Paares. Der Dirty Angel hob sein Kinn als Antwort, und Liz schenkte ihm eines ihrer breiten, echten Lächeln.

Easy war erst eine Handvoll Mal mit Liz zusammen gewesen und er wusste aus erster Hand, dass Crash ein Glückspilz war.

Sie war das Komplettpaket. Sie war verdammt klug, wunderschön, hatte eine tolle Persönlichkeit, einen heißen Körper und das Beste war, dass sie Sex liebte, für alles zu haben war und das auch noch ziemlich offen sagte.

Angel trat vor Easy und drückte ihren schlanken Körper an seinen und schlang beide Arme um seinen Hals. Kaum hatte sie das getan, legte Syns Band mit ihrem Cover von *I get off* von Halestorm los. Kein wirklich langsamer Song, zu dem er sich bewegen konnte, aber er hielt durch, bis Angel anfing, sich auf eine Art und Weise gegen ihn zu stemmen, die es unmöglich machte, ihr Vorhaben zu verkennen.

Sie tat ihr Bestes, um ihn hart und geil zu machen und seine ›Trockenzeit‹ zu beenden.

Indem sie sich an seinem Schwanz rieb und ihre unbeherrschten Titten an seine Brust drückte. Indem sie sich auf die Zehenspitzen stellte, um mit ihren Lippen an seinem Kinn entlangzustreichen, indem sie an seinem Ohrläppchen knabberte, dann das Gummiband von seinem Pferdeschwanz abzog und sein langes Haar freigab.

Was sie als Nächstes tat, würde ihn normalerweise jedes verdammte Mal umhauen. Sie schob eine Hand unter sein T-Shirt und zwickte seine Brustwarzen.

Verdammt, leider wusste die süße Sweet Butt seine verdammte Schwachstelle. Er dachte darüber nach, sie sich piercen zu lassen wie Rev und Deke, aber jedes Mal, wenn er sich vorstellte, wie eine Nadel durch seine Brustwarze gestochen wurde, stieg ihm die Galle hoch.

Nadeln für Tattoos, völlig in Ordnung. Eine Nadel durch seine Brustwarzen zu stechen, verdammt noch mal nicht.

Die Hände auf ihre Hüften gestützt, tanzte er weiter mit ihr und tat so, als wäre das alles normal, denn das war es früher auch gewesen. Bevor *sie* da war, hätte er Angel – oder jede andere Sweet Butt – auf der Stelle gefickt. Er hätte ihr gegeben, was sie wollte und sich genommen, was er wollte.

Aber, *verdammt noch mal*, er wollte das alles nicht.

Nicht jetzt.

Er biss die Zähne zusammen und zwang sich, sie nicht wegzustoßen. Er zwang sich, sie weitermachen zu lassen, obwohl jede verdammte Zelle in seinem Körper danach schrie, sie aufzuhalten. Um zu verhindern, dass die süße Sweet Butt ihm einen Dicken verpasst.

Er wusste, dass sie ihn anschaute. Vielleicht sogar urteilte.

Oder, *verdammt*, vielleicht lag er falsch und Tessa war es egal.

Es könnte ja sein, dass er der Einzige war, den es störte.

Würde es ihr überhaupt etwas ausmachen, wenn er Angel so benutzte, wie Tessa ihn benutzt hatte?

Sie sagte, sie wollte nicht, dass es jemand wusste. Sie sagte, sie wollte nicht, dass Easy mit ihrem Bruder sprach.

Vielleicht machte er sich zu viel aus der ganzen Sache.

Denn sie hatte ihn verdammt schwach gemacht.

Tessa kontrollierte ihn, ob mit Absicht oder aus Versehen. So oder so, es war ein weiterer Grund für ihn, die Sache mit ihr zu beenden. Er sollte nicht länger hinnehmen, wie sie die Dinge zwischen ihnen regeln wollte.

Hör auf, sie die verdammten Entscheidungen treffen zu lassen.

Sie beeinflusste auch sein verdammtes Leben, nicht nur ihr eigenes.

Aber in dem Moment, in dem Angel auf die Knie fiel und nach seinem Gürtel griff, mitten auf dem verdammten Hof, wo jeder es sehen konnte, wurde ihm klar, dass er nicht in der Stimmung war, dieses Spiel zu spielen.

Nicht mit Angel. Und schon gar nicht mit Tess.

Er zog die Hand der Sweet Butt von seiner Gürtelschnalle, packte ihre Ellbogen und zog sie auf die Beine.

Anstatt sie wegzuschieben, zog er sie an sich und tat so, als würde er weiter tanzen.

»Was zum Teufel ist los mit dir?«, flüsterte er ihr ins Ohr. »Die Kinder sind noch da.« Dem Teufel sei Dank, denn sonst hätte er keine gute Ausrede gehabt, um einen Blowjob abzulehnen.

Wollte er einen? Fuck, ja.

Wollte er einen von Angel? Fuck, nein.

Die Lippen, die er um seinen Schwanz gewickelt haben wollte, gehörten der Frau, die immer noch unter dem Pavillon saß.

Er blickte kurz in diese Richtung.

In Richtung der Frau, die unter dem Pavillon gewesen war.

Die Frau, die ihm die Lust auf alle anderen gestohlen hatte, war nun weg.

Fuck!

Als Easy Angel wieder auf die Füße zog, seinen Kopf senkte und seinen Mund an das Ohr der Sweet Butt legte, drehte sich Tessa der Magen um und ihre Kehle schnürte sich zu.

»Bist du okay?« Maddie stieß ihre Schultern aneinander.

Sie blickte zu ihrer Freundin hinüber. »Ja, ich habe nur …«

»Nur?«

Sie hatte niemandem erzählt, was zwischen ihr und Easy vorgefallen war. Nicht einmal Maddie oder Saylor, den beiden, denen sie am nächsten stand.

Sie schüttelte den Kopf und versuchte, sich die Vision von Easy und Angel aus dem Kopf zu schlagen. »Ich muss nur pinkeln und mir noch ein Bier holen.« Sie hüpfte von dem Picknicktisch, auf dem sie alle saßen. »Will noch jemand eins?«

»Ich nehme eins«, rief Saylor. »Oder bring mir stattdessen eine Flasche Jack. Ich habe heute Abend frei, das kann ich genauso gut ausnutzen.«

»Genieße sie lieber, bevor das Baby kommt.«

»Kein Scheiß«, antwortete Saylor. »In der Tat …« Sie kramte in ihrer Tasche und holte eine Metallpfeife und ein zusammengerolltes Tütchen mit Gras heraus und hielt es dann hoch. »Ich glaube, es ist an der Zeit, dass wir uns einen anstecken und dann tanzen gehen, bevor die Band durch ist.«

Tess blickte zu Josie hinüber und sah, wie sie auf ihrer Unterlippe kaute. Chelles jüngste Tochter schaute zu ihrer Mutter auf der anderen Seite des Hofes hinüber.

Sie war noch nicht alt genug, um zu trinken, und Chelle legte großen Wert darauf, dass ihre Töchter kein Gras rauchten. Sowohl Maddie als auch Josie respektierten ihre Mutter und Shade – vor allem, weil sie alle noch unter einem Dach lebten und Chelle für ihre College-Ausbildung aufkam – und so vermieden sie es, sich mit den anderen einen Joint, eine Bowl oder eine Bong zu teilen. Zumindest, wenn Chelle oder Shade in Sichtweite waren.

Chelle kümmerte sich um ihre Mädchen und deren Zukunft, im Gegensatz zu Tammy mit ihren drei ›Hosenscheißern‹.

Tammy war erleichtert, als Trip auszog, begeistert, als Tessa abhaute, und noch begeisterter, als ihr letztes Kind, der kaum achtzehnjährige Tucker, zu den Marines ging und ins Bootcamp geschickt wurde.

Nicht ein einziges Mal hatte sie versucht, ihre Kinder zum Bleiben zu überreden, nicht ein einziges Mal hatte sie erwähnt, dass sie sie vermissen würde. Nicht ein einziges Mal hatte sie Tessa, Trip oder sogar ihren jüngeren Bruder angerufen, damit sie für einen Urlaub nach Hause kamen. Nicht eine einzige SMS oder eine Geburtstagskarte wurde verschickt. Keine Anrufe, um zu sehen, ob es ihnen gut ging.

Kein einziger.

Tammy hatte keine Verwendung mehr für sie. Vor allem nicht, nachdem Tessas Vater abgehauen war, nachdem die letzte elterliche Verantwortung aus dem Haus geflogen war. Er zog sofort mit einer Frau zusammen, mit der er offenbar seit Jahren herumgefickt hatte. Tessa bezweifelte, dass sie die erste Frau war, mit der ihr Vater fremdging. Er tat seine väterliche Pflicht, indem er in der Nähe blieb, um sicherzustellen, dass Tessa und

Tucker überlebten und er half, die Rechnungen zu bezahlen. Tessa hatte den Verdacht, dass er nur das Nötigste tat, um Tammy keinen Unterhalt zahlen zu müssen. Sobald seine ›Pflichten‹ weg waren, war er mit seinen ›Pflichten‹ fertig. Mit beiden.

Wenn er sich mal daran erinnerte, dass er Kinder hatte, bekamen Tess und Tuck eine kurze Geburtstags-SMS von ihm und jedes Jahr zu Weihnachten einen gestelzten Telefonanruf. Aber nie, nicht ein einziges Mal, hatten sie eine Einladung zu seinem neuen Zuhause erhalten, um seine neue Frau kennenzulernen.

Tammy hatte ihn in eine Falle gelockt und seine beiden Kinder hatten ihn freigelassen.

Manche Menschen sollten niemals Eltern werden, und Tammy war ein perfektes Beispiel dafür. Tessas Vater hätte ein toller Vater sein können, wenn er nicht so verdammt unglücklich gewesen wäre und einen Groll darüber hegte, dass Tammy ihm eine Falle gestellt hatte.

War das Tessas und Tuckers Schuld? Nein.

Haben sie dafür bezahlt? Auf jeden Fall.

Tessa verdrängte ihre Gedanken, als sie den langen Weg zur Scheune nahm, anstatt über den Hof zu gehen. Sie tat ihr Bestes, um Easy und Angel aus dem Weg zu gehen.

Anstatt durch die Doppeltüren an der Seite zu gehen, schlüpfte sie durch die Vordertür. Zum Glück waren nicht allzu viele Leute drinnen, denn die Nacht war draußen perfekt. Es ist weder zu kalt noch zu heiß, noch keine hohe Luftfeuchtigkeit und noch keine Mückenschwärme.

Aber bald schon.

Sie entdeckte Jude und Castle beim Dartspielen und Shade beim Billardspielen mit Dodge.

Ansonsten war es leer und verdammt ruhig im Vergleich zu draußen, wo The Synners ihr wahrscheinlich letztes Set für diesen Abend spielten.

Sie konnte nur vermuten, dass Bones betrunken war und mit dem Gesicht voran in der Möse einer Sweet Butt vergraben war, um zu feiern, dass er vor der Clubfahrt sein volles Set Patches bekommen hatte. Sie war überrascht, dass Castle nicht das Gleiche tat und stattdessen mit Jude Darts spielte.

Aber es war ja noch früh. Es gab nicht mehr allzu viele ungebundene Brüder für die Sweet Butts, also waren sie immer auf der Jagd nach ihnen. Wie Angel.

Und Tessa wusste genau, dass die Sweet Butts alle ein Auge auf Castle geworfen hatten und nur darauf warteten, dass er seinen Prospect-Rocker austauschte.

Konnte sie es Angel verübeln, dass sie es heute Abend auf Easy abgesehen hatte? Fuck, nein. Der Biker war gut aussehend und super lässig.

Normalerweise.

Ging es ihr am Arsch vorbei, dass die Sweet Butt sich an Easy ranmachte? Das sollte es. Sie hatte kein Recht, sich darüber Gedanken zu machen. Sie hatte keinen Einfluss auf den Mann, so wie Easy keinen Einfluss auf sie hatte.

Seufzend ging sie direkt auf die Bar zu und versteckte sich dahinter.

Sie hatten nur …

Nur …

Nur alles für nichts riskiert.

Oder? Es war nichts.

Nichts von alledem sollte etwas bedeuten.

Das sollte und konnte es nicht.

Zumindest redete sie sich das ein.

Sie knurrte vor sich hin und nahm eine volle Flasche Jack Daniels aus dem Regal an der Wand hinter der Bar, ignorierte den Stapel roter Solobecher und machte sich auf die Suche nach einem kalten Sixpack.

Die Kühlbox unter der Theke war nur mit Eis gefüllt, und sie konnte auf keinen Fall selbst zapfen und versuchen, alles nach draußen zu tragen.

Sie würde wetten, dass sie in dem großen Kühlschrank in der Küche noch mehr Bier fand. Selbst so pleite, wie der Club im Moment wegen der Ereignisse mit den Shirleys war, Bier konnte man immer finden. Die Jungs betrachteten es als ein Grundnahrungsmittel und als eine der notwendigen Lebensmittelgruppen.

Tessa erstarrte mit der Flasche Jack in der Hand, als Easy mit langen Schritten durch die offenen Seitentüren ging. Natürlich war er nicht allein. Er hielt Angels Hand und zerrte die süße Sweet Butt mit verkniffener Miene und entschlossenem Gesichtsausdruck hinter sich her.

Fuck. Sie hatte versucht, ihnen aus dem Weg zu gehen, und jetzt saß sie in der verdammten Falle.

Mit der Jack-Daniels-Flasche in der Hand eilte sie auf die Tür zu, die die Scheune von der Schlafbaracke trennte. Sie wollte es schaffen, bevor Easy Angel in die Schlafbaracke und sein Zimmer schleppte. Vor allem, weil sein Zimmer praktisch gegenüber von Tessas Ziel lag.

Sie wollte sie nicht persönlich treffen, denn sie wusste, dass Easy …

Dass Angel …

Sie stieß die Schwingtür zur Küche auf und duckte sich hinein. Sie drückte sich mit dem Rücken an die Wand neben der Tür, schloss die Augen und atmete einfach, um ihr rasendes Herz zu beruhigen.

Sie konnte dieses Dilemma auf eine von zwei Arten lösen. Sie war nur noch nicht bereit, sich für eine von beiden zu entscheiden.

Sie liebte ihre Freiheit, aber sie liebte auch …

Sex.

Sie konnte ihn überall bekommen. Sie wollte es nur nicht.

Das war das eigentliche Dilemma.

Statt Easys Vorschlag, selbst mit Trip zu reden, sollte sie das vielleicht tun. Sie sollte ihrem Bruder sagen, dass er ihr Leben in keiner Weise kontrollieren konnte und dass sie tun würde, was sie wollte, wann sie wollte und mit wem sie wollte.

Sie stöhnte und schlug sich eine Hand an die Stirn.

Ja, klar, weil Trip immer so verdammt besonnen war.

Er war in die Rolle des Beschützers geschlüpft, egal, ob derjenige, den er beschützen wollte – Bruder, Schwester oder Kind, blutsverwandt oder verschwägert –, es wollte oder nicht.

Ob sie es brauchten oder nicht.

Er hatte den Platz des Presidents für sich beansprucht.

Nicht nur, dass niemand sonst ihn wollte, Tessa konnte auch nicht behaupten, dass er ihn nicht verdient hätte.

Das hatte er.

Sie musste auch zugeben, dass er gut darin war. Es lag ihm im Blut, zu führen. Selbst mit seinem Temperament hatte er die Fähigkeiten dazu.

Zweifelte er manchmal an seinen Entscheidungen? Ja. Aber taten sie das nicht alle?

Seine wahren Führungsqualitäten kamen am deutlichsten zum Vorschein, als er schließlich zugab, dass der Club mit den Shirleys allein nicht fertig werden würde. Als er entschied, dass sie andere für die Aufgabe heranziehen mussten.

Es war die beste Entscheidung, das konnte niemand bestreiten, aber Tessa wusste, dass es Trip sehr ärgerte. Für ihn war es das Eingeständnis einer Niederlage.

Aber die Geburt von Trips Sohn und Tessas Neffen brachte ihn schließlich dazu, etwas Drastisches zu tun.

Es gab Gerüchte, dass Stella ihren ersten Sohn verloren hatte, und wie erwartet, hatte sie das sehr mitgenommen. Tessa befürchtete, dass, wenn Rush etwas zustoßen würde, ihr Bruder und seine Frau unheilbar daran zerbrechen würden.

Stella war nicht Tammy und Trip war sicher nicht Buck.

Dem Teufel sei Dank dafür.

Trip war sehr darauf bedacht, die Geschichte nicht zu wiederholen, egal ob es um die Fury oder um seine Familie ging.

Er wollte unbedingt von Tammy und Tessas Vater, seinem Stiefvater, wegkommen und ging, wie Tucker, sobald er konnte, zu den Marines. Aber erst, nachdem er seine betrügerische Hure von einer ersten Frau geheiratet hatte.

Stella erwähnte ihren erstgeborenen Sohn bei keinem von ihnen und Trip erwähnte seine erste Frau nie.

Tessa öffnete die Augen, atmete tief durch und ging zu dem großen, kommerziellen Kühlschrank hinüber.

Als sie ihn öffnete, murmelte sie: »Natürlich.« Darin befand sich mehr Bier als Essen. Kein Wunder, denn viele der Sachen, die die Amish normalerweise darin aufbewahrten, wurden heute Abend für die Patch-in-Party serviert. Sie kramte durch die verschiedenen Marken und fand ein Sixpack Corona, versteckt hinter ein paar Budweiser.

Volltreffer!

Das einzige Problem war, dass sie praktisch komplett hineinklettern musste, um es ganz hinten im Regal zu erreichen. Sie streckte ihren Arm so weit wie möglich aus und klemmte ihren Kopf zwischen zwei der Regale ein.

Endlich konnten ihre Fingerspitzen den Pappträger berühren. »Verdammt!« Sie stupste ihn mit ihren Fingern an, bis sie einen von ihnen in den Träger einhaken und ziehen konnte. Dann zog sie das Sixpack vorsichtig zu sich heran, während sie sich aus dem kalten Inneren befreite.

Sie seufzte erleichtert auf, als sie das Bier in der Hand hatte, dann trat sie einen Schritt zurück und knallte die Kühlschranktür zu.

»Heilige Scheiße!«, schrie sie überrascht, da jemand auf der anderen Seite der verdammten Tür gestanden hatte.

Easy. Mit einem verärgerten Blick auf seinem Gesicht.

Warum zum Teufel war er verärgert? Wenn jemand verärgert sein sollte, dann sie.

Nein. Falsch.

Sie hatte kein Recht, verärgert zu sein, erinnerte sie sich. Überhaupt nicht.

Vielleicht war es sein Corona.

Gut.

Dann würde sie jeden verdammten Schluck davon genießen, während er Angel genoss.

»Problem?« Sie hob das Bier hoch. »Ist das deins?«

»Nein.«

»Nein, du hast kein Problem? Oder nein, das Bier ist nicht deins?«

»Das Bier ist mir scheißegal, Tess.«

Ihr Blick wanderte zur Tür. »Wo ist Angel?« *Oh verdammt, warum zum Teufel klingt das so gehässig?*

»Hast du ein Problem mit Angel?«

»Nein, ich mag Angel sehr gern.«

»Dann hast du also ein Problem damit, dass ich mit Angel abhänge?«

Ihr Gesichtsausdruck blieb so neutral wie möglich, als sie ihn in der stillen Küche anstarrte, nur einen Meter von ihr entfernt. Sie zwang sich zu einem: »Überhaupt nicht.«

Seine dunkelbraunen Augen verengten sich. »Lügnerin.«

Verdammt noch mal. »Warum bist du hier drin?«

»Vielleicht um ein verdammtes Bier zu holen.« Er zuckte mit den Schultern und trat einen Schritt näher, um eine der Flaschen aus dem Pappträger zu ziehen.

Sie schob eine weitere heraus und hielt sie ihm hin. »Nimm lieber auch eine für Angel mit. Es wäre unhöflich, sie dehydrieren zu lassen.«

»Du hast recht«, sagte er und schnappte ihr das zweite Bier weg. »Das wäre es. Danke, dass du so verdammt rücksichtsvoll bist. Sie wird es sicher zu schätzen wissen.«

Kein Grund, eifersüchtig zu sein.

Kein Grund, besitzergreifend zu sein.

Kein Grund, sich auf ihn zu stürzen und ihm die Haare auszureißen.

Nö. Überhaupt kein Grund dazu.

Das hatte sie sich selbst zuzuschreiben.

Sie hatte die Regeln aufgestellt, jetzt musste sie mit ihnen leben.

Entweder das oder sie musste sie ändern.

Weg mit den Regeln oder weg mit dem Mann.

6

Easy stellte die Biere auf dem Tresen nebenan ab, blockierte aber weiterhin Tessas Flucht. Nicht, dass sie versucht hätte, ihm auszuweichen.

Fuck, nein. Diese Frau rannte vor nichts davon. Normalerweise begegnete sie den Problemen frontal und mit einer bestimmten Attitüde.

Aber im Moment war es keine Attitüde, die sie ihm entgegenbrachte. Was es war, traf ihn mitten ins verdammte Gesicht.

Sie war eifersüchtig.

Auf eine Sweet Butt.

Nein, falsch. Die Eifersucht bezog sich nicht auf die Sweet Butt selbst, sondern eher darauf, dass Tessa dachte, Angel würde in seinem Zimmer auf ihn warten. Dass er vielleicht eine andere als sie ficken würde.

Es sollte ihn glücklich machen, dass sie endlich so etwas wie … *Fuck*, er wusste es nicht genau. Gefühle? Reaktion? Vielleicht sogar einen verdammten Impuls zwischen ihnen beiden.

Das freute ihn nicht, sondern machte ihn verdammt wütend. Er hatte sich Angel nicht genähert, um Tessa eifersüchtig zu machen, sondern die Sweet Butt hatte sich ihm genähert, nicht um ein Problem zu verursachen, sondern weil die Sweet Butts dafür da waren.

Was Tess nicht wusste, war, dass er sie zum Teufel gejagt hatte. Angel wartete nicht auf ihn. Niemand wartete.

Wieder einmal musste er sich Ausreden einfallen lassen, um seinen eigenen Scheiß zu schützen.

Und das alles nur wegen der Frau, die vor ihm stand.

Fick mein Leben.

Es war ganz gut gelaufen, bis Tessa in der ersten Nacht zu ihm kam, in sein Bett kroch, sich irgendwie in seiner Brust verkeilte und dort stecken blieb.

Er war nicht in der Lage, sie loszuwerden.

Er hätte ihr von Anfang an sagen sollen, dass sie sich verpissen sollte. Dass sie sich einen anderen Trottel suchen sollte, der ihre Spielchen mitmacht.

Sein verdammter Fehler. Und jetzt musste er dafür bezahlen.

Genauso wie er für seinen Fehler mit siebzehn Jahren bezahlt hatte.

»Sag mir, Tess … Du willst nicht, dass ich mit Trip rede, aber du willst auch nicht, dass ich mit jemand anderem zusammen bin. Ist das so? Was zum Teufel soll ich also tun? Meine Brüder wissen, dass ich kein verdammter Mönch bin. Und sie wissen auch, dass ich nicht zölibatär lebe. Nicht mal annähernd. Die Sweet Butts fragen sich, was zum Teufel hier los ist, und es wird nicht lange dauern, bis auch die anderen sich das fragen. Du machst es mir echt hart.« Hart und unbequem, genau wie sein Schwanz.

Tess schaute ihm herausfordernd in die Augen und hatte den Mumm zu sagen: »Dann fick sie. Niemand hält dich davon ab.«

Er packte ihr erhobenes Kinn und kippte ihr Gesicht noch weiter nach oben, bevor er seinen Kopf senkte und praktisch Nase an Nase mit ihr ging. »Ich will sie nicht ficken«, kam es zischend heraus. »Das ist das verdammte Problem. Ich will keine von ihnen ficken.«

Ihre Lippen zuckten. Kaum, aber genug, dass er es mitbekam.

War das mehr als ein Spiel für sie? War das eine Art verdammtes Machtspiel? Denn wenn das so war …

Sie hatte Glück, dass er nicht so jähzornig war wie ihr Bruder, denn in diesem Moment kochte seine Wut, und es brauchte eine ganze Menge, bis sie zum Vorschein kam.

Der Drang, seine Finger um ihre Kehle zu schlingen und sie gegen den Kühlschrank zu pressen, bis sie um Gnade schrie, schockierte ihn zu Tode. Stattdessen ließ er ihr Kinn los, trat einen Schritt zurück und stemmte die Hände in die Seiten.

War es das, was sie wollte? Wollte sie ihn brechen?

Und wenn ja, warum?

Sie konnte ihn schubsen, bis er ausrastete, aber selbst wenn er das tat, würde er ihr nie wehtun.

Niemals.

Wenn es das war, was sie wollte, aus welchem Grund auch immer, dann trieb sie den falschen Mann an. Als er noch nicht alt genug war, um es besser zu wissen, war er in eine Falle getappt, die sein Leben verändert hatte, und jetzt, wo er es war, sollte er verdammt sein, wenn er noch einmal in eine Falle tappte.

Also, scheiß auf sie.

Er war verdammt noch mal fertig mit ihr.

So verdammt fertig.

Er zuckte mit dem Kopf zurück, als sie nach oben griff, aber sie griff nicht nach seinem Gesicht, sondern griff wieder in das Haargummi, das sein Haar zurückhielt. Sie riss es los und kämmte dann mit den Fingern durch das Haar, während sie ihre Hände fallen ließ. Ihr Kopf neigte sich und ihre dunkelbraunen, unleserlichen Augen suchten sein Gesicht ab.

Und, Fuck, er ließ sie gewähren.

Fuck, er ließ sie es tun. Und wieder einmal hielt er sie nicht auf.

Dummer Wichser.

Als sie schließlich einen Schritt zurücktrat, hielt sie ihm das Haargummi vor das Gesicht. »Das gehört mir.«

»Tess.« Das Köcheln wurde nun zum Sieden gebracht.

Sie schüttelte nur den Kopf und schob sich an ihm vorbei, die Whiskeyflasche in der Hand, das Sixpack unter demselben Arm und das Haargummi tief in ihrer Vordertasche verstaut.

»Tess!«, rief er, dieses Mal lauter.

Sie zögerte und hielt sich mit einer Hand an der Küchentür fest. Sie machte sich nicht die Mühe, hinter sich zu schauen. Um ihn anzusehen.

Scheiß auf sie.

Scheiß. Auf. Sie.

Bleib stark.

»Mach dir nicht die Mühe, heute Abend zu kommen. Meine Tür wird verdammt noch mal verschlossen sein.«

Ja, er war fertig mit ihr, aber, *verdammt noch mal*, sie war offensichtlich noch nicht fertig mit ihm, als sie die Schwingtür aufstieß und »Nein, wird sie nicht« flüsterte, gerade laut genug, dass er es hören konnte, bevor sie durch die Tür verschwand.

* * *

MIT DER HAND auf dem Türknauf schloss Tess ihre Augen, weil sie Angst hatte, ihn zu drehen.

Ihr Herz klopfte so stark, dass sie befürchtete, es würde alle in der Schlafbaracke aufwecken.

Wenn sie verschlossen war …

Scheiße, wenn sie verschlossen war, musste sie das als ein Zeichen verstehen.

Er hätte mit Angel schlafen können, hat er aber nicht.

Er hätte lügen können, aber er tat es nicht.

Er hatte gesagt, seine Tür wäre verschlossen.

Sie drehte sie und ihre Augen blitzten auf.

Sie war es nicht.

Sie drückte ihre Stirn an das glatte Holz und atmete erleichtert auf, obwohl sie wusste, dass es ein Risiko war, so lange im Korridor zu stehen.

Aber sie wollte nicht, dass Easy diese Erleichterung mitbekam.

Er durfte nicht sehen, wie viel er ihr bedeutete.

Wie viel ihr diese Nächte, diese gestohlene gemeinsame Zeit bedeuteten.

Mehr als er je wissen würde.

Ob es ihm nun gefiel oder nicht, sie wollte, dass es so blieb.

Langsam stieß sie die Tür auf und fand sein Zimmer so dunkel wie immer vor, als sie eintrat. Sie schlüpfte hinein, schloss die Tür leise hinter sich und hielt inne, um das Schloss zu drehen.

Sie keuchte auf, als ein Gewicht sie so hart traf, dass ihr die Luft aus den Lungen floss. Sie fand sich mit dem Rücken gegen die Tür gepresst und ihr pochendes Herz saß ihr im Hals. »E …«

»Jedes Mal, wenn du dich aus dem Haus schleichst, dich in die Schlafbaracke schleichst, in mein Bett kletterst … Jedes Mal, wenn du dich aus meinem Zimmer, der Scheune und zurück ins Haus schleichst, riskierst du, erwischt zu werden. Du riskierst es für uns beide. Du weißt das. Du weißt das und du machst es trotzdem.«

Er hatte keine Ahnung, dass sie bereits von Cage erwischt worden war. Sie hatte es ihm nicht gesagt und hatte es auch nicht vor. Das würde ihm nur einen weiteren Grund geben, die Sache zu beenden. Trotzdem zwang sie sich zu einem »Dann hören wir auf«, als wäre es ihr scheißegal, ob sie es taten. Als ob es keine große Sache wäre, obwohl es das in Wahrheit war.

Sein Daumen drückte gegen den pochenden Puls in ihrem Nacken. »Ich sage das immer wieder, aber du kommst immer wieder zurück. Du, Tess, nicht ich. Du kommst zu mir, ich gehe nicht zu dir.«

Diese Erinnerung brauchte sie nicht. Die Tatsache, dass sie sich nicht von ihm fernhalten konnte, zehrte an ihr. Jedes Mal, wenn sie sich sagte, dass sie die Anziehungskraft ignorieren sollte, die sie von ihrem Zimmer zur Schlafbaracke zog, machte sie sich trotzdem auf den Weg.

»Du lässt mich immer wieder rein«, flüsterte sie.

Er drehte sich um und betonierte gegen sie. Nicht nur sein Schwanz – der in der Sekunde, in der er gegen sie stieß – wurde hart, sondern auch jeder einzelne seiner Muskeln.

»Das sollte nicht …«

Sie wollte schreien: »Das sollte nicht passieren!« Stattdessen holte sie tief Luft und war sich seines Griffs um ihren Hals sehr bewusst. Er war fest, aber nicht einschränkend. Sie sah ihn als das, was er war: ein Mittel, um sie dazu zu bringen, auf seine Worte und ihn zu hören.

Sie versuchte es erneut. »Ich wollte nicht …«

Ich wollte nicht, dass das zur Gewohnheit wird.

Ich wollte nicht, dass ich mich so fühle.

Ich wollte das alles nicht.

»Ach was! Ich weiß, was du wolltest, verdammt. Dich auf meinen Schwanz zu setzen und ihn zu reiten, wenn es dir passt. Mich zu benutzen, wie du es für richtig hältst. Aber du vergisst immer eine Sache, Tess. Du vergisst, dass du nicht nur meinen Schwanz benutzt, sondern dass ich an ihm dranhänge.«

Nein, das hatte sie nicht vergessen.

Er nicht irgendein Typ. Sie hatte ihn aus einem bestimmten Grund ausgewählt.

Zuerst dachte sie, er wäre easy zu haben, aber in Wahrheit, wenn sie es sich eingestehen würde, hatte sie ihn gewählt, weil er *Easy* war.

Seit sie nach Manning Grove kam und sich der Fury anschloss, fühlte sie sich zu allem an ihm hingezogen. Er war so viel mehr als sein Aussehen, mehr als seine normale, lockere Persönlichkeit. Besonders für sie.

Aber sie konnte ihm nichts davon erzählen, denn er würde mehr wollen, als sie ihm geben konnte. Zumindest im Moment. »Ich will dieses Gespräch nicht führen.«

»Ach was. Du willst nur ficken«, sagte der Mann, der es ironischerweise liebte zu ficken.

»Das ist alles, E.« Das waren die Worte, die aus ihrem Mund kamen, denn das war es, was wahr sein musste.

Das war es aber nicht. Nicht für sie. Aber auch das brauchte er nicht zu wissen.

Er brauchte diese Macht nicht über sie zu haben.

Sie schloss die Augen und stellte sich das Halsband von Syn vor. Sie sah die ›Eigentum von‹-Kutten, die die Schwesternschaft trug. Den permanenten Ehering, der um Stellas Ringfinger tätowiert war.

Die Babys, die Babypumpen …

Die Besitzansprüche. Die Überfürsorglichkeit.

All das.

Sie war für all das nicht bereit.

Vielleicht würde sie irgendwann einmal damit zurechtkommen, aber sicher nicht jetzt.

Sie hatte nichts dagegen, mit einem Biker zusammen zu sein, aber sie hatte ein Problem damit, ›eingeschränkt‹ zu werden.

So stark jede einzelne Frau in der Fury-Schwesternschaft auch sein mochte, sie war noch nicht bereit, sich ihnen als Old Lady anzuschließen, das Äquivalent zum Verheiratetsein im Club. Es war schon schlimm genug, dass Cage, Trip, Stella und Jemma sich in ihr Leben einmischten und ihr vorschreiben wollten, was sie zu tun und zu lassen hatte.

Sie wollte nicht noch eine weitere Person auf diese Liste setzen. Jemand, der dachte, er hätte das letzte Wort.

Sie sollte das letzte Wort haben, denn es war ihr verdammtes Leben!

»Ich sollte dich verdammt noch mal rausschmeißen«,

knurrte er ihr ins Ohr, woraufhin sich ihre Brustwarzen verkrampften und Funken ihre Wirbelsäule hinunterschossen.

»Aber das wirst du nicht«, flüsterte sie mit mehr Selbstvertrauen, als sie eigentlich haben sollte.

Sein scharfes »Fuck« sagte ihr, was sie bereits wusste. Er war frustriert und verärgert, weil er sie nicht wegschicken konnte, sosehr er es auch wollte.

Sie verstand es. Sie wünschte sich, sie könnte diesem *Zug* widerstehen. Ihm widerstehen.

Es hatte sich immer wieder gezeigt, dass sie das nicht konnte.

Sie hatte jeden Kampf mit sich selbst verloren. Jeden verdammten Kampf.

Was zwischen ihnen war, sollte eigentlich einfach sein, aber mit jeder Woche, die verging, wurde es komplizierter.

Sie hatte Mühe zu atmen, nicht wegen seines Griffs an ihrer Kehle, sondern wegen des Drucks auf ihrer Brust. Es war, als würde sie unter Wasser gehalten werden.

Ertrinken.

Sie sank direkt auf den Grund des Ozeans, während die Gezeiten sie herumwirbelten und ihr die Kontrolle entrissen.

Sie versuchte verzweifelt zu schwimmen, aber es war unmöglich. Sie war nicht stark genug, um dagegen anzukämpfen. Sie war nicht stark genug, um ihren Kopf über dem kabbeligen Wasser zu halten.

Vielleicht musste sie einfach loslassen und sich treiben lassen.

Wenn sie nur keine Angst hätte, ganz verschluckt zu werden.

Für immer zu verschwinden.

Sich selbst zu verlieren.

Plötzlich … war sie frei.

Die Finger um ihren Hals und der Druck seines Körpers waren weg.

Nur die Dunkelheit blieb in dem Raum zwischen ihnen.

Nur Zentimeter waren sie getrennt, aber es hätten auch Meilen sein können.

Es fühlte sich … leer an.

Leer.

Dann ließ seine Berührung sie wieder ganz werden. Seine Finger glitten an ihrem Kiefer entlang und verhedderten sich in ihrem Haar.

Und in dieser Dunkelheit trafen seine Lippen auf ihre.

Sein Stöhnen drang an ihre Ohren.

Sein vertrauter Duft erfüllte ihre Nasenlöcher.

Seine Berührung glitt über ihre Haut.

Sein Haar kitzelte ihre Wange.

Die Hitze seines Schwanzes brannte in ihrer Hüfte, sogar durch ihre Baumwollshorts.

Während er ihren Mund eroberte und ihre Zungen miteinander verschränkte, zog sie ihre Flip-Flops aus und schlüpfte mit einem Ruck aus ihrem Slip und ihren Shorts.

Wie immer war er bereits nackt, denn so schlief er. Er war der Typ Mann, der durch die Scheune laufen konnte, ohne sich darum zu scheren, wer ihn in seiner ganzen Pracht sah.

Er war selbstbewusst in seinem Körper. Er versteckte nicht, wer er war.

Dass er sich einen Dreck darum scherte, wie er aussah oder wie er sich verhielt, war es, was ihre Aufmerksamkeit erregte.

Aber jetzt war es mehr als das, was sie hielt.

In den letzten Monaten hatten sie einen Weg gefunden, ohne Worte zu kommunizieren. Mit einfachen Berührungen und Seufzern. Grunzen und Stöhnen. Wimmern und wortlosem Flüstern.

Seine Finger gruben sich tiefer in ihr Haar und befreiten es von dem unordentlichen Zopf, den sie vor ihrer Flucht aus dem Haus geknotet hatte.

Er brach den Kuss ab, presste seine Lippen aber weiterhin

leicht auf ihre, als er murmelte: »Du hast meins behalten. Ich behalte deines.«

Er trat zurück und streifte das geklaute Haargummi über sein Handgelenk, dann zerrte er ihr das Top über den Kopf und ließ es dort fallen, wo sie standen.

Jetzt waren sie beide nackt.

Ihre Brustwarzen sehnten sich nach seiner Berührung, ihre Muschi krampfte sich zusammen und wollte gefüllt werden. Ein feuchtes Rinnsal kitzelte die innere Falte ihres Oberschenkels.

Der Gang über den Innenhof war wie ein Vorspiel. Als sie ihr Ziel erreichte, war sie bereits feucht für ihn.

Genauso wie er immer schon hart für sie war.

Sie erwartete, dass er sie zu seinem Bett ziehen würde, aber stattdessen schob er den Holzstuhl, der neben der Tür stand, von der Wand weg.

»Knie dich auf den Stuhl.«

Er hatte noch nie Forderungen gestellt, weil sie ihn nie hatte reden lassen. Aber jetzt musste er denken, dass sie die Dinge auf seine Art machten.

Er musste denken, dass sie damit einverstanden war.

Oder vielleicht war es ihm auch egal, ob sie damit einverstanden war oder nicht.

Aber jedes Mal, wenn sie gefickt hatten, war es in seinem Bett gewesen.

Und jetzt das.

Er wollte sie auf den Knien auf dem Stuhl haben.

Ihre Schenkel bebten bei dem Gedanken. Ihre Brüste schwollen an in der Erwartung, nicht zu wissen, was als Nächstes passieren würde. Ihre Muschi pulsierte im Takt ihres rasenden Herzens.

»Der Stuhl, Tess. Die Knie auf den Sitz. Hände auf die Lehne.«

Mit der Art, wie er das sagte, entfachte er ein Feuer in ihr.

Ein langsames Brennen, das sich durch sie hindurchbewegte und sie von innen heraus entflammte. Sie bekam eine Gänsehaut auf ihrer nackten Haut.

Sie sollte nicht darauf hören. Wenn sie es tat, überließ sie ihm ihre fest verankerte Kontrolle. Wenn er sie ihr nahm, bekam sie sie vielleicht nie wieder zurück. Aber wenn sie tat, was er sagte, würde er vielleicht aufhören, ihr zu drohen, die Dinge zwischen ihnen zu beenden.

Wenn sie tat, was er sagte …

Sie tat, was er sagte.

Sie schnappte sich ihre Shorts vom Boden und legte sie auf den Sitz, um ihre Knie zu schützen. Sie kletterte auf den Stuhl und wandte sich von ihm ab, indem sie ihre Finger um die Oberseite der Rückenlehne legte.

»Bleib da.«

Ein Schauer durchfuhr sie angesichts der Kraft in seiner Stimme. Wo hatte er das nur versteckt? Das war nicht der Easy, den sie kannte.

Oder *glaubte* zu kennen. Vielleicht kannte sie ihn überhaupt nicht.

Das Anschalten des Oberlichts ließ ihr Herz höherschlagen. Sie hatten immer im Dunkeln gefickt. Immer.

Sie drehte sich mit dem Gesicht zur Wand, weg von ihm, und hörte ihm zu, wie er sich durch den Raum bewegte, während sie auf ihren Knien hockte und völlig entblößt wartete.

Das unmissverständliche Geräusch einer sich öffnenden Plastikschublade erfüllte den Raum.

Ein Gummi.

Er holte ein Gummi. Hoffentlich war das alles, was er holte. Nicht, dass er ein verschlossener Dom war, wie Dodge.

Als er zurückkam, traf die Luft zuerst ihre nackte Haut, gefolgt von seiner Hitze. Er war so verdammt nah. Er sah alles. Er gab ihr das Gefühl, verletzlich zu sein, obwohl sie ihm vollkommen vertraute.

Er teilte ihr langes Haar, sodass es zu beiden Seiten ihrer Schultern fiel und ihre Wirbelsäule entblößte. Mit seinen Fingerspitzen zeichnete er eine Linie entlang der Wirbelsäule, was ihr einen weiteren Schauer entlockte. Als er ihre Arschbacken erreichte, hörte er nicht auf. Er fuhr weiter über ihren Anus und teilte ihre glitschige Muschi und hörte erst auf, als er ihren Kitzler erreichte.

Jetzt umfasste seine Handfläche sanft ihren Kitzler, wobei sein Daumen mit jeder langsamen Bewegung die Naht ihrer Muschi aufspaltete.

Entweder wackelte der Stuhl oder sie selbst.

Dann hörte sie es. Seine Knie schlugen auf dem Boden auf. Seine Hand fiel weg, aber nur für eine Sekunde, dann spreizten seine Daumen ihre Spalte und sein Mund war da. Sein Bart kratzte an ihrer zarten Haut. Seine Zunge tastete, leckte und schmeckte. Er schnippte. Seine Zähne knabberten. Seine Lippen saugten.

Ihr wurde schwindelig und so heiß, dass sie sich fragte, ob sie Fieber hatte. Sie presste ihre Stirn auf ihre Handrücken und erinnerte sich daran, zu atmen.

Einatmen, sobald sich seine Zunge nach oben bewegt.

Ausatmen, sobald sich seine Zunge nach unten bewegt.

Ein. Aus.

Oben. Unten.

Sie zuckte jedes Mal zusammen, wenn die drahtigen Haare in seinem Gesicht über ihr zartes Fleisch kratzten.

Er saugte so stark an einer Falte, dass seine Zähne über das zarte Fleisch kratzten. Dann machte er das Gleiche mit der anderen Falte.

Während seine Finger ihre Klitoris bearbeiteten, fickte er sie mit seinem Daumen, während seine Zunge sich den Weg durch ihre Spalte bis zu ihrem Anus bahnte. Sie spannte sich automatisch an, da sie dort noch nie jemand berührt hatte.

Das hatte noch nie jemand getan.

Nicht einmal er.

Was war heute Abend in ihn gefahren? Etwas hatte sich verändert. Ein Schalter war umgelegt worden.

Er hatte beschlossen, die Straße, auf der sie bisher gefahren waren, zu verlassen und eine neue Route zu nehmen.

Er machte weiter, seine Zunge legte eine feuchte Spur entlang ihrer Wirbelsäule und plötzlich drückte sein Daumen gegen ihr anderes Loch und zwei seiner Finger glitten leicht in ihre Muschi.

»Entspann dich«, murmelte er gegen ihren gekrümmten Rücken, während sein Daumen in sie eindrang.

Wollte sie das?

Ja.

Entspannen, entspannen, entspannen.

Er drückte erneut und sie schaffte es, sich so weit zu entspannen, dass er eindringen konnte. Der Druck war ungewohnt, aber auch erregend, als er sie gleichzeitig in den Arsch und in die Muschi fickte, während er die Vertiefung ihrer Wirbelsäule küsste und leckte.

Sie zitterte, was eine neue Gänsehaut auf ihrer Haut auslöste. Und als seine warmen Lippen über ihren Nacken glitten, stöhnte sie auf.

Was war hier los? Ihre bisherige Routine war so kühl und trocken gewesen. Geordnet. Erwartet.

Was er jetzt tat, war chaotisch und verwirrend. Nicht, dass sie wollte, dass er aufhörte, es war nur neu und unerwartet.

Je mehr sie sich zwang, sich zu entspannen, desto besser war es. Sein Daumen und seine Finger brachten sie um den Verstand.

Sie verlor langsam den Verstand.

Langsam verlor sie sich selbst. An ihn.

War das sein Ziel?

»Ich will spüren, wie du zwischen meinen Fingern nass

wirst, Tess. Ich weiß, wie feucht du werden kannst, gib mir das.«

Sie war bereits feucht. Was konnte er noch wollen?

Er knabberte an einem Schulterblatt, dann am anderen, bevor er seine Lippen wieder auf ihren Nacken legte und an ihrer erhitzten Haut saugte. Seine Lippen waren weich, aber fest und diese einfache Handlung entlockte ihr ein Stöhnen.

Sie hielt sich immer noch an der Rückenlehne fest und wippte auf ihren Knien im gleichen Rhythmus wie seine Finger, um sie tiefer in sich hineinzustoßen. Sie unterdrückte ihre Forderung, dass er sie ficken sollte.

So ungeduldig sie auch war, sie wollte zuerst das hier, bevor er ihr das gab.

Sie wollte alles von ihm. Alles, was er zu geben bereit war. Was auch immer er bereit war zu nehmen.

Vielleicht nicht für immer, aber zumindest für heute Nacht.

Sie würde ihm heute Nacht alles geben und nicht an die Ewigkeit denken. Noch nicht.

»Easy ...«

Er zuckte heftig zusammen und überraschte sie. Noch nie hatte sie beim Sex seinen Namen benutzt. War das der Grund für seine Reaktion? Er hatte ihren auch noch nie benutzt. Nur weil sie es nicht erlaubt hatte.

Sie hatte es in ihrem Kopf tausendmal gesagt, aber es nie über ihre Lippen kommen lassen.

Doch heute Abend wurden all diese Regeln gebrochen, zertrümmert und über Bord geworfen.

Darüber sollte sie sich Sorgen machen. Diese Veränderung.

Ihre Verwirrung verflüchtigte sich, als ihr Orgasmus sich aufbaute. Er schürte ein Feuer, das genauso aufloderte, wie wenn man Benzin auf eine Flamme goss.

»Komm für mich, Babe.«

Babe.

Auch das war neu.

Es gefiel ihr, aber gleichzeitig auch nicht.

Er verwirrte die Situation nur, indem er die Dinge änderte. Er machte die Dinge zwischen ihnen nur noch schwieriger. Er versuchte vielleicht, sie in seine Arme zu treiben, aber in Wahrheit trieb er sie mit seinen Aktionen eher weg.

Alles, was sie bisher für sich behalten hatte, wurde heute Abend aufgedeckt. Ihr Plan, die Dinge zwischen ihnen auf Sex zu beschränken, wurde über den Haufen geworfen.

Sie hatte geglaubt, Easy sei die richtige Entscheidung.

Aber sie hatte sich eindeutig geirrt.

Und das nicht, weil sie ihn nicht mochte, nicht mochte, was er mit ihr machte oder wie er sie fühlen ließ.

Sondern, weil sie es tat. Sie mochte das alles.

Er hatte Angel heute Abend ihretwegen abgewiesen.

Ihretwegen.

Der Orgasmus, der sie durchfuhr, begann um seine Finger, die hart und schnell in ihre Muschi eindrangen, und er strahlte auf ihren Anus aus, wo sein Daumen noch immer vergraben war. Sie keuchte und er dämpfte ihren Schrei schnell mit seiner Hand über ihrem Mund.

Als ihr intensiver Höhepunkt abebbte und ihre Muskeln sich lockerten, löste er seine Finger.

Er war noch nicht einmal gekommen und schon schlug sein warmer, feuchter Atem in kurzen, röchelnden Zügen gegen ihre Haut. Sein Schwanz war steinhart und drückte auf die Rückseite ihres Oberschenkels. Sperma war auf ihrer Haut verschmiert, wo er sich an ihr gerieben hatte.

Seine Hand glitt von ihrem Mund unter ihr Kinn und kippte es zurück, bis ihre Kehle sich nicht mehr dehnen konnte. Er hielt ihren Kopf fest und ließ die beiden Finger, die er in ihrer Muschi vergraben hatte, in ihren Mund gleiten.

Ihr eigener Geschmack beschmierte ihre Zunge, als er sie mit quälender Langsamkeit herauszog.

»Schmeckst du, was ich schmecke, Tess?« Seine Worte klangen, als wären sie zwischen Sandpapier eingeklemmt. Das köstliche Raspeln ließ ihre nun leere Muschi heftig zusammenkrampfen. »Teilst du das mit jemand anderem?«

Sie schüttelte leicht den Kopf, nicht sicher, ob sie es zugeben sollte.

»Ich habe dich nicht gehört.«

»Du weißt die Antwort.«

»Ich will sie hören.«

Warum tat er das? »Easy …«

»Teilst du das mit jemand anderem? Oder bin ich der einzige Idiot hier, der andere abweist?«

»Es gibt nur dich.«

»Wie lange schon?«

»Seit der ersten Nacht.«

Er wurde ganz still und schweigsam. Sie konnte ihn nicht einmal atmen hören.

»Ich weiß, dass du nicht dasselbe sagen kannst.«

»Du hast eine Menge von mir verlangt, Tess. Das gehörte nicht dazu.«

»Ich weiß.« Sie nahm es ihm nicht übel und würde es auch nie tun. Sie hätte es ihm auch nicht übel genommen, wenn er sich früher mit Angel zusammengetan hätte.

Denn was zwischen ihnen war, sollte nicht mehr sein als Sex.

Und so war er nun mal. Er hat sich nicht dafür entschuldigt. Das sollte er auch nicht.

»Es gab niemanden?«

Das hatte sie ihm gerade gesagt. Wollte er sich damit brüsten? Sie sollte lügen, aber sie wollte ihn nicht enttäuschen. Verrückt, aber wahr. »Nein.«

»Warum?«

»Es war … einfacher.« Die Ironie ihrer Antwort war ihnen nicht entgangen.

Er ließ ihr Kinn los und ließ ihren Kopf wieder nach vorn

fallen. Sie erwartete, dass er sie jetzt in sein Bett bringen würde, um ihre gemeinsame Zeit so zu beenden, wie sie es immer taten.

Sie knallten und sie flüchtete.

Doch als er sich aufrichtete, war das nur für die Zeit, die er brauchte, um sich ein Gummituch überzustreifen und sich hinter ihr in Position zu bringen.

Er wollte sie von hinten ficken, während sich ihre Knie noch immer in den Sitz bohrten. Fast wie eine Bestrafung. Aber eine, die ihr nichts ausmachte.

In der Zeit, die sie zusammen in der Dunkelheit verbracht hatten, hatte er sie vielleicht zweimal von hinten gefickt. Sie hatten sich nicht die Zeit genommen, verschiedene Stellungen auszuprobieren.

Aber auch heute Abend war es nicht ihre normale Routine.

Er glitt mit der Spitze seines Schwanzes durch ihre glitschigen Falten, dann wieder nach oben und über ihren Anus. Ihre Muskeln spannten sich an.

Sie hoffte, er würde nicht …

Sie entspannte sich, als er seinen Schwanz wieder nach unten zog und nach vorn drückte, um die beiden miteinander zu verbinden.

Sie freute sich über die Dehnung, über die Fülle, mit der er sie ausfüllte. Der Gedanke, dass sie beide jetzt eins waren.

Er beugte sich vor und drückte seine Brust an ihren Rücken, seine Finger legten sich um ihre Rippen und seine Daumen strichen über die äußeren Rundungen ihrer Brüste, sodass sie sich noch fester und schwerer anfühlten. Er verlagerte seine Hände, bis sie beide umfassten, während er mit Daumen und Zeigefinger die Spitzen zwirbelte.

Sie wich zurück und stieß mit ihrem Hintern gegen ihn, trieb ihn tiefer und ermutigte ihn, schneller zu werden. Aber seine Stöße blieben in einem gleichmäßigen, aber rauen Tempo.

Er hatte es nicht eilig und das war eine Möglichkeit, ihr zu zeigen, wer die Kontrolle hatte.

Nicht sie.

Im Moment waren die einzigen Geräusche im Raum ihr schweres Atmen und das Klatschen ihrer Haut.

Kein Reden. Keine Forderungen. Keine Fragen. Keine Antworten.

Vielleicht fügen sich die Dinge wieder zusammen. Sie kehrten zu dem zurück, was sie eigentlich sein sollten.

Sie konnte es nur hoffen.

Aber sie irrte sich.

7

Easy kämpfte gegen seinen Instinkt an, immer und immer wieder in sie zu stoßen. Wenn er das täte, wäre es viel zu schnell vorbei.

Heute Abend änderte sich alles, und wenn ihr das nicht gefiel, dann scheiß auf sie. Sie konnte es akzeptieren oder sich einen anderen verdammten Trottel suchen. Er hatte es satt, nur für seinen verdammten Schwanz benutzt zu werden.

Er hatte es satt, dass sie das Sagen hatte. Sie die Regeln machte.

Außerdem waren Regeln dazu da, gebrochen zu werden. Im Moment wollte er sie am liebsten wegklatschen, so wie er es gerade mit Tess tat.

Er war es leid, zu schweigen.

Er war es leid, immer wieder das Gleiche zu hören.

Jetzt war es an der Zeit, die Dinge durcheinander zu bringen und die Scheiße auf den Kopf zu stellen.

Er hatte den Stuhl aus einem bestimmten Grund herausgeholt, und der war nicht, um sie von hinten zu ficken. Auch wenn es verdammt verlockend war, ihren Arsch in die Luft zu halten. Zu verlockend, vor allem, weil sie sich jedes Mal verkrampfte, wenn er sie dort berührte. Das bedeutete wahrscheinlich, dass noch nie jemand sie so berührt hatte.

Er zog eine Seite seines Mundes zufrieden nach oben.

Sie war nicht nur dort unberührt, sondern hatte sich auch von niemandem mehr berühren lassen, seit sie das erste Mal in sein Bett gestiegen war.

Mit dieser Antwort hatte er nicht gerechnet, *und verdammt*, diese Antwort gefiel ihm. Sie machte ihn entschlossener denn je, diese restriktiven Regeln zu brechen, die sich irgendwie zwischen sie geschlichen hatten.

Ja, scheiß auf alle Regeln, die ihrer Meinung nach eingehalten werden sollten. Jetzt drückte er ihr einen rein.

Aber nicht mehr lange.

Das leise Wimmern, das sie von sich gab, als er sich zurückzog, ließ seinen Schwanz anspannen.

Sein Name auf ihren Lippen war das Beste, was er seit Langem gehört hatte.

Jetzt war er fest entschlossen, ihn noch einmal zu hören.

Mit einem Seufzer. Während sie bettelte. Wenn sie kam.

Er wollte nur wissen, dass sie an ihn dachte, wenn er in ihr war und sie zum Orgasmus brachte.

Dass sie ihn nicht benutzte, während sie an einen anderen dachte.

Denn wenn sie das tat …

»Was willst du, Tess?«

»Du weißt, was ich will.«

»Sag es mir«, forderte er.

»Was ich immer will, wenn ich zu dir komme.«

Nein. Das war nicht gut genug. »Das ist nicht die Antwort, nach der ich suche.«

»Es ist die Antwort, die du bekommst.«

Diese verdammte Attitüde. Sie schwankte zwischen an und abtörnend. Manchmal wollte er Öl ins Feuer gießen, und manchmal wollte er Wasser auf die Flamme gießen.

»Na gut, wenn du es so haben willst …«

Er ließ ihre Titten los, trat einen Schritt vom Stuhl zurück und ließ seinen Blick langsam von ihren langem dunkelbraunem Haar über ihren glatten Rücken, die Kurven ihres Hinterns, ihre Oberschenkel und ihre wohlgeformten Waden bis hin zu ihren nackten Füßen gleiten.

Es war das erste Mal, dass sie bei eingeschaltetem Licht gefickt hatten und er wollte mehr sehen als das, was er gerade sah. Er wollte alles von ihr sehen.

Er kannte den Geschmack, das Gewicht und das Gefühl ihrer Titten.

Er wusste, wie ihre Muschi riechte, schmeckte und sich anfühlte.

Er wusste, wie weich ihre Lippen waren, wie ihre Zunge schmeckte.

Aber heute Abend wollte er ihren Gesichtsausdruck sehen, wenn sie kam, wie sich ihre Lippen spalteten, wie ihr Puls in ihrem zarten Hals tanzte.

Er wollte *sie* nicht nur sehen.

Er wollte, dass sie *ihn* sah.

Sie sollte sehen, wer er wirklich war. Nicht nur den Mann, der bequem an einem Schwanz hängt.

Ihn nicht nur als Biker sehen, der den Korridor der Schlafbaracke entlangwanderte. Oder von der gegenüberliegenden Seite der Scheune, wenn er während eines Schweinebratens in der Mitte des Hofes stand oder auf seinem Schlitten saß.

Nein, er wollte, dass sie ihn so sah, wie er in seinem Innersten war.

Ethan Long.

Ein Mann, der einen verdammten Fehler gemacht und dafür mit vier Jahren seines Lebens bezahlt hat.

Ein Mann, der einem Mädchen vertraut hatte, das sich umdrehte und ihn so hart fickte, dass er im Gefängnis landete.

Ein Mann, der Jahre damit verbrachte, herauszufinden, wo er hingehörte.

Ein Mann, der endlich seinen Platz gefunden hatte und damit auch seinen Frieden.

Zumindest bis sie kam.

Eine Frau, die ein gefährliches Spiel spielte.

Eines, das keiner von ihnen gewinnen würde, wenn er nicht das Spiel und die Regeln änderte.

Der heutige Abend war ein Anfang. Es könnte aber auch das Ende sein.

Er sagte sich, dass er mit allem, was passierte, einverstanden sein würde.

Selbst wenn sie weggehen würde.

Wenn sie das tat, würde er ihr nicht hinterherlaufen.

Er würde nicht betteln.

Er würde sich nicht verbiegen.

Aber wenn dies das letzte Mal mit ihr war, wollte er ihr Gesicht und ihre Reaktionen sehen, wenn er in ihr war. »Steh auf.«

Ohne zu zögern, kletterte sie vom Stuhl und als sie sich automatisch auf das Bett zubewegte, hielt er ihren Arm fest und schüttelte den Kopf. »Nein.«

Als er sich auf den Stuhl setzte und sie näher an sich heranzog, verwandelte sich ihre Verwirrung in Besorgnis. »Hält der Stuhl uns beide aus?«

»Ist das Risiko die Belohnung wert?« Diese Frage stellte er sich jeden verdammten Tag, wenn es um Tessa ging. Auch jede verdammte Nacht, vor und nach ihren Besuchen.

War das Zusammensein mit ihr die Kopfschmerzen und vielleicht sogar den Schaden wert, der entstehen würde, wenn er erwischt würde?

»Stehst du gern am Abgrund?«, fragte sie, während sie ihre Hände auf seine Schultern legte und auf seinem Schoß Platz nahm.

»Ist es nicht das, was ich jedes Mal tue, wenn du mein Zimmer betrittst?«

Er war nicht überrascht, als sie nicht antwortete. Stattdessen griff sie zwischen ihnen hindurch, packte seinen pochenden Schwanz und hielt ihn fest, während sie sich langsam nach unten sinken ließ und ihn ganz in sich aufnahm.

Sobald sie ihr ganzes Gewicht auf seinem Schoß hatte, packte er ihre Arschbacken und hielt sie fest, damit sie sich nicht bewegte. Nicht jetzt.

Nein, heute Abend würde er sich verdammt viel Zeit lassen. Heute Abend würde er dafür sorgen, dass die Belohnung das Risiko wert war.

Nur mit den Augen begann er an der Stelle, an der sie miteinander verbunden waren, und erkundete jeden Zentimeter von ihr, den er sehen konnte. Das dunkle lockige Haar über ihrer süße verdammte Muschi, ihre winterblasse Haut, die am Ende des Sommers goldbraun sein würde, die Weichheit ihres Unterbauchs, die Kurve an ihrer Taille, ihre Titten, die perfekt in seinen Händen lagen, ihre dunklen, pinken Brustwarzen, die wie geschaffen für seinen Mund waren, die zarten Linien ihrer Schlüsselbeine. Die Vertiefung an der Basis ihres schmalen Halses. Der Fall ihres seidigen Haares um ihre schlanken Schultern.

Eine Röte hatte sich von ihrer Brust bis zu ihren Wangen hochgearbeitet. Ihre Unterlippe hatte sie fest zwischen die Zähne geklemmt. Ihre braunen Augen waren bedeckt, aber wachsam.

Hinreißend. Verdammt gut aussehend.

Sie hatte etwas mit ihm gemacht, das keine andere Frau je hatte. Etwas, das er nicht erklären konnte und, wenn er klug war, auch nicht erforschen wollte.

Sie im Licht zu ficken, würde ihn ficken.

Das war ein Fehler. Viel größer als der Fehler, sie überhaupt zu ficken.

Die heutige Nacht würde Spuren hinterlassen, die er nicht auslöschen konnte. Denn diese Spuren würden nicht an der Oberfläche liegen, sondern viel, viel tiefer.

Mit seinem Daumen zog er ihre Unterlippe frei. »Wovor hast du Angst?« Er stellte ihr die Frage, die er sich eigentlich selbst stellen sollte.

»Vor dir.«

»Ich habe dir nie etwas getan. Würde ich auch nie.«

»Das ist nicht die Art von Verletzung, vor der ich Angst habe.«

Ja, diese Antwort traf ins Schwarze. »Tess …«, flüsterte er.

Sie schüttelte nur den Kopf und legte einen Finger auf seine Lippen.

Er ruckte mit dem Kopf zur Seite, um ihn loszuwerden. »Tess«, sagte er noch einmal, fester. Er weigerte sich, sich wieder in der Dunkelheit oder hinter der Stille zu verstecken.

»Tu es nicht.«

»Scheiß drauf. Ich habe jetzt das Sagen, nicht du. Du hattest deine Zeit und jetzt nehme ich mir meine.«

»Nein.«

»Doch, Tess. Wenn es dir nicht gefällt, dann zieh nach heute Abend weiter. Du hast mir ein verdammtes unsichtbares Halsband um den Hals gelegt, genau wie das, das Syn trägt. Heute Abend reiße ich es mir verdammt noch mal vom Hals. Wenn du das nicht akzeptieren kannst, dann kannst du auch mich nicht akzeptieren. Wenn du mich nicht akzeptieren kannst, dann musst du dich ganz und gar verpissen. Und ich weiß, dass du klug genug bist, um zu wissen, was das bedeutet.«

»Easy …«

Ja, er hatte seinen Namen auf ihren Lippen hören wollen, als er in ihr war, aber nicht so.

»Weißt du, wer mit Judge und dem Punisher eine Runde *Hau den Lukas* spielen wird, wenn wir erwischt werden? Ich. Nicht du. Das heißt, ich sollte viel mehr zu sagen haben, als ich bisher hatte. Hast du das verstanden?«

»Es sollte nicht …«

Er legte den Kopf schief, als sie nicht weitersprach. »Was sollte es sein?«

»So lange dauern.«

Was du nicht sagst. »Genau. Du wolltest nur aufspringen und wieder abspringen. Wie bei dem münzbetriebenen Pferd vor dem Dollar Store.«

»Nein.«

»Mach dir nicht einmal die Mühe, zu lügen.«

Sie drückte ihre Augen für ein paar Sekunden zu und seufzte. »Tut mir leid.«

»Uns beiden tut es leid. Aber es ist, wie es ist.«

»Das Problem ist, dass du denkst, es sei mehr als das, was es ist. Was es eigentlich sein sollte.«

»Frau, ich weiß, was zum Teufel es sein sollte und ich weiß auch, was zum Teufel es ist. Du kannst dich dagegen wehren, soviel du willst, aber wir wissen beide, was Sache ist.«

»Nein.«

»Doch. Du kämpfst weiter und ich werde es auch tun. Wir werden sehen, wer gewinnt.«

»Das ist kein Spiel, Easy.«

»Du hast recht, das ist es nicht. Wenn du dich also nicht verbiegen kannst, dann müssen wir brechen. Ich habe es monatelang auf deine Art gemacht. Von jetzt an machen wir es auf meine Art oder gar nicht mehr. Wenn dir das nicht gefällt, dann … Das ist das letzte Mal, dass ich das sage, Tess … Bleib verdammt noch mal raus aus meinem Bett. Je nachdem, ob du wiederkommst oder nicht, weiß ich, woran ich mit dir bin.« Er war kurz davor, seine verdammte Erektion zu verlieren, wenn sie diesen Scheiß weiter diskutierten. Wenn es das letzte Mal war, dass er mit ihr zusammen war, dann wollte er, dass es sich lohnte. Im Moment war es nicht einmal nahe dran.

Sie hatte die Macht, das Blatt zu wenden.

»Ich habe jetzt genug von dieser Scheiße. Willst du mich ficken oder willst du mich verarschen?«

In seinem Kopf tickte ein Timer herunter. Er nahm seine Hände von ihrem Arsch und ließ sie frei.

»Scheiß oder runter vom Topf, Tess. Gib deinen Platz für jemand anderen frei, der ihn wirklich zu schätzen weiß.«

»Ich werde scheißen.«

Easy presste die Lippen zusammen, um sowohl sein Grinsen über ihren Wunsch zu bleiben als auch sein Lachen über ihre Antwort zu unterdrücken.

Er verging schnell das Lachen, als sie sich zu bewegen begann, als sie ihre Arme um seinen Hals schlang und sich an ihn lehnte, als ihre Brustwarzen an seiner Brust entlangglitten und sie ihre Zehen auf den Boden drückte, um sich mit ihnen zu heben und zu senken.

Ihre heiße, nasse Muschi drückte ihn zusammen, melkte ihn.

Jedes Mal, wenn sie sich senkte, hob sie ihre Füße vom Boden ab, gab ihm ihr ganzes Gewicht und trieb ihn so tief, wie er konnte.

Zum ersten Mal hatte sie es nicht eilig und ließ sich Zeit. Wollte sie, dass es anhielt, weil es das letzte Mal sein würde? Oder wollte sie, dass es anhielt, weil sie ihre gemeinsame Zeit genauso schätzte wie er?

Entweder war es der Beginn von etwas Neuem zwischen ihnen oder das Ende von etwas, das nie hätte beginnen dürfen.

Er hoffte auf die erste Möglichkeit, als sie ihre Wange an seine drückte und ihr rauer Atem sanft über seine Haut strich.

Seiner wurde schnell genauso rau, als sie begann, ihre Hüften im Kreis zu bewegen und sich an seinem Schoß zu reiben, was ihn völlig verrückt machte.

Sie vertrieb jegliche Reue.

Zuerst hatte sie sich Zeit gelassen, aber als sie weiter auf seinem Schwanz ritt, hin und her schaukelte, wurde sie immer schneller. Bis ihr Tempo rasend wurde. Verzweifelt.

Hatte sie auch den Verstand verloren, so wie er? Oder wollte sie es einfach nur hinter sich bringen?

Wieder hoffte er das Erste und nicht das Zweite.

»Tess, mach langsam«, stöhnte er.

»Ich … ich kann nicht.«

»Wir haben Zeit.«

»Das ist nicht … Es ist nicht …« Sie stöhnte auf und ihr Kopf fiel nach hinten. Ihre Augen waren geschlossen, ihr Mund offen. Ihre Kehle lag frei.

Er setzte seinen Mund dort an und saugte sanft, dann fuhr er mit der Zungenspitze ihren rasenden Puls nach.

Er würde es bereuen, wenn er sie nicht dazu bringen würde, langsamer zu werden, aber … Scheiß drauf. Solange sie vor ihm kam – das war der wichtigste Teil. Sie hatte nie ein Problem damit, zu kommen. Nicht ein einziges Mal in all den Nächten, die sie zusammen verbracht hatten. Er nahm an, dass sie in den wenigen Nächten, in denen sie nicht auftauchte, nicht in der Stimmung gewesen war.

In den letzten drei Monaten, oder wie lange auch immer es seit der ersten Nacht gewesen sein mag, war sie nur fünf Tage nicht aufgetaucht. Er vermutete, dass es daran lag, dass sie ihre Periode hatte …

Er runzelte die Stirn. Konnte das stimmen? Er wusste nicht viel über den weiblichen Zyklus, außer dass sie ihn normalerweise einmal im Monat haben. Aber einmal in drei Monaten oder so? Vielleicht lag es an der Art der Verhütung, die sie nahm. Sollte er sie danach fragen, jetzt wo das Schweigen zwischen ihnen gebrochen war?

Jetzt zu fragen, war scheiße, denn sie ritt gerade auf seinem Schwanz, als würde sie verzweifelt versuchen, einen Juckreiz tief in ihrem Inneren zu kratzen.

Er war froh, dass er helfen konnte.

Er sollte sich auf das konzentrieren, was sie tat, aber wenn er sich nicht wenigstens etwas ablenkte, würde er vor ihr kommen.

Aber wenn das passierte, würde sie ihn wahrscheinlich so lange reiten, bis sie bekam, was sie wollte. Wenn ja, würde er sein Bestes tun, um ihr entgegenzukommen, aber er würde keine Garantien geben.

»Fuck, Babe«, stöhnte er gegen die warme, salzige Haut an ihrem Hals. Er küsste ihre Kehle hinunter und versenkte seine Zähne sanft im fleischigen Teil ihrer Schulter, nachdem er ihr Haar aus dem Weg gestrichen hatte. Ihr Rücken wölbte sich und ihr leises Stöhnen erfüllte seine Ohren, als sie sich ein weiteres Mal aufrichtete und wieder nach unten sank, wobei sie am Ende ihre Hüften kreisen ließ.

Dann war sie *da*. Dort, wo sie hinwollte. Wo er sie hinbringen wollte.

Zum Höhepunkt.

Möglicherweise sogar zurück zum Anfang. Wo sie neu anfangen und es diesmal richtig machen konnten.

Er packte ihre Hüften und hielt sie fest, als er ein letztes Mal in sie stieß und ihren Orgasmus mit seinem eigenen verfolgte.

Es war ein guter Orgasmus, aber das war er bei ihr immer.

Er vergrub seine Nase in ihrem lockeren Haar und atmete einfach weiter, bis sich sein Herzschlag etwas verlangsamte, weil er damit rechnete, dass sie jeden Augenblick versuchen würde, sich zu trennen.

Sie hatte nie gezögert.

Nicht ein einziges Mal.

Aber heute Abend schien sie es nicht eilig zu haben, zu entkommen. Zu verschwinden.

Durch die Tür hinauszuschlüpfen und ihn mit der Frage zurückzulassen, ob das, was sie taten, nur ein Hirngespinst von ihm war.

Schließlich löste sie ihre Arme um seinen Hals, ließ sie aber nicht los. Stattdessen kratzte sie mit ihren Fingernägeln leicht über seinen Rücken und wieder nach oben, sodass sich alle feinen Härchen auf seinem Körper aufstellten. In einem beruhigenden Rhythmus strich sie mit ihren Nägeln weiter über seine Haut.

Fuck, er würde ewig so sitzen bleiben, wenn sie so weitermachte. Sie berührte ihn tatsächlich, als würde er ihr etwas bedeuten.

Ihre Atmung kehrte langsam wieder in den Normalzustand zurück. Ihr Herzschlag versuchte nicht mehr, ihrem Hals zu entkommen.

Er ließ seine Hände von ihren Hüften auf ihren Rücken gleiten, ließ eine dort liegen und fuhr mit der anderen fort, bis sie unter dem Vorhang ihres dichten Haares war und sich um ihren Nacken legte. Sein Daumen strich hin und her über ihre feuchte, erhitzte Haut.

Mit jeder Sekunde, die verging, erwartete er, dass sie sich losreißen würde. Und jede Sekunde, die sie blieb, gab ihm ein Fünkchen Hoffnung.

Aber das sollte es nicht. Er könnte am Ende enttäuscht werden.

Vor allem, wenn die Realität eintrat. Für sie und für ihn.

Realität war eine verdammte Schlampe.

Noch war er tief in Tessa vergraben, aber das würde nicht mehr lange so bleiben. Sie würden umziehen müssen und er würde das Gummi entfernen müssen, das war eine Realität, der er nicht entkommen konnte.

Er seufzte und drückte sich für ein paar Sekunden etwas fester an sie. So konnte er durchatmen und einen Augenblick darüber nachdenken, wie es weitergehen sollte.

Eine Gelegenheit, die Frau zu schätzen, die sich zum ersten Mal überhaupt an ihn klammerte.

So könnte es sein, wenn sie es wollte.

Wenn er dazu bereit war.

War er das?

Er wusste es verdammt noch mal nicht. Die Sache mit Tessa kam aus heiterem Himmel. Sie kam so verdammt unerwartet, dass sie ihn wie ein NFL-Linebacker überrollt hatte.

Er hatte Tessa gesagt, dass er bereit war, mit Trip zu sprechen, aber, *verdammt*, war er das wirklich? Vielleicht hatte er sich sicher gefühlt, es vorzuschlagen, weil er dachte, sie würde Nein sagen.

Wenn sie ihn stattdessen gedrängt hätte, wäre er dann derjenige gewesen, der sich geweigert hätte, es zu tun?

Zweifellos würde sich sein Leben verändern, wenn er sich an den President wendet. Genauso wie nach der ersten Nacht, in der sie seine Tür öffnete und in sein Zimmer schlüpfte.

Ihr Atem zischte leise aus ihr heraus und ihre Finger erstarrten. Sie lehnte sich zurück, um etwas Abstand zwischen sie zu bringen. »Ich muss gehen.«

Hörte er Bedauern in ihrer Stimme? Oder bildete er sich das nur ein?

Er wollte ihr sagen, dass sie bleiben sollte, aber die Realität konnte ihn manchmal ganz schön fertig machen. So wie jetzt, denn die Realität war, dass sie nicht ewig hier sitzen konnten.

Als sie ihre Hände auf seine Schultern legte, griff er nach unten und verankerte das Gummi, damit es nicht abrutschte und in sie hineinfloss. Auch wenn alle Sweet Butts verhüteten, versuchte er, so vorsichtig wie möglich zu sein.

Vor allem, nachdem Cage eine amische Tussi geschwängert und Dyna bekommen hatte, obwohl er ein Gummi benutzt hatte. Als sie das alle erfuhren, hatte es einigen seiner Brüder die Arschbacken zusammengezogen. Auch die von Easy.

Dem Teufel sei Dank waren sie durch das Verhütungsmittel, das sie benutzte, doppelt geschützt. Denn nicht nur, dass er die Schwester des Presidents hinter seinem Rücken fickte, wenn er sie aus Versehen schwängerte …?

Yeah.

Vergiss die Verabredung mit dem Punisher, stattdessen könnten ihm die Farben vom Rücken gehäutet werden.

Oder er könnte sich in einem der Öfen des Tierkrematoriums wiederfinden und bei lebendigem Leibe verbrannt werden. Das war der reinste Albtraum. Vor allem, weil er bei Tioga Pet Services arbeitete und diese Öfen regelmäßig bediente.

Jedes Mal, wenn er auf den Knopf drückte und das *Zischen* der Zündung hörte …

Fuuuuuck.

Als Tessa begann, ihre Sachen zusammenzusuchen, zwang er sich, sie nicht weiter zu beobachten und stand auf, um den kurzen Weg zu seinem Scheißhaus zu gehen, wo er sich des vollen Gummis entledigte und seinen Schwanz reinigte. Obwohl er sich beeilte, war sie bereits angezogen, als er wieder herauskam.

Überraschenderweise war sie nicht gegangen, während er beschäftigt war, obwohl sie es hätte tun können. Aus irgendeinem Grund verweilte sie heute Abend noch.

Es war ihm scheißegal, dass er immer noch nackt war, er ging trotzdem auf Tuchfühlung mit ihr, griff nach ihrem Kinn und hob es an, während er seinen Kopf senkte, um ihr in die Augen zu schauen. »Ich habe dir doch gesagt, dass ich nächstes Wochenende meinen neuen Schlitten abholen fahre. Wenn ich zurückkomme, möchte ich, dass du eine Runde mit mir fährst.«

»Ich kann nicht.«

»Du kannst. Wir werden es mitten in der Nacht machen. Wir treffen uns bei der Farm.« Er wollte sie schon seit einer Weile als seinen *Rucksack* haben. Es gab keine bessere Ausrede, als seinen neuen Schlitten zu bekommen.

»Das ist nicht klug.«

»Nichts davon ist verdammt klug, Tessa. Das wusstest du schon, als du das erste Mal meine Tür geöffnet hast. Im Moment verlange ich nicht viel von dir, aber das ist eine Sache, die ich verlange. Noch einmal: Tu es oder tu es nicht. Du musst nur wissen, dass deine Entscheidung auch über meine entscheiden wird.«

»Easy …«

Er verstärkte seinen Griff um ihr Kinn. »Das ist keine Verhandlung, Frau. Ab heute Abend haben sich die Regeln geändert.«

»Ich bin nicht bereit, dass du mit Trip redest.«

Er war sich auch nicht sicher, ob er es war. »Habe ich gerade etwas davon gesagt, den President anzusprechen? Ich weiß, dass sich die Lage schnell ändern wird, falls …« *Wenn* »Ich es tue. Genau wie du habe ich es nicht eilig, dass die Leute sich in unsere verdammten Angelegenheiten einmischen.« Denn es bestand kein Zweifel daran, dass das passieren würde, und er wollte sich bei den beiden vorher absolut sicher sein. Er wollte nicht, dass einer von ihnen unter Druck gesetzt wurde, Entscheidungen zu treffen, für die sie noch nicht bereit waren.

Und Trip war verdammt kontrollsüchtig. Easy mochte zwar hauptsächlich entspannt sein, aber wenn Tessas Bruder Entscheidungen traf, die ihm nicht zustanden, hatte Easy ein Problem damit.

»Du willst Trip also nichts sagen?«

Nachdem er das gestern Abend vorgeschlagen hatte, wurde ihm klar, dass es ein Fehler gewesen war, es zu sagen. Er war sogar erleichtert, dass sie nicht auf diesen Vorschlag eingegangen war. Es war eine reflexartige Reaktion gewesen. »Erst, wenn wir beide bereit sind. Wenn wir an diesem Punkt ankommen. Ist das okay für dich?«

Er konnte es sehen. Die Erleichterung in ihren dunkelbraunen Augen. Sie nickte leicht.

Er ließ ihr Kinn los, umfasste ihr Gesicht mit beiden Händen und senkte seinen Kopf so weit, dass er seine Lippen auf ihre legte.

Wenn er den Kuss noch weiter vertiefte, würde er sie vielleicht nie wieder gehen lassen. »Und jetzt raus hier, bevor uns beiden die Entscheidung abgenommen wird, weil wir erwischt werden.«

Sie nickte erneut, als er sie losließ und zurücktrat, um ihr den Weg zur Tür freizumachen.

»Nur um das klarzustellen, Tess, wir können nicht ewig herumschleichen. Es ist das Beste, wenn wir entscheiden, wann das aufhört, bevor es jemand anderes tut. Hast du das verstanden?«

Mit einer Hand auf dem Türknauf blickte sie zu ihm und nickte. »Ja.«

Keine Spur von Attitüde und viel zu kooperativ. Das sollte ihn zu Tode erschrecken. »Na gut, geh. Sei vorsichtig.«

Sie öffnete die Tür, aber bevor sie in den dunklen Korridor trat, hielt sie abrupt inne.

Was zum Teufel hatte sie vergessen? Er blickte sich schnell in seinem Zimmer um und suchte nach etwas, das ihr gehörte. Als er nichts entdeckte, blickte er wieder auf.

»Ahhhh, Fuck«, murmelte er leise vor sich hin.

Cage stand in der Tür, seine Augen direkt auf Easy gerichtet. Sein Gesicht war nicht zu erkennen.

Fuck, Fuck, Fuck!

Easy fuhr sich mit den Fingern durch sein loses Haar und wartete, denn er konnte nichts anderes tun. Es war zu spät.

Sie waren aufgeflogen.

Cages Blick fiel auf Tessa. »Geh nach Hause, Tess.«

Sie machte eine Bewegung, um ihn am Eintreten zu hindern. »Nein, Cage, das hat nichts mit dir zu tun. Wir haben das besprochen.«

Wir haben das besprochen?

Was zum Teufel?

»Geh verdammt noch mal nach Hause. Jetzt«, knurrte Cage. Sein Befehl ließ Easy die Zähne zusammenbeißen.

»Cage …«

»Ich habe im Moment alle Karten in der Hand, Tess«, warnte Cage. »Zwing mich nicht, sie auszuspielen.«

Nein, scheiß drauf. Er hatte kein Recht, sie herumzukommandieren oder ihr zu drohen.

Easy trat vor und stellte sich direkt hinter Tessa. »Geh.« Er drückte ihr eine Hand auf den Rücken. »Ich werde mich darum kümmern.«

Als er ihr einen kleinen Schubs gab, schlüpfte sie schließlich an Cage vorbei. Dann drehte sie sich um und sagte: »Ich habe es dir nicht gesagt …«

»Ich hab das im Griff. Geh.« Die Wahrheit war, dass er das nicht hatte. Überhaupt nicht, Fuck. Easy war sich verdammt sicher, dass sie vergessen hatte, ihm etwas verdammt Wichtiges mitzuteilen, und er war sich nicht sicher, wie zum Teufel er mit dieser Situation umgehen sollte.

Er würde improvisieren müssen.

Gott.

Gerade jetzt, wo sich die Dinge zwischen Tessa und ihm ändern sollten … Er hoffte, dass es besser würde …

Jep. Die Realität war dabei, ihn in den Arsch zu ficken.

Ohne Gleitmittel.

Zur Hölle, mit einem Baseballschläger, der mit Stacheldraht umwickelt war. Wie Negans Lucille in *The Walking Dead*.

Trotzdem musste er glauben, dass es besser war, sich mit Cage anzulegen als mit Trip. Er musste seinen Bruder nur davon überzeugen, sein verdammtes Maul zu halten.

Zumindest im Moment.

Der Road Captain des Clubs betrat sein Zimmer und schloss die Tür hinter sich. Er wartete ein paar Sekunden, wahrscheinlich um sich zu vergewissern, dass Tessa von der Tür weggegangen war, bevor er knurrte: »Was zum Teufel machst du da, Bruder? Spielst du verdammtes russisches Roulette? Denn ich kann dir aus erster Hand sagen, wie es sich anfühlt, wenn du verlierst.«

Zu diesem Zeitpunkt war Cage das einzige aktuelle Fury-Mitglied, das eine von Judge und dem Punisher organisierte Party miterlebt hatte.

Easy hatte das Gefühl, dass er bei der nächsten Party der Ehrengast sein würde. »Sie sagte, sie hätte etwas mit dir besprochen. Was war es?«

Cage warf ihm einen bösen Blick zu. »Willst du dir ein paar Boxershorts anziehen oder so? Es ist schwer, ein ernsthaftes Gespräch mit dir zu führen, wenn dein Schwanz in der Luft flattert.«

Easy zuckte mit den Schultern. »Du brauchst dieses Gespräch gar nicht zu führen, du könntest Tessa einfach nach Hause folgen.«

Verdammter Cage. Wenn er seine Nase in Dinge stecken wollte, die ihn nichts angingen, dann ließ Easy seinen Schwanz draußen. Wenn es seinem Bruder nicht gefiel, sollte er gehen. Es war ja nicht so, dass der Mann Easy noch nie nackt gesehen hätte. Tatsächlich gab es außer den Kindern niemanden auf dem Grundstück, der das noch nicht getan hatte.

Er war nicht schüchtern, wenn es um seinen Körper ging, und, *scheiß auf ihn*, das war sein Zimmer.

»Ja, das wird nicht passieren. Ich bin nicht mitten in der Nacht hierhergekommen, weil ich mir die Beine vertreten wollte.«

»Dann bist du also umsonst hergekommen.«

Cage starrte ihn an. »Nein, Bruder, ich bin hergekommen, um deinen verdammten Arsch zu retten.«

»Er muss nicht gerettet werden.«

»Von meinem Standpunkt aus sieht es aber so aus.«

»Was hat sie dir gesagt?«

»Sie musste mir gar nichts sagen, nachdem sie letzte Nacht erwischt wurde, als sie sich durch die Hintertür schleichen wollte.«

Gott. Und sie hat sich nicht einmal die Mühe gemacht, ihn

darüber zu informieren. So viel zur Zusammenarbeit. »Sie hat dir gesagt, dass ich es war?«

»Das brauchte sie nicht. Ich habe es durch Ausschlussverfahren herausgefunden. Die verdammte Schwester des Presidents, E! Wir reden von Trip, dem Mann, der so verdammt angespannt ist, dass es nicht viel braucht, bis er explodiert. Und falls … nein, scheiß drauf … wenn er das tut, wer zum Teufel fängt dann die ganzen Splitter auf? Nicht die Frau, die gerade aus deinem Zimmer gekommen ist, das kann ich dir verdammt noch mal sagen. Sie wird ohne einen verdammten Kratzer davonkommen. Du hingegen …« Cage stemmte die Hände in die Hüften, ließ den Kopf sinken und schüttelte ihn. »Mein Gott, Bruder. Ich verstehe ja, dass du gerne Muschis jagst, aber … sie ist die Falsche. Du hättest jede andere als sie nehmen können.«

»Nicht, dass es dich irgendetwas angeht, Cage, aber … ich habe sie nicht gejagt. Sie ist zu mir gekommen.«

»Dann hättest du ihr sagen sollen, dass sie sich verpissen soll«, beharrte Cage.

»Ich hätte es tun sollen, habe es aber nicht getan.« Und es hatte keinen Sinn, darüber zu diskutieren, denn es war zu spät. Easy saugte an seinen Zähnen. »Was jetzt?«

»Willst du meinen Rat? Du machst Schluss oder sagst es Trip.«

»Das habe ich ihr schon gesagt. Sie will das nicht.«

»Was will sie nicht?«

»Beides.«

Cages Augenbrauen zogen sich zusammen. »Warum überlässt du das ihr? Für dich steht doch am meisten auf dem Spiel, Bruder.«

»Sag mir etwas, was ich noch nicht weiß.«

»Wie wäre es, wenn ich dir sage, wie sehr der Punisher kitzelt?«

Okay, das war etwas, das er nicht zu wissen brauchte. Er war sicher, dass er es bald herausfinden würde.

Zum Glück war Cage kein Verräter. So viel wusste Easy. Wenn man im Gefängnis etwas lernte, dann war es, sein verdammtes Maul zu halten. Vor allem, wenn man verhindern wollte, dass einem die Zunge rausgerissen wurde oder dass man Stäbe zwischen die Rippen bekam.

»Tessa ist meine verdammte Hausmaus, E.«

»Das weiß ich doch, Bruder.«

»Weißt du eigentlich, dass ich deshalb auch für ihren Arsch mitverantwortlich bin? Sie ist ein Teil meines Haushalts und meiner Familie. Wenn Trip herausfindet, dass ich davon wusste und es ihm nicht gesagt habe?« Cage schüttelte den Kopf. »Mein Gott. Ich werde mich nicht noch einmal mit dem Punisher anlegen, nur damit du deinen Schwanz da reinstecken kannst, wo er nicht hingehört.«

Auch wenn Cage genauso wie Easy knietief in der Scheiße stecken würde, könnte er diesen letzten Punkt anzweifeln. Sein Schwanz gehörte in Tessa. Niemandes sonst tat das.

Er beschloss, dass es klug war, diesen Scheiß für sich zu behalten. »Hör zu, ich bitte dich nur um ein bisschen Zeit. Wir müssen noch einiges klären, bevor wir uns entscheiden, was wir tun wollen. Wir wollen nicht zu übereilten Entscheidungen gezwungen werden, die wir später bereuen. Sie ist verdammt jung.« Vielleicht sogar noch zu jung. »Sie will sich noch nicht binden.« Da war sie nicht die Einzige.

»Ich weiß, dass du das auch nicht willst, Bruder, und deshalb ist das hier so ein Bockmist. Das hätte ich nie von dir erwartet.«

Easy rieb sich mit der Hand über sein Herz. »Ich hätte auch nie erwartet, dass sie mir unter die Haut geht.«

Ah, Fuck. Das hatte er nicht sagen wollen. Er bereute es sofort, als es ihm über die Lippen kam.

»Dir unter die Haut geht? Dir unter die verdammte Haut geht?« Cages Augenbrauen hoben sich und er wischte sich mit der Hand über den Mund. »Verdammt. Es geht also nicht nur um Sex zwischen euch beiden?«

»Ich weiß nicht, was zum Teufel es ist, das ist es, was ich sage. Wir brauchen Zeit für uns, ohne dass Leute wie du oder Trip oder sogar Stella ihre Nasen in unsere Angelegenheiten stecken, als wüssten sie es besser als wir. Denn du und ich wissen, dass das passieren wird.« Garantiert.

»Du vergisst etwas Wichtiges.«

Wollte er das überhaupt wissen? Er seufzte: »Was?«

»Als meine Hausmaus ist Tessa *meine* Angelegenheit und als Trips Schwester ist es ganz sicher auch *seine*. So wie die Dinge im Moment stehen, bist du der Einzige, der wirklich nichts zu sagen hat.«

Fuck, scheiß drauf. »Genau da liegst du falsch, Bruder.«

Cage starrte ihn an, den Kopf zur Seite geneigt. Easy mochte diesen Blick nicht. Er ließ seine Arschbacken zusammenkneifen. »Wie lange geht das schon so?«

War das ein verdammter Test? »Sie hat es dir nicht gesagt?«

»Ich will es von dir hören.«

»Ehrlich gesagt, weiß ich es nicht. Ich habe den Überblick verloren.«

»Also … nicht nur ein paar Mal?«

War es das, was Tessa ihm gesagt hatte? »Kommt drauf an, was du unter ein paar Mal verstehst.« Er stöhnte innerlich über diese lahmarschige Antwort.

»Du bist ein verdammter Idiot«, sagte Cage und schüttelte den Kopf. »Ein totaler Idiot. Du hast Zugang zu«, er zählte die Sweet Butts mit den Fingern ab, »Billie, Amber, Angel, Brandy und sogar Crys würde immer noch zuschlagen, wenn du es brauchst. Fünf gottverdammte Frauen, die du mit deinen Fingern anfassen kannst. Und du brauchst nur ins Pete's zu gehen und zwanzig weitere liegen dir zu Füßen. Aber nein, du musstest stattdessen eine Stange Dynamit ficken. Du glaubst, die Explosion in Hillbilly Hill war verrückt? Warte nur ab.«

Cage holte tief Luft. »Warte nur ab. Und genau wie sie willst du, dass ich diese Scheiße für mich behalte. Du setzt meine verdammte Familie aufs Spiel, meine Farben genauso wie deine. Und was zum Teufel habe ich davon? Nichts außer Kopfschmerzen und Sodbrennen.«

»Weiß Jem das?«

»Fuck, nein!«

Easy zuckte zusammen und hoffte, dass Cages explosiver Schrei niemanden in der Schlafbaracke aufweckte. Ein Publikum war das Letzte, was sie brauchten.

»Dann sind es nur wir drei. Du gibst uns Deckung, wir geben dir Deckung. Wenn es rauskommt, muss niemand wissen, dass du es wusstest. Ich werde dich nicht verpfeifen, wenn du es nicht tust.«

Cage ließ den Kopf sinken und kratzte sich hinter dem Ohr. Als er ihn wieder hob, fragte er: »Bruder, bist du dir sicher, dass du es so machen willst?«

»Da bin ich mir nicht so sicher. Ich habe keinen blassen Schimmer, wie es weitergeht. Aber eins kann ich dir versprechen: Ich will ihr nicht wehtun.«

»Ja, das solltest du auch nicht. Vergiss Trip. Vergiss mich. Stella und Jemma werden dir die Eier zerquetschen, bis sie nur noch Staub sind. Das allein sollte dir eine Heidenangst einjagen.«

Er hatte sich Sorgen um Trip gemacht und dabei nicht einmal an die beiden Frauen gedacht, die Tessa am meisten beschützen. Die beiden Frauen, die entschlossen waren, Tessa auf einem geraden und schmalen Pfad zu halten.

Jem wegen Dyna und Stella wegen Trip.

Ehrlich gesagt, alle Frauen, weil sie sich gegenseitig als ›Schwestern‹ betrachteten. Sie haben sich alle gegenseitig beschützt.

Tessa war zwar keine Old Lady, aber sowohl sie als auch Saylor waren allein aufgrund des Blutes, das durch ihre Adern floss, Teil der Schwesternschaft. Die Frauen in der Schwesternschaft hatten ihre eigene Macht. Vor allem, weil sie alle ihren Old Men die Ohren lang gezogen haben und ihre Old Men waren die Clubbrüder von Easy.

Wenn er also Tessa verletzte, würde das einen Dominoeffekt auslösen. Und er wäre der letzte Dominostein, der fallen würde. Ein Sturz, der verdammt wehtun und sein Leben möglicherweise für immer verändern würde.

Verärgere nie ein Rudel Frauen. Niemals.

»Ich werde dir sagen, was ich Tess sagen werde, wenn ich wieder zu Hause bin … Ich gebe euch beiden einen Monat Zeit, um eine Lösung zu finden.«

»Du hast diese Entscheidung nicht zu treffen.«

Cage zog eine Augenbraue hoch. »Muss ich das nicht? Wie ich Tess schon sagte, habe ich im Moment alle Karten in der Hand. Egal was passiert, ich werde immer tun, was das Beste für meine Familie ist. Und Tess ist jetzt ein Teil meiner Familie. Ich bin dankbar, dass sie für mein kleines Mädchen eingesprungen ist, als wäre Dyna ihr eigenes Kind, als Jem wegging. Ich hoffe, sie wird sich um meine zukünftigen Söhne und Töchter kümmern, zumindest bis sie selbst welche hat. Dafür werde ich für sie in den Krieg ziehen. Selbst wenn dieser Krieg gegen dich geführt wird, Bruder.«

8

Sie beschlossen, zuerst nach New Jersey zu fahren, Easys neuen Schlitten zu holen und ihn hinten in den neueren Lieferwagen zu laden, den sie für das Tierkrematorium benutzten. Bei diesem konnten sie bequem die seitlichen Magnete mit der Werbung für das Unternehmen entfernen. Sie tauschten das zugelassene Nummernschild gegen ein totes aus, das sie für jede Art von Inkognito-Scheiß bereithielten.

Tioga Pet Services brachte dem Club nicht nur Geld ein und zahlte Cassie, Easy und Shade ein anständiges Gehalt, sondern erfüllte auch einen Zweck in Zeiten wie diesen. Mit den Verbrennungsöfen und den fensterlosen, großen Transportern wurden sie Beweise los, darunter auch Leichen – und nicht nur geliebte Kleintiere.

Dieses Geschäft war die beste Anschaffung, die der Club bisher getätigt hatte. Deacon war ein gottverdammtes Genie.

Manchmal.

Manchmal aber auch nicht so sehr.

Ein weiterer Kauf, den Trip erwähnt hatte – sobald sie das Konto des Clubs wieder aufgefüllt hatten, nachdem es kürzlich leergeräumt worden war –, war Hillbilly Hill. Wenn sie einen Weg finden würden, ihn zu kaufen, könnten die Shirleys oder andere inzestuöse Ziegenficker der Guardians of Freedumb nicht mehr auf den Berg zurückkehren. Die Fury würde das Land besitzen und die selbst ernannte ›souveräne Nation‹ ein zweites Mal ficken.

Er bekam mit, wie Reese und Fallon darüber sprachen, dass sie sich darum kümmern und die Sache in die Wege leiten würden, wenn möglich.

Verdammtes Karma in seiner schönsten Form.

Wenn sie es schafften und der Club das Berggrundstück in Besitz nahm, wäre das ein großartiger Ort für Easy, um dort zu landen. Viel besser als *Cluburbia*, wo die Hälfte seiner Brüder und ihre Frauen lebten.

Easy hatte keine Frau und keine Kinder, also hatte er im Moment keinen Grund, im ›White Picket Fence‹-Wunderland zu leben. Aber eine Hütte oben in den Wäldern? Das wäre doch cool. Und er war verdammt sicher, dass er nicht allein sein würde. Whip hatte schon gesagt, dass er und Fallon dort oben ein Haus bauen würden.

Aber im Moment musste er sich auf die unmittelbare Zukunft konzentrieren und nicht auf eine, die vielleicht nie eintreten würde.

Er brannte darauf, sich auf sein glänzendes neues Motorrad zu schwingen, das gerade hinten festgeschnallt war, während Shade den Van von Millville in South Jersey durch Delaware nach Maryland und schließlich an den Stadtrand von Baltimore fuhr. Eine verdammt langweilige Fahrt von zweieinhalb Stunden.

Eine Spritztour mit dem Schlitten musste warten, bis er seinem Clubbruder geholfen hatte, eine alte Rechnung zu begleichen.

Shade hatte auf dem Weg nach Jersey und sogar auf dem Weg zum Haus seines Samenspenders nicht viel gesagt. Aber sie mussten wirklich einen genaueren Plan ausarbeiten, wie sie mit dem verdammte Daddy Dearest verfahren wollten.

In den letzten Jahren der Zusammenarbeit hatte Shade Easy bruchstückhaft alles erzählt, was an jenem Tag auf dem Parkplatz des Einkaufszentrums passiert war. Der Tag, an dem sich das Leben eines vierjährigen Jungen für immer veränderte, der Tag, an dem sich sein eigener verdammter Vater gegen seinen eigenen verdammten Sohn und die Mutter seines Sohnes wandte.

Nachdem er das alles gehört hatte, wurde Easy klar, dass Shade recht hatte und dass sie keine andere Wahl hatten, als dem Mann, der das alles ausgelöst hatte, dasselbe anzutun.

Würde Shades Vater am Ende nackt vor einem Raum stehen, während er an den Höchstbietenden versteigert wurde? Leider nicht.

Sollte er das aber? Es wäre nur fair, wenn er das Gleiche erleben würde wie Shade und seine Mutter. Die Angst, die Demütigung, die Erniedrigung und den Missbrauch.

Trotzdem könnte man ihm noch viele andere Dinge antun, um ihn bis zu dem Moment, in dem er seinen letzten Atemzug tun würde, in Unruhe zu versetzen.

Denn eines war sicher: Shade würde ihn dabei anschauen.

Das Einzige, was Easy an diesem Plan bedauerte, war, dass der Mann nur einen Bruchteil der Zeit leiden würde, verglichen mit den Jahren der Folter und des Missbrauchs, die Shade und seine Mutter durchleben mussten.

Da Easy immer nervöser wurde, je näher sie ihrem Ziel kamen, musste er die Stille im Bus mit etwas anderem füllen als mit der Rockmusik, die im Hintergrund lief. »Hat er noch andere Kinder?«

»Ja. Es hat sich herausgestellt, dass er schon welche hatte, bevor meine Mutter mich bekommen hat.«

»Du hast gesagt, er war verheiratet. Wusste deine Mutter das, bevor sie sich mit ihm eingelassen hat?«

»Nicht sicher. Meine Vermutung? Am Anfang nicht. Aber dass sie ihm ein Hintertürchen … Verdammt«, Shade schüttelte den Kopf, als ihm klar wurde, dass er das falsche Wort benutzt hatte, »ein *Ultimatum* gestellt hat, war der Auslöser für das, was er uns angetan hat.«

Früher war Shade viel schlechter im Sprechen, aber seit er mit Chelle zusammen war, war es viel besser geworden. Gelegentlich sagte er immer noch ein falsches Wort, wenn es eines war, über das man leicht stolperte, oder wenn er zu schnell sprach. Ein weiterer Grund, warum der Mann langsam sprach und seine Worte sorgfältig wählte. Ein Geheimnis, das Easy nur deshalb für sich entdeckte, weil sie so eng zusammenarbeiteten. Er war sich nicht einmal sicher, ob ihre Brüder wussten, warum Shade so sprach. Vielleicht wussten sie es und sagten nur nichts, so wie Easy es nie getan hatte.

Easy hatte eine Menge Respekt vor Shades Frau. Sie liebte nicht nur einen Mann, der so verdammt zersplittert war, sondern half ihm auch bei seiner Legasthenie, indem sie ihm das Lesen, Schreiben und Sprechen beibrachte.

Die Frau war eine Heilige. Sie war auch nicht aufbrausend, streitsüchtig oder verurteilend. Eine verdammt perfekte Frau.

»Völlig verrückt. Wer macht denn so einen Scheiß?«

»Ein böser Wichser«, antwortete Shade sachlich.

»Ohne Scheiß. Er hätte deine Mutter auch einfach bestechen können, damit sie den Mund hält.«

»So wie er mit seinem ›Problem‹ umgegangen ist, hat er Kohle gespart, nicht umgekehrt. Ich schätze, sie hätte auch Unterhalt für das Kind verlangt, was sie auch hätte tun sollen. Er hätte für eine lange Zeit zahlen müssen, also wie erklärst du der Frau, die du verarscht hast, diese Zahlungen? Vor allem, wenn ihr ein gemeinsames Bankkonto habt?«

Ja, wie erklärt man das Fehlen des Geldes dem Ehepartner, es sei denn, der Ehepartner hatte nie Zugriff auf das Konto?

Easy starrte auf Shades Profil, während er fuhr. »Du hast ein gemeinsames Konto mit Chelle?«

»Ja.«

»War das deine Idee oder ihre?«

»Meine. Ich bin unter ihrem Dach eingezogen und jetzt kommen wir für Judes Ausgaben auf. Außerdem finanzieren wir das College für die Mädchen.«

»Für Jude bist du vielleicht verantwortlich, aber nicht für die Mädchen.«

Shade blickte zu ihm hinüber. »Die Mädchen sind auch meine Verantwortung. Sie gehören genauso zu mir wie Jude.« Er wandte seinen Blick wieder auf die Straße.

Sie befanden sich auf einer dunklen Nebenstraße außerhalb von Baltimore und es war schon spät. Das Letzte, was sie gebrauchen konnten, war, ein Reh zu überfahren, vor allem mit einem illegalen Kennzeichen das hinten angebracht war.

»Bist du neugierig auf deine Halbgeschwister?«

»Nö.«

»Hat der Bastard Enkelkinder?«, fragte Easy.

»Laut Hunter, ja.«

»Interessiert dich das?«

»Fuck, nein. Weißt du, wer mich interessiert? Meine Mutter, die zu Asche zerfallen ist und in einer Urne auf unserem Kaminsims steht. Die Frau hat nichts anderes getan, um dieses Schicksal zu verdienen, als einen verdammten Mann zu lieben, der sie beschmutzt hat, nachdem sie seinen Sohn bekommen hatte. Ich kümmere mich um Jude, den ich in einem gottverdammten Käfig gefunden habe, der wie ein Preiskalb an einen kranken Wichser verkauft werden sollte. Das ist es, was mich verdammt noch mal interessiert.«

Verdammt. Das war das erste Mal, dass Shade verriet, woher Jude kam. Alle wussten, dass der Junge nicht Shades leiblicher Sohn war, aber sie spielten die Geschichte trotzdem mit. Sie akzeptierten Jude, als wäre er von seinem Blut, obwohl sie alle eine Menge Fragen hatten.

Trip hatte kein Problem damit, Kinder in die Fury-Familie aufzunehmen, wenn sie eine Bleibe oder eine Familie brauchten, die sie liebte und beschützte, solange die Aufnahme den Club nicht in Verruf brachte.

Die Familie war für den President so verdammt wichtig.

Für Trip war Tessa eine echte Familie, die sogar blutsverwandt war und nicht nur durch den Club. Das machte das Herumschleichen von Easy und Tessa noch heikler.

»Ist Judes Mutter wirklich tot?« Er war sich zwar nicht sicher, ob Shade antworten würde, aber er fragte trotzdem, da der sonst so ruhige Mann in Gesprächslaune zu sein schien. Etwas, das nicht oft vorkam.

»Ja. Chelle und ich können nichts finden, was uns vom Gegenteil überzeugt. Wir haben so gut wie aufgehört zu suchen, obwohl Jude noch Hoffnung hat.«

»Genauso wie du es bei deiner Mutter getan hast.«

»Ja«, sagte Shade mit einem Atemzug. »Genauso wie ich es getan habe. Ich glaube, der Junge weiß genau, dass sie weg ist. Sein Betreuer sagte, sie sei an einen Wichser verkauft worden, der Snuff-Filme dreht. Ich habe keinen Zweifel, dass das stimmt. Das werde ich dem Jungen aber nicht sagen, denn das ist eine beschissene Art zu sterben und ich will ihm nicht noch mehr Albträume bereiten, als er ohnehin schon hat. Chelle und ich lassen es lieber bei einem Elend … Scheiße«, Shade schüttelte wieder den Kopf, »Geheimnis.«

»Ohne Scheiß. Es gibt viele verdrehte Menschen da draußen. Untermenschen. Nicht nur die Filmemacher, sondern auch die Perversen, die sich diesen Scheiß ansehen. Die sind genauso schlimm wie die kranken Ficks, die sich an kleinen Kindern vergreifen.«

Easy blinzelte nicht mehr, wenn Shade seine Worte verdrehte. Es war so weit gekommen, dass er Shade nicht einmal mehr korrigierte, wenn dieser es nicht selbst bemerkte. Er wollte die Aufmerksamkeit nicht auf das Problem lenken. Shade neigte dazu, langsamer zu sprechen, wenn er mit den anderen Brüdern zusammen war, aber in der Nähe von Easy bemühte er sich nicht so sehr, keine Fehler zu machen.

Easy schätzte das Vertrauen des Mannes, der einen anderen Menschen, ohne mit der Wimper zu zucken oder einen Laut von sich zu geben, effizient ausschalten konnte.

So wie die Shadows, die Trip angeheuert hatte, um die Shirleys auszulöschen. Es war nicht nur die richtige Entscheidung gewesen, diese ehemaligen Spezialeinheiten zu engagieren – auch wenn ihr Honorar die Clubkasse geleert hatte –, sondern Hunter hatte Shade auch geholfen, seinen *Erzeuger* zu finden. Jemanden, den er gesucht hatte und den er selbst nicht ausfindig machen konnte, weil er den Namen des Mannes nicht kannte. Er wusste nur den Namen »Ed«, den Namen, den seine Mutter benutzt hatte, aber da Shade so jung war und so viel Trauma durchgemacht hatte, war er sich nicht sicher, ob das überhaupt richtig war.

Dank der Shadows wusste er es jetzt. Irgendwie haben sie Shades DNA genommen und sie durch eine Datenbank laufen lassen, vielleicht sogar durch eine dieser Ahnenforschungs-Websites, um herauszufinden, wer sein Vater war. Wenn sie erst einmal in einer Datenbank ist, lässt sich DNA nur schwer verbergen. Shade fand nicht nur heraus, dass der volle Name seines Vaters Edmund Oliveira war, sondern auch, dass er väterlicherseits eine Mischung aus portugiesischer und türkischer Abstammung war.

»Wie lange haben wir noch?«

Der Van wurde langsamer und Shade hielt an einem Bordstein an und schaltete sofort das Licht aus. »Wir sind da.«

Easy schaute aus dem Fenster auf der Beifahrerseite auf das Haus, vor dem sie geparkt hatten.

»Er wohnt hier?« Es sah aus wie eine typische Mittelklassegegend.

»Nein.« Shade schaute nicht auf das gleiche Haus wie Easy. »Er wohnt nicht hier.«

Easy runzelte die Stirn. »Ich kann dir nicht folgen.«

»Seine derzeitige Affäre wohnt zwei Häuser weiter.«

Easy blickte auf das Grundstück, auf das Shade starrte. Ein typisches zweigeschossiges Haus, das nichts Besonderes war. Aber er bemerkte, dass zwei Fenster in einer Ecke des zweiten Stocks erleuchtet waren. Der Rest des Hauses war dunkel.

Er blickte auf die Uhr auf dem Armaturenbrett. Es war fast zehn Uhr. Das war nicht zu spät für einen Samstagabend.

»Willst du seine Affäre als Köder benutzen, um ihn zu uns zu locken?«, fragte Easy.

»Nein. Ich will nicht, dass jemand anderes involviert wird. Wir warten, bis er weg ist und schnappen ihn uns dann.«

»Du willst ihn mitten in einem Viertel schnappen, in dem wahrscheinlich neugierige Leute wohnen?« Easy ist in einem Viertel aufgewachsen, das fast genau so aussah wie dieses, und alle liebten es, ihre Nasen in Dinge zu stecken, die sie nichts angingen. So ähnlich wie bei der Fury.

Easy gefiel das nicht. Es war eine gute Möglichkeit, erwischt zu werden.

»Nö. Hier wird er nicht geschnappt.«

»Was zum Teufel machen wir dann hier?«

»Siehst du den Käfig, der in der Einfahrt steht?«

Easy blinzelte, als er versuchte, einen Blick auf eine vermeintliche BMW-Limousine zu erhaschen, die vor der Garage geparkt war. »Ja. Glaubst du, das ist sein Wagen?«

»Ja, das ist er. Dieselbe Marke und dasselbe Modell, von dem Hunter sagt, dass er es fährt.«

»Willst du ihm die Reifen platt machen, damit er nicht wegfahren kann?«

»Nein.«

»Willst du mich dann aufklären, was zum Teufel du denkst?«
Easy bestand darauf.

»Ich weiß, dass er seine Frau anlügt und sagt, dass er samstagabends in der Bowling-Licht … Fuck … Liga spielt. Nun, das ist nicht die Lüge. Die Lüge ist, dass er sagt, dass er dort ist, aber in Wirklichkeit ist er im Bett dieser Frau. Es stellt sich heraus, dass er zwar einem Team angehört, aber nicht auftaucht, weil er ein Ersatzspieler ist. Die Liga ist nur eine Ausrede, um aus dem Haus zu kommen.«

»Warum zum Teufel verlässt er seine Frau nicht, wenn seine Kinder jetzt erwachsen sind?«

»Warum bleibt ein Mann?«

»Kohle?«

»Das würde ich vermuten. Das ist der Grund für das, was er mir und meiner Mutter angetan hat.«

Geld verursachte eine Menge Böses in der verdammten Welt. Shades Vater war der Beweis dafür.

»Ich schätze, er hat einen verdammt guten Job und keinen Ehevertrag.«

»Bingo«, flüsterte Shade, während er aus der Windschutzscheibe starrte.

»Ich schätze auch, dass er und seine Frau in einem viel größeren Haus in einer viel gehobeneren Gegend wohnen.«

»Das ist verdammt beeindruckend«, murmelte Shade.

»Ich vermute auch, dass er sich einsame Frauen aussucht, die wahrscheinlich in finanziellen Schwierigkeiten stecken. Frauen, die leicht zu manipulieren sind. Er hat einen Typ und ein Muster. Genau wie Reillys Ex, Billy. Das war seine Masche.«

»Ich vermute, du hast nicht unrecht«, sagte Shade in einem flachen Ton.

»Ich wette, du hast noch andere Halbgeschwister als die, die er mit seiner Frau hatte.«

»Diese Wette würdest du wohl kaum verlieren.«

Ein hässlicher Gedanke schoss Easy durch den Kopf.

»Glaubst du, er hat mit den anderen Frauen und Kindern dasselbe gemacht wie mit dir und deiner Mutter, nachdem er mit ihnen fertig war?«

»Fuck, hoffentlich nicht. Das hängt davon ab, ob eine dieser Frauen seine Lebensweise bedroht hat, so wie meine Mutter.«

»Genau. Er kann von Glück reden, dass ihn keine der Frauen erschossen hat.«

»Dem Teufel sei Dank haben sie das nicht getan und ihn stattdessen mir überlassen.«

Easy grinste, als er auf das Haus ein paar Türen weiter starrte. Ja, der Wichser hatte es nicht verdient, einen leichten Tod zu sterben. Shade würde dafür sorgen, dass Edmund Oliveira litt, während er über seine Lebensentscheidungen nachdachte.

Shade spielte nicht.

Nun, er tat es, aber nicht auf eine lustige Art und Weise.

»Hast du noch jemandem erzählt, was mit dir passiert ist?«

Shade drehte seinen Kopf zu Easy. Sein Gesicht war in Schatten getaucht. »Chelle. Aber keiner von euch weiß alles. Das würde ich euch nicht antun.«

Das würde er *ihnen* nicht antun.

Es war so verdammt schlimm, dass Shade, wenn er ihnen die Details erzählte, sie für ihr ganzes Leben schädigen konnte. Leute, die es nicht einmal erlebt hatten.

Das war abgefuckt.

Easy nickte und drehte sich wieder um, um das Haus anzuschauen. »Ich schätze, ich sollte dir dafür danken.«

»Gern geschehen.«

Easy schnaubte.

Shade hatte die Musik ausgemacht, sobald er angehalten hatte, und so saßen die beiden schweigend da und schauten sich das Haus an.

Um fünf nach zehn ging unten ein Licht an, ebenso wie das Licht auf der Veranda. Eine weitere Minute später öffnete sich die Haustür und ein Mann trat heraus und schloss sie hinter sich.

»Ist er das?«

Das Standlicht des BMWs blinkte auf und der Mann ging mit langen Schritten auf ihn zu. Oliveira war bestimmt genauso groß oder größer als Shade.

Als Shade nicht antwortete, wandte Easy seinen Blick von dem Luxusfahrzeug ab und richtete ihn auf seinen Clubbruder.

Ja, er hatte keinen Zweifel, dass das der Vater war. Das war daran zu erkennen, dass Shade jetzt steif auf dem Fahrersitz saß und seine Finger wie in einem Todesgriff um das Lenkrad geschlungen hatte.

»Erinnerst du dich an ihn?«

Er konnte die Antwort von Shade kaum verstehen. »Ja.«

»Ich wette, er denkt, du bist tot.«

Keine Antwort.

Easy wollte, dass Shade in der Gegenwart blieb und sich nicht in der Vergangenheit verlor. Shade musste sich auf das konzentrieren, was sie als Nächstes vorhatten, also redete Easy weiter. »Er wird eine Riesenüberraschung erleben.«

Wieder bekam Easy keine Antwort, außer dass Shade den Wagen auf ›Drive‹ stellte. Er ließ das Licht aus, während sein Vater die Limousine aus der Einfahrt fuhr und in die entgegengesetzte Richtung des geparkten Vans fuhr.

Shade musste Oliveiras Route kennen. Wahrscheinlich von dem Shadow namens Hunter.

»Sollen wir ihn irgendwo abfangen?«, fragte Easy, immer noch besorgt, dass Shade sich verlieren und nicht im Hier und Jetzt bleiben würde.

Easy war erleichtert, als Shade schließlich mit einem »Ja« antwortete.

»Okay, sag einfach Bescheid, wenn ich irgendetwas für dich tun soll.«

Diesmal nickte Shade nur.

Easy war sich nicht sicher, ob er den BMW oder Shade im Auge behalten sollte. Also tat er beides.

Sie folgten der Limousine aus dem Viertel heraus und durch ein belebtes Gewerbegebiet voller Einkaufszentren, Ladenketten und Restaurants, ohne dass sie das Fahrzeug an einer der Ampeln zu verlieren.

Etwa zehn Minuten später bog die Limousine auf eine weniger befahrene Straße ab, auf der es weder viele Wohnhäuser noch andere Fahrzeuge gab. Noch besser, es war eine Straße ohne Straßenbeleuchtung.

Shade gab Gas und schloss die Lücke zwischen den beiden Fahrzeugen. Als er nah genug dran war, wich er dem BMW nach links aus und fuhr auf die Gegenfahrbahn, bis er neben dem anderen Fahrzeug war. »Haben wir seine Aufmerksamkeit?«

Easy blickte zu dem BMW hinüber und sah ein blasses Gesicht, das sie überrascht ansah. »Das würde ich sagen.«

Bevor Oliveira reagieren konnte, riss Shade das Lenkrad herum, sodass sein Vater auswich, um einen Zusammenstoß zu vermeiden, und gleichzeitig beschleunigte er, als wolle er entkommen. Shade trat das Gaspedal durch, bis der Van wieder neben der Limousine stand, und riss das Lenkrad erneut herum, wobei er den BMW nur um Zentimeter verfehlte.

Durch die knappe Kollision beschleunigte sich Easys Puls genauso schnell wie die beiden Fahrzeuge. Nicht nur sie wären am Arsch, wenn Shade den Van zu Schrott fahren würde, sondern auch Easys neuer Schlitten.

»Verdammt«, flüsterte er, als einer der Reifen des BMWs auf den Seitenstreifen geriet und Oliveira die Kontrolle über sein Fahrzeug verlor. Er kam von der Fahrbahn ab und stürzte in einen kleinen Graben, der parallel zur Straße verlief.

Shade fuhr schnell nach vorn und parkte schräg auf dem Seitenstreifen, um den BMW an der Weiterfahrt zu hindern.

Easy bezweifelte, dass er das tun würde. Die Reifen drehten

durch, als Oliveira versuchte, dem Graben und zweifellos auch den verrückten Mistkerlen zu entkommen, die ihn von der Straße gedrängt hatten.

Shade schaltete die Lichter des Vans aus und beide beeilten sich, auszusteigen. Sie wollten nicht, dass ihr Ziel zu Fuß abhaute. Easy verfolgte niemanden im Dunkeln in einer Gegend, die er nicht kannte. Er bezweifelte auch, dass Shade in der Stimmung war, zu rennen.

»Hat er eine Waffe?«, fragte Easy.

»Nichts Registriertes, das Hunter finden konnte. Das heißt aber nicht, dass er es nicht tut. Also, sei vorsichtig«, flüsterte Shade zurück, als sie sich näherten.

Die Fahrertür wurde aufgerissen und bevor Shades Vater aussteigen konnte, war Shade schon da und fragte ihn: »Alles in Ordnung?«, als wäre alles ein verdammter Unfall gewesen.

»Was zum Teufel ist los mit dir?«, schrie Oliveira und kletterte aus dem BMW.

»Tut mir leid, ich habe dich nicht gesehen. Du warst in meinem toten Winkel.«

»Blödsinn. Ich hatte die Vorfahrt und du hast versucht, mich illegal zu überholen. Ist das eine dieser Unfallmaschen? Ich rufe die Bullen.«

Kaum hatte Oliveira sein Handy gehoben, schlug Easy es ihm aus der Hand. Als es auf den Boden fiel und Shades Vater sich darauf stürzte, zerschmetterte Easy es unter seinem Stiefelabsatz.

Oliveira stand der Mund offen, als er auf sein kaputtes Handy starrte und dann zu Easy hochblickte. »Was zum Teufel? Was ist das?«

»Bist du Edmund Oliveira?«, fragte Shade ihn.

Der Mann drehte sich um und sah Shade an. »Woher weißt du meinen Namen?«

»Beantworte einfach die Frage.«

»Ich werde dir nichts sagen. Das muss eine Art Versicherungsbetrug sein, oder?«

»Erinnerst du dich an Cecelia Bennett?«

Der Mann runzelte die Stirn. »An wen?«

»Soll ich es wiederholen oder versuchst du, der Frage auszuweichen?«, fragte Shade.

»Ich weiß nicht, von wem du sprichst. Für wen auch immer du mich hältst, ich kann dir versichern, dass du die falsche Person hast. Jetzt muss ich einen Abschleppwagen rufen und nach Hause zu meiner Frau fahren.«

Als Shades Vater sich auf das Fahrzeug zubewegte, erkannte Easy, dass er versuchte, den Notrufknopf im BMW zu erreichen. Bevor Easy Shade eine Warnung zurufen konnte, hatte Shade Oliveira im Würgegriff, indem er ihm einen Arm um die Kehle gelegt hatte. Er zerrte den Mann rückwärts vom Käfig weg. »Nein, das tust du nicht.«

»Lass mich los!«

»Du hast keine Ahnung, wie oft ich schon um dasselbe gebeten habe. Keiner von diesen Wichsern hat mich gehen lassen. Kein. Einziger.«

»Wovon redest du?«, schrie Oliveira und krallte sich an Shades Arm fest.

»Das erkläre ich dir später«, versicherte ihm Shade, zog eine Spritze aus seiner Jackentasche und stach die Nadel seitlich in den Hals des Mannes.

Easy zuckte zusammen und Galle stieg ihm in die Kehle. Er zwang sie wieder hinunter.

»Was ist das?« Oliveiras Kopf fiel nach vorn und sein Körper erschlaffte. Shade löste seinen Griff und der Mann sackte zu Boden.

»Nimm seine Beine«, wies Shade Easy an.

Easy hob das zerbrochene Telefon zu seinen Füßen auf und schleuderte es so weit wie möglich in das Gebüsch am Straßenrand, bevor er die Knöchel des Mannes packte. Shade hakte

Oliveira unter den Armen ein und sie trugen ihn zum Van hinüber.

Als Easy die Seitentür des Vans aufschob, fesselte Shade mit Flex-Cuffs die Handgelenke seines Vaters hinter seinem Rücken und band dann mit zwei weiteren die Fußgelenke zusammen. Er zog ein Bandana aus dem Handschuhfach und band es Oliveira um den Mund, um ihn zu knebeln.

Als er gefesselt war, hoben sie ihn hoch und stiegen in den Van, wobei sie sich nicht die Mühe machten, sanft zu sein. Was würde es schon ausmachen, wenn der Bastard mit blauen Flecken aufwachen würde? Gar nichts. Das wäre nur eine kleine Unannehmlichkeit im Vergleich zu dem, was Shade und seine Mutter durchmachen mussten. Sie warfen locker eine Plane über den Mann, damit er nicht auffiel, wenn jemand durch die vorderen Fenster schaute.

Easy hoffte nur, dass das Beruhigungsmittel, das sie ihm gaben – das, was sie normalerweise verwendeten, bevor sie Haustieren die letzte Euthanasie-Spritze gaben –, lange genug anhielt, damit das Arschloch nicht mehr aufwachen würde, bis sie wieder in Manning Grove waren. Easy wollte nicht derjenige sein, der auf den Rücksitz klettern und ihm eine weitere Dosis verabreichen musste.

Normalerweise übernahmen Cassie und in seltenen Fällen auch Shade diesen Teil der Arbeit. Easy half beim Transport, den Einäscherungen und dem Papierkram. Er machte sich immer Sorgen, dass er die letzte Spritze, das Pentobarbital, vergeigen würde und das Haustier leiden würde, bevor es in einen *Dauerschlaf* fiel.

Oliveira würde nicht so viel Glück haben, die letzte Spritze zu bekommen, damit er friedlich in einen dauerhaften Ruhezustand fallen würde. Die Einschläferung des Mannes wäre zu schnell und schmerzlos.

Easy war sich sicher, dass Shade etwas Besseres für Daddy Dearest in petto hatte. Das würde er schon bald herausfinden.

Denn solange Shade ihn dort haben wollte, ihn an seiner Seite haben wollte, würde er da sein. Egal was passierte.

Das war es, was Brüder taten.

Egal, wie sehr sich die Fury-Bruderschaft gegenseitig verarschte, wenn einer von ihnen Hilfe brauchte, würde er sie bekommen. Egal, ob es sich um einen Bruder oder um alle handelte. *Aus welchem Grund* auch immer.

Sie hielten sich gegenseitig den Rücken frei. Selbst wenn es nur darum ging, ihre Frauen oder Kinder zu beschützen oder sich um sie zu kümmern.

Zum Beispiel, als Red entführt wurde. Als Dyna entführt wurde. Als sie den Hillbilly Hill hinaufstürmten, um ein letztes Mal mit den Shirleys fertig zu werden. Trips »Es braucht ein Dort«-Mentalität ging weit über das Aufziehen der Kinder als Gruppe hinaus, es war eine echte Bruderschaft.

Easy fing die Lederhandschuhe und die Baseballmütze auf, die Shade ihm zuwarf.

»Zieh die an und lass uns losfahren, bevor noch jemand kommt und sich fragt, was zum Teufel hier los ist«, hauchte er scharf aus.

»Weißt du, wohin wir von hier aus gehen?«

Shade nickte. »Ja, folge mir.«

Easy blickte auf die Spurrillen, die die Reifen des BMWs im weichen Boden hinterlassen hatten. »Wir müssen den Van benutzen, um den Käfig aus dem Graben zu schieben.«

»Ich fahre den Van dahinter und schiebe ihn so weit an, dass du Traktion bekommst.«

»Versuch, keine Spuren oder Dellen an der Stoßstange zu hinterlassen. Cassie wird das sofort bemerken und uns die Eier abreißen, weil wir den neuen Van kaputt gemacht haben.« Vor allem, weil sie keine Ahnung hatte, dass sie ihn für etwas anderes benutzten, als seinen neuen Schlitten abzuholen.

Nachdem Easy die Mütze und die Handschuhe angezogen hatte, knallte er die Seitentür des Vans zu. Als er in den BMW kletterte, pfiff er leise. Mann, diesen Käfig würde er liebend gerne behalten. Es musste eines der Top-Modelle sein. Blöd nur, dass sie ihn irgendwo abladen wollten.

Eigentlich brauchten sie ihn nur in einem schlechten Viertel von Baltimore zu parken, und ihr Problem würde sich schnell lösen. Er hatte keinen Zweifel daran, dass das teure Fahrzeug auf Klötzen und in Einzelteilen landen würde. Die wertvollen Teile würden nach Übersee verschifft und nie wieder gesehen werden.

Es wäre jedoch zu riskant, in eine stark besetzte Stadt zu fahren, insbesondere da die geschäftigen Teile von Baltimore zu dieser Nachtzeit gerade zu leben begannen.

Hoffentlich hatte Shade einen guten Plan, ihn zu entsorgen. Irgendwo, wo man ihn eine Weile nicht finden würde, was ihnen zumindest genug Zeit geben würde, den Job zu beenden, den sie angefangen hatten ... und das war Rache.

Er legte den Gang ein und die Scheinwerfer des Lieferwagens im Rückspiegel blendeten ihn kurz, verschwanden dann aber, als Shade den Wagen langsam näher und näher heran fuhr.

Der BMW ruckte leicht, als Shade die Stoßstange des Vans gegen die Limousine drückte. Easy war es scheißegal, ob der Käfig beschädigt wurde. Ein paar Kratzer würden nichts ausmachen, wenn das ganze Fahrzeug entsorgt werden würde.

Nach ein paar Stößen griffen die Reifen und Easy zuckte zusammen, als die Unterseite des tiefergelegten BMWs auf dem Asphalt schrammte, als er wieder auf die Straße fuhr. Er schaltete das Licht ein und wartete darauf, dass Shade die Führung übernahm. Als dieser das tat, folgte er seinem Clubbruder über ein paar weitere Landstraßen nach Norden.

Etwa zwanzig Minuten später bog der Wagen auf eine Einfahrt ab und die Lichter gingen aus. Easy folgte dem Beispiel von Shade und schaltete auch die Lichter des BMWs aus.

Shade sprang aus dem Van und öffnete irgendwie ein altes

Maschendrahttor, an dem eine Reihe von ›Betreten verboten‹- und ›Gefahr‹-Schildern hingen.

Was zum Teufel?

Sobald das Tor so weit geöffnet war, dass ein Fahrzeug hindurchpasste, sprang Shade zurück in den Van und fuhr hindurch. Mithilfe des Mondlichts und der Bremslichter des Vans folgte Easy Shade in ein halb bewaldetes Gebiet.

Als er schließlich anhielt, parkte Easy neben ihm und kurbelte das Fenster herunter. Shade kletterte heraus und ging zur Fahrertür. »Wir werden es hier versenken.«

Easy blickte durch die Windschutzscheibe und sah nichts als Dunkelheit. »Wo?«

Shade ruckte mit dem Kinn in Richtung dieses Nichts. »Dort.«

»Wo dort?« Was zum Teufel war Easy entgangen?

»Das Wasser.«

»Welches Wasser?«

»Auf der anderen Seite der Klippe.«

Klippe?

»Das ist ein alter Steinbruch«, erklärte Shade. »Tief und verdammt kalt. Zu gefährlich für Boote oder zum Schwimmen. Könnte sogar giftig sein. Niemand wird sein Fahrzeug je finden, es sei denn, er sucht danach und weiß, wo er suchen muss.«

Verdammt genial, abgesehen von der Tatsache, dass der BMW wahrscheinlich ein schickes GPS-Tracking-System hatte. Aber bis man ihn finden würde, wären sie schon lange verschwunden. »Die Shadows haben dir diese Information gegeben?«

»Ja. Er hat mir sogar gesagt, welchen Steinbruch ich benutzen soll.«

Verdammt. Easy fragte sich, wie viele andere Fahrzeuge und Leichen die Shadows an diesem Ort entsorgt hatten.

»Mach die Fenster runter, damit es schneller sinkt.« Sobald Easy das getan hatte, befahl Shade: »Steig aus.«

Easy stieg bereitwillig aus dem Fahrzeug aus. Er war nicht in der Stimmung, um Mitternacht in einem ›bodenlosen‹ Steinbruch zu baden. Ihm wurde ganz mulmig, wenn er nur an die vielen Skelette dachte, die auf diesem Wasserfriedhof begraben waren.

Es schauderte ihn.

Shade zog ein sehr dünnes Baumwollseil aus der Vordertasche seiner Jeans. Er schlüpfte auf den Fahrersitz des BMW und Easy folgte ihm zu Fuß, während Shade das Fahrzeug an den Rand fuhr, der sicherlich eine Klippe war. Wenn Shade den Wagen nicht angehalten hätte, wäre Easy bei ausgeschaltetem Licht vielleicht direkt darübergefahren und hätte erst dann gemerkt, dass es sich um einen Abgrund handelte, wenn es zu spät gewesen wäre.

Er blickte über die Kante und sah, wie steil der Abgrund wirklich war. Weit unter ihm nahm er das nachtschwarze Wasser nur wegen der Spiegelung des Mondes wahr.

»Verdammt«, flüsterte er und blickte zurück zu Shade, der gerade an etwas unter dem Lenkrad fummelte.

Als der Motor aufheulte und die Reifen durchdrehten, erkannte er, dass der Mann das Gaspedal manipuliert hatte. Plötzlich sprang der Käfig nach vorn, die Reifen schleuderten Schmutz und Steine hinter sich her und Shade konnte sich gerade noch rechtzeitig aus dem Auto befreien, als es nach vorn und über den Rand der Klippe schoss.

»Heilige Scheiße«, flüsterte Easy, als er wieder über die Kante spähte. »Was für eine Verschwendung eines tollen Autos.«

Das gewaltige Platschen hallte von den Felswänden wider, laut genug, um die Aufmerksamkeit von jemandem zu erregen, der in der Nähe war. Hoffentlich war das nicht der Fall. Er hoffte verdammt noch mal, dass heute Abend keine Teenager im Steinbruch feierten. Easys Augen suchten schnell den Rand des Steinbruchs ab und hielten Ausschau nach Feuern, Taschenlampen oder anderen Anzeichen dafür, dass sie nicht allein waren.

Dem Teufel sei Dank sah er nichts als Dunkelheit.

Er und Shade warteten, bis der BMW vollständig untergetaucht war, bevor sie zum Van zurückkehrten.

»Warum hast du so ein superdünnes Seil benutzt?«

»Ich musste das Gaspedal festbinden. Einer der Shadows sagte, dass das Seil, das ich benutzt habe, sich im Wasser viel schneller auflöst als alles andere. Nur für den Fall, dass jemand das Fahrzeug findet, wollen wir keine Beweise zurücklassen, die zeigen, dass es nicht der Wichser war, der seinen eigenen BMW über die Kante gefahren hat.«

»Verdammt. Das ist verrückt und krass, dass sie alles bis ins kleinste verdammte Detail planen«, murmelte Easy ehrfürchtig.

»Deshalb waren sie jeden verdammten Penny wert, den wir ihnen gegeben haben.«

»Ohne Scheiß. Und warum wir alle in einem Stück von diesem Berg entkommen sind.« Das wären sie auch nicht, wenn das Shadows-Team die Detonationen nicht so getimt hätte, wie sie es getan hatten.

Ja, wenn sie es so gemacht hätten, wie Easy es sich gedacht hatte, hätte die Fury jetzt vielleicht ein paar Mitglieder weniger, abgesehen von Scar.

Und Easy hätte einer von ihnen sein können.

9

Als sie Tioga Pet Services erreichten und Easys neuen Schlitten ausluden, war Edmund Oliveira zwar wach, aber groggy.

Easy holte den Transportwagen heraus, den sie für große Tiere benutzten, und sie luden Shades Vater darauf, wobei sie ihn unter der Plane versteckt hielten. Es war nicht das erste Mal, dass sie eine tote oder noch atmende Person mit dem Karren transportierten, und Easy bezweifelte, dass es das letzte Mal sein würde.

Nachdem sie den Mann hereingebracht hatten, stellte Shade einen Stuhl in die Mitte einer großen Plastikplane im großen Ofenbereich, und sie setzten Oliveira darauf. Er konnte sich aus eigener Kraft aufrichten, auch wenn er noch etwas benommen aussah.

Das würde er auch nicht mehr lang sein.

Shade war im Begriff, ihn aufzuwecken, indem er ihm ein paar Fakten mit einer gehörigen Portion Rache vorsetzte.

Auch wenn Easy die Antwort schon wusste, wollte er sicher sein … »Soll ich bleiben?« Wenn Shade ihn nicht dabeihaben wollte, konnte er später wiederkommen, um zu helfen, wenn es an der Zeit war, den Mann in den Verbrennungsofen zu laden, den sie für große Tiere benutzten, und nicht nur für die vierbeinige Variante.

»Das liegt an dir, Bruder. Ich werde eine Weile hier sein«, warnte Shade.

Er hatte Zeit bis Montagmorgen um acht, bevor Cassie ihren Arbeitstag antrat. Das gab Shade fast vierundzwanzig Stunden Zeit, um seine Arbeit zu erledigen und dann den Ofen anzuheizen, bevor sie kam.

Obwohl sie nur selten in diesen Bereich zurückkehrte – diesen Teil der Arbeit überließ sie Easy und Shade –, würde sie den Rauch, der aus dem Schornstein aufstieg, nicht übersehen, wenn sie auf das Grundstück fuhr. Sie würde ihn schon von Weitem sehen.

Da sie Fragen haben könnte, sollte Shade besser glaubwürdige Antworten parat haben. Cassie war keineswegs dumm oder leichtgläubig.

»Ich werde in der Nähe bleiben. Wenn ich muss, mache ich ein Nickerchen in Cassies tollem Bürostuhl.« Der war toll, um ein wenig zu schlafen, solange der Hintern der Chefin nicht darin saß. Da Cassie sich im letzten Drittel ihrer Schwangerschaft befand, verließ sie ihn nicht allzu oft, es sei denn, sie musste mit Shade Sterbehilfe leisten oder einen ihrer endlosen Gänge zur Toilette unternehmen.

Easy warf einen Blick auf den Mann in dem alles andere als bequemen, schlichten Metallstuhl, jetzt, da sie im Hellen waren.

Es war unheimlich, wie sehr Shade ihm ähnlichsah. Nicht hundertprozentig, aber eine gewisse Ähnlichkeit war definitiv vorhanden. Wenn Shade sein langes, lockiges Haar offen trug, könnte das jemanden zunächst verwirren, denn das Haar seines Vaters war sehr kurz, glatt und fast ganz grau. Aber im Moment war es nach oben und hinten gezogen, was ihre ähnlichen Gesichtszüge noch deutlicher hervortreten ließ.

Edmund Oliveira sollte in der Lage sein, sich selbst in dem

Mann zu sehen, der sich gerade vergewisserte, dass seine Fesseln gut befestigt waren. Wie aus dem Nichts erschien ein großes Messer in Shades Hand und er schnitt den Knebel durch.

»Was zum Teufel ist hier los? Ihr müsst mich sofort loslassen!« Oliveiras Stimme war heiser, und er hatte einen blauen Fleck auf der Wange, der wahrscheinlich von dem Unfall stammte, als sie ihn vor Stunden in den Transporter geworfen hatten.

Seine dunkelbraunen Augen blickten durch den Raum und betrachteten die drei Verbrennungsöfen, die Geräte für die Einäscherung und die Regale mit den verschiedenen Urnen, Kisten und Vorräten. Mit großen Augen fragte Oliveira Easy: »Was ist das für ein Ort?«

»Deine Endstation«, antwortete Shade, bevor Easy es tun konnte. Shade kam herum und stellte sich vor den Stuhl.

Oliveira verdrehte die Augen, als er Shade im Scheinwerferlicht erblickte, verbarg seine Reaktion aber schnell wieder. »Was soll das heißen?«

»Du weißt, was zum Teufel das bedeutet.« Der Tonfall von Shade war flach. Emotionslos.

»Das wirst du mir büßen!«, drohte sein Vater frech.

»Ich habe mein ganzes Leben lang für eine Menge Scheiße bezahlt. Das hier wird nicht dazugehören. Es wird Zeit, dass du dafür bezahlst.« Jedes Wort, das Shade über die Lippen kam, war langsam und bedächtig, als ob er sich anstrengen würde, nicht das Falsche zu sagen. Jedes Wort war sorgfältig kalkuliert, damit er vor dem Mann, der seine DNA teilte, keine Anzeichen von etwas zeigte, was Shade für eine Schwäche hielt.

»Wofür? Was habe ich getan, um das zu verdienen?«

»Du weißt es wirklich nicht?«, fragte Shade ihn.

»Du hast die falsche Person«, beharrte Oliveira.

»Ich garantiere dir, dass ich das nicht habe, Edmund Oliveira.«

Die Nasenflügel des Mannes blähten sich. »Du tust so, als ob ich dich kennen sollte.«

»Das tust du.«

Oliveiras Stirn legte sich in Falten. Entweder war er ein verdammt guter Schauspieler oder er war einfach verdammt dumm.

»Ich werde dir helfen«, sagte Shade nach einer Minute.

»Du kannst mir helfen, indem du diese Fesseln entfernst. Meine Frau wird die Polizei rufen, wenn ich nicht rechtzeitig zu Hause bin.«

Easy bezweifelte, dass seine Frau sich überhaupt um ihn scherte. Es war schwer zu übersehen, wenn dein Ehepartner ein Serienbetrüger war. Aber wenn sie sich wirklich Sorgen um ihren vermissten Mann machte, dann hatte sie schon angerufen, denn es war jetzt früher Sonntagmorgen.

»Weißt du, was mit deinem Sohn passiert ist?«

Die Falten auf seiner Stirn vertieften sich. »Welcher Sohn?«

»Der, den du mit Cecelia Bennett hattest«, antwortete Shade.

Die Farbe wich aus Oliveiras Gesicht. »Wer?«

Der Bastard wusste, wer.

»Erinnerst du dich immer noch nicht an sie? Die Mutter deines Kindes? Die Frau, die dich geliebt hat, bevor du dich umgedreht hast und sie von Sexhändlern entführen und verkaufen lassen hast?«

Shade wusste nicht, dass Oliveira darin verwickelt war, bis er vor Kurzem herausfand, dass sein Vater hinter der ganzen Sache steckte. Der einzige Grund, warum der Mann jetzt auf dem heißen Stuhl saß.

Wenn der Wichser seine zweite Familie einfach verlassen hätte, dann hätte Shade ihn nicht gejagt, wie er es mit den anderen ›Besitzern‹ und Händlern getan hatte.

Er wäre längst vergessen worden.

Das blasse Gesicht des älteren Mannes hatte jetzt einen

leicht grünen Schimmer. »Ich weiß nicht, von wem du sprichst.«

Mit unleserlichem Blick starrte Shade seinen Vater an und legte den Kopf schief. »Ich bin sicher, ich kann dir helfen, dich zu erinnern, aber meine Methoden werden dir nicht gefallen.«

Easy war sich nicht sicher, ob *er* Shades Methoden verkraften würde, und er wusste noch nicht einmal, um welche es sich dabei handelte.

»Du musst mich freilassen«, beharrte Oliveira. »Du wirst es bereuen, wenn du es nicht tust.«

»Ich werde es bereuen, wenn ich es tue«, konterte Shade leise.

»Lass mich gehen.« Diesmal war Oliveiras Tonfall nicht fordernd, sondern fast flehend.

»Ich werde darüber nachdenken, sobald ich ein paar Antworten habe.«

Easy wusste, dass Shades Version, den Mann gehen zu lassen, eine ganz andere war als die von Oliveira.

»Ich habe keine Antworten, da ich nicht weiß, von wem du sprichst.«

»Du fickst gerne mit deiner Frau, nicht wahr?«

Oliveira presste die Lippen zusammen, sein Gesicht war eine weiße Maske. »Woher auch immer du deine Informationen hast, ich versichere dir, dass sie falsch sind.«

Das Arschloch wollte so lange wie möglich ausharren.

Shade fuhr fort, als ob sein Vater nicht gesprochen hätte. »Wahrscheinlich hast du das schon deine ganze Ehe lang gemacht. Ein reicher Wichser wie du, der sich an verletzliche Frauen ranmacht. Du nutzt sie aus und bescheißt sie, wenn sie dir lästig werden oder deinen bequemen Lebensstil gefährden.«

»Vielleicht dachte er, er hätte genug Geld, um sich von allen Unannehmlichkeiten freizukaufen«, schlug Easy vor.

Oliveiras dunkle Augen richteten sich auf Easy.

»Oder er hat seinen Reichtum vergrößert, indem er die

Frauen, die ihn liebten, den Menschenhändlern angeboten hat, sobald er mit ihnen fertig war«, fügte Shade hinzu. Seine Worte wären nicht harsch oder laut, es war sein typischer leiser, aber tödlicher Ton.

Der Ton, den niemand hören wollte, zumindest nicht an sich selbst gerichtet.

Easy war sich nicht sicher, ob Shade Beweise dafür hatte, dass der Mann anderen Frauen dasselbe angetan hatte wie seiner Mutter. Aber selbst wenn nicht, war es egal, denn wenn er es einer Frau angetan hatte, war das mehr als genug, um sich seinen Platz im Bus zur Hölle zu sichern. Shade sorgte dafür, dass sein Vater diese Fahrt mit einem One-Way-Ticket antreten würde.

Oliveira bemühte sich, seine Miene neutral zu halten. Da er nichts freiwillig sagen wollte, würde Shade ihn dazu zwingen müssen. Easys Bruder würde damit kein Problem haben.

»Wie viel Geld hast du dir für die Übergabe von Cecelia Bennett in die Tasche gesteckt?«

Oliveiras Mund stand offen, wurde dann aber schnell wieder geschlossen. »Noch mal: Ich habe keine Ahnung, wovon du redest.«

Shade neigte wieder den Kopf und ließ sich Zeit, den Mann vor ihm zu studieren. Seine dunklen Augen wanderten zu Easy und dann wieder zu dem Mann auf dem Stuhl. »Ich schätze, ich muss deinem Gedächtnis auf die Sprünge helfen.«

Easy hoffte inständig, dass er Shade nie brauchte, um seinem Gedächtnis auf die Sprünge zu helfen.

»Ich brauche keine Hilfe, nur meine Freiheit. Ich sage dir, du hast den falschen Mann. Du verwechselst mich mit jemand anderem.«

»Nein. Ich habe den richtigen Mann … *Dad*.«

Easy schwor, dass er sah, wie die Seele des Mannes seinen Körper verließ.

Und das war nur der erste Teil der Folter, die der Mann

erleiden musste. Der Grund, warum Shade es nicht eilig hatte, Antworten zu bekommen, war, dass er die Angst und die Furcht wachsen ließ. Er wusste, dass er sie irgendwann bekommen würde. Und selbst wenn nicht, würde es keinen Unterschied machen. Shade kannte bereits alle Fakten. Er wollte die Bestrafung nur so lange wie möglich hinauszögern.

Aber ein paar Stunden des Leidens sind nichts im Vergleich zu den *Jahren*, die Shade durchmachen musste. Ungefähr dreizehn Jahre, wenn Easy richtig gezählt hat.

Dreizehn verdammte Jahre als Kindersexsklave. Er wurde von einem ›Besitzer‹ zum nächsten gehandelt und verkauft, wie ein Objekt und nicht wie ein lebendes, atmendes Kind. Shade war behandelt worden, als wäre er ein Wegwerfartikel.

Verfickte Scheiße. Jedes Mal, wenn Easy daran dachte, drehte sich ihm der Magen um, und er war umso dankbarer für die Kindheit, die er hatte.

Zumindest bis zu jener schicksalhaften Nacht.

Etwa zur gleichen Zeit, als Shade von seinen letzten ›Ketten‹ befreit wurde, wurde Easy in seine eigenen gesteckt und für vier Jahre weggesperrt. Aber das war kein Vergleich.

Easy hatte sein Problem selbst verursacht, weil er ein dummer, geiler Teenager war. Der Mann, der auf dem Stuhl saß, hatte das von Shade verursacht.

»Hast du schon mal von einem Spiel namens *Lingchi* gehört?«

Lingchi? Was zum Teufel war das? Was auch immer es war, Easy wusste bereits, dass es kein Spiel war und wenn doch, würde er es niemals spielen wollen. Schon gar nicht mit Shade.

Oder, *verdammt*, mit irgendjemandem.

»Ich spiele nicht gerne Spiele.«

Sollte Easy das Arschloch daran erinnern, dass er in einem Bowlingteam war, auch wenn er nur selten auftauchte, weil es nur ein Vorwand war, seine Affäre zu ficken? Wahrscheinlich spielte das Arschloch auch Tennis und Golf.

»Ich bezweifle, dass dir das hier gefallen wird.« Bevor Easy sein Handy zücken konnte, um den Begriff zu googeln, erklärte Shade: »Das ist eine alte Form der Folter. Lingchi bedeutet so viel wie ›langsames Aufschlitzen‹ oder ›Tod durch tausend Schnitte‹.«

Bei lebendigem Leib das Fleisch Stück für Stück vom Körper geschnitten zu bekommen?

Heilige Scheiße. Allein die Vorstellung, dass das passierte, war schon Folter genug. Wenn das nicht dazu führte, dass sich Oliveiras Arschloch zusammenzog, dann tat es nichts anderes. Easys verkrampfte sich auf jeden Fall und er war nicht einmal das Ziel.

»Ich brauche diese Geschichtsstunde nicht.« Der Vater des Jahrhunderts konnte die aufsteigende Panik in seiner Stimme nicht verbergen, auch wenn er sich noch so sehr bemühte.

Ja, Shade wusste, was zum Teufel er da tat. Easy hätte Oliveira wahrscheinlich einfach die Kehle durchgeschnitten und wäre gegangen. Leider hat Shades Vater durch das, was er seinem Sohn angetan hat, ein Monster geschaffen. Ein Monster, das sich gleich gegen ihn wenden würde.

»Ich denke schon. Das hilft dir vielleicht, dich zu erinnern.« Shade wandte sich an Easy. »Willst du die Deckenwinde hierherbewegen?« Er drehte sich wieder zu seinem Vater um. »Normalerweise wird die Person, die bestraft werden soll, an einen Pfosten gebunden. Wir haben keinen Pfosten, aber wir haben etwas Besseres …«

Easy ging zu der Wand, an der die Fernbedienung für den elektrischen Aufzug an der Decke hing. Sie benutzten ihn nur, wenn sie ein schweres Tier – ein Pferd, ein Schwein oder eine Kuh – auf den Rollrost ihres größten Ofens heben mussten. Da sie selten so große Tiere bekamen – außer es handelte sich um ein Haustier –, wurde es kaum benutzt.

Easy drückte den Knopf und die dicke Kette mit dem Haken am Ende fiel herunter. Jetzt wurde ihm klar, warum Shade den

Stuhl und die Plastikplane dort hingestellt hatte, wo er sie hingestellt hatte.

Sobald der Haken in Reichweite war, befestigte Shade ihn an den flexiblen Fesseln. Ohne Easy anzuschauen, sagte er: »Heb ihn hoch, bis ich dir sage, dass du aufhören sollst.«

Heilige Scheiße.

»Nein!«, schrie Oliveira. »Ich bin keine Rinderhälfte!«

Jedenfalls noch nicht.

Wenn Easy Shade nicht kennen würde, wenn er nicht einer seiner engsten Brüder wäre, wenn er nicht jeden Wochentag Seite an Seite mit ihm arbeiten würde, wenn er nicht gesehen hätte, wie der Mann mit Chelle, den Töchtern seiner Frau und Jude uming … Wenn er nicht gesehen hätte, wie Shade mit den anderen Fury-Kids umging … würde er sich Sorgen machen, dass Shade seinen verdammten Verstand verloren hatte.

Er würde den Mann für schlimmer halten als ihren ehemaligen psychopathischen Prospect Scar.

Oder, *verdammt noch mal*, dass der Mann vielleicht sogar schlimmer als ein ›typischer‹ Serienmörder wäre.

Aber er *kannte* Shade. Er kannte ihn verdammt gut. Er war stolz darauf, sein Bruder zu sein. War stolz darauf, sein Freund zu sein. Diese dunkle Seite von ihm wurde normalerweise gut unter Verschluss gehalten. Und wenn jemand die Geheimnisse dieses Mannes nicht kannte, würde er ihn auf den ersten Blick für schüchtern halten.

Shades tief vergrabene Dunkelheit kam heute an die Oberfläche, damit er endlich mit dem Mann abschließen konnte, der ihm und seiner Mutter das Leben versaut hatte. Es spielte keine Rolle, dass sie das gleiche Blut teilten.

Sobald der Tag vorbei war, sobald sie Oliveira in den Ofen geladen hatten, sobald der Startknopf gedrückt und die Brenner gezündet waren, würde Shade die Dunkelheit wieder dort vergraben, wo sie hingehörte. Er würde wieder der treue Bruder, der liebende Vater und Chelles ergebener Old Man sein.

Shades »Stopp« riss Easy aus seinen Gedanken und lenkte seine Aufmerksamkeit wieder auf den Mann, der jetzt an seinen Armen an einer Kette hing. Seine gefesselten Füße berührten noch immer den Boden, aber nur knapp.

Nachdem er den Stuhl zur Seite geschoben hatte, umkreiste Shade langsam seinen Vater und drückte die Spitze seines Messers in die Fingerkuppe seines eigenen linken Zeigefingers, während er die Klinge drehte. Hatte Shade nicht gemerkt, dass er zu fest gedrückt hatte und blutete?

»Vielleicht hätte ich dich stattdessen kopfüber aufhängen sollen. Das würde deinem sturen Arsch ein paar Erinnerungen in dein vergessliches Gehirn zurückbringen.«

»Bitte, *bitte* … lass mich gehen. Ich zahle dir, was immer du willst. Lass mich einfach frei.«

Shade zeigte keine Reaktion auf das weinerliche Flehen seines eigenen Vaters. Das Weiße in den Augen des Bastards war in vollem Umfang zu sehen, als der Sohn, den er nicht für sich beanspruchen wollte, die scharfe Spitze des Messers in die Halsgrube seines Vaters drückte. Shade drehte das Messer mit gerade genug Kraft, sodass Blut austrat.

Shade sammelte den einzelnen roten Tropfen an der Spitze seines rechten Zeigefingers und hob beide Finger, einen mit seinem eigenen Blut und einen mit dem seines Vaters, bis sie vor Oliveiras Gesicht waren. »Siehst du das? Das gleiche Blut, du und ich.« Er beugte sich vor, bis sie praktisch Nase an Nase standen und flüsterte: »Erinnerst du dich jetzt, *Dad*?«

»Nein … Nein!«

Shade wischte das Blut auf dem Poloshirt seines Vaters ab und hinterließ rote Flecken. »Nein, du erinnerst dich nicht? Oder nein, du willst nicht, dass es wahr ist?«

Als Shade das Messer erneut hob, zuckte Oliveira zusammen und wich verzweifelt zurück, doch er verlor nur das Gleichgewicht. Er schwang sich von seinen Armen, bis er wieder auf die Beine kam. Er atmete schnell und rasend, und in seinem Gesicht war kein einziger Tropfen Blut mehr zu sehen.

Easy erwartete, dass er jeden Moment total ausrasten würde. Dass er sich in die Hose machte und wie eine Schlampe zu heulen begann. Er konnte nicht mit Sicherheit sagen, dass er an Oliveiras Stelle nicht das Gleiche getan hätte. Vor allem, als Shade sein Buck-Messer in den Kragen des Poloshirts des Mannes steckte und mit einem Schnitt seinen Oberkörper freilegte. Dann schnitt er beide kurzen Ärmel durch, bis der Stoff auf den Boden fiel.

Shade zog Oliveira erst die Hose und dann die Boxershorts aus, sodass sein Vater völlig nackt und entblößt war. Verwundbar. Vielleicht sogar gedemütigt, so wie Shade es war, als er als Kind auf dem Auktionsblock stand.

Aber das war nicht der einzige Grund, warum Shade es tat. Wenn er diese *Lingchi*-Sache machen wollte, musste Shade so viel Fleisch wie möglich zeigen, das war Easy klar.

Wenn Oliveira es vorher nicht wusste, wenn er dachte, dass er unbeschadet aus dieser Situation herauskommen würde, wurde er jetzt von der Realität eingeholt und wusste genau, dass er dieses Gebäude nicht verlassen würde. »Bitte ... Hör zu ... Du verstehst das alles falsch.«

»Ich weiß, dass es lange her ist, *Dad*, also ist deine Erinnerung vielleicht etwas verschwommen, aber weißt du, wie alt ich war, als wir von dem Parkplatz gestohlen wurden?«

»Sie sollten nicht ... Du solltest nicht ...«

Shade ließ sich Zeit und zog die scharfe Spitze seines Messers über die Haut des Mannes, während er sich hinter Oliveira bewegte – von der Mitte des Bauches über die Rippen bis zum Rücken – und hinterließ dabei eine dünne rote Linie. »Was sollte ich nicht? Dort sein?«

Da Easy vor Oliveira stand, konnte er nicht genau sehen, was Shade hinter seinem Vater tat, während sich seine Arme bewegten. Aber er konnte ziemlich genau erraten, als der Scheißer so laut schrie, dass Easy zusammenzuckte.

»Nein! Bitte! Das ist barbarisch!«, kreischte der Mann.

Barbarisch war, wenn erwachsene Männer Kinder körperlich, geistig und sexuell zu ihrem eigenen Vergnügen missbrauchten. Das war verdammt barbarisch.

»Nein, es ist Karma«, murmelte Shade.

Als ein langes, rechteckiges, blutiges Stück Fleisch mit einem Platschen auf das Plastik fiel, schloss Easy die Augen und schluckte hart, um die aufsteigende Galle zurück in seinen Magen zu schicken.

»Julian! Bitte! Bitte, mein Sohn!«

Easy zuckte zusammen und seine Augen blitzten auf. *Julian?*

War das der richtige Name von Shade? Er nahm immer an, dass er Shawn hieß, weil Cassie ihn so nannte, wenn Kunden in der Nähe waren, genauso wie sie ihn Ethan nannte. Sie war besorgt, dass ihre Straßennamen für das Geschäft unpassend waren, und befürchtete, dass sie möglicherweise Kunden vergraulen könnten. Aus diesem Grund trugen Easy und Shade nie ihre Kutten oder benutzten ihre Straßennamen in Gegenwart von Kunden.

Es war das einzige Mal, dass Easys richtiger Name benutzt wurde, aber er hatte keinen blassen Schimmer, dass Shades Geburtsname Julian gewesen war.

»So, jetzt erinnerst du dich an mich. Habe ich das richtig verstanden?«

»Es tut mir leid, Julian. Tut mir leid, Julian. Es tut mir leid. *Bitte* ... lass es mich wiedergutmachen.« Das Gesicht des Mannes war jetzt rot, Tränen liefen ihm über die Wangen und Rotz lief ihm aus der Nase.

Und das war erst der Anfang.

»Du kannst nie wieder gutmachen, was du mir angetan hast. Was du meiner Mutter angetan hast. Niemals. Selbst wenn sie mich nicht mitgenommen hätten, hättest du mich als Waise zurückgelassen. Denn es ist klar, *Dad*, dass du nichts mit mir zu tun haben wolltest. Also, fick dich. Du könntest es nie wieder gutmachen. Nicht in diesem Leben. Nicht in einer Million Leben.«

Shades Vergangenheit hatte seine Zukunft geprägt, bis hin zu dieser Minute.

»Ich …«

»Heb ihn höher«, befahl Shade.

Easy drückte den Knopf mit dem Pfeil nach oben, bis Oliveira in der Luft baumelte.

»Stopp.«

Easy ließ den Knopf los. Das Gewicht des Arschlochs wurde jetzt nur noch von seinen überstreckten Armen getragen. Das musste verdammt wehtun.

Gut so. Scheiß auf diesen egoistischen Bastard.

»Sie hat gedroht, zu meiner Frau zu gehen! Das konnte ich nicht zulassen. Mein Leben wäre zerstört worden.«

Easy glaubte nicht, dass Shade das einen Scheiß interessierte. Denn sein Leben *wurde* zerstört. Das Leben seiner Mutter *wurde* zerstört. Während der betrügerische Wichser, der vor ihm hing, jeden Abend mit seiner Frau und seinen Kindern zu Abend aß, litten sie.

Die Tränen tropften jetzt vom Kinn des Mannes. »Offensichtlich hast du auch ohne sie gut überlebt …«

Das tiefe, trockene Lachen von Shade schnitt Oliveira das Wort ab und sorgte dafür, dass sich alle Haare in Easys Nacken aufrichteten. »Überlebt?«

»Ja, offensichtlich hast du einen Platz gefunden, Julian. Sieh dich jetzt an. Ganz erwachsen …« Ein ohrenbetäubender Schrei schallte durch den Raum und ein paar Sekunden später fiel ein weiteres Stück Fleisch mit einem nassen Plopp auf die Plastikfolie zu Shades Füßen.

»Der einzige Ort, den ich gefunden habe, war auf einem

Auktionsblock. Nicht einmal, *Dad*, verdammt, nicht zweimal. Ich wurde ein halbes Dutzend Mal verkauft oder getauscht.«

Easy hatte damit gerechnet, dass Shade ausflippen und seinen Vater anschreien würde. Das tat er aber nicht und das machte die ganze Sache noch beängstigender. Er war ruhig. Viel zu ruhig, *verdammt.*

»Sechs verdammte Besitzer hatte ich. Sechs. Allein dafür nehme ich sechs Stück Fleisch als Bezahlung.«

»Bitte, nein. Nicht noch mehr«, flüsterte Oliveira mit geschlossenen Augen und nach vorn hängendem Kopf. Sein Brustkorb pulsierte und er war wahrscheinlich kurz davor, zu hyperventilieren. Der Schmerz musste unerträglich sein.

»Das habe ich selbst schon zu oft gesagt, um es zu zählen.«

Easy konnte sich nicht dazu durchringen, sich dorthin zu bewegen, wo Shade stand, aber er konnte sich in Gedanken vorstellen, wie Oliveiras Rücken jetzt aussah, und das war schlimm genug. Davon könnte er noch lange Zeit Albträume haben.

Shade ließ sich Zeit und schnitt lange Fleischstreifen aus dem Rücken seines Vaters. Er ließ ein Stück nach dem anderen auf den Boden fallen. Der Haufen blutiger Haut wuchs zu seinen Füßen, während Oliveira schrie, weinte und um Gnade flehte.

Das alles stieß auf taube Ohren.

»Bitte! Bitte! Bitte! Lass mich gehen oder beende es einfach …«

»Weißt du, wie oft ich dasselbe verlangt habe?«

»Ich hatte keine Ahnung, ich schwöre!«

»Hast du jemals nach mir gesucht? Hast du dich gefragt, wo ich gelandet bin? Hat es dich nicht interessiert, was mit deinem eigenen Sohn passiert ist?«

»Sie sollte nicht schwanger werden! Ich habe sie davor gewarnt.«

Von dort, wo Easy stand, konnte er sehen, wie sich Shades

Wirbelsäule aufrichtete und er innehielt, während er das blut-triefende Messer in der Hand hielt. »Du hast sie gewarnt.«

An jedem dieser Worte hingen Eiszapfen.

Fuuuuck. Easy kämpfte gegen einen Schauer an.

»Ich schwöre, sie wurde absichtlich schwanger.«

Oh Scheiße. Wusste das dumme Arschloch nicht, dass jetzt nicht die Zeit war, um Ausreden zu finden oder Schuldzuweisungen zu machen? Das würde alles nur noch schlimmer machen.

Ein weiteres Stück Fleisch entglitt Shades blutverschmierten Fingern und landete auf dem Haufen. Dann bewegte er sich wie ein Panther, der sich an seine Beute heranpirschte, um Oliveira herum, bis sie sich gegenüberstanden.

Mit einem Muskel in seinem Kiefer sagte Shade in seiner bedächtigen Art: »Selbst wenn sie es getan hat, gibt dir das nicht das verdammte Recht, ihr Leben zu zerstören. Das Leben deiner Familie zu zerstören. Denn egal, was du denkst, wir waren eine Familie. Du warst mein verdammter Vater. Sie war meine Mutter. Wie zum Teufel soll ein kleiner Junge das anders sehen? Du bist nicht verschwunden, als sie schwanger wurde. Du bist auch nicht verschwunden, nachdem sie mich bekommen hat. Erst als sie von dir verlangte, deine Frau zu verlassen, bist du verschwunden. Und dann warst du so kalt-herzig, so verdammt egoistisch, dass du getan hast, was du getan hast. Du hast uns auf die schlimmste Art und Weise entsorgt. Es wäre besser gewesen, wenn du in unser Haus gegangen wärst und uns beide in den Kopf geschossen hättest. Dann hätten wir nicht so gelitten, wie wir es getan haben. Aber du warst ein verdammter Feigling. Du konntest nicht einmal deine eigene Drecksarbeit machen. Du hast sie von jemand anderem erledigen lassen.«

»Was geschehen ist, ist geschehen. Ich kann meine Fehler nicht ungeschehen machen. Das hier macht sie auch nicht wieder gut. Aber du kannst aufhören, selbst einen Fehler zu machen. Ich stelle dir einen Scheck aus. Ich gebe dir Bargeld. Gib mir einfach eine Nummer. Was auch immer du willst.«

»Rache, du Wichser«, sagte Easy, bevor er es verhindern konnte, »das ist es, was er will.«

»Was immer ich will?« Shade fuhr mit der Messerspitze an der Brust seines Vaters entlang und schnitt tief genug, um die Haut zu trennen.

»Bitte … Tu es nicht. Tu das nicht. Lass dich durch meinen Fehler nicht zu einem Fehler verleiten, den du bereuen wirst. Das könnte dich für immer verfolgen.«

Oh Fuck. Er hat das V-Wort benutzt. Der dumme Wichser merkte nicht, dass Shade nichts so sehr verfolgte wie seine Kindheit.

»Du machst dir Sorgen, dass mich das *hier* verfolgen könnte?« Shade schüttelte den Kopf. »Da du gefragt hast, sage ich dir, was ich will … Ich will, dass du die gleiche Angst erlebst wie meine Mutter und ich an dem Tag auf dem Parkplatz des Einkaufszentrums, als diese verdammten Schläger uns gepackt haben. Der Tag, der unser Leben für immer verändert hat. Der Tag, an dem eine lange Reise in die Hölle begann. Der Tag, an dem ich ein Spielzeug wurde, mit dem man spielen konnte. Aber nur so lange, bis es ihnen langweilig wurde. Dann gaben sie mich an den nächsten kranken Bastard weiter. Mein Wert wurde geringer, je mehr ich benutzt und je älter ich wurde. Bis ich schließlich wertlos wurde.«

Verdammte Scheiße. Wenn Oliveira klug war, hielt er von jetzt an einfach den Mund. Sein Flehen würde alles nur noch schlimmer machen. Und die Sache noch länger hinauszögern.

»Deinem Sohn wurde gesagt, er sei wertlos. Aber weißt du was? Er wusste das schon, denn die Taten seines Vaters haben ihm schon lange vorher gezeigt, dass er wertlos ist. Ein vierjähriger Junge wurde als entsorgbar betrachtet, nicht besser als Abfall, den man wegwirft. Aus den Augen, aus dem Sinn, stimmts, *Dad?*« Shade beugte sich vor und strich mit der

Messerspitze über die Wange seines Vaters, sodass wieder einmal Blut floss. »Problem gelöst.«

Das Blut vermischte sich mit den Tränen und hinterließ rote Schlieren.

Rotz sprudelte aus der Nase des Mannes, als er schrie: »Ich kann meine Hände nicht spüren!«

Oliveiras Verstand musste ihn wohl im Stich gelassen haben, denn der Verlust des Blutkreislaufs in seinen Händen war das geringste seiner Probleme. Der größte Teil seines Rückens war gehäutet.

»Du wirst sie nicht mehr brauchen.«

Wie Easy vermutet hatte, begann Shade, seinem Samenspender rechteckige Fleischstreifen von Brust und Bauch zu schneiden. Sogar von den Oberschenkeln.

Irgendwann wurde das Wimmern zu viel für Easy. Die methodische Art und Weise, wie Shade den Mann häutete, drehte Easy den Magen um.

Verdammt noch mal, nicht nur sein Magen, sondern auch sein Verstand hielt das nicht mehr aus.

Er war sich nicht sicher, ob er jemals wieder ein ganzes, am Spieß gebratenes Schwein essen könnte, ohne an diese Situation zu denken.

Knochen. Muskeln. Sehnen. Alles wurde freigelegt, während der Mann noch bei Bewusstsein war. Wie eine beschissene Version eines Adventskalenders.

Was war hinter dieser Tür? Ein verdammter Rippenknochen.

Als sich Speichel in seinem Mund sammelte, wusste Easy, dass er da rausmusste, bevor er anfing zu kotzen.

»Bruder, mach du dein Ding. Ich werde mein verdammtes Gehirn bleichen und mich ins Büro setzen. Komm mich holen, wenn du mich brauchst.«

Shade antwortete nicht. Er befand sich in einer Art Zone. Hoffentlich hatte sein Bruder ihn gehört, aber Easy wollte nicht warten, um sicherzugehen. Stattdessen machte er sich verdammt noch mal aus dem Staub.

Als er das Büro betrat, schloss er die Tür und hoffte inständig, dass er die Schreie nicht mehr hören würde.

Obwohl er diese Schreie vielleicht noch jahrelang hören würde. Wenn nicht für immer.

Tessa bewegte sich leise durch die Dunkelheit und hielt ihre Augen nach allem und jedem offen, was sich in der Nacht bewegte.

Wie zum Beispiel ihr Bruder. Oder *einer* seiner Brüder.

Oder sogar eine Sweet Butt, die die Schlafbaracke verließ, da sie nicht die ganze Nacht bleiben durften. Tessa hatte schon ein paar Mal mit einigen von ihnen zu tun. Aber sie durften mitten in der Nacht in der Schlafbaracke sein, weil sie einen guten Grund dafür hatten. Im Gegensatz zu Tessa.

Vielleicht sollte sie sich angewöhnen, zuerst in die Küche zu gehen, sich etwas zu essen zu holen und es mitzunehmen, wenn sie ging. So hätte sie wenigstens eine Ausrede, warum sie um zwei oder drei Uhr morgens irgendwo war, wo sie nicht hingehörte.

Es mochte eine fadenscheinige Ausrede sein, aber wie ihr Bruder zu sagen pflegte: »Etwas war besser als nichts.« In diesem Fall war etwas in ihrer Hand besser als nichts. Wie zum Beispiel, als Whip ihr eines Morgens über den Weg lief, als er hereinkam und sie sich auf den Weg nach draußen machte.

Sie hatte das ganze Wochenende nichts von Easy gehört.

Nicht ein verdammtes Wort. Er war nach New Jersey gefahren, um mit Shade seinen neuen Schlitten abzuholen, und natürlich hatte er sich nicht bei ihr gemeldet, während er mit seinem Bruder unterwegs war.

Auch sonst meldete er sich nicht bei ihr. Seine Funkstille war nichts Neues.

Sie hatte damit angefangen. Diese *Sache*, die sie hatten. Nicht er.

Er hatte sie nicht angebaggert. Er hatte nicht einmal angedeutet, dass er interessiert war. Vor dem ersten Abend, an dem sie seine Tür geöffnet hatte, hatte er sie wie jeden anderen auf der ›Nicht anfassen‹-Liste behandelt. Sie sollte also nicht erwarten, dass er sich die Mühe machte, mit ihr in Kontakt zu bleiben.

Er war ihr nichts schuldig.

Absolut nichts, verdammt noch mal.

Sie sollte nicht mehr erwarten, als das, was sie bereits von ihm bekam. Und das war im Grunde genommen Sex. Auch wenn er sie zu einer geheimen Mitternachtsfahrt auf seinem neuen Schlitten mitnehmen wollte.

Damit hatte sie nicht gerechnet. Genauso wie es sie schockierte, als er ihr anbot, mit Trip zu reden.

Es wäre nicht klug, mit ihm zu fahren. Aber sich Nacht für Nacht in sein Zimmer zu schleichen, war es auch nicht.

Aber sein *Rucksack* zu sein, selbst wenn es heimlich geschähe, würde so viel mehr erscheinen lassen, als es war, nicht wahr? Dieser Platz war normalerweise für jemanden reserviert, mit dem es die Jungs ernst meinten.

Nun, außer Reilly.

Bevor sie Revs Old Lady wurde, hatte sie darauf bestanden, bei jeder verdammten Fahrt dabei zu sein und fuhr normalerweise mit jedem mit, den sie überreden konnte, sie mitzunehmen, und der einen freien Platz hinter sich hatte. Andererseits hatte Lee Eier aus Stahl und nahm sich, was sie wollte. Normalerweise bekam sie auch, was sie wollte.

Auch Rev.

Reeses jüngere Schwester war die Einzige gewesen, die damit davongekommen war, bevor sie zur Old Lady eines Fury-Mitglieds wurde. Tessa, Saylor und die Sweet Butts kamen nicht in diesen Genuss.

Liz war früher immer mit Ozzy mitgefahren, aber sie waren immer allein losgezogen und die ehemalige Sweet Butt hatte sich ihnen nie auf eine Clubfahrt angeschlossen. Zumindest nicht, bis sie Crashs Old Lady wurde und herauskam, dass sie die Tochter von Crazy Pete war – und somit Stellas Halbschwester.

Aber das machte Sinn, denn Liz und Oz hatten zu der Zeit etwas miteinander. Ähnlich wie bei Tessa und Easy. Nur war ihre Beziehung nicht geheim, sondern ganz offen.

Als sie vorhin in der Scheune abhing, hörte sie, wie Nico, ein Bandmitglied von Syn, erwähnte, dass Easy am späten Sonntagmorgen zurück sein sollte. Er sagte auch, dass er darauf brennt, Easys alten Schlitten zu bekommen, damit er seine Zeit als Prospect antreten kann.

Tessa hatte Easy jedoch nicht gesehen. Das hieß aber nicht, dass er nicht in der Nähe war, denn sie gingen sich so oft wie möglich aus dem Weg.

Als sie über die Wiese ging, holte sie ihren Schlüssel heraus, da die Hintertür der Scheune nach Einbruch der Dunkelheit normalerweise verschlossen war. Die Scheune selbst blieb normalerweise unverschlossen, aber auch die Stahltür zwischen dem Clubhaus und der Schlafbaracke wurde gesichert.

Eine Angewohnheit, die sich alle mit der Bedrohung durch die Shirleys angewöhnt hatten.

Auch wenn dieser Clan nun erledigt war – hoffentlich zum letzten Mal –, würde es schwer sein, mit dieser Gewohnheit zu brechen. Vielleicht war es das Beste, wenn sie weiterhin Vorsichtsmaßnahmen trafen.

Das würde sie ihrem Bruder, dem selbst ernannten Herrscher seines verdammten Königreichs, überlassen. Sie war nur ein Anhängsel, das mitmachte, um zurechtzukommen.

Ein verdammtes Rädchen im Fury-Rad.

Ob sie es zu schätzen wusste, dass ihr Bruder ihr einen Platz zum Bleiben und einen Ort der Zugehörigkeit gab? Aber ja.

Fand sie es gut, dass ihr Bruder sich stattdessen wie ihr Vater verhielt? Nicht ganz.

Es schien, als ob Trip von dem Moment an, als sie das Grundstück betreten hatte, in die Rolle ihres Vaters geschlüpft war, zusammen mit Stella als ihre Mutter und Cage als ihr überfürsorglicher Bruder. Das war erfreulich und frustrierend zugleich, denn sie war verdammt erwachsen.

Auch wenn sie nicht leugnen konnte, dass sie sich manchmal nicht wie eine solche verhielt.

Es war nicht so, dass sie gute Vorbilder hatte, als sie aufwuchs. Aber das hatte Trip auch nicht, und wenn man jemanden als Sieger im Leben bezeichnen konnte, dann war es ihr älterer Bruder.

Was er mit der Farm gemacht hatte, mit dem Wiederaufbau eines soliden Clubs aus lauter Asche, mit dem Aufbau einer eng verbundenen Familie, war verdammt beeindruckend. Tessa besaß nicht die Hälfte seiner Tatkraft. Und sie hatte auch nicht die Hälfte seiner Entschlossenheit.

Deshalb verstand sie, dass seine Rechthaberei aus seinem Herzen kam. Sie konnte sich über ihn und Stella ärgern, aber sie liebten und kümmerten sich wirklich um sie. Genauso wie Cage und Jemma es taten.

Das waren nicht nur leere Worte. Das bedeutete Tessa mehr, als sie je wissen würden.

Sie konnte auch nicht ignorieren, dass es ihr jetzt viel besser ging, als es ihr jemals bei ihren Eltern in Wisconsin gegangen war. Eine Million Mal besser. Sie war nicht mehr von Leuten umgeben, die sich einen Dreck um ihre Existenz scherten, sondern von Leuten, die sich so viel Mühe gaben, dass es erdrückend sein konnte.

Am Anfang war es schwer, sich daran zu gewöhnen. Dass die Leute sich tatsächlich Sorgen um sie machten. Sie sorgten sich um sie. Sie sorgten dafür, dass sie alles hatte, was sie brauchte. Es war überwältigend. Ihre ganze Kindheit über hatten sie und ihr Bruder Tucker für sich selbst gesorgt und sich gegenseitig versorgt.

Geburtstage wurden ignoriert. Weihnachten? *Pff.* Nicht existent.

Freundliche, unterstützende Worte der Weisheit? Tessa stieß ein Lachen in die stille Nacht aus.

Ihre Eltern ermutigten ihre Kinder, etwas aus sich zu machen oder ihre Zukunft zu planen, damit sie im Leben Erfolg haben konnten? *Ja, genau.*

Ihre Mutter war absolut egoistisch und machte sich nicht einmal die Mühe, das zu verbergen. Ihr Vater war unglücklich und kaum anwesend, da er Tammy so weit wie möglich aus dem Weg gehen wollte. Nachdem Tucker geboren war, kam er nur noch gelegentlich nach Hause, um die Rechnungen zu bezahlen, sich zu vergewissern, dass der Strom noch an und der Kühlschrank voll war.

es ihm etwas ausgemacht hätte, wenn er hereingekommen und sie alle tot aufgefunden hätte. Wenigstens wäre er dann von seiner Verantwortung befreit gewesen. Er wäre in der Lage gewesen, sein Leben so zu leben, wie er es wollte, im Gegensatz zu dem, wie er es bisher gelebt hatte.

Hauptsächlich wenn er in der Nähe war, kam Tessa kaum aus ihrem Zimmer. Wenn er es nicht vermisste, Zeit mit seinen eigenen Kindern zu verbringen, wozu sollten sie dann Zeit mit ihm verbringen wollen?

Hätte er sich nur einer Vasektomie unterzogen, bevor

Tammy ihn in die Finger bekam, wäre sein Leben so viel besser und einfacher gewesen …

Tessa nahm zunächst an, dass ihr Vater, sobald sie aus dem Haus und weg von Tammy war, versuchen würde, eine Beziehung zu ihr aufzubauen. Sie hätte sich nicht mehr irren können.

Sobald sie erwachsen war, war er nicht mehr für sie verantwortlich. Punkt. Er folgte dem alten Sprichwort: *Aus den Augen, aus dem Sinn.*

Verdammt, er hatte wahrscheinlich eine Party geschmissen, als Tucker achtzehn wurde. Als er endlich frei war.

Tessa konnte ihrem Vater zwar nicht vorwerfen, dass er mit Tammy und ihren Intrigen unglücklich war, aber sie konnte ihm durchaus vorwerfen, wie distanziert er zu seinen beiden Kindern gewesen war, die nicht den Luxus hatten, sich ihre Eltern aussuchen zu können.

Sie waren gefangen gewesen, genau wie er.

Sie waren unglücklich gewesen, genau wie er.

Sie wollten fliehen, genau wie er.

In der Sekunde, in der sie ihren Abschluss machte, war sie weg. Sie wartete nicht einmal darauf, die Bühne der Highschool zu überqueren, um ihr Abschlusszeugnis zu erhalten. In der Sekunde, in der Tucker seinen Abschluss machte, war er auch weg und trat in Trips Fußstapfen, indem er sich den Marines anschloss.

Tatsächlich waren Trip, Stella und Tessa die einzige Familie, die zu Tucks Abschlussfeier im Bootcamp gekommen war.

Würde Tuck eines Tages hier in Manning Grove auftauchen? Tessa hatte keine Ahnung. Aber sie war sich verdammt sicher, dass Trip ihn, ohne zu zögern, willkommen heißen würde, wenn er es täte. Vor allem, weil ihr älterer Bruder ihrem jüngsten Geschwisterchen gesagt hatte, dass die Tür immer für ihn offen sein würde.

Tess öffnete die Augen und stellte fest, dass sie in der Mitte des dunklen Hofes stehen geblieben war. Und nicht nur das, sie hockte auch noch auf dem Boden und presste beide Handflächen auf ihre Augenhöhlen.

Wie konnte das alles passieren, ohne dass sie es überhaupt bemerkte? Hatte sie ihren verdammten Verstand verloren? War sie endgültig übergeschnappt? Etwas, wovor sie sich jahrelang gefürchtet hatte, bevor sie endlich ihre Sachen packte und das Haus verließ, in dem sie aufgewachsen war.

Sie hatte befürchtet, wenn sie bliebe, dass sie auf der Straße landen würde, um sich Heroin zu spritzen oder Kokain zu schnupfen, oder dass sie in der Gosse enden würde, wo sie billigen Schnaps aus einer Papiertüte trank. Möglicherweise sogar ihren Körper verkaufen, um ihre Sucht zu stillen.

Trip hatte ihr oft die Hand gereicht und ihr gesagt, sie solle zu ihm kommen, wenn sie bereit sei. Er versicherte ihr, dass sie in der Welt, die er aufgebaut hatte, willkommen sein würde.

Anders als in Wisconsin würde sie ›gesehen‹ werden, wenn sie nach Manning Grove käme, und nicht mehr unsichtbar sein.

Und siehe da, wie sie es ihm zurückgezahlt hat.

Fuck ...

Sie machte ihm Vorwürfe, wenn er sich wie ein liebendes Familienmitglied verhielt. Sie war frech zu Stella, als Trips Freundin das Gleiche tat. Dabei wollten sie doch nur zeigen, dass sie sich um sie sorgten.

Gott.

Warum war sie so? Sie benahm sich so, als wäre sie undankbar, obwohl sie in Wahrheit alles andere als das war.

Das Allerletzte, was sie wollte, war, so zu enden wie Tammy. Eine selbstsüchtige Bikerschlampe, die sich um niemanden außer sich selbst kümmerte.

Und genau das war es, in was sich Tessa verwandelte, abgesehen von dem ›Biker‹-Teil. Alles, was sie tun musste, war, eine Old Lady zu werden, und sie würde da sein. Sie würde Tammy sein.

Tessa atmete langsam und tief ein und versuchte, das Aufstoßen ihres Magens zu bekämpfen.

Sie musste es besser machen. Besser sein. Wertschätzen, wo sie war und wie sie ohne jegliche Zweifel akzeptiert wurde.

Hier war sie erwünscht, anders als zu Hause.

Hier hatte sie ein Ziel, anders als zu Hause.

Hier hatte sie Trips ›Dorf‹, die ganze Fury-Familie, anders als zu Hause.

Sie wischte sich mit den Handflächen über das Gesicht und stieß einen zittrigen Atem aus.

Tammy hatte es geschafft, ihre Kinder so zu brechen, dass sie nicht mehr wussten, wie sie reagieren sollten, wenn jemand sie wirklich liebte oder sich um sie kümmerte. Sowohl für Tessa als auch für Tucker waren das fremde Begriffe.

Ihr Vater mochte emotional abwesend gewesen sein, aber ihre Mutter hatte den größten Schaden angerichtet.

Hatte Trip seine Kindheit überwunden? Er schien es zu haben. Zumindest verbarg er es gut, wenn er es nicht getan hatte. Sein Temperament stammte nicht von Tammy, auch wenn sie es auch hatte. Nein, sein und Sigs aufbrausendes Temperament kam von *ihrem* Vater, Buck. Tessa sollte sich glücklich schätzen, dass sie nicht das doppelte Pech mit Tammy und Buck hatte.

Sie richtete sich auf und wankte leicht, weil ihr ein wenig schwindelig war, nachdem sie auf ihren Fersen gehockt hatte. Es könnte sein, dass sie sich etwas eingefangen hatte, denn in letzter Zeit fühlte sie sich oft schwindelig und krank. Vielleicht war es gar keine Erkältung, sondern eine Allergie, die sich bemerkbar machte.

Der plötzliche Schmerz in ihrer Brust ließ sie zusammenzucken und sie rieb sich die Stelle. Leider brachte das keine Linderung. Nein, es war nicht ihre Brust, es waren ihre Titten. Erwarteten sie etwa die Aufmerksamkeit von Easy?

Es wäre ihr Glück, wenn ihre verdammten Brüste einen eigenen Willen hätten.

Was ist los, Mädels? Braucht Timmy Hilfe? Ist er in einen Brunnen gefallen?

Sie seufzte über ihre eigene Lächerlichkeit.

Wenn sie ehrlich war, waren ihre schmerzenden Brüste nicht anders, als dass sie mit jedem Schritt, den sie sich der Scheune für ihre nächtlichen Besuche näherte, feuchter wurde. Sobald sie an der Türklinke von Easy drehte, war sie mehr als bereit für ihn.

Vorfreude war eine ziemlich starke Form des Vorspiels. Es machte auch süchtig.

Heute Nacht, als sie im Bett lag und nicht schlafen konnte, hatte sie den Drang verspürt, Zeit mit Easy zu verbringen.

Das war nicht gut. Nein, das war sehr schlecht. Sie hatte es nicht nötig, sich an ihn zu binden. Das brauchte sie nicht.

Auch wenn es vielleicht schon zu spät war.

Sie stöhnte, straffte ihren Pferdeschwanz und überlegte, ob sie Easy heute Abend besuchen sollte. Sie starrte auf die Schlafbaracke, die nur wenige Meter vor ihr lag, und blickte dann über ihre Schulter zurück in die Richtung, aus der sie gekommen war.

Cluburbia.

Biker und ihre Familien, die sich ein eigenes Leben aufbauen. Sie werden von wild zu zahm, sobald sie eine Frau beansprucht haben.

Vielleicht nicht ganz gezähmt, aber schon verdammt nah dran.

War das ihre Zukunft? In eines dieser Häuschen zu leben, das in einer Reihe mit den anderen stand, von einem Mann beansprucht wurde und dessen Kinder großzog?

Oder war sie dazu bestimmt, weiterhin in eines dieser Häuschen zu leben und die Kinder von jemand anderem aufzuziehen?

In Wahrheit hätte sie nie gedacht, dass sie so lange hier sein würde. Sie kam auf die Farm, um festen Boden unter den Füßen zu bekommen, aber als sie ankam, dachte sie, dass die Fury und Manning Grove nur ein Sprungbrett für den Start in ihr Erwachsenenleben sein würden. Ein Startpunkt.

Ein Ort, an dem *sie* die Entscheidungen treffen konnte. Wo *sie* die Kontrolle über ihr Leben hatte.

Aber hier war sie. Immer noch.

Sie half bei der Erziehung von Dyna. Sie half Cage und Jemma, den Haushalt zu führen.

Und sie schlich sich in die Schlafbaracke der Fury, um Zeit mit einem Mann zu verbringen, von dem sie wusste, dass sie es nicht tun sollte und es trotzdem tat.

Was als Möglichkeit für sie begann, *sich gegen das System aufzulehnen*, eine Rebellin zu sein und das Gefühl zu haben, die Kontrolle über ihr Leben in den eigenen Händen zu halten, war am Ende so viel mehr.

Aber wenn Easy zu Trip ging, würde ihr diese Kontrolle aus den Fingern gerissen. Jedes Gefühl der Kontrolle – auch das imaginäre – wäre weg.

Ihre Füße bewegten sich nicht mehr vorwärts, sondern drehten sie um. Noch einmal starrte sie auf den Weg, den sie gerade gegangen war. Die Außenlichter der Häuser auf der anderen Seite der Baumgrenze waren kleine weiße Punkte in der Ferne.

Sie machte einen Schritt … zwei … zurück in die Richtung, aus der sie gerade gekommen war, und blieb dann wieder stehen.

Sie konnte es schaffen.

Sie konnte einen klaren Schnitt machen. Nach Hause gehen. Vergessen, was zwischen ihr und Easy vorgefallen war. Sie könnte ihn allein lassen. Ihn sein Leben ohne sie weiterführen lassen, wo er nicht Gefahr lief, wegen ihr alles zu verlieren.

Warum zum Teufel hat er sie in der ersten Nacht nicht rausgeschmissen? Und nicht nur das, sondern auch seine Tür danach abgeschlossen?

Sie war es einfach nicht wert.

Sie war es nicht wert, dass er ein Date mit dem Punisher hatte.

Sie war es nicht wert, dass er seine Farben verlor.

Oder Trips Vertrauen zu verlieren.

Warum erlaubte er ihr also, weiterhin zu ihm zu kommen?

Warum?

Und warum konnte sie nicht aufhören, zu ihm zu gehen?

Denn, *verdammt noch mal*, wenn sie tief in sich gehen würde, *wirklich tief*, dann müsste sie sich eingestehen, dass es um weit mehr als Sex ging.

Mehr als der Nervenkitzel, vielleicht erwischt zu werden.

Mehr als den restriktiven Regeln ihres Bruders den Stinkefinger zu zeigen.

So viel mehr.

Wenn sie sich jedoch gestatten würde, so tief zu schauen, würde das, was sie sehen würde, sie zu Tode erschrecken.

Der Gedanke an eine echte Beziehung mit einem echten Mann versetzte sie in Panik.

Als sie aufwuchs, hatte sie noch nie eine ›echte‹ oder liebevolle Beziehung zwischen einem Paar erlebt. Zumindest nicht, bis sie hierherkam und sah, wie eine gesunde Beziehung aussehen und sein sollte. Selbst dann fiel es ihr noch schwer, es zu begreifen. Das Konzept – oder besser gesagt, die Realität – war ihr fremd.

Ehrlich gesagt, erschien ihr das alles wie ein Hirngespinst. Es konnte nicht sein, dass die Paare in der Fury hinter verschlossenen Türen so glücklich, so zufrieden waren. Es musste alles nur Schall und Rauch sein, genau wie bei der Ehe ihrer Eltern.

Trip war an dem Tag, als er Stella heiratete, so verdammt glücklich gewesen. Als er verkündete, dass Stella schwanger war, hüpfte er fast aus seiner Haut. Er war fast auf die Knie gefallen und hatte geweint, als er erfuhr, dass das Baby ein Junge war. Dass seine Träume endlich in Erfüllung gehen würden. Dass er seinen ersten Sohn bekommen würde. Einen Sohn, dem er sein Erbe, den Blood Fury MC, hinterlassen konnte, sobald Rush älter war.

Und doch … War dieses Glück nur von kurzer Dauer?

Würde er irgendwann unglücklich sein? Hatte ihre Beziehung mit der Geburt von Rush ihren Höhepunkt erreicht? Vielleicht würde es von jetzt an nur noch bergab gehen. Sie könnten sogar anfangen zu streiten und weniger Zeit miteinander verbringen. Würden dann ihr Sohn und ihre zukünftigen Kinder darunter leiden?

Verdammt noch mal. Warum konnte sie nicht glauben, dass Glück, ja sogar Liebe, von Dauer sein konnte?

Sie drehte sich um und ging zurück zur Schlafbaracke.

Das würde erklären, warum sie nicht wollte, dass Easy mit Trip redete. Warum sie ihre … Sache – was auch immer es war – geheim halten wollte.

Weil sie befürchtete, dass alle Beziehungen am Ende zum Scheitern verurteilt waren.

Sie begannen stark, und als man es am wenigsten erwartete, begannen sie sich zu verdrehen. Sie verdrehten sich immer weiter und am Ende zerbrachen sie und hinterließen nichts als Elend, Bitterkeit und Traurigkeit.

Deshalb sollten sie sich trennen, bevor es zu etwas Größerem wurde. Vor Cages Deadline. Bevor sie an einen Punkt kamen, an dem sie nicht mehr so weitermachen konnten wie bisher. Bevor die Dinge zwischen ihnen unangenehm oder unbehaglich wurden.

Um das zu vermeiden, hieß es, kein Tess und Easy mehr.

Keine nächtlichen Besuche mehr.

Einfach … nichts mehr.

Aber, *verdammt* … wenn sie ganz ehrlich zu sich selbst war, wäre das echt ätzend.

Als sie an der Hintertür ankam, steckte sie den Schlüssel ein und schloss auf. Nachdem sie hineingeschlüpft war, ging sie den dunklen Korridor entlang und hielt sich dicht an der Wand. Sie lauschte auf Stimmen, auf sich öffnende Türen, auf jemanden, der sie erwischen könnte.

Wo sie nicht hingehörte.

Dabei, etwas zu tun, was sie nicht tun sollte.

Das Vertrauen ihres Bruders zu missbrauchen.

Vielleicht sogar Cages Loyalität ihr gegenüber zu verraten.

Sie sagte sich, wie jedes Mal, wenn sie den leeren Flur entlanglief, dass dies ein Fehler war.

Dass sie morgen damit aufhören würde, solche Fehler zu machen.

Sie würde es besser machen. Besser sein.

Nicht nur für sie.

Sondern für Easy.

Als sie vor seinem Zimmer stehen blieb, drückte sie ihre Stirn gegen die Tür und schloss die Augen. Ihre Finger kreisten leicht um den Türknauf.

Sie konnte nicht einfach so dastehen. Sie musste entweder in sein Zimmer gehen oder verschwinden.

Wollte sie egoistisch sein und in sein Zimmer gehen? Oder selbstlos sein und weggehen?

Ihre Finger umklammerten den Knauf noch fester, dann drehten sie ihn.

Ihr Magen sank, als er sich nicht bis zum Anschlag drehte.

Es sollte sie nicht überraschen, dass seine Tür verschlossen war. Sie wusste, dass sie eines Nachts kommen und es so sein würde.

Heute Nacht war diese Nacht.

Er hatte seine Wahl getroffen und sie musste damit leben. Aber seine Entscheidung machte es auch leichter für sie.

Das sagte sie sich, als sie den Speichel in ihrem Mund herunterschluckte und eine Hand auf ihren schmerzenden Magen presste.

Sie hielt inne, als ein Anfall von Übelkeit sie überflutete.

Sie hätte nicht gedacht, dass es so schwer sein würde, wenn die Zeit gekommen war. Dass es sie so sehr treffen würde, wie es sie traf.

Aber, *verdammt noch mal*, es war so und es tat es.

Sie hatte es viel zu lange auf sich beruhen lassen.

Jetzt war es zu spät.

* * *

EASY STAND an der Seite und hörte, wie der Mann im Inneren des Ofens schrie, dass er freigelassen werden wollte. Er konnte sich nur vorstellen, wie groß die Angst war, wenn man wusste, dass man bei lebendigem Leibe verbrannt würde.

Aber niemand würde behaupten, dass Billy Warren es nicht verdient hatte.

Das Arschloch hätte Reilly fast umgebracht. Nicht nur einmal, sondern zweimal. Beim ersten Mal hätte er es fast geschafft.

Missbrauchende Männer verdienten es nicht zu atmen. Sie gaben dieses Recht in der Sekunde auf, in der sie die Hand gegen eine Frau oder ein Kind erhoben. In der Sekunde, in der sie Blut vergossen haben, in der Sekunde, in der sie einen blauen Fleck hinterlassen haben.

Ja, niemand hatte etwas dagegen, dass Warren bekam, was er verdiente. Aber Easy hatte ein ungutes Gefühl, als er sah, wie das missbrauchende Arschloch sein Ende fand.

Sein ursprünglicher Plan war es, den Raum zu verlassen, falls Deacon Warren verbrennen wollte, solange er noch atmete. Leider hing er ein paar Minuten zu lange herum. Sobald Warren verladen und die Ofentür gesichert war, hätte er gehen sollen.

195

Aber niemand hatte damit gerechnet, dass Reese oder Reilly auftauchen würden, da ihnen gesagt worden war, sie sollten zur Farm zurückkehren.

»Scheiß auf diesen Wichser!«, schrie Reilly, als sie sich an Deacon vorbeidrängte und zum Bedienfeld rannte, ohne auch nur zu zögern, bevor sie ihre Hand auf den großen roten Startknopf drückte.

Das laute Zischen der zündenden Gasbrenner ließ Easy erstarren, wo er gerade stand. Er hörte einen gedämpften, haarsträubenden Schrei und dann nichts mehr. Aber dieser eine Schrei, auch wenn er nur ein paar Sekunden dauerte, reichte aus, um ein ganzes Leben zu überdauern.

Easy war unfähig, sich zu bewegen. Unfähig zu funktionieren.

In diesem Augenblick wusste er, dass er Warrens Schrei nie vergessen würde, sobald der Mann begriff, was passieren würde. Wie er seinen Schöpfer treffen würde. Dann wieder das unheimliche Zischen der Brenner und die Schreie eines Mannes, der bei lebendigem Leibe verbrannte, bis ihm der Sauerstoff aus den Lungen gerissen und er knusprig wurde.

Mit geballten Fäusten und zusammengebissenen Zähnen kämpfte Easy dagegen an, sich zu Reese an den Mülleimer zu gesellen, als sie kotzte. Irgendwie schaffte er es, aber nur mit knapper Not. Nicht nur, weil er es hasste, zu kotzen, sondern auch, weil er vor seinen Brüdern nicht schwach erscheinen wollte. Wenn sie es ertragen konnten, sollte er es auch können.

Aber das Geräusch des Erbrechens drang immer wieder in seine Ohren. Er knirschte mit den Backenzähnen und riskierte einen Blick zu Reese und …

Was zum Teufel war das?

Es war gar nicht Reese.

Es war Tessa.

Wie kann das sein? Wo kam sie denn her? Sie hatte keinen

Grund, bei Tioga Pet Services zu sein. Sie war noch nie durch diese Türen getreten.

Und warum zum Teufel musste sie kotzen? Sie hat nicht gesehen, wie Billy Warren verbrannt wurde. Sie hatte zu der Zeit noch nicht einmal in Manning Grove gelebt.

Er muss einen weiteren Albtraum gehabt haben. Oder er war so verdammt erschöpft, dass er Wahnvorstellungen hatte.

»Yo.«

Easy wachte ruckartig auf und öffnete blinzelnd die Augen, um Shade über sich stehen zu sehen.

Gott.

Er war immer noch bei Tioga Pet Services, immer noch im Büro, immer noch in Cassies ledernem Bürostuhl.

Tessa war nicht in Sicht, *dem Teufel sei Dank.*

Shade musste mit dem fertig sein, was er mit seinem Samenspender vorhatte.

Es muss an der Zeit sein. *Fuck*, Easy war dabei, diesen verdammten Albtraum noch einmal zu erleben.

Shades Kleidung war mit Blut verschmiert. Das bedeutete, dass Oliveira nach der *Lingchi*-Behandlung vielleicht nicht mehr viel in seinem Körper hatte.

Easy setzte sich auf und räusperte sich von der rauen Kehle. »Die wirst du verbrennen müssen.«

»Das ist der Plan«, antwortete Shade, als wäre es ein ganz normaler Tag.

»Bist du fertig?« Er musste es sein, das Krematorium war viel zu ruhig.

»Ja, ich will ihn einladen und den Ofen anwerfen, bevor Cassie kommt.«

Er blickte auf die Uhr auf dem Schreibtisch der Chefin. Sieben.

Verdammt! Er musste zurück zur Schlafbaracke, duschen, sich umziehen und dann seinen Arsch wieder hierherbewegen, um den ersten Arbeitstag der Woche zu beginnen.

Shade hatte es verdammt noch mal zu knapp gemacht.

Easy folgte ihm zurück in den Ofenbereich, wo sein Schritt stotterte und er zum Stillstand kam.

Der Mann konnte nicht mehr am Leben sein. Auf keinen Fall.

Wenn er es war …

Easy drehte sich der Magen um und er erschauderte bei dem Anblick, der sich ihm bot. Er blinzelte mehrmals, um sicherzugehen, dass er auch wirklich sah, was er sah.

Jeder Muskel des Mannes, der vor ihm hing, war jetzt entblößt. Jeder verdammte. Auf der Plastikplane unter ihm lag ein blutiger Fleischberg. Genug, um einen weiteren Menschen zu schaffen.

Heilige Scheiße.

Er blickte schnell zu Shade, aber abgesehen von dem Blut auf seiner Kleidung sah er aus, als wäre es ein ganz normaler Tag.

Ein ganz normaler, verdammter Tag.

Ja, er wollte Shade nie in die Quere kommen. Niemals verdammt. Wenn er die Wahl hätte, ob Judge ihn mit dem Punisher bestrafen sollte oder ob der Mann neben ihm tun sollte, was er wollte, würde Easy sich jedes Mal für eine Deckenparty entscheiden, die der mürrische grüne Riese schmeißen würde.

Shade hatte seinem Vater jeden Zentimeter Haut vom Körper abgezogen. Nur seine Hände, Füße und seinen Kopf ließ er in Ruhe. Es erinnerte Easy an die ausgefallenen Frisuren, die Pudel hatten, wenn sie zur Einäscherung kamen.

Er war überrascht, dass Shade Oliveira nicht auch noch skalpiert hatte.

»Das … Plastik muss ich verbrennen.« Zusammen mit dem Haufen Haut, der sich darauf angesammelt hat.

Shade sagte nichts. Wahrscheinlich, weil das schon zum Plan gehörte, genau wie das Verbrennen seiner Kleidung. Alle

Beweise wurden immer zu Asche verbrannt. Sogar Dinge wie die Wegwerfhandys, die sie auf dem Hillbilly Hill benutzt hatten.

Wieder einmal hielt Easy das Krematorium für die verdammt beste Anschaffung, die der Club machen konnte.

Er trat zögernd näher an das heran, was von dem an der Kette hängenden Mann noch übrig war. Oliveiras Augen waren offen, aber seelenlos, was verdammt gruselig war.

Easy lag völlig falsch damit, dass Shade das Gesicht des Mannes in Ruhe gelassen hatte. Seine Augenlider waren verschwunden. Er zwang die Galle hinunter und flüsterte: »Lebt er noch?«, fast so, als wolle er den Mann nicht stören.

Wenn er bei Bewusstsein war …

»Kaum noch.«

»Wird sich das ändern, bevor wir ihn verladen?«

Als Shade nicht antwortete, wusste Easy die Antwort auf seine Frage. Sie würden ihn lebendig verbrennen.

Genau wie Billy Warren.

»Wir sollten ihn knebeln, damit er nicht so schreit wie Warren.« Alle Haare auf Easys Körper stellten sich auf, als er diesen Tag noch einmal durchlebte, diesmal im Wachzustand.

Jeder Körper, den sie in den großen Tierofen geladen hatten, hatte nicht mehr geatmet, außer Warren.

Danach war Reilly weggegangen, als wäre nichts gewesen. Als ob es ihr ein perverses Vergnügen bereitet hatte, den Knopf zu drücken und den Mann in Panik und purer Qual schreien zu hören.

Easy konnte es ihr nicht verübeln, nachdem sie gehört hatte, was ihr Ex ihr angetan hatte. Wenn ihm so etwas passiert wäre, hätte er wahrscheinlich auch den Drang nach Rache verspürt. Und er hätte es nicht bereut.

Er hatte keine Ahnung, wie sich diese Augenblicke auf die anderen Brüder auswirkten, die dabei gewesen waren, da sie nie darüber sprachen, aber Easy konnte es bis heute nicht abschütteln. Er hatte Angst, dass Edmund Oliveira, wenn er noch bei Bewusstsein war und schreien konnte, seine Albträume nur noch mehr verstärken würde.

Aber, *verdammt noch mal*, Shade gehörte zur Familie und er würde alles für Easy tun, wenn er darum gebeten würde. Daher würde Easy, egal wie sehr es ihn stören würde, dasselbe für seinen Bruder tun. Egal, was es war.

Selbst wenn es bedeutete, sich mit noch mehr dieser unerschütterlichen, quälenden Erinnerungen auseinanderzusetzen. Wenn er nachts seine Augen schloss. Wenn er den Knopf drückte, um die Einäscherung des geliebten Haustieres von jemandem zu starten.

Das Geräusch der zündenden Brenner, dieses unvergessliche Zischen, brachte jedes Mal alles zurück.

»Lass uns fertig werden, damit wir hier rauskommen und zurück sind, bevor Cassie sich wundert, warum wir zu spät kommen«, drängte Easy.

»Lass dir Zeit, wenn du zurückkommst. Ich werde dich bei der Chefin decken.«

Was wollte er tun? Er runzelte die Stirn. »Du gehst nicht nach Hause?«

Shade schüttelte den Kopf. Sein Haar war immer noch zurückgesteckt, aber es hatte sich aus dem engen Knoten gelöst und ein paar lange, lockige Strähnen fielen ihm nun ins Gesicht. »Ich werde hier duschen. Ich habe auch ein paar Klamotten zum Wechseln dabei …«

Verdammt. Der Mann war gut vorbereitet. »Chelle wird sich keine Sorgen machen? Oder einen Haufen Fragen stellen?«

»Ich werde mich darum kümmern.«

»Okay, dann … kümmern wir uns zuerst darum«, schlug Easy vor. Er ging zur Fernbedienung und drückte auf den Abwärtsknopf, während Shade die Leiche auf das rollende Tablett schwang, das bereits aus dem Ofen gezogen war.

Zu zweit schafften sie es, die Überreste von Oliveira auf das

Metallgitter zu legen. Bevor sie ihn zurück in den Verbrennungsofen rollten, sammelten sie die Plastikfolie mit dem glitschigen Haufen blutigen Fleisches ein und legten sie auf ihren ehemaligen Besitzer.

Von Shades Vater kam kein einziger Pieps. Wenn er noch am Leben war, musste er bewusstlos sein.

Dem Teufel sei Dank dafür. Nicht für Oliveira, sondern für Easy.

»Du kannst gehen, bevor ich auf Start drücke«, murmelte Shade, als sie das beladene Tablett wieder ins Haus rollten und die Tür verschlossen.

»Was ist mit deinen Klamotten?«

»Die hole ich später, wenn ich mich umgezogen habe.« Shade stellte das Bedienfeld auf das ungefähre Gewicht des *Tieres* im Inneren ein.

»Okay, aber pass auf, dass Cass sie nicht sieht.«

Wieder sagte Shade nichts, aber dieses Mal drehte er sich um und starrte Easy an.

Das war sein Zeichen, dass er sich verdammt noch mal aus dem Staub machen sollte. »Okay, dann gehe ich jetzt. Ich bin zurück, sobald ich mich umgezogen und geduscht habe. Wenn du vorher noch etwas brauchst, schick mir einfach eine SMS.«

Shade nickte.

Als Easy auf die Tür zuging, die zur Laderampe führte, wo sein neuer Schlitten wartete, hörte er wieder ein tiefes »Yo«.

Er blieb stehen und blickte über die Schulter auf den Mann, der immer noch vor dem Ofen stand, in dem sein Vater lag.

Das letzte Stück seiner schmerzhaften Vergangenheit.

Shade riss sein Kinn hoch und bedankte sich stumm bei ihm.

Easy nickte und ging zur Tür hinaus.

Er musste verdammt noch mal verschwinden, bevor er das verdammte Zischen hörte.

11

Sie spürte seine Anwesenheit sofort.

Die feinen Härchen an ihrem Körper standen ihr zu Berge, ihr Herz schlug etwas schneller und ihre Atmung war flach.

Aber er war da. Nur wenige Zentimeter von ihr entfernt.

Seine Wärme strich über ihre Haut. Sein vertrauter Geruch strömte ihr in die Nasenlöcher.

Dann ertönte seine Stimme in ihren Ohren. »Wo warst du?«

Sie riskierte einen Blick zu Easy, als sie sich hinter der Bar in der Scheune ein Bier einschenkte.

Sie war sich nicht sicher, ob es helfen würde, ihren Magen zu beruhigen, aber einen Versuch war es wert. Die Sprite hatte nicht gewirkt und sie konnte nirgendwo auf dem Gelände einen Tropfen Ginger-Ale finden, den Jemma ihr gegen ihre Magenverstimmung empfohlen hatte.

Jem sagte, sie würde heute Abend auf dem Heimweg von der Arbeit etwas mitbringen, aber bis dahin …

Dann eben Bier.

Sie hob das Glas hoch genug, um ihren Mund zu verbergen und fragte leise: »Was meinst du?«

»Du bist in den letzten drei Nächten nicht aufgetaucht.«

Nicht aufgetaucht? Wovon zum Teufel sprach er? »Ähm … Du hast mich ausgesperrt. Ich habe das als ein Zeichen verstanden.«

»Was zum Teufel meinst du?«

Tessa blickte sich schnell um und zischte: »Sprich leiser.«

»Tess. Was sagst du da?«

Sie drehte sich zu ihm um. Er blickte in die entgegengesetzte Richtung als sie, aber sein Kopf war so weit gedreht, dass er sie mit zusammengekniffenen Augen anschaute. Seine straffe Kieferpartie war leicht zu erkennen, da er sein langes Haar in seinem typischen Man-Bun aus dem Gesicht gezogen hatte.

Kein Mann sollte so sexy mit einem *Dutt* aussehen. Irgendwie haben Easy und Shade es aber geschafft, das zu schaffen. Genauso wie Cage mit seiner Ich-weiß-nicht-wie-man-eine-Bürste-benutzt-Frisur.

Sexy oder nicht, es juckte sie in den Fingern, das Haargummis aus Easys Man-Bun zu ziehen und seine üppigen Locken zu befreien.

»Wir sollten dieses Gespräch nicht hier führen«, erinnerte sie ihn.

»Wir dürfen doch miteinander reden, Tess. Es wäre verdächtiger, wenn wir es nicht täten.«

»Aber nicht über das hier.«

Er schüttelte den Kopf und drehte sich um, jede Bewegung steif und ruckartig – so als wäre er verärgert –, als er nach einem leeren Bierglas griff und sie sanft zur Seite schob, damit er es füllen konnte. Sie bewegte sich nur so weit, dass er sein Bier einschenken konnte, aber ihre Arme berührten sich.

Diese einfache Berührung versetzte ihr einen Stromschlag. »E …«

Er wich zurück, und obwohl er sie nicht mehr direkt ansah, konnte sie sehen, dass sich seine Pupillen vergrößert hatten, sodass seine Augen dunkler als normal aussahen. »Du hast recht. Nicht hier.«

»Wo dann?«, fragte sie leise und behielt alle anderen in der Scheune im Auge. Sie wollte nicht, dass sich jemand heranschlich und sie belauschte.

An einem Mittwochabend waren nicht so viele Leute da, wie an einem Wochenende und vor allem nicht nach einer Clubfahrt. Castle saß in einer Ecke auf einer der alten Busbänke und Angel saß auf seinem Schoß. Sie klebte an ihm und es schien ihn nicht im Geringsten zu stören. Jetzt, wo er kein Prospect mehr war, würde es Tess nicht wundern, wenn Angel sich vor allen Leuten über ihn hermachte oder wenn sie seine Jeans herunterzog und ihren kurzen Rock so weit hochzog, dass sie ihn reiten konnte.

All die Sweet Butts hatten auf den Augenblick gewartet, in dem er sein volles Set Patches bekam. Sobald er das tat, stürzten sie sich auf ihn. In den ersten Tagen nachdem er die Patches bekam, lief er mit einem zufriedenen Lächeln herum, obwohl er aussah, als wäre er hart geritten worden.

Nico und Rex spielten eine Runde Billard und tranken dabei Bier. Nico trug jetzt eine Kutte, die seinen Prospect-Bottom-Rocker und seinen neuen Namen, Nickel, aufwies. Beides hatte er bekommen, als Easy ihm seinen alten Schlitten überlassen hatte. Auch Rex würde bald eine tragen, sobald er seinen eigenen Schlitten hatte.

Eddie, der Schlagzeuger von The Synners, saß auf einer anderen Busbank und knutschte mit einer Frau, die Tessa nicht kannte. In letzter Zeit hatte er sein Glück mit Trip auf die Probe gestellt, indem er seine Entscheidung, entweder ein Prospect zu werden oder woanders zu leben, hinauszögerte. Jetzt hatte er eine Fremde auf das Grundstück gebracht, wahrscheinlich ohne Trips Erlaubnis.

Sie beobachtete, wie Whip und Fallon vorhin mit Ihrer Indian Scout losgezogen waren, wahrscheinlich um sich mit seiner Mutter zu ihrem regelmäßigen Mittwochabendessen zu treffen.

Deacon war heute Abend wie jeden Werktag in Mansfield. Die einzige Zeit, in der er diese Reise nicht antrat, war, wenn er aus irgendeinem Grund hier gebraucht wurde, oder an den Wochenenden, wenn er und seine Old Lady in der Wohnung im Obergeschoss wohnten.

Tessa dachte sich, dass sie das irgendwann aufgeben müssten, jetzt, wo sie Dane hatten. Es war ein winziges Häuschen im Vergleich zu Reeses Haus in den Bergen.

Vorhin hatte sich Bones eine Flasche Whiskey geschnappt und war mit Amber in der Schlafbaracke verschwunden.

Aber Brandy kam jetzt in ihre Richtung, ihre Augen auf Easy gerichtet, und erinnerte Tessa an eine Spinne, die sich auf eine Fliege in ihrem Netz stürzen will.

Easy musste sie auch bemerkt haben, denn er fragte schnell: »Wer hat Dyna?«

»Cage.«

»Wir treffen …« Bevor er den Rest sagen konnte, war die Sweet Butt schon da, lehnte sich über die Bar und ihre Titten fielen praktisch aus ihrem viel zu kleinen, viel zu engen Crop-Top.

Die Sweet Butt hatte offenbar noch nie etwas davon gehört, die richtige Größe zu kaufen … oder einen BH.

Brandy streckte sich über die Theke und schob ihre Hand in Easys offene Kutte, um sein T-Shirt zu greifen und ihn näher an sich zu ziehen. »Was machst du da, E?«

»Ich hole mir ein Bier.«

Ohne den Griff an Easys T-Shirt zu lösen, lächelte Brandy Tessa an. »Hey, Tess.«

»Hey, Brandy.«

Die Sweet Butt mit den Haaren in der Farbe ihres Namens wandte ihre Aufmerksamkeit wieder dem Mann zu, den sie gefangen hielt. »Willst du etwas Gesellschaft?«

»Ich spreche gerade mit Tess, Bran.«

Bran zuckte mit den Schultern und ließ ihre ungehinderten Brüste hüpfen, was Easys Blicke auf sie zog. »Danach.«

Tessa drehte sich um und lehnte sich mit der Hüfte gegen die Bar, um auf eine Antwort von Easy zu warten. Er hatte jedes Recht, Ja zu der süßen Sweet Butt zu sagen.

Jedes verdammte Recht. Und sie würde kein verdammtes Wort dazu sagen können.

Nicht ein einziges Wort.

Sie konnte den Mann nicht als ›Geisel‹ halten, wenn sie nicht bereit war, ihn das Gleiche mit ihr machen zu lassen.

Easy nahm einen langen Schluck von seinem Bier. Als er fertig war, wischte er sich mit einer Hand über den Mund, um den Schaum zu entfernen, der an den drahtigen Haaren auf seiner Oberlippe klebte. Wie die meisten Fury-Mitglieder trug er einen Bart.

Sein Bart war dunkel und voll und ließ ihre eigenen Brüste erröten, als sie daran dachte, wie herrlich rau er zwischen ihren Schenkeln war.

Tessa wurde schnell aus ihren Gedanken gerissen, als sie hörte: »Meine Muschi trägt heute Abend deinen Namen.«

Sie wollte gerade einen Schluck Bier nehmen, war aber froh, dass sie es noch nicht getan hatte, sonst hätte sie sich daran verschluckt.

Von dort, wo sie stand, weniger als einen Meter von Easy entfernt, schwor sie sich, dass sie hörte, wie er an seinen Zähnen saugte.

Hatte er dieses Angebot in Erwägung gezogen?

Brandy war eine viel sicherere Wette als Tessa. Mit Brandy zusammen zu sein, würde ihn nicht in Schwierigkeiten bringen. Zumindest nicht mit seinem President.

Bei der Schwester seines President sah die Sache anders aus.

Wieder einmal erinnerte sie sich daran, dass sie kein Anrecht auf ihn hatte. Easy gehörte nicht zu ihr. Und nicht nur das: Sie war diejenige, die diese ganze Sache zwischen ihnen begonnen hatte, nicht er.

Was jetzt zwischen der Sweet Butt und Easy passierte, war das wahre Leben, anders als das, was er und Tessa miteinander hatten.

»Na dann viel Spaß euch beiden. Ich werde jetzt mein Bier unter dem Pavillon genießen.« Sie würde also nicht sehen, wie der Mann, mit dem sie in den letzten drei Monaten ausschließlich Sex hatte, Vorbereitungen für den Sex mit einer anderen Frau traf. Selbst wenn er es tat oder vorhatte, brauchte sie es nicht direkt vor ihrer Nase zu sehen.

Als sie sich umdrehte, griff Easy nach ihrem Handgelenk und hielt sie auf. Sie hielt das Glas in ihrer Hand, bevor das Bier über den Rand spritzen konnte.

»Tess, wir sind noch nicht fertig«, knurrte er.

Sie senkte ihren Blick auf die Stelle, an der er sie festhielt, hob ihn dann wieder an und zog eine Augenbraue als stumme Botschaft hoch.

Als ihm klar wurde, was er getan hatte, ließ er schnell ihr Handgelenk los und fügte hinzu: »Mit unserem Gespräch.«

Sie neigte den Kopf und weitete die Augen gerade so weit, dass nur er es bemerken konnte. »Wir können ein anderes Mal darüber reden.«

»Nein ... können wir nicht.« Er löste Brandys Finger von seinem Hemd. »Nicht heute Abend, Brandy, sobald ich mit Tess fertig bin, muss ich etwas für Trip tun.«

Musste er?

»Dann eben danach«, sagte Brandy. »Wenn du mir deinen Schlüssel gibst, kann ich auf dich warten, wenn du zurückkommst.«

Die Sweet Butt war sehr hartnäckig.

Sosehr sie Brandy in diesem Moment auch hassen wollte, sie konnte es nicht. Sie hatte sich mit Tessa immer gut verstanden und die Sweet Butt tat nur das, wofür sie da war. Sich um die Jungs kümmern.

Das konnte Tessa ihr nicht verübeln. Sie konnte es ihr auch nicht verübeln, dass sie Easy im Visier hatte, zumal Tessa das Gleiche getan hatte.

»Ich weiß nicht, wann ich zurückkomme. An einem anderen Abend.«

Brandys Augen hüpften zwischen Tessa und Easy hin und her. »Alles klar. An einem anderen Abend. Ich werde noch eine Weile hierbleiben, also wenn du zurück bist, bevor ich gehe …«

»Wenn ich das tue, komme ich zu dir.«

Tessa presste die Lippen zusammen. War Easy klar, dass er sich mit dieser bescheuerten Ausrede für den Rest der Nacht rarmachen musste?

»Ich gehe in den Pavillon, es ist ein wunderschöner Abend. E, wenn du unsere Unterhaltung beenden willst, dann treffen wir uns dort.« Mit diesen Worten umging sie die Bar und ging in Richtung der Seitentüren.

Als sie beim Pavillon ankam, schaltete sie weder die Lichterketten ein, die von den Balken hingen, noch setzte sie sich an einen der Picknicktische. Stattdessen kletterte sie in die Hängematte, die jemand zwischen zwei Pfosten aufgehängt hatte. Sie hatte keine Ahnung, wer das getan hatte, aber jeder wusste es zu schätzen.

Sie war sich ziemlich sicher, dass sie schon mehrmals ›eingeweiht‹ worden war und hoffte nur, dass sie nach dem letzten Mal durch den Regen sauber gewaschen worden war.

Sie ließ ihr Bier auf einem Tisch in der Nähe stehen, denn nachdem sie auf dem Weg über den Hof ein paar Schlucke getrunken hatte, wurde ihr nur noch schlechter. Vielleicht lag es aber auch gar nicht am Bier, sondern daran, dass Brandy heute Abend versuchte, in Easys Jeans zu kommen.

Sie verlagerte ihr Gewicht, bis die Hängematte leicht zu schwanken begann, und hoffte, dass ihr dadurch nicht noch übler wurde. Sie verschränkte einen Arm hinter ihrem Kopf und lauschte auf das ferne Heulen einer Eule und den Chor der Grillen in der Umgebung. Wenn sie ihren Kopf weit genug neigte, konnte sie den Nachthimmel voller funkelnder Sterne sehen.

Sie seufzte. Sie hatte es gut hier. Das Leben war im Moment besser, als sie es sich je vorgestellt hatte. Sie sollte jede verdammte Sekunde davon zu schätzen wissen.

Sie musste es besser machen. Besser sein.

Dazu gehörte auch, das Leben eines Mannes nicht zu ficken, nur weil sie egoistisch war.

»Rutsch rüber.«

Sie hob den Kopf, um einen großen, dunklen Schatten zu sehen, der sich ihr näherte. »Wird sie uns beide aushalten?«

»Das werden wir herausfinden.«

»Jemand könnte uns sehen«, warnte sie.

»Niemand wird uns sehen. Wenn ich nicht gesehen hätte, wie sich das verdammte Ding bewegt, hätte ich dich nicht einmal gesehen. Ich werde auch ein Ohr offen halten.«

»Weißt du, wie schwer es für zwei Leute ist, aus einer Hängematte herauszukommen?«

»Nö.«

»Ich schätze, wir werden es herausfinden, wenn jemand vorbeikommt.«

»Ja.« Er tippte ihr auf die Hüfte. »Beweg deinen Hintern rüber.«

Sie rutschte ein Stück rüber, um Platz zu schaffen, und klammerte sich dann an die Hängematte, als er neben ihr hineinkletterte und sie schaukelte.

Als er es sich gemütlich gemacht hatte, wurden sie gegeneinandergepresst, da die Hängematte sehr klein war.

»Wenn sie kaputtgeht, E ...« Ihre Finger klammerten sich an die Seite, während sie darauf wartete, dass das Ding runterstürzte.

»Das geht nicht kaputt. Ich habe Dozer darin gesehen, der aussah wie ein überfüllter Burrito. Wenn es ihn halten kann, kann es auch uns halten.«

»Ich glaube, wir beide zusammen sind schwerer als Dozer.«

»Nicht viel. Du wiegst bestimmt nicht mehr als hundert Pfund.«

Tessa schnaubte. Männer konnten das Gewicht von Frauen nicht gut einschätzen. Wenn er dachte, dass sie nur hundert Pfund wog, würde sie ihn sicher nicht korrigieren.

Er stieß einen langen, leisen Seufzer aus und kramte in seiner Kutte herum, wobei er die Hängematte mit jeder Bewegung mehr zum Schwingen brachte. Er holte eine handgerollte Zigarette und ein Feuerzeug aus seinem Versteck und steckte sich die Zigarette zwischen die Lippen. Die Flamme seines Zippos schimmerte in seinem Gesicht, während er sich die Zigarette anzündete.

Er klappte den Deckel seines Feuerzeugs zu und verstaute es, während er einen langen Zug an der handgerollten Zigarette nahm und einen Rauchschwall aus seiner Nase blies.

Wie Tessa verschränkte er einen Arm unter seinem Kopf und machte es sich bequem.

Die längste Zeit sagten sie nichts. Sie wiegten sich einfach hin und her, während sich ihre Körper berührten und ihre Gedanken abschweiften.

Das war eigentlich ganz nett.

Erstaunlich beruhigend.

Besser noch, es begann, ihren verrückten Magen zu beruhigen.

Aber die enge Anschmiegung an ihn beunruhigte andere Teile ihres Körpers. Der Schmerz in ihren Brüsten war wieder da. Und wie bei Brandy stand heute Abend auch in Tessas Muschi der Name Easy ganz großgeschrieben.

Eine Sache, die sie nie tun würde, war, um einen Mann zu

kämpfen. Nicht mit einer Sweet Butt. Nicht mit irgendjemandem.

Es war sowieso egal, denn sie waren sich nichts schuldig. Das musste sie sich immer wieder ins Gedächtnis rufen, nachdem sie seine Tür am Sonntagabend verschlossen vorgefunden hatte.

Sie drehte sich so, dass sie fast auf der Seite lag und ihn selbst im Dunkeln besser sehen konnte.

Ihn beim Rauchen anzuschauen, war faszinierender, als es sein sollte. Die Art, wie sich seine Lippen um das Ende der Zigarette legten, wie er einatmete und wie er die Lippen schürzte, als er den Rauch in einem weißen Strahl wieder ausblies.

Eine Seite seines Mundes hob sich, obwohl er sie nicht ansah, sondern irgendwo nach oben starrte. Er mochte es, dass sie ihn beobachtete.

Er mochte ihre Aufmerksamkeit.

Es gefiel ihm, dass sie in der Hängematte Platz für ihn gemacht hatte.

Fuck. Sie mochte ihn auch. Viel mehr, als sie sollte.

War sie dem Untergang geweiht? Würde dieser Mann ihr Verhängnis sein?

Sie drückte kurz die Augen zu.

Er könnte es sein.

Sie hatte versucht, das zu vermeiden. Offensichtlich hatte sie versagt. Sie war in eine Stahlfalle getreten, deren Metallzähne sich um ihren Knöchel schlossen. Sie hielt sie dort fest. Hinderte sie daran, sich zu befreien.

Ja, sie war mit dem Fuß genau in die Mitte der federbelasteten Falle getreten und hatte sie ausgelöst, ohne zu wissen, dass sie da war, bis es zu spät war.

Sie brach das Schweigen. »Du hast deine Tür abgeschlossen.« Obwohl sie versuchte, die Enttäuschung und den Schmerz aus ihrem Tonfall herauszuhalten, war er in jedem einzelnen Wort zu hören.

Er nahm noch einen Zug von der handgerollten Zigarette, dann schnippte er die Reste in die Dunkelheit jenseits des Pavillons. »Das hast du schon gesagt. Meine Tür war jede verdammte Nacht unverschlossen, Tess.«

»Nicht am Sonntagabend.«

Er drehte sich auf die Seite, bis sie sich gegenüberstanden. Ihre Nasen waren nur wenige Zentimeter voneinander entfernt und alles andere so gar nicht. Von der Brust bis zu den Füßen berührten sie sich. Er hatte noch keinen Dicken, aber an dem, was er gegen sie presste, konnte sie erkennen, dass er schon halb so weit war.

»Ich schließ immer ab, wenn ich weg bin. Ich bin erst am frühen Montagmorgen aus Jersey zurückgekommen, also war sie natürlich verschlossen. Sonst wäre ich zurückgekommen und hätte all mein gutes Kush mit Abfallgras vorgefunden. In meinem Zimmer wurde öfters Scheiße gemacht. Zum Beispiel Frischhaltefolie über meiner Kloschüssel oder eine tote Maus in meinem Bett. Sogar verfaulte Lebensmittel wurden irgendwo versteckt. Ich habe ein paar Mal vergessen abzuschließen und es jedes Mal bereut. Ich habe sie nicht abgeschlossen, um dich draußen zu halten, Tess. Ich habe sie abgeschlossen, um diese hinterhältigen Arschlöcher draußen zu halten.«

Sie war erleichtert über seine Erklärung, mehr als sie es sein sollte. »Ihr *prankt* euch gegenseitig?« Warum hatte sie das nicht gewusst?

Easy starrte sie nur an, als wäre sie ahnungslos.

»Ich habe noch nie davon gehört.«

Er zuckte mit den Schultern. »Das kommt vor.«

Sie presste die Lippen zusammen, um nicht zu lachen und ertappte sich dabei.

Warum konnte sie sich das Lachen nicht erlauben?

Warum konnte sie sich nicht erlauben, glücklich zu sein? Sie musste aufhören, sich selbst zu verleugnen.

»Wie oft hast du einen von den anderen Jungs geprankt?«

»Musst du das wirklich fragen?« Er schenkte ihr ein Lächeln.

Verdammte Scheiße.

Sie konnte sich nicht erinnern, dass er sie jemals zuvor angelächelt hatte. Und wenn, dann war es nie so groß gewesen, dass sie es in seinem dunklen, fensterlosen Zimmer spät in der Nacht hätte sehen können.

Sie konzentrierte sich auf seine Lippen. Ohne Vorwarnung wechselten sie von nach oben gewölbt zu zusammengepresst.

»Tess«, flüsterte er und lenkte ihren Blick von seinem Mund zurück auf den Rest seines Gesichts.

Sie wünschte sich, dass sie ihn besser sehen könnte. Dort, wo die Hängematte im Schatten hing, auf der Seite des Pavillons, die am weitesten von den Außenlichtern der Scheune entfernt war, war es nicht stockdunkel, aber dunkel genug.

Sie streckte die Hand aus und strich mit ihren Fingern über sein Haar, um einige Strähnen zu lockern. Er ergriff ihre Hand, zog sie zum Mund und presste seine Lippen auf ihre Handfläche. Die Spitze seiner Zunge berührte ihre Mitte und sein Atem erwärmte ihre Haut.

Diese Geste war so verdammt intim.

Aber als er ihre Handfläche über die drahtigen Haare entlang seines Kiefers und hinunter zu seiner Brust und unter seine Kutte zog, wo er ihre Finger ineinander verschränkte und ihre Hände über sein Herz presste, wusste sie, dass sich etwas verändert hatte.

Vielleicht war er auch aus Versehen in die gleiche Stahlfalle getreten.

Aber er schien darüber nicht in Panik zu geraten, so wie sie es tat, denn sein Herz pochte gleichmäßig unter ihrer Handfläche.

Im Moment pochte ihres alles andere als gleichmäßig.

Das alles sollte nicht passieren.

Was sie fühlte.

Was er tat.

Die Art, wie sie sich gegenseitig anstarrten.

Das war nicht das, was es war. Was es hätte sein sollen.

Nichts davon.

Was zum Teufel war hier los?

»Easy …« Sein Name blieb ihr in der Kehle stecken.

»Cage hat uns vier Wochen gegeben. Reicht das aus?«

Das kam darauf an. Vier Wochen, bis sie mit Trip reden würden? Oder vier Wochen, bis alles vorbei war?

Cage hatte recht. Sie konnten nicht so weitermachen wie bisher. Das wussten sie schon, aber dass Cage ihnen dieses Ultimatum stellte, war wie ein Eimer Eiswasser, der über ihrem Kopf ausgekippt wurde. Aber beide Entscheidungen machten ihr trotzdem eine Heidenangst.

Sie gab Easy keine Antwort, weil sie keine hatte und auch noch nicht darüber nachdenken wollte. Vor allem, weil es nicht mehr vier Wochen waren, sondern weniger als das.

Sie war sich bewusst, dass sie den Kopf in den Sand steckte und diese Frist ignorierte. Auch wenn sie dachte, dass Easy diese Entscheidung für sie beide getroffen hatte, als seine Tür in der einen Nacht verschlossen war.

Aber jetzt, wo sie wusste, warum … »Wird deine Tür später wieder aufgeschlossen?«

Er drückte die Hand, die er über sein Herz hielt. »Ja. Wirst du hindurchgehen?«

»Wird Brandy schon da sein?«

»Nur, wenn du willst, dass sie uns Gesellschaft leistet«, antwortete er. Sein Tonfall war kein Scherz, er war ernst. Aber das sollte sie nicht überraschen. Easy hatte keine Hemmungen, wenn es um seinen Körper oder Sex ging. Er wäre wahrscheinlich für alles zu haben. Auch mehrere Frauen gleichzeitig in seinem Bett.

Aber Easy mit einer anderen Frau zu teilen, wäre nie ihr Ding. »Und wenn ich nicht will?«

»Dann gibt es nur mich.«

Wieder war sein Tonfall ernst. Er meinte, was er sagte. »Weißt du, ich würde es dir nicht verübeln, wenn du ihr Angebot annimmst.«

»Ja, doch das wirst du.«

War sie so durchschaubar? »Das ist nicht fair dir gegenüber.«

»Was ist nicht fair?«

»Dass ich dich für mich behalten will.«

»Das ist nicht deine Entscheidung, Tess. Das war es noch nie.« Er rollte sich auf sie und flüsterte: »Es war immer meine Entscheidung.«

Ihr Herz begann gegen ihre Brust zu klopfen, als ob die Polizei einen Durchsuchungsbefehl ausstellen wollte. »Ich habe nie darum gebeten. Darum ging es mir ja gerade … Keine Verpflichtung. Keine Erwartungen.«

»Das sagst du jetzt, aber wenn du gesehen hättest, wie ich von einer der Sweet Butts einen geblasen bekomme, oder wie ich es mit einer von ihnen treibe … Hättest du dann aufgehört zu kommen? Wärst du dann weitergezogen?«

»Das ist es ja, E. Es sollte keine Rolle spielen, ob ich dich mit einer Sweet Butt gesehen hätte. Es sollte keine Rolle spielen, ob ich weitergezogen wäre. Das war der Grund, warum ich dich gewählt habe.«

Er starrte auf sie herab, seine warmen Hände umfassten ihren Kopf und hielten ihr das Haar aus dem Gesicht. »Warum du mich gewählt hast«, wiederholte er mit fester Stimme.

Oh Scheiße.

»Weil ich in mehr als einer Hinsicht unkompliziert war?«

Ursprünglich, ja. Aber jetzt … »Ich wollte nicht mehr als das, was es war … *ist*. Ich dachte, dass es bei dir genauso sein würde.«

»Du hast recht. Das war es auch.«

»Und jetzt?«, fragte sie im Flüsterton. Sie hatte nicht erwartet, dass ihre ›Unterhaltung‹ in diese Richtung gehen würde.

»Jetzt … ist es das nicht. Und wenn du es nur zugeben würdest, dann ist es das auch nicht für dich.«

Ihre Angst wurde immer größer und die Falle, in der ihr Fuß gefangen war, wurde immer enger. »Ich bin nicht bereit dafür, dass uns alle im Nacken sitzen, bevor wir die Chance haben, die Dinge selbst zu regeln.«

»Deshalb habe ich auch nach Cages Deadline gefragt. Wie lange machen wir das jetzt schon? Drei Monate oder so? Wird ein weiterer Monat deine Meinung ändern?«

»Ich weiß es nicht«, antwortete sie wahrheitsgemäß. »Ich wünschte, ich wüsste es, aber ich weiß es nicht.«

Er seufzte. »Hör zu, wir müssen uns erst in einem Monat damit befassen …«

»Weniger als das jetzt«, erinnerte sie ihn.

»Nah dran.«

Es konnte nicht sein, dass sie die Einzige war, die in Panik geriet. »Sag mal, E … Wenn ich dir zustimmen würde, dass du mit Trip redest, wärst du dann dazu bereit? Ich will die Wahrheit wissen, denn ich bin mir nicht sicher, ob du es bist. Ich will nicht, dass du in etwas hineingerätst, das du nicht willst, nur um dem Problem aus dem Weg zu gehen, das wir heimlich verursachen werden. Das will ich nicht. Das ist kein guter Anfang. Ich habe es selbst erlebt. Ich habe gesehen, wie giftig solche Beziehungen werden können. Das will ich nicht. Ja, wenn das passiert, könnten wir getrennte Wege gehen, aber dann ist der Schaden vielleicht schon angerichtet.« Und sie war sich nicht sicher, ob sie das überleben würde. Vielleicht müsste sie Manning Grove verlassen, ihre Fury-Familie, Trip und Dyna und Rush und …

Ihr Leben würde wieder einmal auf den Kopf gestellt werden. Sie hatte sich eingelebt und war größtenteils zufrieden.

»Du willst die Wahrheit?«, fragte er. »Die Wahrheit ist, dass ich es nicht weiß, verdammt noch mal. Aber was ich weiß, ist, dass ich genau wie du nicht will, dass uns jemand diese Entscheidung wegnimmt. Uns in etwas hineinzwingt, was keiner von uns will. Deshalb frage ich dich, ob ein Monat genug Zeit ist.«

»Und wenn nicht?«

»Dann denke ich, dass keine Zeit jemals genug sein wird. Aber es fuckt mich ab, Trips Vertrauen so zu missbrauchen. Und darum geht es. Mache ich mir Sorgen um mich? Ja. Mache ich mir Sorgen um dich? Ja, natürlich. Aber dass wir hinter Trips Rücken zusammen sind, auch wenn es nur ein Fick ist …« Er schüttelte den Kopf. »Das ist die Scheiße, die die Originals gemacht haben. Schlimmer noch, du bist die Schwester des Presidents. Ich könnte genauso gut zu deinem Bruder gehen und ihm in die Eier treten, denn das, was ich ihm antue, ist ein Tiefschlag.«

»Darüber hast du dir vorher keine Gedanken gemacht.«

»Einen Scheiß habe vorher nicht, Tess. Du hast mich nicht zu Wort kommen lassen. Du hast uns ruhig und im Dunkeln gelassen, weil du wolltest, dass wir so bleiben. Du wolltest dich selbst davon überzeugen, dass das, was wir taten, nicht echt war. Du wolltest, dass es so ist, als wären wir in einer beschissenen kleinen Blase und niemand könnte uns etwas anhaben Aber die Lichter sind jetzt an, Tess, und ich werde nicht länger schweigen. Die Scheiße wurde real. Wir dürfen auch nicht vergessen, dass Cage es weiß.«

»Whip auch.«

»Stimmt. Das habe ich mir gedacht. Er hat dauernd irgendeinen Scheiß gesagt und ich habe mich dumm gestellt, aber ja, dachte mir schon, dass er dich gesehen hat, wie du dich rein- oder rausgeschlichen hast. Entweder hast du es mir absichtlich nicht gesagt oder du wusstest nicht, dass er dich gesehen hat.«

Es bestand kein Zweifel, dass Whip sie gesehen hatte, denn sie war direkt in ihn hineingelaufen. Es würde nichts nützen, Easy das jetzt zu sagen.

Er fuhr fort und wartete zum Glück nicht auf ihre Antwort zu Whip. »Ja, also, wenn wir nichts tun, wenn wir nicht von uns aus vortreten oder es nicht beenden, wird Cage es für uns tun. Deshalb frage ich dich, ob ein Monat genug Zeit für dich ist.«

»Und ich frage dich, ob er dir reicht.«

»Ich brauche keinen Monat.«

Als sie die Stirn runzelte, strich er ihr mit dem Daumen die Falten auf der Stirn weg und lächelte schief.

Er musste ihr Herzklopfen hören oder zumindest spüren, *denn verdammt*, es fiel ihr schwer, ihn zu verstehen. »Warum brauchst du keinen Monat?«

»Weil ich schon weiß, was ich will.«

Das konnte nicht sein Ernst sein. Das war *Easy*, über den sie sprachen. *Easy*! Es konnte doch nicht sein, dass er sie und nur sie wollte, oder?

»Aber wenn du ihn brauchst, werde ich ihn dir geben. Denk dran, jeder Tag, an dem wir es aufschieben, ist ein weiterer Tag, an dem wir ein Risiko eingehen. Ich ziehe es vor, dass wir die Wahrheit sagen, aber wenn du noch nicht bereit bist, dann …«

Sie brauchte diesen Monat nur deshalb, weil sie wollte, dass er sich seiner Entscheidung sicher war, bevor er eine so drastische Entscheidung traf. Sie wollte ihm die Zeit geben, um sicherzustellen, dass er keinen Fehler machte. Dieser Fehler war sie.

Auch wenn er mit einunddreißig endlich in Erwägung zog, sich eine Old Lady zu nehmen – so verrückt das für Easy auch klingen mochte –, war sie erst zweiundzwanzig und nicht sicher, ob sie bereit war, eine zu werden.

Ihre Unsicherheit lag nicht an ihm, sondern an ihr selbst.

Wegen ihrer eigenen Hemmungen und Ängste. Vielleicht wäre sie in ein paar Jahren besser in der Lage, es zu überdenken. Aber jetzt? Nein.

Das Problem war, wenn sie ihm sagte, dass sie den Monat nicht brauchte, um ihre Entscheidung zu treffen, würde es mit ihnen zu Ende gehen. Genau hier, genau jetzt.

Auch das wollte sie nicht. Nicht jetzt. So egoistisch es auch war, sie war nicht bereit, ihn gehen zu lassen. Sie konnte es einfach nicht. Auch wenn sie wusste, dass sie damit den Schmerz nur hinauszögerte. »Ja, ich brauche den Monat.«

»Wie gesagt, ich werde dir die Zeit geben, aber ich will nur eine Sache von dir.«

»Einen Blowjob?«

»Okay, zwei Sachen von dir …«

Sie rollte mit den Augen. »Was?«

»Dass du mit mir auf meinem neuen Schlitten fährst. Ich will dich als meinen *Rucksack*, Tess. Auch heimlich.«

»Wann?«

»Eine Nacht diese Woche. Den Rest der Nächte kannst du meinen Schwanz reiten.«

Sie schluckte ihr Lachen wieder herunter, bevor es entweichen konnte.

»Ich will es hören?«

»Was?«

»Dein Lachen. Du erlaubst dir nicht, glücklich zu sein, Tess.«

Ich habe Angst, dass mir jemand den Teppich unter den Füßen wegreißt, wenn ich mir erlaube, glücklich zu sein.

Aber das konnte sie ihm nicht sagen. Das hatte sie noch niemandem gesagt. Sie wusste, dass es *ihr* Problem war, das durch ihre Erziehung entstanden war. Es war nicht Easys Schuld.

Er schlang seine Arme um sie und ließ seine Handflächen über ihren Rücken gleiten, bis er ihren Hintern umfasste und sie näher an sich heranzog, sodass der Raum zwischen ihnen nicht mehr existierte.

Er nahm ihren Mund, erforschte ihn mit seiner Zunge und neigte seine Hüften, um seine Erektion gegen sie zu drücken. Seine Finger gruben sich in ihre Arschbacken, drückten und kneteten sie, und sein Kuss wurde leidenschaftlicher.

Es war, als wollte er sie ganz verschlingen.

Um sie zu stehlen und zu behalten.

Es brauchte nicht viel, um sie feucht zu machen. Um ihre Brüste schmerzen zu lassen. Um sie atemlos zu machen.

So verrückt es auch war, er war der erste Mann, der es ihr wirklich *besorgt* hatte. Sie waren sexuell wie füreinander geschaffen. Nicht ein einziges Mal hatte sie sein Zimmer unbefriedigt verlassen.

Als es anfing, hatte sie nur vor, ihn für ihre eigenen Bedürfnisse zu benutzen. Sie glaubte nicht, dass es ihn stören würde, da sie ihn in den letzten Jahren mit so vielen Frauen hatte schlafen sehen. Nicht nur mit den Sweet Butts, sondern auch mit den gelegentlichen Mädels, die mit ihm abhingen, und sogar mit ein paar Zufallsbekanntschaften.

Der Mann war alles andere als schüchtern und konnte mit seinem Aussehen und seiner lockeren Art wahrscheinlich jede Hetero-Frau aus der Reserve locken. Aber er hatte auch verrückte Fähigkeiten.

Am Anfang war das der Grund, warum sie immer wieder zurückkam.

Sie dachte, er wäre ein egoistischer Liebhaber, also erwartete sie, dass sie das auch bei ihm sein könnte. Aber sie hatte sich geirrt.

Aber sowas von.

Zuerst war sie dankbar, dass sie sich geirrt hatte. Jetzt wünschte sie sich, sie hätte es nicht getan. Denn dann wäre es nie so lange weitergegangen, es hätte sich nie so entwickelt, wie es sich entwickelt hatte.

Sie wären nicht da, wo sie in diesem Augenblick waren – in der Hängematte, küssend, sich aneinanderreibend, atemlos, verrückt –, wenn er im Bett versagt hätte. Wenn er sich nur darum gekümmert hätte, sich selbst zu befriedigen und sie hängen gelassen hätte.

Wenn er ein einfältiger Trottel gewesen wäre.

»Bin so verdammt hart für dich«, flüsterte er gegen ihre Lippen und stieß gegen sie. »Das ist alles nur wegen dir. Du machst das mit mir, Tess.«

»Ich bin nicht die Einzige.«

12

F*uck.*

Sie hätte das nicht sagen sollen. Sie hätte den Augenblick nicht kaputt machen dürfen.

Aber natürlich hat sie es getan.

Natürlich hat sie es getan.

Sie konnte sich nicht erlauben, glücklich zu sein. Sie musste es ruinieren, bevor es jemand anderes tat. Sie rechnete damit, dass hinter jeder verdammten Ecke eine Enttäuschung oder Herzschmerz oder noch Schlimmeres auf sie warten würde. Um ihr ein Bein zu stellen wie kleine Kobolde. *»Oh, schau, Tessa ist glücklich! Lasst es uns ihr verderben. Für wen hält sie sich eigentlich, dass sie glücklich sein will?«* Das war das Stichwort für böses Gelächter.

Aber es waren nicht nur die elenden kleinen Kreaturen in ihrem Kopf, es war auch die Stimme ihrer Mutter, die sie verfolgte.

»Hör auf zu grinsen, Mädchen!«

»Sei still! Du machst mir Kopfschmerzen!«

»Fandst du diesen Witz wirklich lustig?«

»Geh jetzt und komm nicht zurück, bevor es dunkel ist.«

»Kein Wunder, dass dein Vater nicht in der Nähe sein will, ihr Kinder seid einfach zu laut.«

Zu laut.

Zu anspruchsvoll.

Zu ... alles. Es spielte keine Rolle, was es war, wenn es etwas mit ihrem Kind zu tun hatte, war es zu viel für Tammy. Sie war auch nicht schüchtern, diese Tatsache mit ihnen zu teilen.

Die Frau sollte nicht ein Kind haben, geschweige denn drei. Sie hatte sie nur aus einem bestimmten Grund bekommen, und dieser Grund war nicht der, der er hätte sein sollen. Der ursprüngliche Grund – tatsächlich Kinder zu wollen.

Sie sollten nicht als Mittel zur Manipulation benutzt werden.

»Babe, du warst ...« Er hob den Kopf und drehte ihn, um etwas in der Dunkelheit zu hören. »Fuck. Da kommt jemand«, sagte Easy leise. »Wir beenden das später.«

Sie krabbelten beide aus der Hängematte. Dabei blieb Tessa mit dem Fuß hängen und wäre fast mit dem Gesicht auf den Beton gestürzt. Easy fing sie gerade noch rechtzeitig auf und stellte sie wieder auf die Beine.

Sobald er ihren Arm losließ, richtete er seinen Ständer so aus, dass er nicht mehr so offensichtlich war, schnappte sich ihr vergessenes Bier und ging auf die andere Seite des nächsten Picknicktisches, wo er seinen Hintern auf die Tischplatte setzte. Er zog eine weitere Handgerollte heraus, zündete sie schnell an und nahm ein paar Züge, damit sie gleichmäßig brannte.

Diesmal war es kein Tabak.

Als Saylor Sekunden später aus der Dunkelheit auftauchte, sah Easy so aus, als hätte er die ganze Nacht dort gesessen und einen Joint und ein Bier genossen, so als ob das etwas Alltägliches wäre.

Saylors Blick glitt von Tessa zu Easy und wieder zurück. Ihre Augen verengten sich und sie stemmte die Hände in die

Hüften. »Was macht ihr zwei hier draußen?« Ihr Tonfall war ein wenig anklagend.

Verdammt. Sie und Saylor waren zwar enge, sogar beste Freundinnen, aber Tessa hatte ihr nicht erzählt, was zwischen ihr und Easy vor sich ging. Sie wollte wirklich nicht, dass es jemand wusste. So war es sicherer.

Sie wusste, dass Saylor nicht reden würde, aber trotzdem …

Der Sinn eines ›heimlichen Liebhabers‹ bestand darin, es geheim zu halten.

»Ich war auf dem Weg nach Hause, als ich Easy hier draußen allein sitzen sah. Ich habe ihm für ein paar Minuten Gesellschaft geleistet.«

Als Saylor auf ihn zukam und ihre Hand ausstreckte, reichte Easy ihr automatisch den Joint.

»Was machst du denn hier draußen?«, fragte Easy Revs Schwester, während sie zwei lange Züge von dem Joint nahm, bevor sie ihn zurückgab.

»Ich hab nach Tess gesucht. Cage sagte, sie sei in der Scheune.« Sie wandte sich an Tessa. »Hast du meine SMS nicht bekommen?«

Sie schüttelte den Kopf. »Ich habe nicht auf mein Handy geguckt.«

Saylors Augen verengten sich. »Wann schaust du denn nicht auf dein Handy?«

»Heute Abend anscheinend. Muss ich die SMS lesen oder willst du mir sagen, warum du mich suchst?«

»Cage hat gesagt, dass er heute Abend auf Dyna aufpasst. Cassie und Judge schauen sich zum millionsten Mal *Frozen* mit Daisy an, und ich werde mir das Trommelfell durchlöchern, wenn ich mir noch ein einziges Mal anhören muss, wie Elsa und Daisy *Let It Go* in Stereo singen. Ich glaube, Judge hat geräuschunterdrückende Ohrstöpsel auf und schaut heimlich etwas anderes auf seinem Handy an. Darin ist er ein Profi geworden.«

Easy schnaubte.

»Es kann nicht schlimmer sein, als wenn Dyna sich die Seele aus dem Leib schreit, weil ich versuche, den Sender zu wechseln. Glaube mir, ich weiß jetzt, wie ich im Schlaf zur Sesamstraße komme. Ich habe auch das ABC und das Zählen von den Muppets gelernt. Dem Teufel sei Dank für die Sesamstraße«, sagte Tessa trocken, »sonst wäre ich verloren und ungebildet.«

Rauch schoss aus Easys Nase, als er lachte. »Wie schön, wenn man Rotzlöffel hat.«

Saylor drehte sich wieder zu Tess um. »Also, wie auch immer … Wollen wir ins Pete's gehen, da wir beide die Nacht freihaben?«

»Wofür?«, fragte Easy.

Saylor warf ihm einen Blick zu, der nicht missverstanden werden konnte. »Was meinst du mit ›wofür‹? Was geht dich das an?« Saylor neigte den Kopf in Richtung Easy, aber sie schaute Tessa an und schnaufte: »Er will wissen, *wofür?*«

Vor ihren Augen verwandelte sich die lockere Art des Mannes schnell in ein *Alpha-Loch.* Ein Phänomen, das bei ihm nur selten zu beobachten war. »Es ist doch nur eine verdammte Frage, Saylor. Du musst nicht gleich so rumzicken.«

»Und du musst nicht so verdammt neugierig sein. Keiner von uns beiden trägt eine Kutte mit der Aufschrift ›Eigentum von‹. Das ist alles, was du wissen musst.«

»Ich …«

Saylors Handfläche schoss nach oben, als universelles ›Hör auf zu reden‹-Zeichen. »Nein. Das geht dich überhaupt nichts an.«

»Du …«

»Nein.« Sie schüttelte den Kopf. »Das hat nichts mit dir zu tun.«

»Ich bin …«

»Nein, bist du nicht«, unterbrach Saylor ihn wieder.

»Du weißt doch gar nicht, was zum Teufel ich sagen will!«, brüllte er.

Tessa zuckte zusammen und blickte sich schnell um, in der Hoffnung, dass sie nicht die Aufmerksamkeit der anderen auf sich zogen.

»Das brauchen wir nicht zu wissen, denn was auch immer es ist, es ist für dieses Gespräch nicht relevant.«

Die Spannung zwischen Easy und Saylor kroch Tessa das Rückgrat hinauf. Sie beschloss, dass sie sich besser einmischen sollte. »Es ist Karaoke-Abend.« Sie hoffte, dass das stimmte. »Apropos ›Eigentum von‹-Kutte: Geht Lee auch hin?«

»Nein. Sie ist wahrscheinlich gerade dabei, ein paar Eier ins Gesicht zu bekommen, aber Maddie hat gesagt, dass sie uns später nach ihrer Schicht im Motel treffen will.«

»Rev *teabagged* Lee?«, fragte Easy und klang nicht mehr sauer, sondern eher beeindruckt von dieser Information.

Saylor starrte Tessa an und verdrehte die Augen. »Männer. Sie lassen sich so leicht ablenken. Aber nein, heute Abend ist keine Karaoke, sondern ein Billardturnier. Also ... Frischfleisch.« Sie schenkte Tessa ein verschmitztes Lächeln, rieb ihre Hände aneinander und wackelte mit den Augenbrauen.

»Frischfleisch?«, fragte Easy und klang jetzt genervt.

Der arme Mann würde ein Schleudertrauma bekommen, wenn er all die Emotionen innerhalb von ein paar Minuten durchmachen würde.

Saylor seufzte, packte Tessa am Arm und begann, sie in Richtung *Cluburbia* zu ziehen.

Tessa blickte über ihre Schulter zurück und sah, dass Easy jetzt auf den Beinen war und beide Hände in die Hüften stemmte. Selbst in der Dunkelheit konnte sie erkennen, dass er alles andere als glücklich war.

Sie würde es später wiedergutmachen.

Aber bis dahin ... »Warum laden wir Brandy nicht ein, mit uns zu gehen?«

Saylor kam ins Stottern. »Brandy?«, wiederholte sie. »Was zum Teufel soll das?«

»Magst du sie nicht?«

»Ich mag sie sehr wohl, aber sie ist eine Sweet Butt.«

»Und?«

»Warum zum Teufel sollten wir eine Sweet Butt mitnehmen?«, fragte Saylor kopfschüttelnd und zerrte an Tessas Arm.

»Um nett zu sein?« Um sie von Easy wegzubringen? Oder damit Easy sich nicht rarmachen musste, nachdem er sie angelogen hatte, etwas für Trip zu tun?

Saylor blieb plötzlich stehen und drehte sich um, bis sie sich gegenüberstanden. »Wir haben noch nie eine Sweet Butt eingeladen. Warum jetzt? Was ist der wahre Grund? Spucks aus, Mädchen.«

»Ich habe es dir schon gesagt. Um nett zu sein.«

»Blödsinn. Wenn das stimmt, warum fragst du sie dann nicht alle?«

»Weil sie … Sie hat heute Abend niemanden, mit dem sie abhängen kann.«

Saylor blickte an Tessa vorbei auf den Pavillon. Stand Easy immer noch dort? Sie traute sich nicht, hinzusehen.

»Also … Du und Easy fickt, was?«

Scheiße. »Wie kommst du denn darauf?«

»So wie er sich in unsere Angelegenheiten eingemischt hat, als hätte er einen Grund dazu.«

»Die Jungs sind alle beschützend, das weißt du.«

»Er war auch hart.«

Doppelte Scheiße. »Du siehst Sachen …«

»Ja, seinen harten Schwanz.«

»Warum solltest du jemandem in den Schritt schauen?«

Saylor zuckte mit den Schultern. »Ich schaue jedem in den Schritt. Natürlich nicht auf den von Rev. Oder auf den von Judge. Aber allen anderen? Ist nur fair.«

Ist nur fair?

»Wenn sie auf unsere Titten starren, ist es nur fair, dass wir auf ihre Schwänze starren. Wenn sie unsere Größe beurteilen wollen, dann können wir auch ihre beurteilen. Aber dass ich mir seinen Ständer anschaue, ist nicht das Problem, Tess …«

Jetzt war Tessa an der Reihe, Saylor am Arm zu packen und sie weiter vom Pavillon wegzuziehen, bevor sie jemand belauschen konnte. Wie zum Beispiel Easy. »Es gibt kein Problem. Du nimmst an und liegst falsch.«

»Äh, was? Warum willst du es mir nicht erzählen?«

»Weil es nichts zu erzählen gibt.«

»Es wird viel mehr zu erzählen geben, wenn Trip Easy dabei erwischt, wie er dich hinter seinem Rücken fickt.«

»Dann ist es gut, dass wir nicht ficken.«

»Ich wurde nachts geboren, aber nicht letzte Nacht. Da du es mit Easy treibst, wirst du heute Abend im Pete's meine Wing-frau sein. So habe ich mehr Schwänze zur Auswahl.«

»Also, Brandy?«

Saylor seufzte. »Gut. Schick ihr eine SMS und lade sie ein, wenn du sie von deinem Mann fernhalten willst.«

»Er ist nicht mein Mann.«

»Noch nicht, aber wenn du nicht aufpasst, wird er schon bald dein Old Man sein. Wenn ich es herausfinde – und ich bin kein Detektiv –, dann werden es auch alle anderen herausfinden.«

Na toll.

Das war nicht das, was sie im Moment hören wollte.

Oder irgendwann.

* * *

IN DEN LETZTEN drei Wochen ließen sie den Sex ein paar Mal ausfallen, sprangen auf Easys neue Street 750 und fuhren mitten in der Nacht los.

Ein oder zwei Stunden lang fuhren sie aus der Stadt hinaus,

über kurvenreiche Nebenstraßen, rasten über Highways und fuhren durch geschlossene Nationalparks. Easy wählte jedes Mal eine andere Richtung.

Ein paar Mal hatte Easy angehalten und sie hatten seinen Schlitten ordentlich getauft. Tessa hätte nie gedacht, wie viel Spaß Sex auf einem Motorrad machen konnte. Zumindest, nachdem sie den Dreh erst einmal raushatten.

Sein neuer Schlitten war so viel schöner als sein alter. Den Stolz in seiner Stimme zu hören, wenn er über seine neue Harley sprach, brachte Tessa zum Lächeln.

Etwas, das Easy gerne sah.

Immer, wenn sie unterwegs waren, lief Tessa im Dunkeln die eine halbe Meile lange, gepflasterte Straße entlang, die durch *Cluburbia* führte, und traf Easy an der County Line Road, ein paar hundert Meter von Trips und Stellas Farmhaus entfernt. Sie achtete darauf, dass sie weit genug weg waren, damit niemand sie zusammen sehen konnte.

So weit, so gut.

Sie blieben vorsichtig, damit ihnen ihre Entscheidung nicht gestohlen und die Entscheidung eines anderen nicht in die Kehle gestopft wurde, woran sie beide ersticken könnten. Doch Cages vierwöchige Frist, um mit dem, was sie taten, aufzuhören oder reinen Tisch zu machen, lief bald ab.

Die Enge in ihrer Brust und das Aufstoßen ihres Magens sagten ihr, dass es noch zu früh war. Sie war noch nicht bereit für diese Entscheidung, denn beide Möglichkeiten waren zu extrem. Sie hatte kein Problem damit, die Verbindung, die sie und Easy hatten, weiter zu erforschen. Aber … wollte sie, dass sich jeder in ihre verdammten Angelegenheiten einmischte, während sie das taten? Auf keinen Fall.

Der Druck auf Easy, sie am Tisch für sich zu beanspruchen, würde in dem Moment beginnen, in dem sie die Wahrheit sagen würden …

Das könnte auch bedeuten, dass sie bei Cage und Jemma

ausziehen und aufhören müsste, eine Hausmaus zu sein. Sie war sich auch nicht sicher, ob sie das wollte. Sie hatte bei ihnen eine Aufgabe gefunden, als sie dachte, sie hätte gar keine mehr. Als sie den Gedanken nicht loswurde, dass sie nur auf die Erde gebracht worden war, um ihrer Mutter zu helfen, einen Mann zu fangen.

Sie wollte gewollt werden.

Geliebt für das, was sie war.

Sie wollte nicht mit einem Mann zusammen sein, der sie nicht liebte oder respektierte. So wie ihr Vater mit ihrer Mutter zusammen gewesen war. Sie wollte lieber allein sein, als mit dem falschen Mann zusammen zu sein.

Sie wollte Zeit haben, um herauszufinden, ob Easy der Richtige war.

Wenn Easy die Entscheidung ohne sie traf und zum Vorstand ging, um sie ohne ihre Zustimmung zu beanspruchen, hatte sie dann überhaupt das Recht, Nein zu sagen? Sie war sich nicht sicher. Das war in der Fury noch nicht vorgekommen, da alle Old Ladys der Schwesternschaft freiwillig in Anspruch genommen worden waren.

Was, wenn er sie beanspruchte und es sich als der größte Fehler in ihrem Leben herausstellte? Könnte sie ihn dann genauso leicht wieder loswerden? Wieder zur Hausmaus werden? Oder, wie sie befürchtete, wäre es so verdammt unangenehm und unkomfortabel, dass sie gar nicht in Manning Grove bleiben wollte? Dass sie wieder einmal obdachlos werden würde.

Es verging kein Tag und keine Nacht, in der sie nicht über die ganze Situation nachdachte. Sie war wie besessen davon. Sie schwankte hin und her mit ihrer Entscheidung. Sie war wie gelähmt vor Angst, die falsche Entscheidung zu treffen.

Während sie die ganze Zeit in Aufruhr war, wartete Easy geduldig mit seiner lockeren Art. Er hatte sie überhaupt nicht unter Druck gesetzt und das wusste sie zu schätzen.

Bevor sie auf die Farm kam, war es ihr scheißegal, was die Leute über sie dachten. Dann wurde sie ein Teil des Clubs. Es war ihr egal, ob sie ihre Mutter oder sogar ihren Vater enttäuscht hatte. Aber Trip? Cage? Jemma und Stella?

Sie zu enttäuschen, konnte Spuren hinterlassen. Nicht nur bei ihnen, sondern auch bei ihr selbst.

Sie kam auch zu der Überzeugung, dass die Enttäuschung des Mannes, an den sie sich klammerte, als sie durch die Nacht ritten, ebenfalls eine Spur hinterlassen könnte, die sie nicht auslöschen konnte.

Wenn sie Ja sagte, dass sie wollte, dass er mit Trip sprach oder sie sogar am Tisch beanspruchte, was dann?

Was war mit Dyna? Sie war ein Teil des Lebens des kleinen Mädchens, genauso wie seine Eltern. Sie half dabei, die Tochter von Cage und Jemma aufzuziehen, als wäre es ihre eigene Tochter.

Obwohl sie keinen gemeinsamen Blutstropfen hatten, liebte Tessa das kleine Mädchen bedingungslos und Dyna liebte sie zurück, ohne sie zu verurteilen. Eines Tages würde sich das höchstwahrscheinlich ändern. Irgendwann würde Dyna lernen, wie alle anderen auch, dass die Realität hässlich sein konnte.

Aber im Moment war Dyna nicht in der Lage, die harte Realität zu erkennen. Hoffentlich blieb sie, anders als Tessa, so lange wie möglich in dieser Blase.

Eines Tages könnte sie entdecken, dass ihre leibliche Mutter sie nicht gewollt hatte. Dass eine junge Amish-Frau sie in Dutch's Garage ausgesetzt hatte, damit ihr Vater sie finden konnte. Ein Vater, der nicht darauf vorbereitet war. Ein Vater, der überfordert war, es aber trotzdem schaffte, sich durchzuschlagen. Cage holte sich das Baby in der Sekunde, in der sein Bauchgefühl ihm sagte, dass sie ihm gehörte.

So sollten Väter sein. Sie geben ihren Kindern, ob geplant oder unerwartet, bedingungslose Liebe, egal wie die Umstände sind.

Auf der anderen Seite hoffte Tessa, dass Dyna erkennen würde, dass Jemma sie genug liebte, um als ihre Mutter einzuspringen, als ob sie selbst Cages Tochter zur Welt gebracht hatte. Dyna wurde geliebt, geschätzt und beschützt, anders als Tessa und Tucker es gewesen waren. Vielleicht sogar Trip.

Bedingungslose Liebe. Jeder wollte das Echte, es konnte nicht nur sie sein.

Liebe war zwar nur ein Wort, aber es konnte ein leeres Wort sein. Nur weil jemand es sagte, hieß das nicht immer, dass er es auch meinte.

Manchmal wurde es gesagt, um zu beschwichtigen. Manchmal war es eine komplette Lüge.

Manchmal wurde es als Waffe benutzt. Oder um Gas zu geben.

Also, ja, Tessa wollte das Echte.

Auf der Farm zu sein und die wahre Liebe zwischen den Fury-Paaren zu sehen, bewies, dass sie existierte.

Allein die Art, wie Sig Red ansah. Als ob er ohne sie nicht existieren konnte. Als ob die Sonne nie wieder aufgehen und der Vice-President in ewiger Dunkelheit versinken würde, wenn seine Old Lady, seine Seelenverwandte, nicht mehr in seinem Leben war.

Die Liebe zwischen ihnen war so verdammt intensiv, dass sie auf den Rest der Paare überschwappte.

Das war es, was sie wollte. Einen Mann, der sie ansah, als ginge die Sonne mit ihr auf und unter. Dass sie sein Ein und Alles war.

War Easy ›der Eine‹ für sie? Und wenn ja, hatte sie das aus Angst mental verdrängt?

Sie wünschte, sie hätte feste Antworten auf eine unklare Situation.

Trotzdem freute sie sich auf diese Fahrten mitten in der Nacht. Sie brauchten nicht zu reden und fuhren hauptsächlich einfach nur. Sie verbrachten diese Zeit einfach zusammen, körperlich und geistig verbunden … Sogar gefühlsmäßig.

Während sie auf dem Rücken seines Motorrads saß und sich an die Patches presste, die ihn teilweise ausmachten, konnte sie alles vergessen, was sie auf der Farm zurückgelassen hatten. Nicht nur ihre Pflichten, sondern auch die drohende Deadline.

Kaum noch eine Woche.

Nur noch Tage.

Stunden.

Minuten.

Als sie endlich den angehaltenen Atem freigab, wurde er vom Wind weggepeitscht.

Sie schloss die Augen, drückte ihre Wange gegen das warme, abgenutzte Leder, das seinen Rücken bedeckte, und zog ihren Griff um seine Taille fester. Sein Schlitten hatte eine Rückenlehne für den Beifahrer, aber sie benutzte sie nie. Sie zog es vor, sich fest an ihn zu klammern.

Das sollte ihr Zeichen sein.

Und die Tatsache, dass er eine Hand um ihre Wade gelegt hatte, wenn er sie nicht brauchte.

Er hielt sie fest. Sie hielt ihn. Und sie fuhren.

Nach der ersten Nacht auf seinem Schlitten freute sie sich auf zukünftige Fahrten genauso sehr wie auf den Sex mit ihm. Sie waren beide befriedigend und perfekt, um ihre Sorgen zu vergessen. Auch wenn es nur für kurze Zeit war.

Sein geschrienes »Fuck!« ließ ihre Augen aufblitzen.

Er konnte gerade noch einem Reh ausweichen, das aus dem Wald kam und die Straße überquerte. Ihr Herz blieb ihr im Hals stecken und ihre Finger gruben sich in seine Taille, als er fast die Kontrolle verlor. Wie ein Profi brachte er es schnell wieder in Ordnung und vermied es, den Schlitten auf den Asphalt zu schleudern.

Die Stelle, an der sie sich gerade befanden, war nicht weit von dem Berg entfernt, der früher als Hillbilly Hill bekannt war.

Jetzt, wo es keine Mitglieder der Guardians of Freedom mehr gab, brauchte er einen neuen Spitznamen.

Während die Shirleys keine Bedrohung mehr darstellten, waren die Rehe immer noch eine.

»Mein Gott, das war knapp!«, brüllte er über den lauten Auspuff. Er hatte die Harley verlangsamt und sein Herz musste genauso stark rasen wie ihres. »Wäre doch scheiße, wenn ich meinen neuen Schlitten zu Schrott fahre.«

Es wäre auch scheiße, wenn sie einen Unfall bauen würden.

Keiner von ihnen trug einen Helm, aber wenigstens trugen sie beide Jeans und Stiefel. Und bis das Wetter heißer wurde, hatte Tessa jedes Mal eine Lederjacke angezogen, wenn sie fuhren. Aber nichts davon würde sie vor einem zerschmetterten Schädel oder einem kaputten Gesicht schützen.

Easy fuhr nun langsam und suchte die Wälder auf beiden Seiten der Straße nach dem Rest der Herde ab, bevor er etwas mehr Gas gab, aber in dem dicht bewaldeten Gebiet immer noch unter dem Tempolimit blieb.

Er legte eine Hand um ihr Knie und drückte es. »Bist du okay?«

»Ja. Das war ganz schön knapp.« Zum Glück war er nicht rücksichtslos oder zu schnell gefahren. Sonst wäre er vielleicht von der Straße abgekommen und sie hätten sich beide schwer verletzen können. Nicht ein einziges Mal war er wie ein Arschloch mit seinem Schlitten gefahren, während sie hinten drauf gesessen hatte. Er tat so, als ob er eine wertvolle Fracht transportieren würde.

Vielleicht war sie für ihn genau das.

War das ein weiteres Zeichen? Machte sie sich wegen dieser Entscheidung mehr Stress, als sie sollte? Vielleicht lag die Antwort direkt vor ihrer Nase.

»Ohne Scheiß«, murmelte sie als Antwort.

Apropos Scheiße, Tessa würde ihr Höschen überprüfen, sobald sie zu Hause war.

»Vielleicht sollten wir zurückfahren«, schlug er vor. »Mein Gott, ich glaube, ich habe in diesen paar Sekunden ein paar Jahre meines Lebens verloren.«

Wahrscheinlich war es sowieso an der Zeit. Sie konnte auch ein paar Stunden Schlaf gebrauchen, bevor sie Dyna für den Tag wecken musste. Die langen Nächte hatten sie so sehr geschlaucht, dass sie sich wunderte, dass sie noch keine Brandwunden am Hintern hatte.

»Bist du bereit, zurückzufahren?« Er hatte seinen Kopf so weit gedreht, dass sie seine Frage mitbekommen konnte, bevor der Wind sie auch noch stahl.

»Klar, ich …«

Sie schnappte nach Luft, als das Motorrad erneut scharf ausscherte.

Zu ihrer Rechten sprang der Rest von Bambis Familie von der Böschung auf die Fahrbahn, wobei einige sich mühsam auf dem Asphalt halten mussten, während sie losrannten.

Easy tat sein Bestes, um keinen von ihnen zu treffen. Leider war sein Bestes nicht gut genug. Das Hinterrad rutschte zur Seite, als er bremste, um nicht mit einem der Rehe zusammenzustoßen, das nun nicht mehr rannte, sondern sie im Scheinwerferlicht des Motorrads anstarrte.

Sie schrie auf, als etwas von der Seite gegen sie beide prallte.

Die Harley begann zu stürzen und mit ihr auch sie.

❦ ❦ ❦

Tessa blinzelte.

»Beweg dich bloß nicht, Tess. Beweg dich verdammt noch mal nicht! Verdammter Mist!«

Trotz des Klingelns in ihren Ohren hörte sie ein Knirschen unter ihren Füßen.

Wo war sie?

Wie war sie dorthin gekommen?

Warum tat ihr jeder verdammte Zentimeter ihres Körpers weh? Warum hatte sie überhaupt in einer so ungünstigen Position geschlafen, die ihr stechende Schmerzen in den Arm trieb?

Als Easy aus der Dunkelheit kam und über ihr stand, wurde ihr klar, was passiert war.

Sie war nicht in ihrem Bett. Sie hatte nicht falsch geschlafen. Fuck, nein. Sie hatten einen Unfall gebaut.

Die Rehe hatten es verursacht.

Diese verdammten Rehe!

Verdammte Scheiße!

Easy hockte sich neben sie. Sie blinzelte mit den Augen, um die Unschärfe zu vertreiben, aber das half nicht viel. Ob verschwommen oder nicht, sie konnte das Blut auf seinem Gesicht sehen. Seine Jeans war zerrissen. Die Haut an seinem rechten Arm war blutig und aufgerissen, vielleicht fehlte sogar ein Stückchen Fleisch.

Ablederungswunden.

Sie hatte nur davon gehört, aber noch nie etwas davon gesehen.

Bis jetzt.

Sie hoffte, dass sie es nie wieder sehen würde.

»Bist du okay?«, fragte sie, als sie den Sauerstoff in ihren verbrauchten Lungen wieder auffüllen konnte.

»Ist doch egal. Was tut weh?« Er sah panisch aus. Sogar verängstigt.

Das war kein gutes Zeichen.

»Alles«, gab sie wahrheitsgemäß zu. In Gedanken untersuchte sie ihren Körper von Kopf bis Fuß und versuchte herauszufinden, was am meisten wehtat. »Mein Arm bringt mich um … Mein Kopf hämmert … Die Liste ist zu lang.« Hat sie auch gelallt?

»Ich habe den Notruf gewählt. Der Krankenwagen ist auf dem Weg. Rühr dich bloß nicht vom Fleck.«

Sie schluckte. »Du hättest nicht anrufen sollen. Alle werden es herausfinden …«

»Das ist mir scheißegal, Tess! Du bist verletzt. Du brauchst einen verdammten Krankenwagen.«

»Dein Motorrad.«

»Scheiß auf mein Motorrad.«

»Das Reh.«

»Scheiß auf das Reh. Vor allem auf das, das uns direkt gerammt und umgeworfen hat. Dem Teufel sei Dank wurdest du weit genug geschleudert, um dort zu landen, wo du gelandet bist, und nicht auf dem verdammten Bürgersteig.«

Wo war sie denn, wenn nicht auf der Straße?

Sie blinzelte und versuchte, ihren Kopf zu heben.

»Nicht bewegen«, befahl er.

»Du hast dich bewegt.«

»Weil ich nach dir sehen wollte.«

Schwindelanfälle überkamen sie und sie legte ihren Kopf schnell wieder auf den Boden. Ja, Boden. Jetzt wurde ihr klar, dass sie im Dreck oder im Gebüsch oder im Laub oder sonst wo gelandet war. Möglicherweise ein Graben.

»Du bist wichtiger als die Rehe oder mein Schlitten.«

War das ein weiteres Zeichen, dass er das zugab?

»Ich glaube, dein Arm ist verdammt noch mal gebrochen. Er sieht … falsch aus. Fuck!« Seine Haare hingen ihm jetzt lose ins Gesicht und sie konnte sogar im Dunkeln das Weiße seiner Augen sehen. Er riss das Bandana, das er über dem Mund trug, wenn er frei fuhr, von seinem Hals und drückte es sanft an ihre Schläfe. »Verdammt noch mal.«

Sie wackelte mit den Zehen in ihren Stiefeln. »Ich kann meine Zehen bewegen … und meine Finger.« Zumindest an der Hand, die mit dem Arm verbunden war, der nicht extrem schmerzte. Wenn sie wirklich gebrochen war, hoffte sie, dass sie nicht zersplittert war und es sich um einen sauberen Bruch handelte.

»Beweg dich nicht!«, rief er.

Sie zuckte zusammen. »Okay, schrei nicht so ... Davon bekomme ich nur noch mehr Kopfschmerzen.«

»Ja, du hast eine riesige verdammte Beule an der Seite.«

»Wo bist du gelandet?«

»Mitten auf der Straße, aber ich habe mich überschlagen, so gut ich konnte. Dem Teufel sei Dank hatte ich vor dem Aufprall gebremst. Wir sollten das verdammte Reh abschlachten.«

»Ist es tot?«

»Jetzt schon.«

Ihr Kopf schmerzte zu sehr, um zu verstehen, was das bedeutete. »Hilf ... mir, mich aufzusetzen.«

»Nein. Bleib liegen. Kannst du deinen Arm spüren? Nein, bewege ihn nicht. Es ist ... Es ist ...«

»Ist es schlimm?«

»Es ist nicht gut.«

»Oh Fuck. Trip ...«

»Fuck Trip!«

»Easy ...« Sie zischte, als ein stechender Schmerz durch ihren Arm und in ihre Schulter schoss. Sie riskierte einen Blick darauf.

Das hätte sie nicht tun sollen. Es sollte nicht so aussehen.

»Ja?«

Ihre Augen brannten und heiße Flüssigkeit trat aus den Augenwinkeln aus.

Weinte sie? Oder war es Blut? Hoffentlich war es Blut, denn Weinen half nicht.

»Heulst du etwa?« Warum klang er darüber mehr in Panik als über alles andere? Wie zum Beispiel ihr beschissener Arm.

»N-nein.« *Fuck!* Ihre Stimme war dicker als normal und verriet eindeutig, dass sie weinte und kurz davor war, wegen dieser hilflosen Situation und auch wegen des Zeitpunkts wie ein Baby zu flennen.

»Warum zum Teufel weinst du denn jetzt? Ich werde dir einen Grund zum Weinen geben, du undankbare Göre ...«

»Tess, wach auf!«

Sie zwang ihre Augen auf. »Ich bin wach.« Sie stöhnte gegen das Hämmern in ihrem Kopf an. Sogar ihre Augäpfel pulsierten.

Und, *verdammt*, das Klingeln. Es war so verdammt laut.

»Schlaf nicht ein. Du könntest eine Gehirnerschütterung haben.«

»Das werde ich nicht. Wie kann ich das bei diesen Schmerzen?«, zischte sie. Jetzt weinte sie auf jeden Fall, und mit jeder Sekunde, die verging, wurden die Schmerzen noch größer. Das lag wahrscheinlich daran, dass der Schock über das, was passiert war, langsam nachließ. In ihrem Kopf drehte sich alles, ihr Arm schmerzte und jeder Muskel in ihrem Körper begann zu krampfen.

Außerdem wurde ihr von dem Schwindelgefühl ganz übel.

Sie war kurz davor zu kotzen. Sie wollte nicht, dass Easy das sah. »Dreh dich weg«, rief sie. »Bitte!«

»Warum?«

»Fuck!« Allein konnte sie sich nicht umdrehen, sie brauchte seine Hilfe. »Hilf mir, mich umzudrehen.« Speichel floss ihr in den Mund. Sie wollte sich nicht vollkotzen. Das wäre nur das i-Tüpfelchen in diesem beschissenen Augenblick. »E, ich muss«, sie schluckte schwer, »kotzen.«

»Fuck.« Er ging in die Knie, um sie sanft auf die Seite zu rollen und versuchte, ihren gebrochenen Arm nicht zu sehr zu schütteln.

Aber jetzt war der Schmerz unerträglich und sie knirschte mit den Zähnen, aber nur so lange, bis der Inhalt ihres Magens aus ihr herausspuckte und auf den Boden spritzte.

Als sie fertig gewürgt hatte, flüsterte sie hilflos: »E ...« Als ob er ihr auf magische Weise das Unbehagen nehmen könnte.

Ihre Augen tränten vom Erbrechen, vom Weinen, von den unerträglichen Schmerzen und von dem Wissen, dass sie von

Trip erwischt werden würden. Wegen Easys Verletzungen. Wegen Easys neuem Schlitten, der wahrscheinlich irreparabel beschädigt war.

Wegen des verdammten, dummen, toten Rehs.

Für allem.

Allem.

Einfach allem.

Dann hörte sie sie in der Ferne. Sirenen.

Sie sah die blauen und roten Blinklichter, die von den umliegenden Bäumen zurückgeworfen wurden.

Sie hoffte, dass es ein Krankenwagen war.

Sie war enttäuscht, als die ersten Einsatzkräfte am Tatort Polizisten waren.

Die Chancen standen gut, dass einer von ihnen ein Bryson sein würde.

Die Chance, dass sie den Unfall geheim halten konnten, indem sie sich eine Geschichte ausdachten, wurde von sehr gering auf nicht existent reduziert.

13

»Es ist doch alles in Ordnung mit ihr, oder?«, fragte Easy Trip.

Sobald sein Präsident den Vorhang zurückgezogen hatte, um ihn beim Anziehen zu erwischen, schaltete Easys Arschloch in den Kein-Zugang-Status.

Er musste davon ausgehen, dass Matt Bryson, der als einer der Ersten vor Ort war, seine Cousine Jet kontaktiert hatte, die dann Trip kontaktierte. Vor allem, weil Tessa involviert war.

Sie waren aufgeflogen. Jetzt würde es nur noch um Schadensbegrenzung gehen.

Nachdem seine Wunden gesäubert und verbunden wurden, sagte ihm einer der Mitarbeiter der Notaufnahme, dass er gehen könnte.

Aber er würde nirgendwo ohne Tessa hingehen.

Es war ihm scheißegal, was die anderen sagten. Sie würden seinen Arsch aus dem Krankenhaus schleifen müssen, während er um sich treten und schreien würde, wenn er sie nicht sehen durfte, entweder durch das Personal oder durch Trip.

Er hatte alle seine Gliedmaßen. Irgendwie war nichts gebrochen. Der Arzt riet ihm, bei Bedarf ein paar verschriebene

Schmerzmittel einzunehmen, und gab ihm ein paar Muskelrela-xantien. Aber er würde heilen.

Er schätzte sich verdammt glücklich.

Er machte sich mehr Sorgen um Tessa.

Auch wenn sich sein Glück jetzt, nachdem ihr Bruder ange-kommen war, ändern sollte.

»Sie wird noch untersucht. Ein gebrochener Arm, den sie richten müssen. Ein paar Kratzer, Schnitte und Prellungen. Leichte Gehirnerschütterung. Das wird eine Zeit lang Schmerzen haben. Aber das gilt auch für dich.«

Easy ignorierte den letzten Teil, besonders bei der Art, wie der Fury-President es sagte. »Aber das ist alles?«

Trip zog eine Augenbraue hoch. »Reicht das nicht?«

Easy war dankbar, dass das erste verdammte Reh ihn dazu brachte, langsamer zu werden und genauer nach weiteren Ausschau zu halten. Die Regel lautete: Wenn eines da war, versteckten sich noch mehr.

Wenn er zu schnell gefahren wäre …

Wenn er nicht aufgepasst hätte …

Fuck, es hätte so viel schlimmer kommen können.

Er musste Tessa mit seinen eigenen Augen sehen. »Wo ist sie? Ich will sie sehen.«

Trip neigte den Kopf und seine Augen verengten sich. »Willst du das?«

Der President der Fury trug zwar seine typische Baseball-kappe, aber nicht seine Kutte, also nahm Easy an, dass er sofort aus dem Haus gestürmt war, als er von dem Unfall erfahren hatte.

Easy zog sich seine Kutte über das zerrissene und blutige T-Shirt. Als er fertig war, drehte er sich um und stand Auge in Auge mit Tessas Bruder. »Ja, das tue ich.«

»Diese Forderung kannst du nicht stellen. Denn ich kann mir nicht vorstellen, dass du meine Schwester hinter meinem Rücken fickst, oder?«

Obwohl er wusste, dass es nicht funktionieren würde, sagte er es trotzdem. »Sie hat nur um eine Mitfahrgelegenheit gebeten.«

Trips Mund zog sich fest zusammen. »Auf deinem Schlitten oder deinem Schwanz?«

»Trip …«

»Mitten in der verdammten Nacht?«

»Wir wollten nicht, dass alle reden.«

»Aha«, murmelte Trip, »ihr wolltet nicht, dass alle reden.« Die Hände in die Hüften gestemmt, ließ er den Kopf sinken und schüttelte ihn. »Blödsinn.« Er hob ihn wieder an, bis Easy seine dunklen Augen unter dem Schirm seiner Mütze sehen konnte. »Du hast dir Sorgen um das Gerede der anderen gemacht, anstatt dein verdammtes Maul aufzumachen und mit mir zu reden. Glaubst du, es hätte irgendjemanden interessiert, wenn du Tessa auf deinem neuen Schlitten mitgenommen hättest, wenn es nur das gewesen wäre? Lee ist mit so ziemlich jedem gefahren und niemand hat auch nur ein verdammtes Wort gesagt. Diese Ausrede ist also verdammter Blödsinn.«

Die Notaufnahme war nicht der richtige Ort, um dieses Gespräch zu führen, vor allem nicht bei Trips Temperament. Easy konnte sehen, dass es sich zuspitzte.

Trip drehte Easy den Rücken zu und seine Schultern hoben sich langsam, während er tief einatmete. Sobald sie sich ein wenig gesenkt und gelockert hatten, sagte er: »Nur damit du es weißt, Sig hat den Rollback genommen und ist losgezogen, um deinen Schlitten zu holen. Er wird ihn bei Dutch's Garage abliefern.«

Er wollte nicht über sein Motorrad sprechen. Im Moment war ihm sein Motorrad scheißegal, aber wenn es Trip im Krankenhaus vor einem Nervenzusammenbruch bewahrte, dann …

»Ein Totalschaden?«

»Du hast es nicht gesehen?«

»Ich war zu besorgt um Tessa.«

Trip drehte sich auf der Stelle, ein Muskel in seiner Wange zuckte. »Das hättest du auch sein sollen. Jetzt solltest du dir Sorgen um mich machen.« Er kippte sein Kinn etwas höher, schaute Easy in die Augen und sagte mit fester Stimme: »Gut, dass du den Absturz überlebt hast, denn jetzt darf ich dich selbst umbringen.«

* * *

»Das Wartezimmer ist überfüllt mit Ihrer Familie. Ich schicke ein paar rein, sobald wir Ihren Arm eingegipst haben. Zum Glück ist es ein glatter Bruch, der ohne Probleme heilen sollte, solange Sie die Anweisungen befolgen. Aber wenn alles andere in Ordnung ist, können Sie heute nach Hause gehen.«

Gut. Sie wollte nicht dort sein. Man hatte sie schon mit zu vielen Nadeln gestochen und sie komplett untersucht, einschließlich Röntgenaufnahmen. Neben dem gebrochenen Arm und der leichten Gehirnerschütterung würde sie zusätzlich zu den Schürfwunden auch noch einen Haufen blauer Flecken haben.

»Wir schicken Sie außerdem mit einer Schlinge für Ihren gebrochenen Arm nach Hause, da Ihre Rotatorenmanschette bei Ihrem Unfall überdehnt wurde. Sie haben wirklich Glück gehabt, Ms. Colby. Vor allem, weil Sie keinen Helm getragen haben. Sagen wir einfach, jemand hat auf Sie aufgepasst.«

Jemand anderes als Easy? Nein. Es waren Easys schnelle Reflexe, seine Erfahrung als Motorradfahrer und die Tatsache, dass er vor dem Zusammenstoß mit dem Reh abgebremst hatte, die sie beide vor schweren Verletzungen bewahrten.

»Haben Sie im Moment irgendwelche Krämpfe?«

Krämpfe? »Nein, aber ich bin steif und habe starke Schmerzen. Ich bin mir nicht sicher, ob das Tylenol ausreicht. Wie geht es Easy?«

Der Arzt starrte sie ausdruckslos an.

244

»Ethan …« *Fuck*, sie kannte nicht einmal seinen Nachnamen. Sie hatte auch nie einen Grund dazu. »Der Mann, der mit mir hergebracht wurde.«

»Er ist viel besser dran als Sie.«

Tessa bezweifelte das. Vielleicht war er bei dem Unfall ohne Knochenbrüche davongekommen, aber sobald Trip zwei und zwei zusammenzählte, würde sich das höchstwahrscheinlich ändern.

Nein, Easy würde nicht ohne Folgen aus diesem Unglück herauskommen.

»Okay, so sieht der Plan aus. Zuerst legen wir Ihnen den Gips an, dann wird Sie jemand in den dritten Stock zum Ultraschall fahren.«

»Eine Ultraschalluntersuchung meines Kopfes? Mir wurde bereits gesagt, dass die Gehirnerschütterung leicht ist.«

Der Arzt sah sie komisch an. »Das ist sie. Aber die Ultraschalluntersuchung ist nicht für Ihren Kopf … Sie ist für das Baby.«

Tessa blinzelte. »Welches Baby? Wir hatten kein Baby dabei.«

Er zog die Stirn in Falten. Sie konnte ziemlich sicher sein, dass ihre auch so aussah.

Er rückte näher an ihr Bett und seine Verwirrung verwandelte sich in Besorgnis. »Sie wussten es nicht?«

»Wussten …«

»Dass Sie schwanger sind.«

Sie hatte sich eindeutig den Kopf gestoßen. Entweder war sie aufgrund ihrer Kopfverletzung sehr verwirrt oder der Arzt. »Nein, das ist unmöglich. Ich bin nicht schwanger.«

»Ihr Blutbild sagt etwas anderes.«

Ihr Puls begann in ihrem Hals und in ihren Ohren zu pochen. »Dann haben Sie das von jemand anderem mit meinem verwechselt.« Ein einfacher, aber unglücklicher Fehler.

Der Arzt griff nach ihrer Akte, überprüfte sie und griff dann nach ihrem Arm, um die Daten auf ihrem Armband zu überprüfen.

Tessa riss ihren guten Arm aus seinem Griff.

»Ich nehme an, dass diese Schwangerschaft nicht geplant war. Die meisten Frauen machen sich nach einem Unfall zuerst Sorgen um das Baby. Ich fand es seltsam, dass Sie nicht ein einziges Mal gefragt haben.«

»Warum sollte ich nach etwas fragen, das es gar nicht gibt?«, beharrte sie.

»Nur weil Sie nicht wollen, dass es eins gibt, muss es nicht wahr sein. Wir werden eine Untersuchung und einen Ultraschall machen, um sicherzustellen, dass es kein unmittelbares Problem mit dem Fötus gibt, aber ich empfehle Ihnen dringend, einen Termin bei Ihrem Gynäkologen zu machen. Nicht nur für eine Nachuntersuchung, sondern auch, um Sie auf pränatale Vitamine und alles andere, was Sie für Ihre Schwangerschaft brauchen, vorzubereiten.«

Tessa starrte den Mann mit dem MD hinter seinem Namen an. Er schien ganz normal zu sein. »Sie irren sich. Ich kann nicht schwanger sein.«

Beide dunklen Augenbrauen zogen die Stirn des Arztes hoch. »Sind Sie sexuell aktiv?« Er stieß einen Atemzug aus. »Mit jemandem, der Sperma produzieren kann. Ich will nicht annehmen, dass …«

Tessa blinzelte.

War das ein kranker Scherz?

Oder war sie bei dem Unfall gestorben und saß nun in einer Art Fegefeuer fest?

Der Arzt wartete nicht auf ihre Antwort. »Falls Sie es sind, dann ja, Sie können. Und sind es auch. Wie gesagt, ich rate Ihnen, so schnell wie möglich einen Termin bei Ihrem Gynäkologen zu vereinbaren.«

»Hat Easy Sie dazu gebracht, mir einen Streich zu spielen?«

Der Arzt runzelte die Stirn. »Easy?«

Sie seufzte. »Ethan.«

Er kratzte sich mit dem Daumennagel über die Stirn. »Richtig, der Herr, mit dem Sie den Unfall hatten. Nein, ich hatte noch keine Gelegenheit, mit ihm zu sprechen, da er von einem anderen Arzt behandelt wurde. Mit einer Schwangerschaft ist nicht zu scherzen, Ms. Colby. Schon gar nicht mit einer, die möglicherweise gefährdet ist.«

»Gefährdet«, murmelte Tessa.

»Weil Sie vom Motorrad gestürzt sind. Ist er der Vater?«

»Ich weiß nicht …« Sie kaute auf ihrer Unterlippe.

Wie war das alles nur möglich? Das konnte nicht richtig sein. Nichts davon konnte richtig sein. Sie haben sich immer geschützt. Jedes verdammte Mal. Nur um diese verdammte Sache zu vermeiden!

»War es einvernehmlich?«

Moment mal. Was? »War was einvernehmlich? Schwanger zu werden? Fuck, nein!«

Dem Arzt blieb kurz der Mund offen stehen, dann klappte er zu. »Ich meinte Geschlechtsverkehr mit dem Vater des Babys.«

»Warum fragen Sie das?«

»Nun, Sie haben sehr deutlich gemacht, dass es sich um eine ungeplante Schwangerschaft handelt. Bevor ich Sie entlasse, möchte ich sicherstellen, dass alles in Ordnung ist. Mit Ihnen. Mit Ihrer Situation. Wir haben Leute, mit denen Sie reden können …«

»Nichts ist in Ordnung!«, unterbrach sie ihn. »Wir haben nicht nur Easys neuen Schlitten zu Schrott gefahren, sondern ich habe gerade herausgefunden, dass ich schw… Ich trage ei…« Einen potenziellen Parasiten in sich.

»Aber er hat Sie nicht gezwungen, richtig? Sie fühlen sich bei ihm sicher?«

Sie starrte den Mann mit dem weißen Kittel an. Meinte er es

ernst? »Das habe ich. Aber offenbar bin ich in der Nähe seines bionischen Spermas nicht sicher.«

Der Arzt räusperte sich. »In Ordnung. Nun … Lassen Sie uns Ihren Arm richten und dann können wir weitersehen.«

»Werden Sie es ihnen sagen?«

»Ihnen?«

»Den Leuten im Wartezimmer.«

Bitte sagen Sie Nein. Bitte sagen Sie Nein.

Der Arzt rückte seine Brille zurecht und sah sehr unbehaglich aus. Wenn sich jemand unwohl fühlen sollte, dann sie. »Nein. Nur wenn Sie mir die Erlaubnis geben.«

»Nein!« Sie zuckte zusammen, als ihr Kopf noch stärker pochte. »Nein, das will ich nicht. Sagen Sie kein Wort. Sie müssen es geheim halten, richtig? So eine Art Arzt-Patienten-Privileg?«

»Sicher. Ich muss es niemandem sagen, aber es wird nicht lange dauern, bis es offensichtlich wird. Das heißt, solange die Schwangerschaft noch existenzfähig bleibt. Wenn man so von einem Motorrad geschleudert wird und dann auch noch auf dem Boden aufschlägt … Ich sage Ihnen jetzt, dass es möglich ist, dass Sie den Fötus verlieren.«

»Das ist also ein guter Grund, es geheim zu halten. Für den Fall, dass das passiert. Für den Fall, dass ich ihn verliere …«

»Ich denke schon. Für den Moment, aber …« Er stieß einen leisen Seufzer aus. »Ms. Colby … ich schlage vor, dass Sie mit Ihrem Gynäkologen sprechen, nicht nur, um zu erfahren, wie weit Sie sind, sondern auch, damit Sie und Ihr Arzt Ihre Möglichkeiten besprechen können, falls diese Schwangerschaft ungewollt ist.«

Na toll. Ihre Gynäkologin war Carly Bryson. Alle Fury-Frauen gingen zu ihr. So wie sie alle zu Teddy Bryson wegen ihrer Haare gingen. Die Schwesternschaft war einfach konsequent.

Trotzdem wäre Carly verpflichtet, es auch geheim zu halten,

oder? Wenn ja, dann sollte Tessa sicher sein, dass es niemand erfuhr, bis sie das alles verkraftete. Bis sie herausfand, was ihre nächsten Schritte sein würden.

»Tut mir leid, dass ich so schockiert bin. Ich dachte, Sie wüssten es bereits, denn ich schätze, Sie sind schon ein paar Wochen schwanger.«

Ein paar? »Das wusste ich nicht.«

»Wann hatten Sie denn das letzte Mal Ihre Periode?«

Sie dachte zurück und schüttelte den Kopf. »Ich weiß es nicht. Sie waren nie regelmäßig, aber … Wir haben Gummis benutzt.«

»Gummis?«

»Kondome. Jedes verdammte Mal.«

»Aber Sie haben keine andere Form der Verhütung benutzt?«

»Nein.«

»Leider sind Kondome nicht hundertprozentig wirksam. Vor allem, wenn sie reißen oder undicht sind. Wie bei jeder anderen Verhütungsmethode kann es auch bei ihnen zu Fehlern kommen. Sie verringern das Risiko, aber nicht vollständig.«

Was Sie nicht sagen.

Sie war der lebende Beweis dafür.

So wie Dyna.

Ah, Fuck. Dyna. Sie war das perfekte Beispiel dafür, wie Gummis versagten. Und, *verdammt noch mal*, Tessa kümmerte sich jeden verdammten Tag um ein Kind, das durch ein Kondomversagen entstanden war.

Wie konnte sie nur so verdammt dumm sein?

Das bewies, dass die Sweet Butts so viel schlauer waren als sie. Sie verhüteten nicht nur, sondern zwangen die Jungs auch, Kondome zu benutzen.

Obwohl die meisten der Bruderschaft sie sowieso aus anderen Gründen als der Verhütung von Babys benutzen würden. Es war also keine Überzeugungsarbeit nötig.

»Eine der Krankenschwestern wird Sie für den Gipsverband vorbereiten, und wenn das erledigt ist, komme ich mit dem Orthopäden zurück, um Sie zu versorgen. Wir kriegen Sie im Handumdrehen wieder hin.«

Der Orthopäde konnte ihr größtes Problem nicht beheben. Und das war anscheinend nicht der gebrochene Arm.

Sie zwang den Kloß in ihrem Hals hinunter.

Trip würde sie umbringen, falls er es herausfand.

Nicht nur Trip.

Auf keinen Fall. Trip wäre nicht der Einzige, der sauer wäre. Aber von allen wäre er derjenige, der am meisten enttäuscht wäre.

Er wäre auch derjenige, dem man am wenigsten gegenübertreten könnte.

Nein, das war nicht richtig.

Am schwierigsten wäre es, sich dem Mann zu stellen, dessen DNA die Hälfte des ungebetenen Gastes ausmachte, der sich mit seinen Fingernägeln an ihrer Gebärmutter festklammerte.

Fuck.

Fuck!

Fuck!

Nein, sie konnte es niemandem sagen. Noch nicht.

Der Arzt hielt inne, als er den Raum verließ, obwohl er aussah, als wolle er gleich losrennen. »Nochmals, es tut mir leid für die unerwarteten Neuigkeiten.« Er verschwand durch die zugezogenen Vorhänge.

Tessa schloss ihre Augen und flüsterte: »Mir auch.«

Fuuuuuuuck.

* * *

»WENN SIE KRÄMPFE oder Blutungen haben, die über eine leichte Schmierblutung hinausgehen, kommen Sie sofort in die Notaufnahme zurück. Befolgen Sie die Anweisungen des Arztes für Ihren Arm. Vereinbaren Sie so bald wie möglich einen Nachsorgetermin mit Ihrem Gynäkologen und einem Orthopäden. Wenn Sie Schmerzen haben, nehmen Sie Paracetamol. Nehmen Sie kein Ibuprofen oder etwas Stärkeres. Diese Anweisungen und wie Sie Ihren Gipsverband pflegen sollen, erhalten Sie mit Ihren Entlassungspapieren. Warten Sie hier, während ich diese vorbereite, damit wir Sie hier rausbringen können. Sie sind sicher bereit, nach Hause zu gehen. Es war eine lange Nacht für Sie und Ihren Freund.«

Sie war mehr als bereit. Sie wollte nach Hause gehen, ins Bett klettern und sich die Decke über den Kopf ziehen.

Wenn sie einmal dort war, wollte sie nie wieder weg.

Als die Krankenschwester sich durch die geschlossenen Vorhänge schob, drängte sich jemand herein.

Sie erwartete Trip. Sie hatte ihn nur ein paar Sekunden lang gesehen, bevor man sie für die Ultraschalluntersuchung nach unten rollte. Sie hatten zu diesem Zeitpunkt noch keine Gelegenheit gehabt, sich zu unterhalten, aber sie konnte an seinem Gesichtsausdruck erkennen, dass er viel zu sagen hatte.

Aber die Person, die sich durch den Vorhang zwängte, war nicht Trip. Es war Jemma.

Cages Old Lady hatte dunkle Halbkreise unter den Augen und trug einen besorgten Gesichtsausdruck. Sie trat zu Tessa, die in ihren schmutzigen Kleidern auf dem Rand des Krankenhausbettes saß. Jem drückte die Schulter ihres unversehrten Arms. »Geht es dir gut?«

Das war eine schwierige Frage. Atmete sie noch? Ja. Ging es ihr gut? Weit davon entfernt. »Wo ist Dyna?«

»Im Wartezimmer bei Chris. Sie schläft gerade in seinen Armen und wir wollten sie nicht stören, weil wir sie mitten in der Nacht geweckt haben.« Jemma verdrehte die Augen zu Tessa.

»Tut mir leid.«

»Nicht so sehr, wie es Easy tun wird, Tess.«

Tessa war an dem Tag, an dem Cage eine Runde mit Judge und dem Punisher *gespielt* hatte, noch nicht in Manning Grove angekommen. Aber Jemma war rechtzeitig aufgetaucht, um den Schaden zu sehen. Sie hatte Tess auch ein Bild von Cage gezeigt, auf dem er nur in Boxershorts zu sehen war, mit all den blauen Flecken, die er hinterher hatte.

Es war hässlich gewesen und das wünschte sie niemandem. »Es ist nicht seine Schuld.«

»Was, der Unfall?«

»Alles.«

Jem ließ ihre Schulter los und trat einen Schritt zurück. »Chris sagte, du hättest dich heimlich mit ihm getroffen. Dass ihr beide … miteinander geschlafen habt. Wie konnte ich das nur verpassen?«

Die Enttäuschung war deutlich in ihrer Stimme zu hören, aber es bewies, dass Cage ihr Geheimnis für sich behalten hatte. Zumindest so lange, bis er es nicht mehr konnte.

»Hat er dir das gesagt?«

»Wolltest du, dass er mich anlügt? Es war schon schlimm genug, dass ich es deswegen herausfinden musste. Du hättest sterben können, Tess. Oder gelähmt sein. Oder … verdammt, ein verdammtes Glied verlieren können. Du weißt gar nicht, wie viel Glück du hast, dass du nur eine leichte Gehirnerschütterung und einen gebrochenen Arm hast. Nichts Bleibendes.«

Nichts Bleibendes.

Etwas möglicherweise Bleibendes wuchs in ihr heran.

Vielleicht konnte Jemma ihr helfen, die Dinge zu klären. Würde sie verständnisvoll sein? »Jem …«

Jemma hob fragend eine einzelne dunkle Augenbraue.

Mist. Sie konnte es Jem nicht sagen. Wenn sie es täte, würde es real werden. Im Moment war es das nicht und sie wollte, dass es so lange wie möglich so blieb. Zumindest so lange, bis sie sich mit Carly treffen und ihre Entscheidungen durchgehen konnte. »Nichts.«

Und wie der Arzt gesagt hatte, könnte die Wucht des Aufpralls immer noch eine Fehlgeburt verursachen. Sie wollte nicht, dass sich alle über ein Baby aufregten, das vielleicht nie zur Welt kam. Das würde alles nur noch schlimmer machen.

Die Situation von Easy war schon schlimm genug. Aber die Schwester des Presidents schwängern?

Trip würde wie Godzilla in einer ahnungslosen japanischen Stadt randalieren. Easy würde am meisten darunter leiden.

»Du weißt, dass du mit mir über alles reden kannst, oder?«, fragte Jem leise. »Über alles. Das habe ich dir schon einmal gesagt. Heute ist es nicht anders.«

Tessa nickte.

»Wir sind eine Familie, Tess. Nicht nur die Fury-Familie, sondern auch Chris, ich, du und Dyna sind eine Familieneinheit.«

Ihre verdammten Augen brannten schon wieder und sie weinte sonst nie. Hatte sie einen Nervenzusammenbruch?

Wahrscheinlich.

»Wo ist er?«

»Wer? Trip?«

Nein, ihr Bruder war der letzte Mensch, den sie im Moment sehen wollte. »Easy.«

»Judge hat ihn auf die Farm gebracht.«

Er ist zurück zur Farm gegangen, ohne vorher nach ihr zu sehen?

Vielleicht war das das wichtigste Zeichen von allen.

14

Easy stöhnte, als er steif die Treppe hinaufstieg. Alles tat weh. Er schwor, dass sogar seine Wimpern wehtaten. Es tat weh, zu blinzeln, zu sprechen, zu atmen, ja sogar zu denken.

Er freute sich nicht auf diese ›Notfall‹-Vorstandssitzung, die nur ihm zu Ehren abgehalten wurde.

Er hatte es versaut. Das war keine Frage.

Er wusste, dass er für dieses Risiko bezahlen musste.

Heute war diese Zahlung fällig.

Bevor Judge ihn gestern Morgen aus dem Krankenhaus holte, hatte Easy verlangt, Tessa zu sehen. Diese Forderung stieß auf taube Ohren. Ihm wurde gesagt, dass er keinen Einfluss darauf hat, was mit ihm oder Tessa passierte. Er fühlte sich noch nie in seinem verdammten Leben so machtlos, außer während seiner vier Jahre im Gefängnis.

Als der Sergeant at Arms ihn den Krankenhausflur entlangeskortierte, hielt Judge an einem einigermaßen privaten Wartezimmer an. Easy war überrascht, wie voll es war. Nicht mit den Familien der anderen Patienten, sondern mit seinen eigenen Brüdern.

Das bedeutete auch, dass jetzt jeder über ihn und Tessa Bescheid wusste. Das Geheimnis war nicht länger ein solches.

Trip starrte ihn von der anderen Seite des Raumes an, als er mit über der Brust verschränkten Armen und tief gezogener schwarzer Baseballkappe an der Wand lehnte. Leider war Stella nicht da, um den Mann zu beruhigen. Sie war wahrscheinlich mit Rush zu Hause geblieben.

Er entdeckte auch Sig ohne Red.

Als Easy den Raum betrachtete, bemerkte er, dass keine der Old Ladys da war. Aber Cage saß auf einem der Stühle und seine Tochter schlief an seiner Brust. Das konnte bedeuten, dass Jemma irgendwo im Krankenhaus war.

»Ist Jem bei Tessa?«, rief Easy ihm zu.

Ob Cage antwortete oder nicht, konnte er nicht mit Sicherheit sagen, denn aus den Augenwinkeln sah er, wie Trip sich von der Wand abstieß und in seine Richtung ging.

Easy war sich ziemlich sicher, dass Trip ihm eine Tracht Prügel verpassen wollte, als er vorhin in den Untersuchungsraum gekommen war, aber ausnahmsweise hielt er sich zurück. Wahrscheinlich, weil sie sich in einem Krankenhaus befanden, in dem es zu viele Zeugen und ein paar Sicherheitsbeamte gab. Selbst von der anderen Seite des Raumes aus konnte Easy sehen, wie der Kiefer des Presidents immer noch zuckte und seine Finger immer noch in den Handflächen verschränkt waren, als er um die besetzten Stühle herumging.

Ja, der Mann kämpfte darum, nicht völlig durchzudrehen.

Wahrscheinlich war das auch der Grund, warum Trip, sobald er gesagt hatte: »Gut, dass du den Absturz überlebt hast, denn jetzt darf ich dich selbst umbringen«, auf den Stiefelabsätzen kehrt gemacht hatte und hinausgegangen war.

Trip benutzte regelmäßig den schweren Sandsack in dem zum Fitnessstudio umfunktionierten Schuppen. Sein Marinekamerad und Dirty Angel Slade war gekommen, um ihm und

Sig das Boxen beizubringen, damit sie ihre Wut abbauen konnten, wenn sie aufbrausend waren.

Easy hatte gesehen, wie hart Trip den verdammten Sack schlagen konnte. Er hatte auch gesehen, wie gut der Mann mit dem Sandsack umgehen konnte.

Er hatte gehofft, dass sich Tessas Bruder in den zehn Minuten, die zwischen Trips Verlassen des abgeschlossenen Bereichs und dem jetzigen Zeitpunkt lagen, ein wenig beruhigt hatte.

Anscheinend hatte er das nicht. Als Trip auf ihn zukam, sah Easy sein Leben vor seinen Augen aufblitzen. Er hatte den verdammten Sturz überlebt, aber jetzt wünschte er sich für den Bruchteil einer Sekunde, er hätte es nicht getan.

»Ihr zwei hättet sterben können, verdammt. Oder ihr wärt so am Arsch gewesen, dass ihr euch gewünscht hättet, ihr wärt tot.« Trip knurrte, stellte sich ihm gegenüber und fixierte seinen harten Blick mit dem von Easy. »So wollte ich nicht herausfinden, dass du meine Schwester gefickt hast. Wenn du nicht gerade verletzt wärst, würde ich dir auf der Stelle in den Arsch treten, wo du stehst. Du weißt, wie die Scheiße in diesem Club läuft. So läuft es nicht.« Wie er es immer tat, riss Trip seine Kappe vom Kopf und fuhr sich mit den Fingern durch das Haar.

Easy hielt Trips Blick stand. Er würde seinen Mann stehen und einem daraus resultierenden Konflikt nicht ausweichen. Er würde nicht versuchen, sich vor dem zu drücken, was auf ihn zukam. Und wenn es nicht der Tod wäre, würde er nicht dagegen ankämpfen, was auch immer es war. Nein, er würde Trips Entscheidung, mit diesem Verrat umzugehen, wie ein verdammter Mann hinnehmen.

»Heute Abend hattest du Glück, aber dein Glück hat dich gerade verlassen.« Ohne auf eine Antwort von Easy zu warten, setzte der President seine Kappe wieder auf und wandte sich an Judge. »Schafft ihn hier raus und bringt ihn nach Hause.« Er blickte Easy wieder mit dunklen, gefährlichen Augen an.

»Trip ...«, begann er, aber er wusste, dass er es mit Worten nicht besser machen würde. Nicht nur, dass er das Vertrauen des Presidents missbraucht hatte, dieser Verrat hatte auch dazu geführt, dass seine Schwester verletzt wurde.

Der President schüttelte den Kopf. »Wir lassen dich wissen, wann wir deinen Arsch vor den Vorstand bringen werden. In der Zwischenzeit ist Tessa tabu für dich.« Er beugte sich vor, bis der Schirm seiner Baseballkappe gegen Easys Stirn stieß. Er senkte seine Stimme so weit, dass niemand außer Easy und Judge ihn hören konnte. »Kein verdammter Kontakt. Kein Reden, keine SMS und kein Ficken. Wenn du damit ein Problem hast, dann packst du deinen Scheiß zusammen, gibst Judge deine Kutte und verziehst dich woanders hin als auf die Farm. Nichts davon ist verhandelbar. Hast du mich verstanden?«

Fuck. »Ja«, hauchte Easy und verkniff sich jedes weitere Wort, das die Situation nicht verbessern würde.

»Wenn ich herausfinde, dass du mich immer noch hintergehst, wirst du dir wünschen, du wärst bei dem Unfall gestorben, denn das wäre viel einfacher gewesen als das, was ich mit dir machen werde.« Trip richtete sich auf und wies mit dem Kinn auf den Korridor hinter Easy. »Und jetzt geh.« Offenbar war er noch nicht fertig. Bevor Easy sich zum Gehen umdrehen konnte, warnte Trip: »Easy, wenn du bleibst, will ich deinen Arsch erst wieder sehen, wenn er vor dem Vorstand steht.«

Easy nickte, drehte sich ohne ein weiteres Wort um und folgte Judge aus dem Warteraum und aus dem Krankenhaus.

Es dauerte nicht lange, bis der Vorstand eine Sitzung einberief und ihn dann nach oben beorderte. Nur etwas mehr als vierundzwanzig Stunden.

Einerseits war er erleichtert, dass sie es nicht aufgeschoben hatten, denn außer an Tessa konnte Easy an nichts anderes denken. Andererseits war er noch nicht bereit, den Offizieren am Tisch gegenüberzutreten. Auf jeden Fall wollte er das, was auf ihn zukam, so schnell wie möglich hinter sich bringen, anstatt sich von dem Unbekannten auffressen zu lassen.

Das Krankenhaus hatte ihm zwar Muskelrelaxantien und einige Schmerzmittel mit nach Hause gegeben, aber sie halfen nur ein wenig gegen die Beschwerden und die Steifheit, aber nicht annähernd genug. Trotzdem hatte er seit heute Morgen, als er erfuhr, dass er heute Abend diese Treppe hinaufgehen würde, keine mehr genommen, weil er einen klaren Kopf behalten musste.

Oben an der Treppe hielt er inne und blickte auf die geschlossene Tür. Hinter dem dicken Holz hörte er ein Stimmengemurmel, aber er konnte die Worte nicht verstehen. Das war wahrscheinlich auch besser so.

Mit einem tiefen, schmerzhaften Einatmen schob er sich hinein und ging ins Ungewisse.

Hauptsächlich hatte er eine Vorstellung davon, was ihn erwarten würde. Aber während Cage nicht mit einem Regelverstoß davongekommen war – er hatte in mehr als einer Hinsicht dafür bezahlt –, war es bei Rev anders. Der Unterschied war, dass Reilly nicht wegen Trip, sondern wegen Reese auf der »Nicht anfassen«-Liste stand. Das allein war schon ein großer Unterschied.

Es war Trip, der die von Cage gebrochene Regel aufgestellt hatte, sich nicht mit den Amish anzulegen, da die Arbeitsbeziehung, die er mit ihnen hatte, äußerst wichtig war. Trip war es auch, der seine eigene Schwester auf diese Liste setzte.

Da er das wusste, konnte Easy erahnen, was der Vorstand von ihm verlangen würde.

Das Begleichen seiner Schuld. Entweder, indem man ihm seine Farben abnahm oder er ein Date mit dem Punisher hatte.

Die Wahrheit war, dass er alles tun würde, um nicht nur seine Farben, sondern auch um Tessa zu behalten. Das hatte er bereits beschlossen, ganz gleich, was heute Abend am Tisch gesagt wurde.

Er würde nicht gegen seine Strafe kämpfen, sondern für sie.

Mehrere Augenpaare waren auf ihn gerichtet, als er an das

Ende des Tisches gegenüber von Trip trat. Das Ende, an dem nur jemand saß, wenn man nach oben gerufen wurde, um vor die Clubleitung zu treten – wie Easy es gerade tat. Wenn es dort einen Stuhl gäbe, würde man ihn als den heißen Stuhl bezeichnen. Da es keinen gab, musste man dort stehen, bis sie mit einem fertig waren. Egal, wie lange es dauerte.

Der President saß am Kopfende des Tisches auf dem ursprünglichen Stuhl, auf dem sein Vater gesessen hatte, als er President gewesen war. Heute Abend sah Trip wie ein verdammter König auf seinem Thron aus.

An den beiden Seiten des Tisches saß der Vice-President zu seiner Rechten und der Sergeant at Arms zu seiner Linken. Die restlichen Plätze wurden von Ozzy, Deacon und Cage besetzt.

Cage war der Einzige, der ihn nicht anstarrte. Stattdessen konzentrierte er sich auf das geschnitzte Blood Fury Abzeichen in der Mitte des Tisches.

Das machte Easy nicht gerade glücklich.

Die längste Zeit sagte niemand ein Wort und das ließ seine Haut jucken.

Jemand musste das Wort ergreifen, damit sie die ganze Sache hinter sich bringen konnten, aber da er nicht im Vorstand saß, war er sich nicht sicher, wer zuerst sprechen sollte. Das Beste, was er tun konnte, war, den Mund zu halten und alles hinzunehmen, was jetzt geschah.

Judge brach das Schweigen, indem er verkündete: »Der Mann hat eine Regel gebrochen«, als ob das nicht schon jeder im Raum wusste.

»Er hat mehr als nur eine Regel gebrochen«, murmelte Trip.

»Soll ich ihn dem Punisher vorstellen?«, fragte Judge.

Dieser Austausch war nur Show, denn es war unmöglich, dass sie das nicht schon besprochen hatten, bevor Easy die Treppe hinaufkam. Das war nur eine weitere Möglichkeit, ihn zu quälen.

Sie hatten Rev verarscht, als er mit Reilly erwischt wurde.

Aber Rev hatte Glück, dass sie ihn verschont hatten. Easy wusste, dass er nicht erwarten konnte, dass Trip das, was zwischen ihm und seiner Schwester passiert war, einfach so hinnehmen und es auf sich beruhen lassen würde.

Als Antwort auf Judge schüttelte Trip den Kopf.

Deacon fragte: »Willst du ihm das durchgehen lassen?«, und Easy überlegte, ob Deke nur so tat, oder ob er wirklich von Trips Antwort überrascht war.

»Fuck, nein. Ich kümmere mich darum«, antwortete Trip und hielt seinen Blick auf Easy gerichtet, der sich nicht sicher war, ob der Mann schon geblinzelt hatte. »Der gehört mir.«

In Wahrheit war es ihm lieber, wenn der mürrische grüne Riese die Keule schwang. Judge hegte keinen persönlichen Groll gegen ihn, so wie Trip es im Moment tat.

»Hör gut zu«, begann Trip und seine Stimme dröhnte über den Tisch wie die geraden Rohre einer Harley. »Du hast eine von zwei Möglichkeiten. Ich überlasse es dir, dich zu entscheiden. Die erste ist, dass dir deine Farben abgenommen werden. Und du weißt, was das bedeutet. Du verlierst nicht nur deine Patches. Du müsstest die Farben auf deinem Rücken übertätowieren lassen, oder wir könnten sie für dich entfernen. Die zweite Möglichkeit ist eine Runde mit dem Punisher. Natürlich wird beides wehtun. Wir werden sehen, wo deine Loyalität liegt, denn du hast bewiesen, dass du es vergessen hast.«

»Du sagst zwei, aber das ist nicht wahr«, sagte Easy.

Trips Augenbrauen schossen in die Höhe und er neigte den Kopf. »Nein?«

»Ich schwöre, ich habe gehört, dass unser President dir zwei Möglichkeiten gegeben hat, Bruder«, sagte Ozzy.

Easy schüttelte den Kopf. »Nein. Ich habe nur eine. Die andere würde ich nie in Betracht ziehen.«

Trip strich sich mit einer Hand über den Bart. »Dann lass es uns hören.«

»Ich werde meine Farben niemals freiwillig aufgeben. Du

müsstest mir meine Kutte aus meinen kalten, toten Fingern reißen. Du müsstest mir den Rücken mit einem Schneidbrenner abfackeln. Ich lebe und atme für die Fury. Ich werde als Fury sterben und du wirst mich mit meiner Kutte begraben müssen.« Er holte tief Luft und rezitierte: »›Für unsere Brüder leben und sterben wir.‹ Das bedeutet etwas für mich.«

»Als du deinen President verraten hast, hast du dich aber nicht so verhalten«, erinnerte ihn Judge. »Für unsere Brüder *leben* und sterben wir. Das bedeutet, dass wir uns gegenseitig den Rücken freihalten. Wir stechen nicht mit einem Messer rein.«

»Verdammte Scheiße, E«, knurrte Sig. »Du hattest Zugang zu mehr als genug Sweet Butts. Du hattest Zugang zu so vielen verschiedenen Weibern. Jede, nur nicht die Schwester deines President, du dummer Wichser.«

»Du hast recht, ich bin ein dummer Wichser.« Easys Blick sprang vom Vice-President zurück zu Trip. »Aber mir tut nichts leid, was passiert ist, abgesehen davon, dass Tessa verletzt wurde. Wenn wir alle unsere Fehler im Leben ungeschehen machen könnten, sähe unser Leben verdammt anders aus.«

Trips Kinn hob sich und sein Mund verzog sich. »Du sagst, meine Schwester ist ein Fehler?«

»Tessa ist kein Fehler. Wie wir damit umgegangen sind, schon. Ich kann es nicht rückgängig machen und will es auch nicht. Die Wahrheit ist, dass das, was zwischen uns war, niemanden außer uns etwas angeht. Ich weiß, dass du das nicht hören willst. Ich weiß, dass du das nicht glaubst. Wie wir alle wissen, ist es ein Segen und ein verdammter Fluch, Teil dieses Clubs zu sein. Wir passen zwar alle aufeinander auf, aber manchmal mischen wir uns zu sehr in die Angelegenheiten der anderen ein und das kann verdammt erdrückend sein. Ich wollte dich aus Respekt mit dir sprechen. Das Problem war, dass sie mich gebeten hat, es nicht zu tun. Auch das musste ich respektieren. Ich musste mich entscheiden, ob ich dich und den Club über sie oder sie über den Club stellen sollte.«

Als Tessa anfing, ihre nächtlichen Besuche zu machen, hätte Easy zweifellos seinen Club und seine Bruderschaft über sie gestellt. Im Laufe der Wochen änderte sich das. Er war sich nicht bewusst, wann das geschah, es geschah einfach.

Wie andere MCs mit der Mentalität ›Bruder vor Luder‹ umgehen, war ihm ein Rätsel, aber seinen Brüdern war zwar der Club wichtig, aber auch ihre Frauen. Ihre Loyalität zu ihren Frauen war nicht geringer als die zu ihrer Bruderschaft.

Er war sich verdammt sicher, dass jeder, der an diesem Tisch saß, wenn er die Wahl hätte, eher seine Farben aufgeben würde als seine Old Lady. Jeder Einzelne, verdammt.

Das Problem in seinem Fall war, dass Tessa nicht seine Old Lady war. Wenn Easy die Sache so gehandhabt hätte, wie es normal gewesen wäre, dann wäre das alles kein Problem gewesen. Trip hätte ihnen vielleicht seinen Segen gegeben.

»Du stellst deinen Schwanz über den Club.«

»Darum geht es nicht, Prez.«

»Nein? Ich weiß, wie du bist, E.«

Er würde zugeben, dass er früher jede Frau gefickt hätte, die es wert war, gefickt zu werden. Das war einer der Vorteile, wenn man keine Old Lady oder eine Fickfreundschaft hatte. Ein Vorteil, den er ausnutzte. Aber er war bei Weitem nicht der Einzige, der sich so verhalten hatte.

»Ja. Das ist mir klar. Aber ich bin nicht der Einzige, der so war.« Easys Augen glitten von Sig zu Deacon, von Cage zu Ozzy. »Wir müssen die Details nicht noch einmal durchgehen. Wir alle kennen die Geschichte.«

»Ja, und deswegen haben Sig und Cage eine ordentliche Tracht Prügel bezogen. Ozzy und Deke waren nur Nutten mit Schwänzen.«

»Das sehe ich ähnlich«, grummelte Ozzy. »Es ist nichts

falsch daran, eine männliche Hure zu sein, es sei denn, du steckst deinen Schwanz in die falsche Muschi.«

Mit geblähten Nasenflügeln holte Trip am anderen Ende des Tisches hörbar Luft.

»Du bist keine Hilfe, Arschloch«, sagte Cage leise.

»Sollte ich etwa helfen?«, fragte Ozzy mit zusammengezogenen Augenbrauen. »Jemand hat vergessen, es mir zu sagen.«

»Warum bist du immer noch Secretary, wenn du dir nicht mal Notizen machst?«, fragte Cage ihn, diesmal laut und deutlich.

»Ich soll mir Notizen machen? Mir wurde gesagt, ich solle eine verdammte Stelle besetzen. Ich fülle sie aus.«

»Ja, und du hast eine Stimme. Ich nicht und ich mache mehr als du.«

»Du planst die verdammten Clubfahrten. Wie verdammt schwer ist das? Jeden zweiten Sonntag. So. Ich habe deinen verdammten Job gemacht. Er ist erledigt. Wenn du willst, dass ich einen Filzstift hole und ein großes X auf dem Kalender markiere, dann kann ich auch das noch machen.«

Trip stand auf, griff sich denselben Hammer, den sein Vater Buck benutzt hatte, und schlug ihn so fest auf den Tisch, dass Easy überrascht war, dass er nicht zersplitterte. »Genug! Heilige Scheiße!« Er riss sich das Cap vom Kopf und schleuderte es über den Tisch.

Besser das als der Hammer.

Ozzy lehnte sich in seinem Stuhl zurück und grinste. Cage lehnte sich in seinem Stuhl zurück und starrte den Original über den Tisch hinweg an.

»Ich weiß nicht, wie Shay es mit deinem Arsch aushält«, sagte Deacon kopfschüttelnd.

»Das liegt an der Zunge«, Ozzy wackelte mit der Zunge zwischen zwei Fingern, die er zu einem V geformt hatte, »und an den Fickhüftschwung.« Er wippte mit den Hüften in seinem Stuhl. »Meine Frau hat es gut.«

»Du hast es gut, Arschloch«, korrigierte ihn Judge. »Vergiss das besser nie. Sobald du das tust, wird ihr Arsch aus der Tür sein.«

Ozzy zuckte mit den Schultern und grinste.

»Du vergisst, dass wir alle an diesem Tisch saßen, nachdem sie deinen Arsch verlassen hat. Wir erinnern uns«, erinnerte Deacon Oz und tippte sich mit dem Zeigefinger an die Schläfe. »Sie braucht dich nicht. Du brauchst sie.«

»Reese braucht dich auch nicht«, brummte Ozzy und verschränkte die Arme vor der Brust.

Trip seufzte laut und schüttelte den Kopf. »Ich wünschte, ich wäre jetzt im Haus, um mich um Rushs explosiven Durchfall zu kümmern, anstatt mich mit euch allen herumzuschlagen.«

Deacon stöhnte. »Danke, dass ich diesen Albtraum noch einmal durchleben muss.«

»Gilt auch für mich«, sagte Cage, der ein wenig grün im Gesicht war.

»Danke, dass du mich daran erinnerst, worauf ich mich freuen kann«, murmelte Judge. »Das letzte Mal, dass ich mit einem Säugling zu tun hatte, ist über einundzwanzig Jahre her.«

Easy konnte es nicht fassen, dass zwischen seinem ersten und seinem letzten Baby ein so großer Altersunterschied lag. *Zur Hölle*, für Judge und Cassie könnte ihre jetzige Schwangerschaft nicht die letzte sein auch wenn sich Cassie nicht zu einer weiteren verpflichtet hat, bis das Kind in ihrem Bauch zuerst ausgetragen wurde.

»Je mehr Babys ihr bekommt und je mehr Horrorgeschichten ich höre, desto besser sieht es aus, wenn ich mir die Eier abschneiden lasse«, verkündete Ozzy.

Alle Augen richteten sich auf ihn.

»Shay will keine Kinder?« Trips Stirn war tief gesunken.

»Es wäre gut, wenn du dich kastrieren lässt«, sagte Cage zu Ozzy.

Hatten sie alle vergessen, dass Easy immer noch dastand

und darauf wartete, zu erfahren, wie es weiterging? Er war nicht nach oben gekommen, um über Babys und explodierende Windeln zu reden. Das stand heute nicht auf der Tagesordnung. Oder an irgendeinem anderen Tag. Aber Ozzy hatte recht. Wenn er einige der Horrorgeschichten über Babys und Kindererziehung hörte, dachte er darüber nach, nie Kinder zu bekommen. Viele Menschen waren glücklich, kinderlos zu sein. Er könnte zu dieser Gruppe gehören. »Soll ich zurückkommen?«

Alle Köpfe drehten sich zu ihm um.

»Nein«, antwortete Trip. »Lasst uns das verdammt noch mal erledigen. Der Nächste, der vom Thema ablenkt, kriegt den Hammer an den Kopf. Ich habe euch gewarnt.«

Judge neigte den Kopf nach unten und kratzte sich am Bart, wahrscheinlich um seine Belustigung zu verbergen.

Weder Justice noch Jury waren heute Abend mit Judge oder Deacon unterwegs. Diese amerikanischen Bulldoggen waren ihre ständigen Begleiter. Und so wie Red Sig und Stella Trip berührte, hatte das Streicheln von Jury die gleiche Wirkung auf Judge, wenn er die Fassung verlor. Aus diesem Grund hatte er seinen Hund immer in Reichweite. Jetzt nicht mehr so oft. Die Hunde blieben zu Hause, um die Familien von Deke und Judge zu schützen.

Trip klatschte einmal kräftig, um die Aufmerksamkeit aller wieder auf sich zu lenken. »Der Arzt hat mir gesagt, dass du in ein paar Wochen größtenteils geheilt sein wirst. Ich gebe dir also zwei Wochen Zeit. Dann ...«

Easy wartete und das Grauen bahnte sich seinen Weg von seinem Bauch bis zu seiner Brust.

»Dann wirst du wieder Schmerzen haben«, beendete Judge.

Großartig. Zwei verdammte Wochen lang musste er damit rechnen, dass Trip ihn verprügelte. Er würde alle Muskelrelaxantien und Schmerzmittel für diese besondere Gelegenheit aufsparen müssen.

»Du kannst das verdammte X im Kalender markieren«, informierte Cage Ozzy.

Sig schnaubte. »Er muss sich erst eingestehen, dass er eine Lesebrille braucht, damit er es ankreuzen kann. Deshalb macht er sich auch keine Notizen.«

Easy blickte nicht auf den Original, um dessen Reaktion zu sehen, sondern konzentrierte sich auf den President. Er nickte, als ob er eine andere verdammte Wahl gehabt hätte. »Zwei Wochen.«

»Halt dich von Tessa fern, E. Sonst warten wir die zwei Wochen nicht ab und ich benutze die blauen Flecken, die du schon hast, als Zielscheibe. Hast du mich verstanden?«

»Ja, aber …«

»Es gibt kein ›Aber‹«, bellte Judge. »Dein President hat dir einen verdammten Befehl gegeben. Du befolgst ihn. Wenn du ihn nicht befolgst, wird das Konsequenzen haben. Wir haben dich deine Strafe selbst aussuchen lassen. Nächstes Mal werden wir das nicht tun.«

»Tessa …«

»Nein«, unterbrach ihn Trip. »Sie hat mit der Diskussion gar nichts zu tun. Wenn du deine Verabredung mit dem Punisher überlebst und mit mir danach auf die richtige Art und Weise reden willst, dann können wir darüber reden. *Möglicherweise. Keine Garantie.«* Er wandte sich an Cage. »Wenn sie sich rausschleicht, sagst du mir Bescheid.«

Cage wandte seinen Blick von Trip zu Easy und dann wieder zu Trip. »Ich sollte nicht den Babysitter für eine erwachsene Frau spielen, Bruder.«

»Du solltest auch nicht den Befehl deines President infrage stellen«, erinnerte ihn Judge.

Nach ein paar Sekunden nickte Cage zögernd. »Ja, okay. Ich werde dir Bescheid sagen, wenn sie sich wieder rausschleicht.« Mit einem Stirnrunzeln zog Cage eine Augenbraue hoch, um Easy eine unausgesprochene Botschaft zu übermitteln. Der

Mann mochte es nicht, ein Verräter zu sein, und das war es, wozu Trip ihn zwang.

Trip richtete seine Aufmerksamkeit wieder auf Easy. »Wenn sie zu dir kommt, schickst du sie weg. Zur Hölle, du schickst sie zu mir. Ich kümmere mich um sie, wenn du nicht willst.«

Easy würde das nie tun. Aber wenn es zu seiner Strafe gehörte, sich die nächsten Wochen von Tessa fernzuhalten, würde er damit klarkommen. Es war wichtig, dass sie sich beide eine Weile an die Regeln hielten.

Vielleicht konnten sie aus dem Negativen etwas Positives machen, indem sie diese zwei Wochen nutzten, um herauszufinden, wie es weitergehen sollte. Um den Kopf frei zu bekommen und sich über ihre Zukunft klar zu werden. Also ja, er würde Trip diese zwei Wochen geben, denn damit würde er auch Tessa diese Zeit geben.

Vielleicht würde es nur diese zwei Wochen dauern, bis sie herausfand, dass sie nicht zusammen sein sollten. Dass der Sex das Einzige war, was sie zusammenhielt.

Dass sie gar keine richtige Beziehung hatten.

Ja, genau. Wenn sie keine echte Beziehung hätten, wären sie nicht in ihrer jetzigen Situation.

»In Ordnung«, sagte Trip. »Markiere den verdammten Kalender, von dem du ständig redest, Oz. Heute in zwei Wochen. Judge, keine Frauen, keine Kinder, aber alle anderen? Die werden sich das anschauen, wie damals, als Cage dem Punisher zum ersten Mal begegnete.«

»Das erste Mal?« Cage wiederholte das. »Das erste und letzte Mal, erzähl keinen Scheiß.«

»Mach keine Versprechen, die du nicht halten kannst«, sagte Deacon und lachte.

»Reese hat wahrscheinlich einen Knüppel auf ihrem Nachttisch liegen und bearbeitet seinen Arsch damit jede Nacht, bis er sich unterwirft«, sagte Ozzy.

»Sie bearbeitet nur meinen Schwanz.«

Judge stöhnte über die jugendliche Antwort seines Cousins. Ozzy stieß ein Lachen aus und Trip schüttelte nur den Kopf.

»Sind wir hier fertig?« Sig war nicht amüsiert. »Ich habe Besseres zu tun.«

»Weiß nicht. Ich wäre lieber hier, als mich mit drei kleinen Kindern unter fünf Jahren herumzuschlagen«, sagte Ozzy kopf-schüttelnd. »Viel Glück, Bruder, ich bin nur froh, dass ich es nicht bin.«

»Sind wir fertig?«, fragte Judge Trip.

Der President nickte. »Ja. Sonst fange ich an, diese Idioten mit dem Hammer zu verprügeln.« Er schlug den Hammer auf den Tisch. »Die Sitzung ist vertagt.«

Gleichzeitig standen die Offiziere auf, und Easy war sich nicht sicher, ob er warten oder gehen sollte.

Trip umrundete den Tisch und blieb Kopf an Kopf mit Easy stehen. »Mach dich die nächsten paar Wochen rar. Ich will dich nicht sehen.« Er warf einen Blick auf Cage, der sich zurückhielt, während alle anderen zur Tür gingen. »Sag Tess, dass ich sie auch nicht sehen will. In der Zwischenzeit müssen wir alle viel nachdenken. Ich hoffe nur, dass ich dich nicht so sehr umbringen will wie jetzt, wenn es vorbei ist. Es ist mehr als großzügig, dich in der Zwischenzeit heilen zu lassen. Du solltest es zu schätzen wissen.«

»Ja, Bruder, das tue ich.«

»Ich bin nicht dein Bruder, Easy. Nicht heute. Und morgen auch nicht. Es wird eine Weile dauern, bis ich dir wieder vertraue.«

Diese Worte taten ihm mehr weh als die Verletzungen seines Unfalls, aber er nickte und akzeptierte sie trotzdem. »Verstanden.«

»Ja, nun … Ich dachte, du hättest die Regeln auch verstan-den.« Mit diesen Worten drehte sich Trip auf den Fersen und folgte Sig aus dem Besprechungsraum und die Treppe hinunter.

Easy wartete ein paar Augenblicke, bevor er den gleichen

Weg einschlug und überlegte, wie er seinem President aus dem Weg gehen konnte, da sie auf demselben Grundstück wohnten.

Zum Glück war Trip seit der Geburt von Rush nicht mehr so oft in der Scheune unterwegs wie früher. Wenn er nicht gerade Reparaturen durchführte, im Pete's aushalf oder ins Fitnessstudio ging, verbrachte er so viel Zeit wie möglich damit, sich um seinen Sohn zu kümmern. Er wollte ein besserer Vater sein als sein eigener und würde alles tun, was nötig war, um das zu erreichen.

»Yo«, rief Cage und hielt Easy auf, als dieser sich auf den Weg machte.

Er blickte über seine Schulter zurück und sah, wie Cage den Kopf schüttelte, sodass Easy wieder zu dem Ort zurückkehrte, an dem der Road Captain seinen Hintern gegen den Tisch lehnte. Sein Bruder hatte die Arme über der Brust verschränkt, seine braunen Augen waren beunruhigt und sein Mund angespannt.

»Ich muss nicht wissen, wie ätzend das sein wird, Bruder. Ich weiß es schon. Auch wenn Judge den verdammten Knüppel mit einer gehörigen Portion Zurückhaltung geschwungen hat, habe ich dich danach gesehen und werde es nicht so schnell vergessen. Aber, *verdammt noch mal*, ich bin mir ziemlich sicher, dass Trip sich nicht so zurückhalten wird, wie Judge es tat.«

Cage schüttelte den Kopf. »Darum geht es nicht.«

»Was dann?«

»Dein Schlitten.«

Easy schloss die Augen und stellte sich seinen Schlitten an dem Tag vor, als er und Shade ihn in Jersey abgeholt hatten. Er war wunderschön. Perfekt. Er schnurrte wie eine zufriedene Löwin mit einem vollen Bauch. Es war sein Traummotorrad gewesen. Jetzt hatte er keine Ahnung, wie groß der Schaden war. »Ist es ein Totalschaden?«

»Nein. Du hattest Glück. Bei einem Frontalzusammenstoß wäre es viel schlimmer gewesen. Für dich, Tessa und den verdammten Schlitten. Aber wie du hat er nur ein paar Schrammen abbekommen. Alles, womit Whip umgehen kann. Für die Karosserie schlage ich vor, dass du sie ins Shadow Valley bringst, damit sie sie reparieren. Das wird nicht billig werden. Ich hoffe, du bist gut versichert.«

»Ja.« Dem Teufel sei Dank war er das. Ausnahmsweise hatte er eine gute Wahl getroffen und eine Vollkaskoversicherung abgeschlossen, da das Motorrad praktisch neu war. Die Versicherung würde zwar nicht alle Reparaturen abdecken, aber sie würde die Reparaturen machbar machen. Im Moment musste es nur funktionstüchtig sein, nicht schön.

»Du wirst eine Weile nicht fahren können«, warnte der Road Captain, »denn Whip will nach Feierabend daran arbeiten, und zwar kostenlos, nur mit Ersatzteilen.«

»Darüber mache ich mir im Moment keine Sorgen.«

Cage blickte kurz auf die offene Tür zum Besprechungsraum. »Ihr geht es gut, Bruder. Sie wird heilen. Ihr zwei habt verdammtes Glück gehabt. Wenn das, was Trip dir antut, das Schlimmste ist, was dabei herauskommt, wird es dir gut gehen.«

»Sag mir das nach meiner Deckenparty.«

»Ich hoffe, er benutzt eine Decke. Du würdest nicht denken, dass es einen Unterschied macht, aber ich schwöre, es macht einen. Alles, um den verdammten Schlag zu mildern. Heb dir ein paar von den Muskelrelaxantien auf, falls der Arzt dir keine neue Packung gegeben hat. Ich verspreche dir, du wirst sie brauchen.«

»Toll«, murmelte Easy. »Kannst du ihr etwas ausrichten?«

»Du hast schon genug Mist gebaut. Willst du das auch noch auf die Liste setzen?«

»Es ist nur eine Nachricht.«

»Ja? Dann schick ihr eine SMS, denn ich habe es satt, inmitten eures Misthaufens festzustecken.«

»Ich dachte, sie hätte ihr Handy bei dem Unfall verloren?«

»Das hat sie«, bestätigte Cage. »Jemma hat ihr heute Morgen auf dem Weg zur Arbeit ein neues besorgt.«

»Dieselbe Nummer?«

Cage nickte nur. »Dieselbe Nummer.«

»Ich nehme an, du wirst das nicht verraten.«

»Sehe ich wie ein Verräter aus?« Cage sah beleidigt aus.

»Nein. Ich weiß, dass du keiner bist, weil du genauso im Knast warst wie ich. Du hast gelernt, wegzuschauen und deine Klappe zu halten.«

Cage nickte wieder. »Ich habe einen Haufen mehr Zeit als du abgesessen, also kenne ich diese Lektion nur zu gut. Aber ich sage dir, sie wird sich in den nächsten zwei Wochen nicht davonschleichen. Das garantiere ich. Lass die Dinge sich mit Trip beruhigen. Finde heraus, was du willst. Das werde ich ihr auch sagen. Wenn ihr Bruder dich verprügelt hat, kannst du dich entscheiden, ob du das willst. Wenn nicht, lass Tessa gehen. Sie hat ein Zuhause bei uns. Sie passt perfekt zu uns. Dyna liebt sie. Und verdammt noch mal, ich will sie auf keinen Fall verlieren.« Er beugte sich vor und stupste Easy gegen die Brust. »Versau das nicht, E.«

Leider hatte er es schon in mehr als einer Hinsicht vermasselt. Jetzt musste er nur noch einen Weg finden, es wieder in Ordnung zu bringen.

Und das nicht nur mit Tessas Bruder.

15

Die Haut unter ihrem Gipsverband juckte höllisch. Sie hörte auf, die Schlinge zu tragen, damit sie sich nicht so verdammt hilflos fühlte. Ihre blauen Flecken nahmen hässliche Schattierungen an und ließen sie aussehen, als hätte jemand den Punisher an ihr ausprobiert.

Sie hatte immer noch Schmerzen. Dass sie nur Paracetamol einnehmen durfte, half nicht so sehr, wie sie sich erhofft hatte. Sie überlegte, ob sie nicht doch etwas Stärkeres nehmen sollte.

Aber sie konnte nicht. Sie wollte nicht.

Sosehr sie auch immer noch unter Schock stand, dass sie schwanger war, jedes Mal, wenn sie daran dachte, wie sehr sie dieses Baby nicht wollte, wie sehr sie nicht bereit für dieses Baby war, wurde sie von Schuldgefühlen geplagt.

Aus diesem Grund tat sie, was der Arzt angeordnet hatte.

Jemma war überrascht gewesen, dass der Arzt Tessa keine Muskelrelaxantien und stärkere Schmerzmittel verschrieben hatte, so wie bei Easy.

Tessa konnte ihr nicht die Wahrheit sagen. Noch nicht. Vielleicht auch nie.

Vielleicht musste sie es auch gar nicht. In den letzten Tagen hatte sie leichte Schmierblutungen gehabt.

Sie wollte vermeiden, dass sich alle über ihre ungewollte Schwangerschaft aufregten, falls das Baby sowieso nicht kommen würde. Sie wollte auf keinen Fall, dass Trip es vor Easys Date mit dem Punisher erfuhr. Easy würde es vielleicht nicht überleben.

Die ganze Situation brachte ihren ohnehin schon angeschlagenen Magen zum Drehen. Sie fühlte sich so verdammt hilflos und wusste nicht, wie sie mit all dem umgehen sollte.

Seit dem Unfall vor ein paar Tagen kam sie nur noch in die Scheune, wenn sie wusste, dass Easy bei der Arbeit sein würde. Sie wollte Trip nicht noch mehr verärgern. Sie hatte schon genug Schaden angerichtet, da wollte sie nicht noch mehr anrichten.

Aber die Wahrheit war, dass sie Easy vermisste.

Überraschenderweise so viel mehr, als sie es für möglich gehalten hatte.

Sie wollte ihn sehen.

Ihn berühren.

Seine Stimme hören.

Seine Berührung spüren.

Aber sie sagte sich, dass es nur zwei Wochen waren. Sie konnte das tun. Für Easy.

Zwei Wochen waren im Grunde genommen gar nichts.

Da Jemma ihren regulären freien Tag hatte, konnte Tessa ohne Dyna frische Lebensmittel und andere Dinge besorgen, die die Amish regelmäßig in der Küche der Schlafbaracke vorrätig hielten.

Jemma hatte ihr sogar eine Liste ausgehändigt, als ob Tess in den örtlichen Lebensmittelladen gehen würde.

Alles, was sie wollte, war Käse. Sie war nie ein Fan davon gewesen, bis sie den selbst gemachten Käse der Amish probiert hatte. In letzter Zeit – wenn sie überhaupt Hunger hatte, was nicht oft der Fall war – war er das einzige Essen, nach dem sie sich sehnte.

Jetzt, da sie wusste, dass sie schwanger war, machte dieses Verlangen irgendwie Sinn.

Mit der Hand an der Schwingtür, die in die Küche der Schlafbaracke führte, hielt sie inne, als sie eine weibliche Stimme hörte, die nach Angel klang. »Hast du gehört, dass sie schwanger ist?«

Oh Fuck ...

Oh Fuck, oh Fuck, oh Fuck.

Wie haben sie es herausgefunden? Niemand sollte es wissen und genau aus diesem Grund hatte sie es absichtlich niemandem erzählt!

Das heftige Pochen ihres Herzschlags ließ ihren Puls so stark hämmern, dass er scheinbar alles versuchte, um ihrem Hals zu entkommen.

Nach einem kurzen Blick in den Korridor, um sicherzugehen, dass er noch leer war und niemand sie beim Lauschen erwischen würde, schob sie die Schwingtür vorsichtig weiter auf, in der Hoffnung, dass sie nicht quietschte, und drückte sich mit dem Rücken dagegen.

»Wer ist schwanger?«, fragte Crystal.

Tessa konnte von dort aus nicht sehen, wer alles in der Küche war. Sie drehte ihren Kopf, damit sie die Antwort der Sweet Butt besser hören konnte, trotz des Klingelns in ihren Ohren.

»Liz«, sagte Angel mit einem Seufzer.

Erleichtert beugte sich Tessa vor und stieß einen langen, aber leisen Atemzug aus, um zu versuchen, ihren Blutdruck wieder zu normalisieren. Zumindest einigermaßen.

»All diese Babys und Schwangerschaften, ich schwöre, ich bekomme das Babyfieber.«

Ihr Kopf, der an den Knien herunterhing, half nicht gegen die ständigen Kopfschmerzen, die sie von der leichten Gehirnerschütterung hatte. Als sie sich wieder aufrichtete, unterdrückte sie ein Stöhnen und musste sich fester an der Tür festhalten, um den Kreislauf in ihrem pochenden Schädel zu bremsen.

»Behalte das Fieber für dich«, warnte Amber Angel.

»Babyfieber ist eine Sache, schwanger zu werden eine andere. Schwangerschaftsstreifen, geschwollene Titten, dicker Arsch und ein wachsender Bauch«, beschwerte sich Crys. »Sich um Rush zu kümmern, ist die beste Geburtenkontrolle. Vor allem, wenn er in die Windeln scheißt. Oder er kotzt mich einfach ohne Vorwarnung voll. Warme, hochgewürgte Muttermilch …« Sie machte Kotzgeräusche. »Und wenn ich mir die Horrorgeschichten von Reese und Stella über die eigentliche Geburt anhöre, oder darüber, dass ihre Muschis nicht mehr dieselben sind, sorgt das dafür, dass ich nie die Pille vergesse. Ich bin versucht, die Jungs auch dazu zu bringen, sie doppelt einzupacken.«

»Ehrlich gesagt, ist es keine Überraschung, dass Liz schwanger ist. Ich würde die Babys dieses Mannes sofort haben wollen«, verkündete Amber mit einem langen, lauten Stöhnen.

»Aber verdammt … Noch eine die ins Gras beißt«, sagte Crys.

»Es gibt schon genug Kinder hier«, sagte Angel.

»All diese knallharten Biker werden zu Vätern … Und nicht zu denen, die ich bevorzuge«, sagte Amber lachend »Vielleicht ist es bald an der Zeit, weiterzuziehen.«

»Und wohin gehen?«, fragte Crys scharf.

»Irgendwohin, nur nicht hierher. Es gibt kaum noch jemanden. Im Moment ist es, als würde man den Boden des Fasses auskratzen.«

»Was meinst du? Es gibt noch Castle. Und nach ihrer Prospect Zeit, werden Nico und Rex verfügbar sein«, erinnerte Angel Amber.

»Ja, aber wenn ich für sie oder sogar für Eddie bleibe, dann kann ich zu Dozer, Woody und Bones nicht Nein sagen.«

»Bones ist gar nicht so schlecht«, murmelte Angel.

»Er wiegt weniger als ich!«, kreischte Amber.

Lachen hallte durch die Küche.

»Nein, tut er nicht. Er hat nur kein Fleisch an seinen Knochen, an das man sich festhalten kann. Das ist alles. Aber er hat im Fitnessstudio trainiert und versucht, das zu ändern«, sagte Angel.

»Ja, Dozer hat versucht, abzunehmen, während Bones versucht hat, zuzunehmen«, sagte Amber. »Schade, dass sie nicht einfach tauschen können.«

»Vergiss Dutch nicht«, fügte Crys hinzu.

Ihr Gespräch endete schnell, als Tessa in die Küche kam. Große Augen richteten sich auf sie.

»Was ist mit Dutch?«, fragte Tessa und tat so, als hätte sie das vorherige Gespräch nicht mitbekommen. »Was hat der alte Mann jetzt gemacht?«

Als sie alle sie begrüßten, konnte Tess sehen, dass sie ihre Verletzungen begutachteten. Keiner von ihnen war dabei besonders subtil.

Es war ihr egal. Sie hatte heute Morgen noch nicht einmal versucht, ihre blauen Flecken mit Make-up abzudecken. Sie hätte fünfzig Schichten Make-up gebraucht, um auch nur ansatzweise den dunkelvioletten Bluterguss zu verdecken, der sich über ihre Wange ausgebreitet hatte und kurz vor ihrem rechten Auge endete.

»Wie fühlst du dich?«, fragte Crys.

»Als ob ich vom Schlitten geworfen worden wäre«, antwortete Tess und versuchte, ihren Tonfall mit Humor zu versehen, was ihr aber nicht gelang.

»Du siehst beschissen aus«, verkündete Angel.

»Angel!«, schimpfte Amber.

Angel zuckte mit den Schultern. »Was?« Sie wandte sich mit großen blauen Augen an Tessa. »Wolltest du, dass ich lüge?«

Tessa schüttelte den Kopf. »Nein. Ich habe mich im Spiegel gesehen. Ich fühle mich auch so, wie ich aussehe.«

»Aww.« Angel fügte dem noch einen übertriebenen Schmollmund hinzu.

Tessa ging durch ihre kleine Versammlung, öffnete die wiederverwendbare Einkaufstasche, die sie mitgebracht hatte, und begann, den Kühlschrank nach Käse und den Dingen zu durchsuchen, die Jemma wollte. Doch ihr Hauptaugenmerk lag auf dem Käse.

Sie war überrascht, dass es hier überhaupt Sweet Butts gab, denn es war mitten am Tag und mitten in der Woche. »Was macht ihr denn alle hier?«

»Angel und Amber haben die Toiletten geputzt und eine Pause gemacht. Ich mache eine Pause von deinem Neffen.«

»Wer passt auf ihn auf? Stella oder Trip?« Wenn Trip allein zu Hause war, würde sie vielleicht versuchen, mit ihm zu reden und die Wogen zu glätten. Vielleicht sogar um Gnade für Easy betteln. Sie war sich nicht sicher, ob ihr Bruder auf sie hören würde, aber sie konnte es zumindest versuchen, denn sie hasste dieses Gefühl der Hilflosigkeit, das sie übermannte.

Als sie aufwuchs, hatte sie sich immer hilflos und ignoriert gefühlt. Als sie in Manning Grove angekommen war, dachte sie, das wäre vorbei. Dass man sie sehen und hören würde, egal was passierte.

Aber jetzt, wo ihr Bruder nicht mehr mit ihr reden wollte …

Sie verstand es. Das tat sie wirklich. Er war wütend über die Situation und versuchte, seine Wut zu zügeln, bevor er sich mit Easy oder Tessa auseinandersetzte, aber es tat trotzdem weh.

»Stella. Trip hat eine Repo in Wilkes-Barre.«

»Das ist eine ganz schöne Strecke«, murmelte Tessa und steckte ihren Kopf tiefer in den großen, vollgepackten Kühlschrank und schob die Dinge auf ihrer Suche hin und her.

»Er hat gesagt, er nimmt alles, was er kriegen kann, um sich von der Summe zu erholen, die das Team von heißem Männerfleisch dem Club berechnet hat.«

Trip war der am härtesten arbeitende Mann, den Tessa kannte. Natürlich würde er alles tun, um den Club finanziell wieder auf die Beine zu bringen. Sie hatte keinen Zweifel daran, dass er es wieder schaffte, da er es schon einmal geschafft hatte. Er war engagiert und entschlossen.

Der Club und seine Familie bedeuteten ihm *alles*.

Allerdings würde es dieses Mal etwas leichter für ihn sein, da er es nicht allein machen musste. Ein Beweis dafür, dass Trip auch seinen Brüdern und deren Familien viel bedeutete.

Das sprach Bände darüber, wie sehr sie den Fury-President respektierten. Sie würden Opfer bringen und ihn unterstützen, was dazu beitrug, ein gutes, solides Fundament für einen MC zu schaffen. Im Gegensatz zu den Originals, die auseinander fielen, weil das Fundament rissig und bröckelig war.

Das Sprichwort ›Wer sich nicht an die Vergangenheit erinnert, ist dazu verdammt, sie zu wiederholen‹ war der Grund, warum Tessa bezweifelte, dass ihrem Bruder jemals jemand den Platz an der Spitze des Clubs streitig machen würde. Trip erinnerte sich nur zu gut daran, was mit der Originals-Fury passiert war, und er würde das auch niemanden vergessen lassen.

»Redet er mit dir über solche Sachen?« Tessa runzelte die Stirn und war überrascht, dass Trip mit einer Sweet Butt über Clubangelegenheiten sprach. Falsch, Crystal war nicht länger eine Sweet Butt. Sie war jetzt eine Hausmaus, genau wie Tessa.

Aber in der Fury war eine Hausmaus nur eine Stufe über den Sweet Butts.

»Nein, aber ich habe zufällig gehört, wie er mit Stella darüber gesprochen hat.«

Tessa fragte sich, was sie über sie und Easy gehört hatte. Wenn sie fragte, würde Crys es ihr vielleicht sagen, aber Tessa war sich nicht sicher, ob sie es im Moment hören wollte. Alles, was Trip derzeit über sie zu sagen hatte, war wahrscheinlich nicht gut. Sowohl der Unfall als auch seine Entdeckung über sie und Easy waren noch zu frisch.

»Also, du und Easy, was?« Angels Frage lenkte ihre Aufmerksamkeit wieder auf die Frauen.

Tessa musterte vorsichtig Angels Gesicht.

»Kein Wunder, dass er uns gemieden hat!«, rief Amber aus. »Eine Zeit lang dachten wir, er sei schwul geworden.«

Angel meldete sich zu Wort: »Ich könnte mir vorstellen, dass er schwul ist.«

»Oder zumindest bi«, fügte Crys hinzu.

Tessa verdrehte die Augen und kämpfte gegen den Drang an, ihnen zu sagen, dass Easy definitiv nicht schwul war. Außerdem war es ärgerlich, dass sie so taten, als ob ›schwul werden‹ eine echte Sache wäre. Das war es aber nicht. Entweder war jemand schwul oder nicht. Man wacht nicht einfach eines Morgens auf und beschließt, dass man sich zum gleichen Geschlecht hingezogen fühlt. Man war es schon immer und verleugnete höchstwahrscheinlich sein wahres Ich.

Aber das wollte sie den Damen nicht erklären. Es war weder die Zeit noch die geistige Energie wert, die es kosten würde.

»Nun, es ist egal, ob er es ist oder nicht. Das Wichtigste ist, dass er jetzt wieder verfügbar ist«, sagte Amber mit einem Lächeln und einem Glitzern in den Augen.

War er das? Wenn ja, dann war das eine Neuigkeit für sie.

»Stimmts, Tess? Du willst ihn nicht?«, fragte Amber.

Tessas Mund öffnete sich und nichts als ein leises Zischen kam heraus. Leider starrten die Damen sie an und warteten auf eine Antwort. »Warum fragst du das?«, presste sie hervor.

Crystals Augenbrauen hoben sich. »Weil du ihm seit dem Unfall aus dem Weg gehst. Ich dachte, du wärst sauer auf ihn oder so.«

Trips und Stellas Hausmaus musste den Grund übersehen

haben, warum Easy und Tessa einander aus dem Weg gingen. Zumindest den Grund, den Trip genannt hat.

Ehrlich gesagt hatte Tessa keine Ahnung, ob Easy mit ihr fertig war, aber sie würde es ihm nicht verübeln, wenn er es war.

Seine Probleme waren alle ihretwegen.

Sie drückte eine Hand auf ihren Unterbauch. Im Moment war ihr größtes Problem seinetwegen. Allerdings hatte sie auch einen großen Teil dazu beigetragen.

»Ich bin nicht sauer auf ihn«, antwortete Tessa und riss erneut die übergroße Tür des Kühlschranks auf. Sie musste sich holen, was sie wollte, und dann schnellstens verschwinden. »Haben die Amish mit der letzten Lieferung auch Käse mitgebracht?«

»Was für ein Käse?«, hörte sie Crys hinter sich fragen. »Wenn da keiner drin ist, haben wir noch welchen im Haus.«

Zum Glück fand sie einen Haufen ganz hinten im Kühlschrank, sodass sie Stella nicht gegenübertreten musste.

Sie warf jeden Käseblock, den sie in die Finger bekam, in die Einkaufstasche, zusammen mit fast allem, was auf Jemmas Liste stand.

»Sooooo«, zögerte Angel. »Ich muss es wissen. Ist Easy verfügbar oder nicht?«

»Da musst du ihn schon fragen«, sagte Tessa.

Mit diesen Worten schnappte sie sich die gefühlten fünf Pfund Käse samt der anderen Beute, die sie ergattert hatte, und machte sich aus dem Staub.

* * *

ALS SEIN HINTERN VIBRIERTE, holte Easy sein Handy aus der Gesäßtasche. Er blickte auf die Nachricht hinunter, die auf seinem Display erschienen war.

Sorry.

Er presste die Lippen aufeinander und las das einzelne Wort noch einige Male.

Seine Daumen schwebten über der Tastatur. Sie durften nicht miteinander reden.

Aber würde das jemand wissen, außer ihr und ihm?

Scheiß drauf.

Scheiß auf alle.

Wenn Trip es herausfand, dann …

Dann würde er es herausfinden und was auch immer passieren würde, würde passieren. Easy würde damit fertig werden.

Schlimmer, als es ohnehin schon war, konnte es nicht mehr werden, oder? Das Verbot, Tessa zu treffen, ein Date mit dem Punisher …

Er könnte seine Farben verlieren.

Dieser Gedanke ließ ihn innehalten.

Er blickte sich um, um zu sehen, ob Shade oder Cassie in der Nähe waren. Als er keine von ihnen sah, trat er nach draußen und stellte sich auf die Laderampe des Krematoriums.

Er tippte: *Kein Grund dafür. Es ist meine Schuld, dass mein neuer verdammter Schlitten kaputt ist.*

Nachdem er auf Senden gedrückt hatte, merkte er, dass er noch nicht fertig war. *Du bist diejenige mit dem gebrochenen Arm und den blauen Flecken.*

Nicht einmal dreißig Sekunden später erschien eine weitere Nachricht. *Du bist auch verletzt.*

Nicht wie du, antwortete er.

Es war verdammt leichtsinnig und dumm von ihm gewesen, sie mitten in der Nacht mitzunehmen. Er hätte sie verlieren können, weil er ein egoistisches Arschloch war.

Er.

Hätte.

Sie.

Verdammt noch mal.

Verlieren.

Können.

Das war alles, woran er denken konnte, seit es passiert war.

Scheiß auf sein Motorrad.

Scheiß auf den Club.

Scheiß auf Trip.

Er hätte Tessa verlieren können, und diese Situation hatte ihn innerlich zerrissen und zermürbt.

Er vermisste sie.

Scheiße, vermisste er sie. Eine Million Mal mehr, als er gedacht hätte.

Er fühlte sich leer. Wo sein Herz gewesen war, herrschte eine große Leere.

Aber sie hatten schon die Hälfte geschafft.

Sie hatten noch eine Woche vor sich.

Eine Woche, seit er Tessa gesehen oder mit ihr gesprochen hatte.

Eine Woche, bevor er den Punisher traf.

Danach – wenn er es überlebte – würde er zu Trip gehen, um Tessa zu beanspruchen.

Er hatte bereits beschlossen, dass er ein Nein nicht akzeptieren würde. Weder von Trip noch von ihr.

In der letzten Woche hat er sich nicht weniger als hundertmal dabei ertappt, wie er sich auf den Weg über den Hof und zu *Cluburbia* gemacht hatet, um seine Frau zu beanspruchen.

Denn in der letzten Woche hatte er die Wahrheit entdeckt.

Sie war vielleicht jünger, als ihm lieb war, aber Tessa gehörte ihm.

Es war nicht einmal mehr eine Frage …

Sie gehörte ihm.

Und der Gedanke, dass jemand anderes sie haben könnte, brachte ihn fast um den Verstand.

Es war verrückt, wie etwas, das aus dem Nichts entstanden war, so verdammt wichtig für ihn geworden war.

Sein Handy vibrierte in seinen Fingern, und ihm wurde klar, dass er auf den Parkplatz gestarrt hatte, ohne etwas zu sehen. Er las die nächste SMS.

Nun, ich wollte mich nur bei dir entschuldigen.

Er schickte schnell eine SMS zurück. *Hau nicht ab. Rede mit mir.*

Wir dürfen das nicht.

Er war einunddreißig verdammte Jahre alt. Warum zum Teufel hatte er das Gefühl, Hausarrest zu haben?

Das war völliger Blödsinn. Er und Tess waren beide erwachsen. Vielleicht nicht die verantwortungsvollsten, aber sie waren beide mehr als alt genug, um ihre eigenen verdammten Entscheidungen zu treffen.

Und mit ihren eigenen Fehlern zu leben.

Er atmete tief ein und aus.

Das Problem war, dass er sein Leben liebte, er liebte den Club, seine Brüder, die ganze Fury-Familie.

Ja, Tess und er könnten allein losziehen, aber das wollte er nicht. Er war klug genug, um zu erkennen, dass er sein bestes Leben genau hier in Manning Grove lebte. Das taten sie beide.

Außerdem wollte er sie nicht aus dem einzigen Unterstützungssystem herausreißen, das sie je hatte.

Er wusste, dass ihre Eltern verkorkst waren und sie auch verkorkst hatten. Das war der Grund, warum sie nach Manning Grove gekommen war. Um endlich zu bekommen, was sie brauchte. Um dem zu entkommen, was sie nicht brauchte.

Er konnte sie nicht von allem und jedem trennen, das sie bei der Fury hatte.

Er wäre dumm zu glauben, dass er allein genug für sie sein konnte. Die Fury zu verlassen und Tessa mitzunehmen, wäre nicht nur ein Fehler für sie, sondern ein weiterer in einer langen Liste von Fehlern, die er in seinem Leben gemacht hatte.

Diese Liste hatte nicht erst mit siebzehn begonnen, aber da fing die Scheiße an, Fahrt aufzunehmen und bergab zu rollen.

Damals war er schuld, weil er seinen Schwanz für sich denken ließ. Er war auch schuld daran, dass er anfangs dasselbe mit Tessa getan hatte. Er hatte damals bezahlt und würde auch dieses Mal bezahlen.

Easy wurde wegen schwerer Körperverletzung ins Gefängnis gesteckt und verbrachte danach jeden Geburtstag in einer Betonzelle, bis er einundzwanzig wurde. Seine einzige Rettung war, dass der Typ, den er mit dem Schürhaken geschlagen hatte, überlebt hatte. Dem Teufel sei Dank, sonst säße er vielleicht immer noch im Gefängnis.

Außerdem wäre er dann kein Teil der Blood Fury.

Er hätte Tessa nicht getroffen.

Aber er war hier wegen dem, was vor vierzehn Jahren passiert war. Seine Vergangenheit prägte seine Zukunft.

Ihre Vergangenheit prägte auch ihre Zukunft.

Sie kamen beide hierher und fanden, was ihnen gefehlt hatte. Dann haben sie sich gefunden, als keiner von ihnen gesucht hatte.

Er blickte hinunter auf sein Handy. Sie hatte keine weiteren Nachrichten geschickt.

Er joggte die Metalltreppe von der Laderampe zum gepflasterten Parkplatz hinunter und duckte sich hinter den Lieferwagen des Krematoriums, den er sich geliehen hatte, da er kein eigenes Fahrzeug haben würde, bis seine Street 750 zumindest mechanisch repariert war.

Die Möglichkeit, den Transporter im Winter zu fahren, und auch jetzt, wo er keinen Schlitten hatte, war ein weiterer Vorteil der Arbeit bei Tioga Pet Services.

Er tippte auf das Anrufsymbol in der Ecke ihrer letzten SMS und wählte ihre Nummer. Er drückte das Telefon an sein Ohr und hoffte verdammt noch mal, dass sie irgendwo war, wo sie reden konnte.

Bei seinem Glück, stand sie gerade neben Trip.

Als ihre Stimme an sein Ohr drang, durchströmte ihn ein Gefühl der Erleichterung. Vielleicht keine Erleichterung …

Er war sich nicht sicher, was es war.

»Wir sollten nicht miteinander reden. Ich will Trip nicht noch mehr verärgern, als er ohnehin schon ist. Das würde es für dich nur noch schlimmer machen.«

Er rieb sich über den Schmerz in seiner Brust. »Mach dir keine Sorgen um mich. Ich komme mit allem klar, was dein Bruder mit mir machen wird.«

»Das solltest du auch nicht müssen. Ich werde mit ihm reden.«

Was wollte sie tun? »Einen Scheiß wirst du. Lass es gut sein, Tess. Lass einfach geschehen, was geschehen muss. Ich brauche dich nicht, um meine Kämpfe zu führen.«

Stille erfüllte sein Ohr.

Er wartete ab, aber er hatte nicht erwartet, was sie ihm als Nächstes zuflüsterte. »Es ist auch mein Kampf.«

Fuck.

Trotz des Schlamassels, in den sie sich hineingeritten hatten, ein Schlamassel, den sie verursacht hatten, ließ ihn diese Aussage glauben, dass sie ihn immer noch genauso wollte wie er sie. Andernfalls könnte sie einfach weggehen und sich aus dieser Scheißsituation befreien. Sie konnte einfach weiterziehen. Aber sie zog nicht weiter, sie hatte sich festgebissen und war bereit zu kämpfen.

Für sie.

Oder? Oder hatte er die ganze verdammte Sache falsch verstanden, weil er ihre Worte so interpretierte, wie er sie hören wollte, anstatt das, was sie wirklich meinte?

Er milderte seinen Tonfall, denn er hoffte verdammt noch mal, dass es das war, was er *glaubte*, und dass er sich nicht irrte. »Sag mir, dass du nicht zu Trip gehen wirst. Lass uns einfach tun, was er von uns verlangt, und nach nächster Woche können du und ich uns zusammensetzen und besprechen, wie es weitergeht.«

»Wohin soll es denn gehen?«

Das war eine Frage, die er heute nicht beantworten konnte. Er war sich nicht sicher, ob er sie nach nächster Woche noch beantworten konnte.

Ja, er wusste, was er wollte. Er wusste, was er tun musste, aber …

Aber …

Verdammt noch mal, es gab immer ein verdammtes Aber.

Und dieses ›Aber‹ hieß Trip.

16

»Tess, versprich mir, dass wir nächste Woche reden werden. Danach.«

Danach.

Sie drückte ihre Finger auf ihren Unterbauch.

Danach.

Nachdem er seine Verabredung mit dem Punisher hatte. Nachdem sie ihren Termin mit Carly Bryson hatte.

Beides beunruhigte sie gleichermaßen.

Der Unterschied zwischen den beiden Dingen war jedoch, dass die Zeit, die er brauchte, um sich von der Deckenparty zu erholen, viel kürzer sein würde als die Zeit, in der man sich mit einem Baby beschäftigen musste. Ersteres würde hoffentlich nicht länger als ein oder zwei Wochen dauern, wenn er Glück hatte. Zweiteres würde bleiben …

Ein Leben lang.

Aber sie konnte jetzt nicht zu viel über Zweiteres nachdenken, denn sie hatte immer noch Blutungen und das konnte bedeuten, dass die Schwangerschaft nicht voll ausgetragen werden würde.

Wenn sie es überhaupt zuließ. Sie hatte diese Entscheidung

noch nicht getroffen und würde es auch nicht tun, bevor sie nicht mit Carly gesprochen hatte.

Bis dahin war ihre größte Sorge die bevorstehende Bestrafung von Easy.

Glücklicherweise hatte Trip mehrmals geschworen, nie wieder ins Gefängnis zu gehen. Allein diese Tatsache ließ Tessa glauben, dass er Easy nicht allzu stark zurichten würde. Ihm Schmerzen zufügen, ja. Ihn zu töten oder zu verstümmeln, nein. Ihr Bruder würde nicht riskieren, wieder hinter Gittern zu landen oder Stella und Rush allein zu lassen, nur weil er sich von seinem Temperament überwältigen ließ.

Sie erinnerte sich daran, wie schlimm sein Mangel an Kontrolle als Teenager gewesen war. Wie er durchdrehte wegen ihrer Mutter. Wie durchdrehte wegen seines Stiefvaters, Tessas und Tuckers Vater.

Oft hat er aus Frust Löcher in die Wände seines Zimmers geschlagen. Oder er stürmte aus dem Haus und kam erst zurück, wenn er sich wieder beruhigt hatte. Manchmal war er tagelang weg, ohne dass Tammy sich Gedanken über sein Verschwinden machte.

Aber das letzte Mal …

Das letzte Mal, als er wegging, kam er nie wieder nach Hause. Am Ende heiratete er diese betrügerische Schlampe und ging dann mit zwanzig zu den Marines.

Das war einer der Gründe, warum sie erst auf seiner Veranda aufgetaucht war, als sie keine andere Wahl mehr hatte. Ihr älterer Bruder war immer für sie da gewesen, selbst in seinen schlechten Momenten, aber die Wut, die ihn von innen heraus auffraß, hatte ihr immer mehr Angst gemacht, als sie zugeben wollte.

Auch heute noch steckte sie in ihm, aber sie war nicht so schlimm, wie sie es in Erinnerung hatte. Seine Jahre als Marinesoldat und seine Zeit im Gefängnis haben wahrscheinlich geholfen. Stella definitiv auch.

Jetzt, wo ihr Bruder Ende dreißig war, hatte er die Reife, das Problem zu erkennen, das sein Vater ihm vererbt hatte, und tat bereitwillig, was er konnte, um an diesem genetischen Defekt zu arbeiten, z. B. mit dem schweren Sandsack im Fitnessstudio.

Sein Ziel war es, der beste Anführer, Ehemann und Vater zu sein, der er sein konnte. Anders als Buck.

Während Tammy bei allen drei Kindern unauslöschliche Spuren hinterlassen hatte, war die Spur, die Buck bei Trip hinterließ, so verdammt tief, dass sie bis ins Innerste ihres Bruders reichte.

»Wir werden bald reden. Mach in der Zwischenzeit keine Dummheiten.« Ein gestelztes Lachen drang an ihr Ohr. »Versprich mir das, Tess. Lass uns die Sache erst einmal aussitzen. Hoffentlich klappt es am Ende.«

Hoffentlich. Aber eine Garantie gab es nicht, denn das hieße, das Unmögliche zu verlangen.

Sie nickte, auch wenn er es nicht sehen konnte. »Okay. Mach auch keine Dummheiten, E.«

»Ich muss los.«

Bevor sie sich verabschieden konnte, war er schon weg.

Tessa knabberte an ihrer Unterlippe und starrte einige Sekunden lang auf den dunklen Bildschirm ihres Telefons. Als sie den Kopf hob, blickte sie zu Saylor hinüber. Während sie mit Easy telefonierte, war ihre beste Freundin mit zwei kalten Dosen Dr. Pepper Diet aus dem Haus gekommen. Sie saß jetzt auf einem gepolsterten Stuhl gegenüber von Tessa, wo sie unter dem Pavillon im Garten von Judge und Cassie saßen.

Saylors dunkle Augenbrauen hoben sich. »Ich nehme an, das war Easy?«

Tessa nickte.

»Du weißt schon, dass das bedeutet, dass er gerade eine weitere Regel gebrochen hat.«

Tess nickte erneut, während sie ihr Handy immer noch so

fest in den Fingern hielt, dass sie sich zu verkrampfen begannen.

Nach einem weiteren Blick darauf legte sie es mit der Vorderseite nach unten auf den Sitz neben sich.

»Geht es dir gut?«, fragte Saylor mit neigendem Kopf und stechend blauen Augen, denen nichts entging.

Nein. »Ja.«

»Das wollte ich schon immer mal machen.« Saylor zog einen schwarzen Edding aus ihrer Gesäßtasche und hielt ihn hoch. »Diesmal habe ich ihn endlich dabei.« Mit einem verschmitzten Grinsen griff sie in den Raum zwischen ihnen und zog Tessas Arm näher heran. Saylor tippte den Edding an ihre Lippe und richtete ihren Blick nach oben. »Was soll ich schreiben? Gescheitertes Stuntdouble? BBF?«

»Best Bitch Forever?«

»Nun, du bist meine beste Schlampe und bleibst für immer an mir hängen. Oh, warte! Ich weiß!« Saylor beugte sich vor und ihr Vorhang aus dunkelbraunem Haar verdeckte die Stelle, an der sie schrieb. Als sie fertig war, warf sie den Kopf zurück und rief lachend: »Perfekt!«

Tessa traute sich fast nicht, hinzusehen. Als sie es tat, stöhnte sie auf.

Ich bin ein ›Fahren oder Sterben‹-Mädchen!
Dieser Gips ist der Beweis, dass ich es fast geschafft hätte!

DIE BLOCKBUCHSTABEN WAREN GROSS und auch aus der Ferne gut lesbar.

»Danke«, sagte Tessa trocken und rollte mit den Augen.

Saylor grinste. »Komm schon. Es ist lustig. Und das Beste daran ist, dass du nicht gestorben bist!«

Tessa klemmte sich die Unterlippe zwischen die Zähne.

Die Augenbrauen ihrer Freundin zogen sich zusammen. »Warum lachst du nicht? Hat der Unfall deinen Sinn für Humor getötet?«

Tessa holte tief Luft und nachdem sie sie quälend langsam wieder herausgelassen hatte, sagte sie: »Saylor, ich muss dir etwas sagen.«

Revs jüngere Schwester lehnte sich in ihrem Stuhl zurück und zuckte mit den Schultern. »Okay. Du musst es nicht erst ankündigen, spuck es einfach aus.«

Tessa blickte zur Schaukel hinüber, um sich zu vergewissern, dass Daisy immer noch mit Dyna spielte, indem sie die fast Zweijährige auf der Schaukel schob. Überraschenderweise tat sie das.

Zum Glück liebte Daisy Dyna und behandelte sie wie ihre kleine Schwester. Sie behauptete, Cages Tochter sei besser als alle Puppen, die sie je bekommen hatte, als sie ›klein‹ war. Daisy weigerte sich zu glauben, dass sie immer noch als ›klein‹ galt.

Und niemand sollte es wagen, ihr etwas anderes zu sagen, denn sie würde sehr laut und deutlich verkünden, dass sie falschlagen. Das Mädchen war sehr eigensinnig, um es milde auszudrücken.

Wenn man die Erwachsenen fragte, sagten sie, sie sei nicht nur ›klein‹, sondern auch eine ›kleine Tyrannin‹.

Wenn Tessa sich um Daisy statt um Dyna gekümmert hätte, wäre sie nicht in dieser Lage, denn dann hätte sie sich bereits ihre eigene Gebärmutter herausgerissen.

Mist. Tessa wurde klar, dass sie in Daisys Alter die gleiche Einstellung hatte, egal wie oft Tammy versuchte, sie ihr auszutreiben. Würde das Baby, das in ihr heranwuchs, dieselbe verdammte Einstellung haben? Oder würde das Kind gelassener sein wie sein Vater?

Oder würden die Persönlichkeiten von Tessa und Easy für einen Ausgleich sorgen?

Sie drückte ihre Augen zu und versuchte sich vorzustellen, wie ihre gemeinsame DNA aussehen würde. Als Baby, als Kleinkind, sogar als Teenager.

Heilige Scheiße. Ein Teenager? Ihr Herz setzte einen Schlag aus. Es setzte noch einen aus, als eine Hand ihr Knie drückte.

Sie öffnete die Augen und sah Saylor, die sich nach vorn lehnte, die Augenbrauen tiefgezogen und eine Mischung aus Verwirrung und Neugier im Gesicht.

»Ich muss dir etwas sagen.«

»Das hast du schon gesagt, Tess! Wenn du versuchst, mich zu beunruhigen, ist dir das gelungen. Sag einfach, was du zu sagen hast, bevor ich einen verdammten Herzinfarkt bekomme.«

Tessa öffnete den Mund und alle Worte, die sie sagen wollte, blieben ihr im Hals stecken wie eine Massenkarambolage mit fünfzig Autos.

Saylor verdrehte die Augen und rief: »Was!«

Tess hatte es niemandem erzählt. Nicht einer einzigen Person. Noch nicht. Aber sie musste mit jemandem reden, der ihr helfen konnte, die Dinge zu verstehen, ohne sie zu verurteilen oder ihr die Entscheidungen abzunehmen. Und Saylor war das Mädchen, auf das es ankam. Sie konnte ihrer Clubschwester vertrauen, dass sie es für sich behielt.

Sie schluckte die festgefahrenen Worte hinunter und versuchte es erneut. »Ich …«

Saylor setzte sich aufrecht hin. »Du … bist traurig? Du hast Schmerzen? Du bist verliebt in Easy? Du ziehst zurück nach Wisconsin? Du gehst wieder zur Schule? Was?«

»Schwanger.«

Saylor blinzelte in Zeitlupe. Dann starrte sie sie die längste Zeit einfach an, ohne zu blinzeln.

Mit jeder Sekunde, die verging, wurde Saylors Gesicht blasser und ihr klaffender Kiefer fiel tiefer. Tessa war überrascht, als er nicht auf dem Boden aufschlug.

»Heilige Scheiße«, flüsterte Saylor. »Heilige Scheiße.« Sie

sprang von ihrem Stuhl auf, presste die Finger an ihren Mund und ihre blauen Augen weiteten sich. »Heilige Scheiße.«

»Okay, das ist nicht hilfreich.«

Saylor schüttelte den Kopf. »Hm. Ich weiß nicht, was ich noch sagen soll. Damit habe ich wirklich nicht gerechnet. Ich meine, ich hatte es nicht einmal auf dem Radar. Also … *Heeeeeil-lige Scheeeeiße.*«

»Der einzige Grund, warum ich dir das jetzt erzähle, ist, dass ich dich um einen Gefallen bitten muss. Ich habe morgen früh einen Termin mit Carly Bryson und ich brauche … ich brauche dich …« *Sag es einfach, Tess!* »Gehst du mit mir?«

»Warte mal! Ich kann noch nicht an morgen denken! Die Bombe, die du gerade hast fallen lassen, ist immer noch nicht eingeschlagen. Weil … Heilige verdammte Scheiße.«

Tess stieß einen scharfen Atemzug aus. »Lass es mich nicht bereuen, dass ich es dir gesagt habe.«

»Warte mal. Sollte Easy nicht mit dir gehen? Es sei denn …« Ihre Augen weiteten sich. »Es ist nicht seins?«

»Es ist seins«, bestätigte Tessa.

»Ach du Scheiße.«

»Okay …«

Saylor unterbrach sie. »Hast du mit ihm gesprochen?«

»Mit wem? Easy oder meinem Bruder, Easys President?«

»Verdammt, mit beiden. Aber fangen wir mit Easy an, denn … Heilige Scheiße … *Triiiiiiiip* …« Saylor stöhnte auf und zuckte gleichzeitig zusammen.

Allein der Gedanke daran, es ihrem Bruder zu sagen, ließ sie genauso reagieren. »Nein. Keiner von beiden weiß es. Ich habe schon alles vermasselt und ich will nicht, dass es für Easy noch schwieriger wird. Was auch immer morgen passiert, und je nachdem, was Carly sagt … Wenn ich es ihm sagen muss, warte ich, bis er mit Trip gesprochen hat.«

»Du meinst, nachdem Trip mit ihm fertig ist. Heilige Scheiße. Das wird hässlich werden. Ich kann es dir nicht verdenken, dass du wartest. Trip wird wieder ausrasten.« Saylor strich sich mit der Hand über die Stirn, als wolle sie sich Schweißperlen abwischen.

»Das ist meine Sorge.«

»Das ist eine berechtigte Sorge. Heilige …«

»Hör auf. Ich habs kapiert. Der Titel dieses Kapitels in meinem Leben ist Heilige Scheiße. Zur Kenntnis genommen. Können wir weitermachen?«

»Bist du sicher, dass du einen Termin bei Carly willst? Wenn es nach mir ginge – und es tut mir leid, aber … dem Teufel sei Dank ist es nicht so –, hätte ich es woanders gemacht, wo mich niemand kennt. Hast du das in Betracht gezogen?«

Sie hatte viele Dinge in Betracht gezogen. Aber Carly Bryson war großartig und Tessa vertraute ihr, dass sie alle Möglichkeiten mit ihr vorurteilsfrei durchgehen würde. Selbst wenn ihre Möglichkeiten begrenzt wären, würde sie nicht wollen, dass sich jemand anderes als Carly um sie kümmert, nicht irgendein Arzt.

»Ich vertraue Carly. Und ich müsste länger warten, um jemanden Neues zu sehen. So lange kann ich nicht warten.«

»Ist das so, weil du über den Punkt hinaus bist, an dem …« Saylor ließ den Rest ihrer Frage ungesagt.

Ehrlich gesagt, brauchte sie es auch nicht zu sagen. Tessa wusste genau, was sie fragen wollte. »Ich bin mir nicht ganz sicher, ob ich es bin oder nicht. Aber selbst wenn ich es bin oder … wenn wir uns entscheiden, das Baby zu behalten, habe ich Schmierblutungen.«

»Hat das nach dem Unfall angefangen?«

Tessa schüttelte den Kopf. »Das ist nichts Ungewöhnliches für mich. Deshalb war ich auch schockiert, als der Arzt in der Notaufnahme mir sagte, dass ich schwanger bin. Meine Periode war noch nie normal.«

»Okay, dann wird es vielleicht nichts sein.«

»Vielleicht«, murmelte Tessa.

»Aber warte … Warum hast du dann so lange gewartet, um einen Termin bei Carly zu bekommen? Der Unfall ist doch schon eine Woche her.«

»Morgen früh war der erste Termin, den ich bekommen konnte. Ihr Büro sagte, sie habe viel zu tun.«

»Hast du erwähnt, dass du Schmierblutungen hattest?«

Tessa nickte. »Sie haben mich angewiesen, sofort in die Notaufnahme zu gehen, wenn es schlimmer wird.«

»Was ist, wenn die Schmierblutungen bedeuten, dass du das Baby verlierst?«, fragte Saylor.

»Dann soll es mit dem Baby nicht sein. Es könnte sein, dass Schmierblutungen normal sind, auch wenn ich schwanger bin. Ich weiß es nicht. Ich hoffe, ich finde es morgen heraus. Also … kommst du mit mir mit?«

Tessa wollte nicht allein gehen. Sie wollte nichts von dem, was passierte, allein erleben. Aber sie konnte es Easy nicht sagen. Noch nicht.

Außerdem war sie sich nicht sicher, wie er reagieren würde. Ob er wütend oder begeistert sein würde.

Sie würde es ihm nach seinem Date mit dem Punisher sagen, wenn Carly glaubte, dass Tessa keine Fehlgeburt hatte. Dann könnten sie von dort aus über das Schicksal des Babys entscheiden.

Sie würde ihn nicht von allen Entscheidungen ausschließen, da Tessa nicht allein schwanger geworden war. Es war nur fair, dass er ein Mitspracherecht hatte. Außerdem wollte sie die Situation richtig angehen, anders als Tammy die Tessas Vater durch ihre Täuschungen verarscht hatte.

Trip wollte nicht wie Buck sein. Tessa wollte nicht wie Tammy sein. Beide waren gute Beispiele dafür, was man als Elternteil nicht tun sollte.

Saylor nickte. »Natürlich komme ich mit dir. Was auch immer du von mir brauchst, ich werde für dich da sein. Du bist meine Schwester, egal, was unsere DNA sagt.«

Tessa atmete aus und beschloss, zu gestehen: »Ich habe Angst.«

»Ja«, hauchte Saylor. »Das hätte ich auch. Du hast Glück, dass du das Baby nicht bei dem Unfall verloren hast. Wenigstens kannst du jetzt selbst die Entscheidung treffen, anstatt dass sie für dich getroffen wird.«

War es Glück oder Schicksal?

Wäre es besser gewesen, wenn sie es getan hätte? In gewisser Weise würde es ihr das Leben leichter machen. Andererseits ... Wenn sie das Kind verloren und Easy es herausgefunden hätte? Sie hatte gehört, dass er sich den Kopf darüber zerbrach, dass sie bei dem Unfall verletzt worden war ...

Er könnte auch am Boden zerstört sein, wenn sie sein Baby verloren hatte, und sich selbst die Schuld geben.

Oder ... Sie könnte sich auch komplett irren und er wäre erleichtert.

Sie wusste, dass Easy zu diesem Zeitpunkt in seinem Leben noch nicht die Absicht hatte, Vater zu werden. Aber das hatte Cage ja auch nicht. Und Cage war jetzt einer der besten Väter, die sie kannte. Er hätte Dyna zur Adoption freigeben oder sie bei der Feuerwehr abliefern können. Er tat es nicht. Er übernahm die Verantwortung, als er sich einfach hatte zurückziehen können.

Er war nicht der Einzige.

Sig hat gerade drei Kinder unter fünf Jahren aufgenommen. Shade nahm sich Jude an, obwohl sie immer noch so taten, als wäre Jude Shades leiblicher Sohn. Auch Dodge zögerte nicht, als Mayas Vater einzuspringen.

Tessa hatte keinen Zweifel daran, dass auch Gabi einen Platz finden würde.

Eines der besten Dinge an der aktuellen Fury war, dass kein Kind jemals ausrangiert oder unerwünscht war. Anders als bei den Originals.

»*Mach es besser. Sei besser*« war Trips Ziel und er war erfolg-reich damit.

Sie hatte auch versucht, diesem Mantra zu folgen, aber es kam immer wieder zu Entgleisungen.

»Ich bin froh, dass Judge die Schaukel für das neue Baby aufgestellt hat«, murmelte Tessa und schaute über den Hof, wo Daisy Dyna immer wieder anschubste.

Es war wohl an der Zeit, Dyna eine Pause zu gönnen. Vor allem, weil Daisy sie höher schob, als es Tessa recht war.

»Daisy, kannst du Dyna hierherbringen?«, rief Tessa.

Die Tochter von Judge und Cassie schrie von der anderen Seite des Hofes: »Ja!«

»Dieses Mädchen ...«, sagte Saylor leise. »Ich schwöre, sie hat weder einen Filter noch einen Lautstärkeregler.«

Keiner von ihnen sagte ein Wort, während sie sich anschau-ten, wie die Achtjährige Dyna vorsichtig aus der Schaukel, die eigentlich für Kleinkinder gedacht war, herauszog, sie an der Hand nahm und langsam über den kleinen Hof zur Gartenlaube führte.

»Ich glaube, sie braucht ein Nickerchen«, verkündete Daisy, als sie dort ankam.

»Tessie! Ich mü-di.«

»Bist du müde, Äffchen?«, fragte Tessa Dyna.

Das Kleinkind nickte.

»Das dachte ich mir schon.« Tessa tätschelte ihren Schoß und half ihr auf denselben. »Wie wäre es, wenn du ein kleines Nickerchen machst, während ich mit Tante Saylor weiterrede?«

Dyna nickte wieder. »Ich schlafe.« Mit hängenden dunkel-braunen Augen blickte sie zu Saylor. »Say. Say.«

»Sieh dich an, Äffchen, du sprichst wie ein großes Mädchen! Bald wirst du mehrere Sprachen fließend sprechen.«

»Ja, zum Beispiel Biker-Slang«, sagte Tessa, »und Fluchen.«

Saylor beugte sich vor und packte Daisy an der Schulter, zog sie näher zu sich heran und drehte sie so, dass sie direkten

Augenkontakt hatten. »Kannst du mir einen Gefallen tun, Daze?«

»Vieeeeellleicccht.«

Saylor verdrehte die Augen. »Kannst du *bitte* reingehen und eine weiche Decke suchen, damit das kleine Mädchen ein Nickerchen machen kann?«

»Muss ich das?«

»Nein. Aber wenn du es nicht tust, dann verlange nicht, dass ich später dein Lieblingsspiel mit dir spiele.«

Daisys Gesicht verzog sich. »Na gut«, fauchte sie, dann rannte sie über den Hof und ins Haus, als würde ihr Arsch in Flammen stehen. Der Schieber schlug hinter ihr zu, sodass beide Frauen zusammenzuckten und die Tür überprüften, um sicherzugehen, dass das Glas nicht zersplittert war.

»Ich schwöre, dass jemand das Kind erwürgen wird«, sagte Saylor kopfschüttelnd. »Und das nicht auf eine gute Art.«

»Ich bin überrascht, dass du es nicht schon getan hast.«

»Glaube mir, ich war schon zu oft in Versuchung. Es würde Judge und Cassie verärgern, wenn ich es täte.«

Tessa stieß ein kurzes Lachen aus. »Meinst du?«

»Nun, vielleicht nicht Judge, aber auf jeden Fall Cassie«, stellte Saylor lachend klar. »Judge könnte mir danken. Vor allem, weil ein neues Kind unterwegs ist. Mit dem Neugeborenen können sie ganz von vorn anfangen.«

Das brachte Tessa tatsächlich zum Lachen, denn sie wusste, dass Saylor das nicht ernst meinte. Sie hatte schon lange nicht mehr gelacht und sie hatte es *soooo* nötig. »Judge liebt sie und er kann auch gut mit ihr umgehen. Er ist der Daisy-Flüsterer.«

»Stimmt.« Saylor drehte sich mit einem Seufzer wieder zu Tessa um. Ihr Blick wanderte zu Dyna, deren Kopf jetzt auf Tessas Schulter ruhte und die ihren Daumen in den Mund steckte, bevor sie fragte: »Tess, bist du bereit, Mutter zu werden? Ach Scheiße ... da hast du vielleicht keine Wahl, aber wie wäre es damit ... bist du bereit, eine Old Lady zu sein? Denn wenn du es nicht bist und irgendjemandem von deiner Schwangerschaft erzählst, sogar Easy und besonders Trip, bevor du bereit bist, dich zu entscheiden, wird genau das passieren. Es wird schnell gehen. Wenn der Ball erst einmal ins Rollen gekommen ist, wird es schwer sein, ihn aufzuhalten.«

Tessa starrte Saylor auf der anderen Seite des Pavillons an, während sie Dynas Rücken streichelte. Das beruhigte sie genauso sehr wie Dyna. »Ich weiß es nicht«, antwortete sie wahrheitsgemäß. »Meine Mutter hat uns nie wirklich gewollt. Unzählige Male habe ich mir gewünscht, sie hätte uns nie bekommen. Ich möchte auf keinen Fall so eine Mutter sein. Ich weiß, dass das nicht der beste Start ist, wenn ich dieses Kind bekomme.«

»Aber du bist doch nicht völlig dagegen.«

»Dagegen, es zu bekommen?«, fragte Tess.

»Dagegen, es loszuwerden. Wenn du das bald tust, *falls* du es noch kannst, braucht es niemand zu wissen.«

»Ich würde es wissen.«

»Und das würde dich stören.«

»Saylor, ich gehe jetzt einen Tag nach dem anderen an. Wenn ich es nicht tue, verliere ich meinen verdammten Verstand. Ich möchte es Easy sagen und ihn bei der Entscheidung helfen lassen, aber jetzt ist nicht der richtige Zeitpunkt. Deshalb brauche ich deine Hilfe. Ich bin so hin- und hergerissen, dass ich nicht schlafen kann und mir ganz schlecht wird. Aber das ist nicht das Einzige, was mir den Schlaf raubt und mich krank macht. Ich weiß nicht, was ich tun soll, wenn Trip Easy eine Deckenparty gibt. Es ist alles meine verdammte Schuld und er sollte nicht für meinen Fehler bezahlen müssen. Ehrlich gesagt, es frisst mich auf.«

»Hast du ihn gegen seinen Willen gefickt?«

Was? »Nein.«

Saylor zuckte mit den Schultern. »Dann ist er genauso schuldig. Er hat nicht mit Trip geredet, bevor ihr die schmutzige Tat begangen habt. Das ist die Regel, die gebrochen wurde. Nicht, weil ihr beide Körperflüssigkeiten ausgetauscht habt.«

»Ich habe ihn davon überzeugt, nicht zu Trip zu gehen. Ich bin diejenige, die ihn gezwungen hat, es geheim zu halten. Ich hatte keine Ahnung, dass es so lange andauern würde oder dass es tatsächlich ernst werden würde.«

»Falls du es noch nicht gemerkt hast, schwanger zu werden ist verdammt ernst. Aber … es spielt keine Rolle, ob du ihm gesagt hast, dass er es verschweigen soll oder nicht. Er hätte dir sagen können, dass du dich verpissen sollst und die ganze Situation vermeiden können. Hat er aber nicht. Also, weißt du, was du wegen der Deckenparty machst, Tess? Gar nichts. Du mischst dich nicht in die Angelegenheiten der Jungs ein. Lass es einfach laufen.«

»Aber ich bin involviert. Ich bin die Ursache dafür, Saylor. Er war glücklich und sorglos, bis ich in sein Leben getreten bin. Ich bin der Grund für all seine Kopfschmerzen.«

»Wenn er dich nicht in seinem Leben haben wollte, hätte er dir das gesagt. Diese Typen nehmen kein Blatt vor den Mund. Wenn sie wollen, dass du dich verpisst, sagen sie dir, dass du dich verpissen sollst. Sie machen sich keine Sorgen, dass sie die Gefühle anderer verletzen. Wenn du so ein verdammtes Arschloch wärst, hätte er dir das auch gesagt.« Saylor seufzte. »Es ist das Beste, wenn du dich da raushältst und die Jungs das regeln lässt.«

»Aber das heißt nicht, dass sie sich hinsetzen und bei einem verdammten Bier darüber reden, Saylor.«

»Kein Scheiß, aber das ist die Art der Fury«, sagte Saylor mit einem weiteren Achselzucken. »Wie wir alle wissen, wurden die Regeln des Clubs aus einem bestimmten Grund aufgestellt. Und dieser Grund ist, dass die Fury nicht wie die Originals kaputtgehen soll. Es ist ganz einfach. Easy hat eine Regel gebrochen, also muss er dafür bezahlen. Wenn Trip *sein Pfund Fleisch* als

Bezahlung bekommt und an ihm ein Exempel statuiert, dann sollten sich die Dinge beruhigen.«

Sollten. Noch mal, keine Garantie.

»Hast du vor, dabei zu sein?«, fragte Saylor. »Wird Trip dich lassen?«

»Das bezweifle ich. Bei Cage hat Trip die Frauen weggeschickt, damit sie sich nicht einmischen. Ich kann mir nicht vorstellen, dass er das nicht wieder tun wird. Das Gleiche galt für die Sprengung des Berges. Er wollte nicht, dass jemand versucht, zu verhindern, was passieren würde. Aber ich denke, ich sollte trotzdem mit ihm reden und versuchen, ihn davon zu überzeugen, es nicht zu tun.«

»Mädchen, hör auf deine beste Freundin. Ich sage dir, dass du es einfach geschehen lassen sollst. Wenn du dich einmischst und es irgendwie schaffst, es ihm auszureden, wird Trip als Anführer schwach aussehen. Er hat es zugelassen, als Ozzy die Offizierssitzung verlassen hat, obwohl er das normalerweise nicht getan hätte. Er hat es durchgehen lassen, als sie herausfanden, dass Rev und Reilly es miteinander treiben. Das hätte er wahrscheinlich nicht tun sollen.«

»Aber er muss doch verstehen …«

»Nein, Tess, dein Bruder muss führen. Das ist seine Aufgabe als President. Er muss schwierige Entscheidungen treffen, ob er sie mag oder nicht. Er ist verdammt großzügig, wenn er so lange wartet, bis Easy sich einigermaßen von dem Unfall erholt hat. Das hätte er nicht tun müssen. Ich stimme dir zwar zu, dass du Easy im Moment meiden solltest, weil es sonst nur noch schlimmer wird, aber ich bin nicht damit einverstanden, dass du dich einmischst. Das wird nichts Gutes bringen.«

Überraschenderweise konnte Saylor manchmal die Stimme der Vernunft sein. Nicht oft, aber gelegentlich. Was sie gerade sagte, machte Sinn. Tief im Inneren wusste Tessa, dass sie sich nicht einmischen sollte, aber es war so verdammt schwer, es nicht zu tun.

Ein Tag nach dem anderen. So musste sie mit diesem ganzen Schlamassel umgehen.

Zuerst musste sie ihren morgigen Termin wahrnehmen. Wenn sie erst einmal herausgefunden hatte, wie weit sie war und ob das Baby durch den Unfall gefährdet war, und Carly um professionellen Rat gebeten hatte, konnte sie sich um den nächsten Tag kümmern. Dann den nächsten.

Ein Bissen nach dem anderen, ein Schritt nach dem anderen, ein Tag nach dem anderen.

Das Problem in überschaubare Teile zerlegen.

Während sie Dynas leichtem, gleichmäßigem Atem lauschte, strich Tessa mit ihren Fingern über das blonde Haar des Kleinkindes. Es würde wahrscheinlich dunkler werden, wenn sie älter wurde und die gleiche Farbe wie Cage haben. Sie hatte auch schon die Gesichtszüge ihres Vaters und einige seiner Eigenheiten.

Das Baby, das eigentlich kein Baby mehr war, klammerte sich an sie, wenn sie schlief.

Dyna liebte sie, vertraute ihr und verließ sich auf sie.

Im Gegenzug hatte das kleine Mädchen Tessa einen Sinn gegeben. Sie hatte Tessa auch viel verantwortungsbewusster gemacht, als sie es war, als sie verloren und einsam in Manning Grove ankam.

Das Kind, das auf ihr schlief, das Kind, das sie in den letzten zwei Jahren mit aufgezogen hatte, hatte sie ins Leben zurückgebracht. Es hatte die Leere in ihr ausgefüllt.

Dyna hatte Tessas Welt nicht nur auf den Kopf gestellt, sie hatte sie auch ein wenig heller und klarer gemacht.

In der nächsten Woche würde sich entscheiden, ob es so bleiben würde.

17

Tessa rannte über den Hof auf den Kreis der Männer zu. Jeder einzelne von ihnen trug eine Kutte der Fury. Sie alle sollten Easys Brüder sein.

Sie alle sollten ihre und Easys *Familie* sein.

Die Familie des Babys, das sie in sich trug.

Das Baby des Mannes, der irgendwie noch auf den Beinen war. Eine dieser riesigen, schweren Möbeldecken, die für Umzüge verwendet werden, wurde über ihn geworfen, um die Schläge abzumildern, die Trip anstelle von Judge austeilte.

Tessa zuckte jedes Mal zusammen, wenn Trips Arm fiel und er ihn berührte.

Selbst aus der Entfernung war der Aufprall unüberhörbar. Ebenso wie das dumpfe Stöhnen, das er ausstieß.

Ein Schrei blieb ihr in der Kehle stecken, ihr Herz versuchte, sich den Weg aus ihrer Brust zu bahnen, ihr Verstand drehte sich und ihre Beine pumpten so schnell wie sie konnten.

Aber nicht schnell genug.

Sie hatte schneller hierherkommen wollen, aber die Schwesternschaft, die angewiesen worden war, sich fernzuhalten, war ihr erstes Hindernis gewesen. Die meisten Frauen und Kinder hatten sich im Haus von Chelle und Shade verschanzt, da es nicht auf der Farm lag.

Sie war fast aus der Haut gefahren und hatte eine Spur in den Teppich gelaufen, während sie sich auf die Unterlippe biss, so dass sie Blut schmeckte. Sobald sie konnte, schlich sie sich unter dem Vorwand, ein Glas Wasser zu brauchen, nach hinten raus.

Sie schnappte sich Chelles Subaru-Schlüssel vom Haken, der an der Hintertür hing, nahm den Wagen und raste zurück zur Farm, wobei sie inständig hoffte, dass sie nicht von einem MGPD-Beamten angehalten wurde.

Nachdem sie einen *Tokyo-Drift* auf den Feldweg hingelegt hatte, trat sie mit dem Fuß auf das Gaspedal, sodass die Reifen Steine und Schmutz bis zur Scheune aufwirbelten. Anschließend trat sie auf die Bremse, schob den Wagen in die Parkposition und drehte den Schlüssel in die Aus-Stellung, während sie gleichzeitig die Tür aufstieß.

Obwohl sie sofort außer Atem war, als sie auf die Gruppe zu sprintete, schrie sie immer wieder: »Stopp! Trip! Stopp!«, bis ihr Bruder innehielt und sich mit gerunzelter Stirn in ihre Richtung drehte.

Alle anderen drehten sich um, um zu sehen, was da los war, auch Judge. Der Mann bewegte sich erstaunlich schnell, stellte sich ihr in den Weg und blockierte sie mit seinem großen Körper. Er packte sie an den Schultern, um ihre Vorwärtsbewegung zu stoppen, kurz bevor sie in ihn hineinrannte.

»Verschwinde von hier, Tess«, knurrte Judge.

Sie sah den Sergeant at Arms nicht an, sondern richtete ihren Blick auf Trip und Easy. Sie schluckte ein Schluchzen herunter, das ihr zu entweichen drohte, und verlangte: »Lass mich los, Judge!«

Er beugte sich herunter und schrie ihr ins Gesicht: »Du hast hier nichts zu suchen!«

Sie stellte sich auf die Zehenspitzen und schrie ihm ins Gesicht: »Verdammte Scheiße!« Als er ihr absichtlich die Sicht versperrte, lehnte sie sich zur Seite und versuchte, um ihn herumzusehen, aber er war wie eine Mauer. Sie versuchte, sich mit einem Ruck von den großen Fingern zu befreien, die sich schmerzhaft in ihre Oberarme gruben. »Trip! Tu das nicht!«

»Geh nach Hause, Tess, oder geh zurück zu Chelle«, befahl Judge. »Geh woanders hin als hier.«

»Ich gehe nicht nach Hause! Ich gehe nirgendwo hin! Das ist meine Schuld. Und zwar alles. *Ich* habe ihn dazu gebracht, es geheim zu halten.«

Plötzlich stand ihr Bruder neben Judge, mit geblähten Nasenflügeln und deutlichem Ärger im Gesicht.

Sie beeilte sich zu erklären: »Er wollte mit dir reden, Trip. Ich habe es ihm verboten. Das war alles ich.«

»Verschwinde von hier, Tess. Du hast hier *nichts* zu suchen. Weil du nicht zugehört hast, seid ihr beide überhaupt erst in diese Lage gekommen.«

»Trip …«

Trip zeigte auf den Subaru. »Geh! Du machst es nur noch schlimmer für ihn.«

Ihre Brust hob sich, als das Schluchzen, gegen das sie ankämpfte, sich endlich einen Weg in ihre Kehle bahnte.

Sie blickte an Trip vorbei zu der Stelle, an der sie Easy zuletzt gesehen hatte, bevor Judge ihr die Sicht versperrt hatte. Er hatte die Decke weggeworfen, sich aber nicht von der Stelle bewegt. Er schien wie erstarrt zu sein.

Auch wenn sie nur wenige Meter voneinander entfernt waren, konnte sie es sehen. Das Blut, das aus seinem Mund sickerte, ein geschwollenes Auge, das bereits hässliche Farben annahm. Die Haare, die von einer Seite seines Duttes gelöst waren und die Hälfte seines Gesichts verdeckten. Die roten Flecken, die jeder Schlag auf seinen nackten Armen hinterließ.

Zuckend beugte er sich vor und hielt sich einen Arm über den Bauch, während er eine Hand auf seine Rippen presste.

»Wie viele?«, flüsterte sie und wandte ihren Blick zu ihrem Bruder. »Wie viele, verdammt?«

Trip schüttelte nur den Kopf und sein Kiefer verzog sich scharf. »Bis ich entscheide, dass es vorbei ist. Und jetzt verpiss dich von hier.«

»Du meinst, bis du nicht mehr wütend auf ihn bist? Bis dein Temperament nicht mehr aufflammt? Das könnte nie der Fall sein!« Sie riss sich endlich von Judge los und trat auf die Füße ihres Bruders zu. Sie hob ihr Gesicht zu ihm, senkte ihre Stimme und hielt seinen Blick gefangen, als sie sagte: »Ich werde nicht gehen. Wenn jemand bestraft werden muss, dann bin ich es.« Ihr Blick wanderte zu der Holzkeule in seiner Hand. Sie war mit altem Blut befleckt, ein Überbleibsel der Originals und eine Erinnerung daran, wie sie früher mit Dingen umgingen. »Im Moment bist du nicht besser als sie es waren. Ich hoffe, du bist stolz.«

Sie wusste, dass das ihren Bruder ärgern würde, aber im Moment würde sie *alles* sagen, damit er aufhört.

»Wir sind verdammt noch mal besser, Tessa. Weißt du, warum? Weil wir Regeln zu befolgen haben und durchgreifen, wenn sie gebrochen werden. Wir sind hier nicht mehr im Wilden Westen wie damals, als das Chaos regierte. Also nimm dein verdammtes Urteil und verpiss dich, bevor ich dich wegschaffen lasse.«

»Wenn du darauf bestehst, weiterzumachen, dann benutze das stattdessen für mich. Ich habe es verdient«, sagte sie mit einem Finger in Richtung Easy, »nicht er.«

Trip starrte sie an, als ob sie den Verstand verloren hätte. »Bist du total verrückt?«

Sie konnte sich nicht einfach zurücklehnen und zusehen, wie ihr Bruder den Vater ihres Kindes verprügelte. Sie konnte nicht einfach zusehen und danach mit sich selbst leben.

»Ich mach das schon, Tess«, sagte Easy, sagte Easy, machte ein paar wackelige Schritte auf sie zu und wischte sich mit dem Handrücken, der nicht seine Rippen hielt, etwas Blut aus dem Mundwinkel.

»Nein, tust du nicht. Nicht für etwas, das ich getan habe. Ich werde nicht zulassen, dass sich deine Geschichte wiederholt. Nicht heute. Niemals.«

Genau das passierte gerade. Er bezahlte wieder einmal für etwas, das nicht seine Schuld war. Als sie eines Abends vor ein paar Wochen in seinem Bett verweilte, hatte er ihr erzählt, warum er im Gefängnis gelandet war.

Sie unterhielten sich, erfuhren Details über den anderen, die keiner von ihnen kannte, und natürlich blieb diese Geschichte bei ihr hängen. Wie sollte sie auch nicht?

Das Mädchen, mit dem er Sex hatte, hatte ihn ausgetrickst, ihn als Werkzeug benutzt, um ihren Freund zu ärgern, und er war derjenige, der vier Jahre im Knast saß. Nicht diese verdammte Schlampe. Und nicht der Freund dieser Schlampe. Easy.

Weggesperrt, bis er einundzwanzig war.

Das hatte er nicht noch einmal verdient.

Ihre Stimme brach, als sie Easy anschrie: »Es tut mir leid. Ich wünschte, ich könnte alles ungeschehen machen. Das kann ich aber nicht, also tue ich, was ich kann.« Sie drehte sich wieder zu ihrem Bruder um und gab ihr Bestes, um die Tränen zurückzuhalten. Sie versuchte, nicht zu emotional zu werden, aber es war schwer. »Ich war diejenige, die ihn angesprochen hat, Trip. Ich war es. Ich war diejenige, die das Ganze geheim halten wollte. Er wollte mit dir reden und ich habe ihm das untersagt. Das ist alles meine Schuld. Wenn du das Bedürfnis hast, jemanden zu bestrafen, weil er eine deiner blöden Regeln gebrochen hat, eine, an der ich beteiligt war«, schlug sie sich mit der Handfläche auf die Brust, »dann bin ich diejenige, die du bestrafen musst.«

»Nein! Fass sie verdammt noch mal nicht an!«, schrie Easy und machte unsichere Schritte auf sie zu.

»Das ist nicht deine Entscheidung. Das ist die deines Presidents. Rühr dich nicht von der Stelle!«, warnte Judge Easy.

»Du würdest ihm das erlauben?«, fragte Easy den Judge, ignorierte seinen Befehl und rückte noch näher.

»Das ist auch nicht meine Entscheidung«, antwortete Judge.

»Zum Teufel mit der Scheiße! Niemand fasst sie an. Keiner von euch.«

»Fuck, seit wann triffst du hier die Entscheidungen?« knurrte Trip ihn an. »Und du hättest sie auch nicht anfassen sollen. Deshalb sind wir jetzt hier, verdammt noch mal.« Er riss sich die Baseballkappe vom Kopf und strich sich mit den Fingern durch das Haar, bevor er sie wieder aufsetzte.

»Geh nach Hause, Tess. Du kannst nicht meinen Platz einnehmen.« Sie erkannte die Frustration auf Easys Gesicht und in seiner Stimme, denn sie entsprach genau ihren eigenen Gefühlen.

»Du willst etwas tun, um das wiedergutzumachen? Dann hör auf ihn«, sagte Trip zu Tessa.

»Cage, bring sie hier raus«, befahl Judge. »Bring sie nach Hause und behalte sie dort.«

Fluchend und kopfschüttelnd löste sich Cage von der Gruppe und stakste zu ihnen.

»Du sorgst dafür, dass sie dortbleibt. Wenn sie es nicht tut, ist es deine Schuld«, informierte Judge Cage.

»Wage es ja nicht, Cage«, warnte ihn Tessa. »Wage es verdammt noch mal nicht, mich irgendwohin hinzubringen.«

Cages Gesichtsausdruck wurde grimmig. »Ich habe einen Befehl bekommen. Genau wie du. Easy auch. Lass uns gehen, damit sie diese verdammte Sache hinter sich bringen können, Tess. Du hilfst der Sache kein bisschen. Du zögerst nur das Unvermeidliche hinaus.«

»Ich will gar nichts hinauszögern. Ich will, dass es aufhört!«

»Es wird nicht aufhören«, sagte Cage leise und packte sie am Arm. »Mach es nicht noch schlimmer.«

Kaum hatte sie ihren Arm losgerissen, umarmte er sie von hinten und begann, rückwärtszugehen, wobei er sie mit sich zog.

»Nein!« Sie wehrte sich gegen Cage und knurrte wie eine Raubkatze, während sie gegen seine Schienbeine trat, sich an seinen Unterarmen festkrallte und versuchte, ihre Arme aus diesem Gefängnis zu befreien. »Nein!«

»Hör auf zu kämpfen, Tess. Er hat eine Regel gebrochen und muss dafür bezahlen. Lass ihn zahlen und es hinter sich bringen. Er ist ein großer Junge und braucht deine Einmischung nicht.«

»Du irrst dich. Ihr irrt euch alle!« Sie grub ihre Fersen in den Boden und versuchte, Cage zu bremsen, als er sie wegzog. »Tu das nicht.«

»Du hättest nicht kommen sollen.«

»Ich musste es. Ich hatte keine Wahl, Cage«, weinte sie. »Lass nicht zu, dass Trip das tut. Bitte!«

»Er hat schon angefangen, lass ihn es zu Ende bringen. Ich habe überlebt, E wird es auch. Es wird alles gut werden.«

»Nein, wird es nicht. Du verstehst nicht …«

»Tess!« Cage schrie ihr ins Ohr. »Ich verstehe es besser als jeder andere!«

»Nein, du …« Ihr stockte der Atem, als sie ein paar Meter weiter sah, wie Trips Arm sich wieder erhob, um auf Easy einzuschlagen, diesmal ohne dass er von der Decke bedeckt war. Easy war dabei, sich ernsthaft zu verletzen. Er konnte sterben. »Trip, tu es nicht! Ich bin … schwanger!«

Sie hatte nicht damit gerechnet, dass Cage sie plötzlich freilassen würde. Sie fiel fast auf die Knie, als sie das Gleichgewicht verlor.

»Du bist was?«, riefen Trip und Easy unisono.

Tessa ignorierte Easy. Jetzt war nicht der richtige Zeitpunkt für Erklärungen. Jetzt war es an der Zeit, Trip dazu zu bringen, dem Vater seiner zukünftigen Nichte oder seines Neffen Nachsicht zu gewähren.

Für Trip war die Familie das Wichtigste, also musste das klappen.

Sie sprach schnell. »Wenn du ihn versehentlich tötest, weil du auf die falsche Person wütend bist, könnte mein Baby vaterlos enden. Ist es das, was du willst, Trip? Du, der so viel Wert auf Familie legt? Willst du den Worten, die du sprichst, keine Taten folgen lassen? *Es braucht ein verdammtes Dorf.*«

Trips Rückgrat verwandelte sich in eine Stahlstange, seine Lippen pressten sich zu einem Schlitz zusammen und sein verengter Blick glitt von Tessa zu Easy. Jeder Muskel in Trips Körper wurde zu einer überspannten Gitarrensaite, als er sich wieder Easy zuwandte.

»Verdammter Wichser.« Der Arm, den er wie erstarrt in der Luft hielt, fiel in Windeseile.

Easy fiel auch, aber in Zeitlupe.

Dann gesellte sich Tessa zu ihm, als ihre Welt still und dunkel wurde.

* * *

Seine ganze Welt war so dunkel geworden wie eine Mitternacht ohne Mond.

Er konnte nichts mehr hören, außer dem scharfen Klingeln in seinen Ohren.

Ein Stöhnen kroch in seiner Kehle hoch. Wie konnten seine Lippen überhaupt schmerzen? War er von einem Bus angefahren worden?

Warum lag er auf dem Rücken, wenn es so verdammt wehtat?

Wo zum Teufel war er? Warum konnte er seine Augen nicht öffnen?

Easy musste sich stark konzentrieren, um sie auch nur teilweise zu öffnen. Sobald er sie geöffnet hatte, schloss er sie wieder, weil das Licht einen Eispickel in seine Augäpfel stach und der Schmerz durch sein *geschütteltes, nicht gerührtes* Gehirn strahlte.

Er stöhnte erneut auf und als er sich auf die Seite rollen wollte, um sich auf die Beine zu stellen, konnte er es nicht. Etwas hielt ihn unten.

Ein Gewicht.

War er gefesselt?

Fuck! Waren die Shirleys zurück und hatten sie den Club überfallen?

Vielleicht war er tot und jemand hatte vergessen, es ihm zu sagen.

Langsam blinzelte er die Augen auf, um sie an das helle Licht zu gewöhnen.

»Habe ich es in den Himmel geschafft?« War das seine Stimme? Das konnte nicht sein. Sie klang wie die eines neunzigjährigen Mannes.

Das tiefe Schnauben von Judge veranlasste ihn, sich umzudrehen und die verschwommenen Umrisse des Enforcers zu sehen, der über ihm schwebte. »Ja, du bist im Himmel, Dumpfbacke. Und ich bin der Heilige Petrus.«

Easy räusperte sich, denn seine Kehle war so trocken wie sein Mund. Jemand musste ihn mit einem schmutzigen Sandwich gefuttert haben. »Du bist noch viel hässlicher, als ich dachte, Petrus.«

»Ich glaube, du hast größere Probleme als das, wie ich aussehe. Vor allem, weil du nicht im Himmel bist. Du bist eher vor die Tore der Hölle getreten.«

Er war schon einmal dort gewesen. Aber nicht so, wie er sich in diesem Augenblick fühlte. Er fühlte sich, als bräuchte er ein heißes Bad, ein paar Tabletten, eine Massage und eine Flasche Whiskey.

Ein Blowjob könnte auch helfen.

Da seine Sicht verschwommen war, musste er sich stark auf das Gesicht von Judge konzentrieren, um ihn besser zu sehen, aber sobald er das tat, wusste Easy, dass er nichts von dem bekam, was er brauchte.

Der Gesichtsausdruck des großen Mannes ließ darauf schließen, dass es noch schlimmer werden würde.

Vielleicht sollte er seine Augen schließen, ein paar Minuten warten und es dann noch einmal versuchen. So wie er sein Handy ausschaltete, um es zurückzusetzen, wenn es nicht mehr funktionierte.

Das war es, was er brauchte … einen Neustart-Knopf.

»Willst du einfach so daliegen oder soll ich dir aufhelfen, du dummes Arschloch?« Das tiefe Grollen von Judge, zusammen mit dem Rest seiner eigenen Gedanken, kreisten in Easys Gehirn wie das Wasser bei einem Abfluss.

»Warum liege ich hier? Was zum Teufel ist passiert?«

»Trip.«

Was? »Dabei bin ich gestolpert?«

»So ähnlich, aber der Punisher hat deinen Sturz aufgefangen.«

Trip. Der Punisher.

Fuck!

Warte mal.

Hat er sich das eingebildet …

»Tessa?« Er versuchte, sich aufzusetzen und der Horizont neigte sich in einem gefährlichen Winkel. *»Fuuuuck«*, hauchte er.

Judge packte ihn am Arm und hielt ihn aufrecht, bis das Schwindelgefühl etwas nachließ. Zumindest bis zu dem Punkt, an dem ihm nicht mehr zum Kotzen zumute war. Falsch, ihm war immer noch zum Kotzen zumute.

»Sie wurde ins Bauernhaus getragen.«

Sogar sein Stirnrunzeln tat weh. *Was zum Teufel!* »Warum musste sie getragen werden? Was ist los mit ihr?«

»Als du zu Boden gingst, ging sie auch zu Boden.«

Als du zu Boden gingst, ging sie auch zu Boden.

»Ich verstehe nicht, was du sagst.«

»Dann lass mich dich auf den neuesten Stand bringen. Du hast Trips Schwester hinter seinem Rücken gefickt. Trip hat dich windelweich geprügelt. Tess hat versucht, ihn aufzuhalten.«

»Ist sie dazwischen gekommen und wurde getroffen?« Wenn ja, wollte Easy Trip dafür umbringen.

»Nein. Sie ist ohnmächtig geworden.«

»Von was?«

»Weil du bewusstlos geschlagen wurdest.«

»Das ergibt keinen Sinn.«

»Weißt du noch, was sie gesagt hat?«

»Wer?«

»Tessa!«

Er blinzelte und versuchte, sich zu erinnern. Er erinnerte sich an kaum etwas. »Nein.«

»Sie wollte deinen Platz einnehmen.«

»Einen Scheiß wollte sie.«

»Ja. Sie hat sich die Schuld gegeben. Das Problem ist nur, dass sie sich nicht allein schwängern konnte.«

Was war zum Teufel das für eine Sprache, die Judge da sprach? »Was zum Teufel redest du da?«

»Du hast sie geschwängert und sie hat es in die Welt hinaus-geschrien, in der Hoffnung, dass Trip dich dann nicht mehr schlägt.«

»Ich schätze, es hat nicht funktioniert.«

»Fuck, nein. Es war nicht ihr bester Augenblick, denn es hatte den gegenteiligen Effekt.«

»Er hat mich verdammt hart geschlagen.«

»Ohne Scheiß. Ich glaube, er wollte dich umbringen. Wenn ich ihn nicht aufgehalten hätte, hätte er es vielleicht getan.«

»Warum?«

»Heilige Scheiße, Bruder, versuch mal, zuzuhören. Du hast Tessa geschwängert und Trip hat dir den Kopf abgerissen. Du hast nicht nur verschwiegen, dass du Tessa gevögelt hast, sondern auch ihre Schwangerschaft.«

Easy holte tief Luft und, *verdammt*, es tat höllisch weh, aber er hatte keine andere Wahl, als noch einmal einzuatmen. Und noch mal. Es sei denn, er brauchte in der Hölle keinen Sauerstoff? Das wäre ein Pluspunkt.

Moment mal. Sagte Judge »geschwängert«? »Sie hat das nur gesagt, um Trip zum Aufhören zu bewegen.«

»Ich hoffe, dass das stimmt, aber ich denke nicht. Gratuliere, du dummer Wichser.«

»Das kann doch nicht wahr sein, wir … Fuck …«

Judge zog eine Augenbraue hoch.

»Hilf mir auf«, beendete Easy schwach.

Judge packte Easys blutiges T-Shirt am Halsausschnitt und zog ihn irgendwie auf die Beine, ohne dass es riss. Automatisch legte er eine Hand auf den Arm des Enforcers, um sein Gleichgewicht zu halten und zu verhindern, dass er wieder auf das Gras unter seinen Füßen fiel.

»Kommst du klar?«, fragte Judge.

»Nein.« Er schluckte den Speichel hinunter, der sich in seinem Mund sammelte. »Ich glaube, ich muss kotzen.«

»Ja, er hätte dir nicht auf die Birne hauen sollen, denn die war schon vom Unfall kaputt. Was auch immer du tust, kotz mir nicht auf die Stiefel.«

Daraufhin blickte Easy automatisch nach unten. Und er bereute es sofort, als er auf den Füßen schwankte und ihm die Galle aus dem Bauch stieg. Er stöhnte, während er lungenweise Sauerstoff einatmete, um das Übelkeitsgefühl zu vertreiben.

Als er sich langsam umsah, entdeckte er einige seiner

Brüder, die in einer Gruppe bei der Scheune standen und aussahen, als würden sie etwas Wichtiges besprechen. Wie er sie kannte, ging es dabei wahrscheinlich um Sex, Drogen oder Alkohol.

Wen er nicht sah, war Tess. »Wo ist sie?«

Judge half weiter, ihn auf den Beinen zu halten. »Sie haben sie ins Haus getragen.«

»Wer?«

»Ja. Der letzte Schlag muss dir einen Hirnschaden verpasst haben.«

»Wer hat sie getragen und in welches Haus?«, fragte er ungeduldig.

»Dodge hat sie in das Bauernhaus getragen, weil Stella dort ist.«

»Ich dachte, alle Frauen sind weg.«

Judge schüttelte den Kopf. »Stella ist mit Rush zu Hause geblieben und hat versprochen, sich nicht einzumischen.«

»Sie hat verdammt noch mal zugehört?«

Judge schnaubte. »Im Gegensatz zu dir.«

»Hilf mir da rüber.«

»Keine gute Idee«, warnte Judge.

»Es ist mir scheißegal, ob es eine gute Idee ist oder nicht. Ich will sie sehen und sicherstellen, dass es ihr gut geht.«

»Stella und Trip haben das im Griff.«

»Scheiß drauf. Ich muss sie sehen«, beharrte er. »Hilf mir da rüber.«

»Das ist nicht klug. Trip ist immer noch wütend.«

»Das ist mir egal.«

Judge ließ ihn los und Easy stolperte, konnte sich aber irgendwie fangen, bevor er hilflos zu Boden stürzte.

»Dann geh doch selbst rüber. Viel Glück, verdammt noch mal.« Mit diesen Worten ging der große Mann kopfschüttelnd und grummelnd von dannen.

Wenn Easy den ganzen Weg zum Bauernhaus auf Händen

und Knien kriechen müsste, würde er es tun. Niemand hielt ihn verdammt noch mal davon ab, Tessa zu sehen.

Nicht einmal ihr verdammter Bruder.

18

Easy hielt die Fliegengittertür mit seinem Stiefel offen und hämmerte an die Hintertür, ohne die Zeit abzuwarten, bis jemand aufmachen würde. Er drehte den Knauf, aber er fand ihn verschlossen.

»Verdammt noch mal«, murmelte er leise. »Tessa!«

Er zuckte zusammen, denn durch das Schreien pochte sein Gesicht noch mehr. Er schwor sich, dass sein Gehirn bei einem Kickballspiel benutzt worden war.

Er presste beide Hände an die Seiten seines Gesichts, drückte sie ans Fenster und sah Tessa am Küchentisch sitzen ...

Weinend.

Tessa weinte nicht. Sie war überhaupt keine emotionale Frau. Im Gegenteil, sie benutzte ihre Attitüde, um ihre wahren Gefühle zu verbergen.

Fuck!

Stellas Blick hüpfte zwischen ihm an der Tür und Trip hin und her. Crys, die mit Rush im Arm am Tresen stand, starrte ebenfalls mit großen Augen in seine Richtung.

Und Trip ...

Easy hämmerte wieder an die Tür. »Lass mich rein.«

Trip warf ihm einen vernichtenden Blick zu, verschränkte die Arme vor der Brust und drehte der Tür den Rücken zu.

Dieser verdammte Wichser. Dass er das tat, war ein Schlag ins Gesicht.

»Lasst mich sofort rein, *verdammt noch mal!*«, brüllte Easy und schlug mit der Handfläche so fest gegen die Tür, dass sie klapperte, ohne den stechenden Schmerz in seinem Arm zu beachten. »Tessa, lass mich rein.«

Er stützte sich auf seine Hand, die nun auf der Tür lag, und gab sein Bestes, um aufrecht zu bleiben und sich nicht auf der Veranda zusammenzurollen, weil der Schmerz durch jeden verdammten Zentimeter seines Körpers schoss.

Die Schmerzen und das Unwohlsein nach dem Unfall waren nichts im Vergleich dazu. »Heilige Scheiße!«

Als Stella sich von ihrem Platz erhob und zur Tür ging, hörte Easy, wie der President der Fury knurrte: »Wage es ja nicht.«

Stella ignorierte die Warnung ihres Mannes, rollte mit ihren blauen Augen, klappte die Kinnlade herunter und in dem Moment, in dem sie das Schloss umdrehte, wurde die Tür von Easy aufgestoßen, sodass sie einen Schritt zurückgehen musste, um nicht von der Tür oder ihm getroffen zu werden.

»Lass mich das nicht bereuen«, murmelte sie leise vor sich hin.

Das konnte er nicht versprechen, aber er nickte ihr trotzdem zu. Bevor er sich Tessa nähern konnte, stand Trip mit zu Fäusten geballten Fingern vor ihm, während ein Muskel in seiner Wange pochte. »Verschwinde verdammt noch mal aus meinem Haus.«

Easy hob sein Kinn und starrte seinen President an, so gut er konnte, auch wenn ein Auge jetzt fast zugeschwollen war. »Fick dich. Ich gehe nirgendwo hin. Du hast bekommen, was du von mir wolltest, jetzt bin ich hier, um mir zu holen, was mir gehört.«

»Du machst es verdammt noch mal falsch herum, Arschloch. Du wolltest sie, du hättest es richtig machen sollen.«

Easys Blick blieb an Trip haften und er senkte seine Stimme. »Geh mir aus dem Weg.«

Trip packte Easys Shirt mit einer Faust. Da er ohnehin schon schlecht sehen konnte, bemerkte Easy die andere Faust erst kurz vor dem Aufprall auf seine Nase. Doch da war es schon zu spät, um auszuweichen.

Sein Kopf fiel nach hinten und etwas in seiner Nase platzte, sodass Blut aus beiden Nasenlöchern floss.

Hundesohn!

»Trip!«, schrien Stella und Tessa.

»Du hast in diesem Haus nichts zu sagen und schon gar nicht, wenn es um meine Schwester geht. Hast du mich verstanden?«

»Lass ihn los, Trip!«, brüllte Tessa, als Stella ihren Old Man wegzog.

»Genug von dieser Scheiße, Trip!«, brüllte Stella ihn an.

Kaum waren sie getrennt, schob Stella Easy auf einen der Plätze am Tisch. »Setz dich hin, bevor du in meiner verdammten Küche stirbst.« Sie blickte zurück zu Crys, die Rush, der nun mit rotem Gesicht und weinend in ihren Armen lag. »Crys, nimm Rush und geh zu ...« Sie fuchtelte mit einer Hand herum. »Bring ihn erst einmal zu Sig und Red.«

»Willst du, dass ich Sig hierher zurückschicke?«

»Nein!«, schrien Tessa und Stella gleichzeitig.

Dem Teufel sei Dank. Das Letzte, was Easy brauchte, war, dass sich die andere Hälfte der *Temper Twins* einmischte. Er wäre der Verlierer dieses Treffens, zumal er schon halb totgeschlagen war. Seine Reflexe waren im Moment langsamer als Scheiße, sein Gehirn war benebelt und seine Gelenke und Muskeln konnten sich nur schwer bewegen.

Und, *verdammt noch mal*, jetzt konnte er nicht mehr durch die Nase atmen.

Stella drehte sich zu Trip. »Egal, wie sauer du gerade bist, du musst daran denken, dass Easy immer noch zur Familie gehört.«

»Familie verarscht Familie nicht.«

»Ja, klar«, erwiderte Stella trocken. Als Crys mit Rushs Wickeltasche durch die Hintertür verschwand, ging Stella zum Kühlschrank und behielt ihren Mann wachsam im Auge. »Wir alle wissen, dass das Blödsinn ist, da wir alle von der Familie verarscht wurden. Alle von uns in dieser Küche.« Sie schnappte sich eine Tüte aus dem Gefrierschrank. »Dem Teufel sei Dank habe ich noch Tiefkühltüten mit Mais von den Amish.«

Immer noch angespannt, ging Trip auf die andere Seite der Küche. Wenigstens konnte sich Easy aus dieser Entfernung etwas vorbereiten, wenn Trip sich auf ihn stürzte.

Mit beiden Augen, die nur noch Schlitze waren – was durch die gebrochene Nase noch schlimmer wurde –, starrte Easy über den Tisch zu Tess.

Er musste sie berühren, um sicherzugehen, dass es ihr gut ging. Aber er wartete, denn die Spannung im Raum knackte und knisterte immer noch wie eine unterbrochene Stromleitung.

Es machte ihn fertig, sie so zu sehen, mit ihrem vom Weinen verwüsteten Gesicht. Während sie ihn anschaute, sah er, dass ihre Augen geschwollen und ihre Nase rot waren, ihr Gesicht war blass und ihre Augen blutunterlaufen. »Es tut mir leid«, murmelte sie.

Bevor er antworten konnte, stand Stella mit einem Geschirrtuch und dem gefrorenen Mais vor seinem Stuhl. »Neige deinen Kopf leicht nach hinten.«

Sie zischte zur gleichen Zeit wie Easy, als sie ihm den Mais vor die Nase hielt.

»Verdammt«, murmelte er.

»Halt das mal, während ich das Blut abwische«, sagte Stella. Easy hielt sich die Tüte mit dem gefrorenen Mais an den

Nasenrücken, während Stella ihm das Blut aus dem Gesicht wischte.

Das Geräusch eines schabenden Stuhls lenkte Easys Aufmerksamkeit von Stella ab, aber bevor Tessa aufstehen konnte, forderte Stella sie auf, sich wieder hinzusetzen.

»Mir geht es gut«, beharrte sie. »Lass mich ihm helfen.«

»Tessa, du bist ohnmächtig geworden und solltest dich ausruhen«, erinnerte Trips Old Lady sie. »Es ist schon schlimm genug, dass du noch immer von dem Unfall vor zwei Wochen verletzt bist. Wir müssen meine zukünftige Nichte oder meinen Neffen um jeden Preis schützen.«

Zukünftige Nichte oder Neffe?

»Moment mal, verdammt …« Er ließ die Tüte mit dem Mais auf den Tisch fallen und schob Stellas Hand von seinem Gesicht weg. »Du *bist* schwanger? Ich dachte, du hättest es nur gesagt, um Trip aufzuhalten.«

Auch wenn er die Tränen nicht sah, schniefte sie und schüttelte den Kopf. »Ich habe nicht gelogen. Sorry für die schlechte Nachricht.«

Sorry für die schlechte Nachricht? Wenn überhaupt, dann sollte es ihr leidtun, dass sie es ihm nicht früher gesagt hat. »Warum zum Teufel hast du es mir nicht gesagt? Warum zum Teufel musste ich es zur gleichen Zeit erfahren wie alle anderen auch?«

»Weil ich es erst in der Nacht des Unfalls erfahren habe …«

»Das war vor zwei verdammten Wochen!« *Verdammt,* es tat weh, zu schreien.

Als er eine Bewegung in seinem Blickfeld sah, wusste er, dass es Trip war, der sich näherte, aber er ignorierte ihn. Im Moment musste er sich darauf konzentrieren, was Tessa sagte.

»Und ich wollte bis nach meinem Termin mit Carly warten, weil …«

Termin? »Welcher verdammte Termin? Wann war das? Und warum zum Teufel hast du mir nichts davon gesagt?«

»Ich war mir nicht sicher, ob das Baby nach dem Unfall überleben würde. Ich hatte Schmierblutungen und wollte sicher sein, dass es tatsächlich ein Baby wird, bevor ich es dir sage. Wenn etwas passiert wäre ...« Sie schürzte die Lippen und fügte dann hinzu: »Es hätte keinen Sinn gemacht.«

Konnte sein Tag noch beschissener werden, als er ohnehin schon war?

Es fiel ihm schwer zu begreifen, was zum Teufel hier los war. Aber jetzt machte es irgendwie Sinn, warum Trip vor ein paar Minuten so ausgeflippt war.

»Aber wie? Wir ...« Er blickte zu Trip hinüber, der dort stand. Es war vielleicht nicht der beste Zeitpunkt, um über ihre Verhütungsmethode zu sprechen oder den President daran zu erinnern, dass er seit Monaten Sex mit seiner Schwester hatte. Er musste Tessa da rausholen und irgendwohin bringen, wo sie eine Diskussion führen konnten, ohne dass Trip ihnen im Nacken saß.

Oder seinen brach.

Allerdings könnte der Tod die Qualen, mit denen er gerade zu kämpfen hatte, etwas lindern.

»Wir ... müssen reden«, beendete er. »Irgendwo anders. Nicht hier.«

»Sie wird nirgendwo mit dir hingehen.«

Bullshit. »Nach dem, was ich gerade gehört habe, bist *du* es, der hier nichts zu sagen hat.«

Als Trip den Kopf hob und die Schultern zurückzog, wurde die Fliegengittertür aufgerissen und hinter Jemma zugeknallt. Der Knall der Tür schoss wie ein Schuss durch sein verwirrtes Gehirn.

Cages Old Lady hatte sich in den Tasmanischen Teufel verwandelt. »Was zum Teufel ist hier los?« Sie blickte sich um, machte eine Bestandsaufnahme der Situation und konzentrierte sich dann auf Tessa. »Chris hat mir gerade gesagt, dass du schwanger bist.«

Tessa nickte, sagte aber nichts weiter.

»Wir sind fertig damit, hier darüber zu reden«, sagte Easy.

Jemmas Augenbrauen zogen sich zusammen, als sie den Raum erneut abtastete, um die Spannung zu lesen.

»Einen Scheiß sind wir f…«

Jem unterbrach Trip. »Chris hat gesagt, sie sei ohnmächtig geworden. Stimmt das?«

»Ja«, antwortete Stella mit grimmiger Miene.

Jemma drehte ihren Kopf und rief über ihre Schulter: »Chris!«

Cage muss draußen auf der Veranda gewartet haben, denn plötzlich stand er vor der Tür und sah aus wie ein Reh im Fernlicht.

»Hol Easy und lass uns gehen«, befahl sie ihrem Old Man.

»Ich bin hier noch nicht fertig«, knurrte Trip.

»Du bist fertig, Trip!«, brüllte Jemma ihn an. Die Energie ihrer Wut war auf das Niveau von Trip gestiegen.

Die Frauen in der Schwesternschaft ließen sich von niemandem einen Fuck gefallen und das hatte Easy schon immer beeindruckt. Es machte ihn sogar ein bisschen an.

Nur nicht in diesem Augenblick.

»Du wirst meine Schwester nirgendwohin bringen«, beharrte Trip.

»Einen Scheiß werde ich.« Sie drehte sich zu Stella um. »Bring deinen Old Man unter Kontrolle.«

Stella seufzte. »Du musst ihn führen lassen, Jemma. Und hier geht es um seine Schwester.«

»Es ist mir scheißegal, ob Tessa seine Schwester ist. Sie ist auch unsere Schwester.« Jem zeigte auf Easy. »Und jemanden mit diesem verdammten Knüppel anzugreifen, ist keine Führung.« Sie wandte sich an Trip. »Wenigstens hast du meinen Bruder dieses Mal nicht gezwungen, deine Drecksarbeit zu machen.«

»Das ist sein Job«, antwortete Trip.

»Das ist kein Job«, knurrte Jemma. »Das ist verdammt barbarisch und unnötig. Lasst uns gehen. Ihr beide.« Mit einem letzten Blick auf Trip half sie Tessa aus dem Stuhl und nahm sie am Ellbogen, um sie aus der Küche und durch die Tür zu führen. »Chris!«

Cage zog eine Grimasse, legte Easy einen Arm um den Rücken und unter die Achseln und half ihm auf die Beine. »Lass uns gehen.«

»Es ist noch nicht vorbei«, sagte Trip.

»Du hast recht. Es ist nicht vorbei«, stimmte Easy zu und schnappte sich den gefrorenen Mais. »Danke für den Mais, Stel.«

»Jemma wird sich besser um dich kümmern, als ich es kann«, sagte sie seufzend zu Easy, obwohl sie ihren Old Man nicht aus den Augen ließ.

Jemma war Hospizschwester, was perfekt war, denn Easy fühlte sich, als würde er gerade verdammt noch mal sterben.

»Wir können das alles als Familie besprechen, sobald Trip sich beruhigt hat«, verkündete Stella.

»Da gibt es nichts zu besprechen«, warf Easy über seine Schulter, als Cage ihm nach draußen auf die Veranda half. »Ich habe es von hier aus im Griff.«

Nachdem sich die Fliegengittertür hinter ihm geschlossen hatte, hielt Easy die Ohren nach einem Ansturm von Stiefeln offen, denn Trip würde dieser Abschiedsspruch nicht gefallen.

Aber scheiß auf ihn.

Wenn Tessa mit seinem Kind schwanger war, dann war es an ihm und Tess, die Sache zu regeln. Nicht Trip. Nicht Stella. Nicht Cage oder Jemma.

Er war immer noch verwirrt, wie das überhaupt passieren konnte.

Es sei denn ...

Fuck. Tessa war nicht so. Sie wollte überhaupt nichts Ernstes mit ihm anfangen. Keiner von ihnen wollte es. Auf keinen Fall würde sie eine Schwangerschaft ausnutzen, um ihn in eine Falle zu locken. Tessa mochte jung sein, aber sie war keine hinterhältige Schlampe wie ihre Mutter. Er war sich verdammt sicher, dass diese Schwangerschaft für sie genauso eine Überraschung war wie für ihn.

Aber, *heilige Scheiße*, was jetzt?

* * *

EASY SAß am Tisch in der Küche von Cage und Jemma. Er war gerade mit nacktem Oberkörper unterwegs, damit sie ihn näher untersuchen konnte, während Cage in sein Zimmer rannte, um ihm frische Kleidung und eine Flasche Whiskey zu holen. Easy brauchte beides im Moment.

Er brauchte auch eine Dusche, aber ein heißes Bad wäre noch besser. Er bezweifelte, dass er so etwas in nächster Zeit bekommen würde. In der Unterkunft gab es keine Badewanne, also musste er eine Badewanne von seinen Brüdern in *Cluburbia* oder in einer der Wohnungen ausleihen.

Aber die ganze Zeit, in der Jemma sich um ihn kümmerte – ihm Schmerzmittel verabreichte, prüfte, ob er genäht werden musste, sicherstellte, dass seine Nase nicht geflickt werden musste, die Blutung stoppte, ihm mehr Eis gegen die Schwellung brachte –, hatte er Tessa im Auge behalten.

Sie saß direkt neben der Küche auf der Couch mit Dyna. Sie kümmerte sich um das kleine Mädchen, als ob sie Dynas eigene Mutter wäre. Er überlegte hin und her, ob ihn dieser Anblick beruhigen oder ihm eine Scheißangst einjagen sollte, wo die Realität ihn genau wie der Punisher umgehauen hatte.

Er hatte so viele beschissene Fragen und keine davon wollte er vor Jem oder Cage stellen. Alle Fragen, die er hatte, und alle Antworten, die Tess ihm gab, sollten zwischen ihnen und niemandem sonst bleiben.

Er wollte allen sagen, dass sie sich verpissen und sie in Ruhe lassen sollten, damit sie eine Lösung finden konnten. Aber Jemma war gerade auf einer Mission und er wollte sie nicht noch mehr verärgern.

Es hieß zwar immer, dass alle in der Fury eine Familie seien, aber manche Bindungen waren stärker als andere. Tess hatte das mit Dyna, Cage und Jemma. Sie waren wirklich zu einer Familie geworden. Easy war in diesem Fall der Außenseiter.

Er schaute sich an, wie Tess sich von der Couch erhob und Dyna zu ihren Spielsachen auf den Boden setzte, wobei sie darauf achtete, das Kleinkind nicht mit ihrem Gips zu stoßen. Den Gips, den sie trug, weil *er* ihr bei dem verdammten Unfall den Arm gebrochen hatte.

Er war derjenige, der darauf bestanden hatte, dass sie mitten in der Nacht mit ihm fuhr.

Alles, was mit ihr passiert war, war seine verdammte Schuld. Die blauen Flecken, der gebrochene Arm und jetzt …

Dass sie schwanger war.

Er hatte ihr Leben durcheinandergebracht und es auf den Kopf gestellt.

Er schloss kurz die Augen und erinnerte sich an die Fahrten, die sie zusammen unternommen hatten und daran, wie gut es sich anfühlte, wenn sie an seinen Rücken gepresst auf den Nebenstraßen rund um Manning Grove unterwegs waren. Ja, irgendetwas war so verdammt richtig daran gewesen. Dass sie mit ihm fuhr, machte ihn glücklich und gab ihm ein Gefühl des Friedens.

Und wie ging es ihnen jetzt?

Sie hatten Schmerzen und ihr Leben war ein verdammtes Chaos.

»Wir müssen reden«, sagte er zu ihr, als sie zum Tisch kam und ihre Augen und Nase nicht mehr ganz so rot waren wie in der Küche ihres Bruders.

»Geht es dir gut?«

»Alles bestens«, antwortete er. »Wie geht es *dir*?«

»Verdammt *großartig*«, wiederholte sie und blickte zu Jemma. »Danke, dass du dich um ihn gekümmert hast, Jem.«

Die Schwester von Judge nickte. »Klar doch.« Sie seufzte und klebte seine Nase zu Ende. »Ich wünschte nur, du hättest mir von dem Baby erzählt, Tess.«

»Dasselbe«, murmelte Easy.

Jemma fuhr fort: »Vor allem, weil du während des Unfalls bereits schwanger warst. Das hätte eine Menge Komplikationen verursachen können. Ich bin eine verdammte Krankenschwester. Ich hätte ein Auge auf dich geworfen.«

»Das wusste ich erst in der Nacht des Unfalls, als sie mir Blut abgenommen haben. Ich habe Carly gebeten, mich zu untersuchen und einen Ultraschall zu machen. Alles scheint in Ordnung zu sein.«

In Ordnung? Darüber ließ sich streiten. »Wenn das mein Kind ist, hätte ich da sein müssen, Tess. Du hättest nicht allein sein sollen.«

»Ich war nicht allein. Saylor ist mit mir gegangen.«

Er blinzelte. »Saylor weiß Bescheid und ich nicht?« Er versuchte, sich über die ganze Situation im Klaren zu sein, aber … *Verdammt.*

»Ich war besorgt. Und verängstigt. Und ich war mir nicht sicher …«

»Ob du eine Fehlgeburt haben würdest«, sagte Jemma. »Das macht Sinn.«

»Ob ich es behalten würde«, beendete Tessa.
Diese Worte hingen in der Luft.
Keiner atmete, bis Easy fragte: »Und jetzt?«, während er sie anstarrte. »*Fuck,* das ist auch eine Entscheidung, bei der ich dabei sein sollte, es sei denn …« Sein Herz setzte einen Schlag aus. »Es ist nicht meins?«

Sie hatte gesagt, dass sie seit dieser ersten Nacht mit keinem anderen als ihm zusammen war. Wenn es nicht von ihm war, dann hatte sie ihn angelogen und fickte zur gleichen Zeit mit einem anderen, während sie ihn fickte. Natürlich hatten sie nie über eine feste Beziehung gesprochen, aber, *verdammt noch mal* ...

Nachdem eine Verbindung zwischen ihnen entstanden war, selbst in der Stille und der Dunkelheit, fickte er nie wieder eine andere. Er hatte nie eine andere gewollt. Er dachte, dass es bei ihr genauso gewesen war.

Aber wie zum Teufel ist sie dann geschwängert worden?

»Ich versteh das nicht. Wir haben jedes Mal ein Gummi benutzt, Tess.«

»Cage hat auch ein Gummi benutzt«, erinnerte Jemma ihn. »Dyna ist der Beweis dafür, dass Verhütungsmittel nicht hundertprozentig wirksam sind.«

»Er hat eins benutzt, das er schon zu lange in seiner Brieftasche hatte. Bei uns war das nicht so. Also, ich brauche eine Antwort, Tess. Habe ich die ganze Scheiße umsonst durchgemacht? Sollte jemand anders statt mir diese verdammte gebrochene Nase haben?«

»Ja. Natürlich, es ist deins.«

Niemals hätte er gedacht, dass er einmal erleichtert sein würde, dass eine Frau von ihm geschwängert worden war. Das Leben war so verdammt verrückt und verwirrend.

»Niemand sollte sich deswegen eine verdammte gebrochene Nase holen. Und das ist nicht der einzige Grund, warum Kondome versagen«, erklärte Jemma.

Easy blickte zu Tessa und sah, wie sie die Lippen zusammenpresste. »Was habe ich verpasst?« Denn wenn sie mit niemandem außer ihm zusammen gewesen war, musste er etwas verpasst haben.

»Gar nix«, antwortete sie, »du erinnerst dich nur nicht.«

»Dann hilf mir verdammt noch mal, mich zu erinnern«, sagte er etwas zu barsch. Er holte tief Luft, um sich zu beruhigen, aber das Einatmen verursachte nur, dass seine Rippen schmerzten. Eine Erinnerung an das, was er gerade durchgemacht hatte, für die Frau, die auf der anderen Seite des Tisches stand. Nahe, aber außerhalb seiner Reichweite.

»In dieser Nacht, ganz am Anfang ...«

In dieser Nacht, ganz am Anfang.

In dieser Nacht ...

Oh, verdammt Scheiße! Das war alles, was sie zu sagen hatte. Eines Nachts, im ersten Monat, in dem sie zusammen waren, riss das Gummi und er bemerkte es erst, nachdem er sich aus ihr zurückgezogen hatte. Er hatte es ganz vergessen.

Verdammt noch mal!

»Ich dachte, du würdest verhüten, deshalb bin ich damals nicht ausgeflippt.«

»Wir haben Kondome benutzt, Easy. Das *ist* eine Art von Verhütung.«

»Und sieh nur, wie gut das für Cage funktioniert hat. Du kümmerst dich um das Baby, das aus seinem kaputten Gummi entstanden ist.« Nicht, dass sie diese Erinnerung gebraucht hätte. »Warum hast du nicht die ›Pille danach‹ genommen? Oder wenigstens etwas zu mir gesagt, dann hätte ich sie für dich besorgt.«

»Ich hatte es eigentlich vor ...«

»Du hattest es vor? Wann denn? Nachdem das verdammte Baby geboren war?«

Sie kniff die Augen zusammen und er sah, wie sie schwankte. Er wollte aufspringen, um sie aufzufangen, aber Jemma war zur Stelle und setzte sie ihm gegenüber auf einen Stuhl, bevor sie zu Boden ging. Sie hob eine Hand, um ihm zu zeigen, dass sie ein paar Sekunden brauchte, und er gab sie ihr, trotz der Ungeduld, die ihm die Kehle zuschnürte.

»Am nächsten Morgen musste ich Dyna wegen ihrer Ohren zum Kinderarzt bringen. Cage und Jem waren bei der Arbeit ... Dyna schrie und weinte und hatte Schmerzen ... Ich konnte nichts tun, um die Schmerzen zu stoppen, und es wurde mir zu viel. Bei all dem, was passierte, habe ich es einfach vergessen.«

»Meinst du nicht, dass du in der Praxis eines Kinderarztes daran erinnert worden wärst, dass Babys wie Dyna durch fehlerhafte Gummis entstanden sind?«

»Easy«, warnte Jem sie leise.

Er ignorierte sie und wartete auf Tessas Antwort.

»Ich weiß. Aber ... Dyna hat nicht aufgehört zu weinen. Ich hatte nicht geschlafen und war erschöpft. Es ist mir entfallen. Es war ein verdammt langer Tag und es war hektisch. Als Jemma von ihrer Patientin nach Hause kam, habe ich mich nur noch mit Mühe ins Bett retten können.«

»Es ist dir entfallen? Hast du je daran gedacht, mich zu bitten, es für dich zu holen? Du weißt schon, die andere Person, die betroffen war, als es dir ›entfallen‹ ist? Das ist die Scheiße, die passiert, wenn man nicht miteinander redet, verdammt. Gott. Ein paar Worte, Tess. Nur ein paar Worte hätten das verhindern können.«

Er konnte sie ja nicht fragen, denn sie hatte nicht gewollt, dass sie ein verdammtes Gespräch führen!

Fuck, er würde jetzt am liebsten etwas kaputt machen. Sie wären vielleicht nicht in dieser Situation, wenn sie ein einfaches verdammtes Gespräch darüber geführt hätten.

»Wie gesagt, ich hatte vor, es zu holen. Dyna hatte ständig Probleme mit ihren Ohren und nach dem Termin konnte ich nicht mehr mit ihr aus dem Haus gehen, weil sie so unglücklich war ... Und ... Und ... Ich wollte Jemma nicht bitten, es auf dem Heimweg für mich abzuholen, weil sie zu viele Fragen gestellt hätte.« Ihr Blick huschte zu Jemma, bevor er wieder bei Easy landete. »Und dann ...« Sie zog eine Grimasse.

»Und dann ist es dir verdammt noch mal *entfallen*. Das sind verdammt viele Ausreden, Tess, dabei hättest du mir einfach eine verdammte SMS schicken können!«

»Easy«, mahnte Jem wieder leise.

»Kannst du uns ein paar Minuten geben?«, fragte Easy sie. Er brauchte ihre ständigen Zwischenrufe nicht.

»Ich glaube nicht, dass das klug ist«, antwortete Jem. »Ich verstehe, dass ihr beide verärgert seid …«

»Verärgert? Sie ist verdammt noch mal schwanger und es hätte vermieden werden können.«

Tessas Mund wurde schmal und ihr Kinn hob sich. »Denkst du, ich habe das geplant?«

»Nein, Tess, ich weiß, dass du das nicht geplant hast. Da bin ich mir verdammt sicher. Wenn es jemand anderes wäre, dann würde ich denken, dass es geplant war. Aber da du es bist, weiß ich ganz genau, dass es nicht so ist. Du hast von Anfang an klargemacht, dass du nichts anderes willst, als mich zu benutzen … für deine Bedürfnisse.« Er rieb sich die Brust und versuchte, die Enge zu lösen.

»Du hast es nicht gestoppt, E.«

»Nein, du hast recht. Mein verdammter Fehler. Ich hätte es stoppen sollen. Ich hätte dir sagen sollen, dass du dich verpissen und den Kopf von jemand anderem ficken sollst.« *Verdammte Scheiße.*

»Wir haben alle Fehler gemacht«, brach Jemma dazwischen.

»Ja, aber dieser hier ist ein verdammt großer, Jem. Und ein verdammt teurer dazu. Es könnte mich auch meine verdammten Farben kosten.« Und seine Farben zu verlieren bedeutete, alles zu verlieren. Seine Bruderschaft, seine Familie, vielleicht sogar Tess.

»Das wird es nicht«, versicherte ihm Jemma.

»Woher zum Teufel weißt du das?«

»Denn dafür ist eine einstimmige Abstimmung erforderlich, und auf keinen Fall würden alle deine Brüder dafür stimmen, dir allein deswegen die Farben zu nehmen. Das wird kein Thema sein. Selbst als President kann Trip dir nicht allein die Farben abnehmen. Er mag im Moment wirklich sauer sein, aber irgendwann wird er sich beruhigen. Das tut er immer. Wenn er das tut, wird er das hier als das sehen, was es ist. Ein Geschenk. Du siehst das jetzt vielleicht noch nicht so, aber du wirst es bald sehen. Ihr beide müsst nur von jetzt an gute Entscheidungen treffen, das ist alles.«

»Das ist alles«, murmelte Easy. »Verdammt einfach.« *Gute Entscheidungen treffen. Riiiiiichtig.* In den letzten einunddreißig Jahren hatte er mehr schlechte als gute Entscheidungen getroffen. Wenn seine Zukunft also davon abhing, gute Entscheidungen zu treffen, war er am Arsch.

»Ich weiß, dass du das genauso wenig willst wie ich, Easy«, sagte Tessa leise.

»Bin ich bereit für ein Kind? Fuck, nein. Bist du es? Offensichtlich nicht, wenn du so etwas sagst. Aber weißt du was? Das verdammte Schiff ist abgefahren. Jetzt müssen wir das verdammte Schiff vor dem Untergang bewahren. Vor allem, weil du mit der Neuigkeit herausgeplatzt bist, ohne es mir zu sagen!« Er zuckte zusammen, als es sich anfühlte, als würde jemand auf seinen Schädel klopfen.

»Ich habe versucht, dich zu retten!«, schrie sie zurück. »Ich … Ich bin …« Sie drückte ihre Augen zu und schüttelte den Kopf. Als sie sie wieder öffnete, flüsterte sie: »Es tut mir leid, aber tu nicht so, als wäre das alles meine Schuld. Ich weiß, dass ich es versaut habe, aber …«

»Ich habe nicht ein Mal gesagt, dass es deine Schuld ist, Tess. Nicht ein einziges Mal. Ich weiß, wie es läuft, und wir wissen jetzt, warum es passiert ist. Die Phase der Schuldzuweisung haben wir hinter uns, jetzt müssen wir planen. Wenn du nicht planen willst, dann sag mir, was du zu tun bereit bist. Aber eins sag ich dir, Frau, und du hörst gut zu … Du triffst von jetzt an keine wichtigen Entscheidungen mehr für das Kind, ohne dass ich dabei bin, verstanden? Nicht eine einzige. Ich sage dir gleich, dass das hier kein ›mein Körper, meine Entscheidung‹-Szenario ist. Es mag dein Körper sein, der das Kind beherbergt, aber es ist zur Hälfte meins, also habe ich ein verdammtes Mitspracherecht.«

»Aber …« Ihre Brust hob und senkte sich, bevor der Rest der

Worte aus ihr herausprudelte. »Ich bin mir nicht sicher, ob ich eine gute Mutter sein kann.«

Bevor er darauf antworten konnte, schaltete sich Jemma wieder ein.

»Das bist du schon, Tess, mit Dyna. Du kannst das schaffen, ob du es merkst oder nicht. Und weißt du auch, warum? Weil deine Mutter das perfekte Beispiel dafür war, was man nicht tun und wie man nicht sein sollte. Genau wie meine. Genau wie die von Chris. Wir lernen aus der Vergangenheit. Wir tun unser Bestes, um nicht dieselben Fehler zu wiederholen, die unsere Eltern gemacht haben. Das ist alles, was wir tun können. Und ehrlich gesagt, tun wir das alle. Du wirst es auch tun.«

»Ich bin mir nicht sicher, ob das stimmt.«

»Ich schon«, sagte Jemma. »Du hast es so verdammt weit gebracht, seit du vor ein paar Jahren hierhergekommen bist. Du bist hier aufgeblüht. Ich sehe den Unterschied, auch wenn du es nicht tust. Du hast einen langen Weg hinter dir, Baby.« Sie lächelte über diesen bekannten Slogan. »Die Wahrheit ist, das haben wir alle. Auch wenn ich älter bin als du, bin ich auch gewachsen. Ich habe akzeptiert, dass ich meine Vergangenheit nicht ändern kann, aber ich kann ändern, wie ich mit der Zukunft umgehe.«

Easy hatte sich geärgert, dass Jemma sich in ihre Angelegenheiten einmischte, aber er respektierte sie und sie neigte dazu, zu sagen, was gesagt werden musste. Aber niemand hätte das, was sie tat, besser sagen können, schon gar nicht er, also war er dankbar für ihre Weisheit.

»Ich war nichts weiter als ein Werkzeug meiner Mutter, um einen Mann zu fangen. Ich habe hier eine Aufgabe gefunden. Mit dir und Cage. Mit Dyna. Jetzt fürchte ich, dass ich wieder ein Werkzeug sein werde, ein Gefäß«, sie drückte eine Hand auf ihren Bauch, »in dem dies wachsen kann.«

»Im Moment mag es sich so anfühlen, als wärst du nur ein Gefäß, aber deine Aufgabe wird es sein, die Mutter dieses

Kindes zu sein. Du und Easy, ihr werdet alles für dieses Kind sein. Und ihr müsst nicht perfekt sein. Keiner von euch muss das. Ein wertvoller Vorteil, ein Teil der Fury zu sein, ist, dass ihr es nie allein tun müsst. Trip hat recht. Es braucht ein Dorf. *Wir* sind dieses Dorf. Wir sind eine Familie. Wir werden immer für dich da sein, egal was passiert. Die Originals haben Mist gebaut und dein Bruder hat so hart daran gearbeitet, dass dieser Club nicht den gleichen Weg einschlägt. Er hat hier etwas getan, was ich nie für möglich gehalten hätte … Er hat etwas aufgebaut, das sich lohnt. Er hat etwas aufgebaut, das wir, die Kinder der Originals, nie hatten. Und er hat es geschafft, weil er es gelebt hat. Wie ich ist er in diesem Chaos aufgewachsen. Er will das nicht für die nächste Generation. Er will unseren Kindern so viel mehr geben als das, was wir hatten. Und ich spreche nicht von Geld. Ich rede von Liebe und Unterstützung. Verständnis. Du bist von all dem umgeben. Und dein Kind wird das auch sein.«

»Lass mich noch Folgendes sagen: Dein Titel als Hausmaus beschreibt nicht einmal ansatzweise, wer du für Dyna bist. Nicht einmal annähernd. Ich weiß nicht, was Chris oder ich ohne dich getan hätten. Du warst da, als ich nicht da war, wenn ich es hätte sein sollen. Als meine Kindheit mich so sehr verwirrte, dass ich nicht über die Vergangenheit hinwegsehen konnte – etwas, womit du auch zu kämpfen hast. Du bist für Chris und Dyna geblieben, auch nachdem ich zurückkam. Du bist geblieben, damit ich mit meiner Karriere weitermachen konnte. Es wäre so viel schwerer für mich gewesen, wenn du nicht ein Teil unserer Familie gewesen wärst. Als die Dinge schwer waren, hast du dazu beigetragen, sie leicht zu machen. Und im Gegenzug werden wir alle tun, was wir können, um es für dich leichter zu machen. Du wirst geliebt, Tessa, und wir werden für dich da sein. Zweifle nie daran.«

»Trip«, hauchte Tessa.

»Dein Bruder würde sich nicht so verhalten, wenn er dich

nicht auch lieben würde. Er ist leidenschaftlich für das, woran er glaubt, er liebt hart und er nimmt sich jeden Scheiß zu Herzen – wie zum Beispiel, dass du und Easy heimlich miteinander rumbumst. Kann er nervtötend sein? Verdammt ja, aber er hat ein gutes Herz und eine gute Seele, auch wenn ich ihm manchmal am liebsten den Punisher an den Kopf werfen würde. Aber ich denke immer daran, dass er nur das Beste für uns alle will.«

»Ja, genau«, murmelte Easy.

»Du weißt, dass er das will, E. Ihr seid die Sache falsch angegangen und obwohl ich vorhin den Eindruck erweckt habe, dass ich Stella nicht zustimme, als sie sagte, dass ich Trip die Führung überlassen soll, hat sie recht. Wir müssen ihn sein Ding machen lassen. Genau wie bei Chris konnte Trip die Sache nicht einfach auf sich beruhen lassen. Selbst wenn er nicht jähzornig wäre, wären Konsequenzen vom Club-President zu erwarten, und Verstöße gegen die Regeln würden nicht toleriert werden. Seine Reaktionen neigen dazu, heftig zu sein. Aber da ihr beide damals nicht dabei wart, könnt ihr froh sein, dass er nicht Buck ist. Easy wäre wahrscheinlich erschossen oder zu Tode geprügelt worden, ohne darüber nachzudenken. Du denkst vielleicht nicht, dass du ungeschoren davongekommen bist, E, aber das bist du.«

»Und was jetzt?«, fragte Easy.

»Also, ich nehme Dyna, gehe Chris suchen und lasse euch beide allein. Lasst euch was einfallen. Damit ihr Bescheid wisst, es muss nicht alles heute geklärt werden. Oder morgen. Oder sogar nächste Woche. Ihr habt noch Monate Zeit, bis das Baby kommt. Ihr habt genug Zeit, um euch über alles klar zu werden. Und selbst wenn nicht, werden wir alle hier sein, um zu helfen.«

19

Easy wartete, bis er das entfernte Klicken der Eingangstür hörte. Er unterdrückte ein Stöhnen, als er sich auf die Beine zwang. Tessa schaute ihn an, als er sich zu ihr an den Tisch setzte.

Als sie ihr Gesicht zu ihm hob und ihn misstrauisch ansah, streckte er die Hand aus und strich langsam mit dem Fingerknöchel an ihrem Haar entlang, von der Stirn bis zur Schulter. Als er mit den Fingerspitzen an ihrem Kinn entlangfuhr, schaute er sich an, wie ein Wechselbad der Gefühle über ihr Gesicht lief.

Er erkannte und fühlte auch jedes einzelne von ihnen.

»Es tut mir leid, dass ich alles versaut habe«, flüsterte sie und drückte ihre Wange in seine Handfläche. Ihre Haut war weich, warm und glatt. Er konnte kaum erkennen, wo sie blaue Flecken hatte, denn bis auf ihren Arm war der Unfall schnell verheilt.

Dem Teufel sei Dank.

»Ja, ich auch. Tut mir leid, dass ich alles vermasselt habe. Aber du musst das hören, Tess ... Wir sind fertig mit dem Entschuldigen. Untereinander. Und auch bei allen anderen.«

Er ließ seine Hand von ihrer Wange fallen und hielt sie ihr hin. Sie starrte ihn ein paar Sekunden lang an, bevor sie ihre in seine legte. Nachdem er ihre Finger ineinander verschränkt hatte, drückte er sie und half ihr dann aufzustehen.

»Jemma hat recht«, sagte er. »Wir müssen nicht alles klären. Nicht heute. Und auch nicht morgen. Wir können uns die Dinge nach und nach überlegen. Scheiß auf alle, denen das nicht gefällt.«

»Du weißt doch, wie es hier ist. Es kann ganz schön erdrückend sein, wenn sich alle in unsere Angelegenheiten einmischen.«

»Ja, das ist ein Segen und ein verdammter Fluch zugleich.« Easy schüttelte leicht den Kopf, denn es tat weh, ihn weiter als das zu bewegen. »Aber von jetzt an kommen du, ich und unser Kind an erster Stelle. Ja?«

Sie sah unsicher aus. Das spürte er auch in seinem Innersten.

Ihr Blick huschte über sein Gesicht. »Hoffentlich siehst du nicht so aus, wenn es geboren wird. Du wirst das Kind erschrecken und ich sage dir jetzt schon, wenn es einmal draußen ist, kommt es nicht wieder rein.«

Fast hätte er gegrinst, aber er hielt sich zurück. Sein Gesicht tat schon genug weh. »Ja, ich habe Angst, in den Spiegel zu schauen.«

Sie drückte eine Hand auf seine Brust, an einer Stelle, an der er keine Blutergüsse hatte. »Es ist besser, wenn du das nicht tust, denn du könntest den Spiegel zerbrechen, wenn du versuchst, den Fremden, den du darin siehst, zu schlagen.«

Er blickte sich in der Küche um und entdeckte den Flur, der zu den Schlafzimmern führte. Er war eigentlich noch nie in Cages und Jemmas Haus gewesen, weil er bis jetzt nie einen Grund dazu hatte. »Ich weiß nicht, wo dein Zimmer ist, und ich muss mich verdammt noch mal hinlegen. Vor allem muss ich mich mit dir hinlegen.« Noch wichtiger war, dass er sie in den Arm nehmen und ihnen Zeit geben musste, alles zu verarbeiten.

Sie zerrte sanft an seiner Hand und verließ die Küche und ging den Flur des Modulhauses entlang. Er war erstaunt, wie groß und schön es war. Es war ganz anders als das provisorische Mobilheim, in dem Cage anfangs gewohnt hatte. Dieses Haus fühlte sich wie ein richtiges Zuhause an, so wie es eingerichtet und dekoriert war. Er war sich verdammt sicher, dass das viel mit Jemma zu tun hatte und nicht mit Cage.

Cage würde gut in einem Pappkarton mit einem Bier und einem Joint leben können.

Als sie ihr Zimmer betraten, schloss er die Tür hinter ihnen und war erleichtert, dass sie ein Doppelbett hatte, in das sie beide hineinpassen würden. Sie hatte auch ein eigenes Bad. Ihr Zimmer war schön eingerichtet. Fast wie eine Mini-Suite, im Gegensatz zu seinem einfachen Zimmer in der Schlafbaracke.

Er setzte sich auf die Bettkante und holte scharf Luft, als er sich bückte, um seine Stiefel zu öffnen. Tessa hielt ihn auf und kniete sich zu seinen Füßen hin, um sie ihm aufzuschnüren, bevor sie sie ihm von den Füßen zog.

»Du kannst mir genauso gut helfen, mich bis auf meine Boxershorts auszuziehen. Ich will deine Laken nicht mit meinen schmutzigen Jeans verschmutzen.« Er neigte seinen Kopf in Richtung ihres Badezimmers. »Hast du da drin eine Badewanne?«

»Ja.«

»Die muss ich vielleicht später benutzen. Mit Bittersalz, wenn Jem welches hat.«

Ihre Lippen spitzten sich an den Ecken leicht zu. »Natürlich hat sie welches.«

»Ja, das werde ich brauchen.«

»Willst du das jetzt machen? Ich kann das Wasser für dich laufen lassen.«

»Nein, noch nicht. Später, wenn Jem und Cage mich nicht rausschmeißen, bevor ich die Chance dazu habe. Ich muss dich erst noch ein bisschen im Arm halten.«

Tess half ihm, sich seinen Jeans und Socken zu entledigen und brachte ihn dann ins Bett. Sie kletterte hinein, sobald sie sich bis auf ihren BH und ihren Slip ausgezogen hatte.

Er lag auf der Seite ohne die geprellten Rippen, und sie rollte sich zu ihm, bis nur noch Zentimeter zwischen ihnen lagen.

Sie war so verdammt schön. Ihr Baby würde genauso verdammt hübsch sein wie sie selbst. Er strich ihr dickes braunes Haar aus dem Gesicht und sie blinzelte ihn mit ihren dunkelbraunen Augen an. Sie begannen wieder zu glänzen.

»Ich weiß, dass das für dich im Moment überwältigend ist, Tess. Ich werde tun, was ich kann, um es dir leichter zu machen. Vielleicht gelingt es mir nicht, aber ich werde mein Bestes tun.«

»Können wir das tun? Werden wir das *wirklich* tun? Werden wir Eltern? Ich und du? Zusammen?«

Gut, dass sein Gesicht zu kaputt war, um seine eigene Panik über die Situation zu zeigen, denn dieselben Fragen kreisten immer wieder in seinem Kopf. »Können wir? Wer weiß. Müssen wir? Haben wir eine Wahl?«

»Carly sagt, wir haben noch eine.«

Das war nicht das, was er meinte. Und der Gedanke, ein Leben aufzugeben, das er und Tess gemeinsam geschaffen hatten, auch wenn es nicht geplant war, verursachte überraschenderweise mehr Schmerz als die Verletzungen, die er hatte.

Er packte ihr Kinn und hielt ihr die Augen zu. »Nein, Tess, das tun wir nicht«, sagte er langsam und vorsichtig, vor allem, weil sein Mund verdammt kaputt war. Er wollte sichergehen, dass sie klar verstand, was er sagte.

»Bist du sicher?«

»Ja.«

»Ich habe Angst«, flüsterte sie.

»Ich auch, Babe. Ich auch, verdammt. Versprich mir, dass wir das durchstehen werden. Wir sind von guten Menschen umgeben. Menschen, die viel mehr auf dem Kasten haben als wir. Hätten wir sie nicht, wäre es eine andere Geschichte. Aber sie müssen verstehen, dass wir nicht wollen, dass sie unser Leben bestimmen, wir brauchen nur ihre Unterstützung und ein bisschen Führung.«

»Du sprichst von Trip, natürlich.«

»Er ist nicht der Einzige.«

Sie löste vorsichtig den Rest seines Dutts und kämmte mit den Fingern ihrer guten Hand sanft durch sein Haar. Er war sich verdammt sicher, dass sein langes Haar genauso unordentlich war wie sein Gesicht.

Er musste verdammt gruselig aussehen, wie sie gesagt hatte. Seine Augen waren geschwollen und er brauchte keinen Spiegel, um zu wissen, dass sie beide blau waren. Seine Sicht war immer noch verschwommen. Seine geschwollene, gebrochene Nase hörte sich an, als sei er erkältet. Die Lippen, die sie mehr geküsst hatte, als er zählen konnte, waren gespalten, und obwohl Jemma ihn dazu gebracht hatte, seinen Mund auszuspülen, hatte er immer noch einen metallischen Geschmack. Sein Oberkörper war mit riesigen Flecken übersät und ein großer Bluterguss hatte sich über seinen Brustkorb ausgebreitet.

Er schloss die Augen und seine Atmung beruhigte sich, während sie sich Zeit nahm und behutsam jeden Knoten aus seinem Haar löste.

»Easy …«

»Ja«, murmelte er und genoss ihre Aufmerksamkeit.

»Das mit uns ist ernst.«

Seine Augen öffneten sich, so weit sie konnten, was nicht viel war. »Ja.«

»Es war nicht vorgesehen, dass es mit uns ernst wird«, sagte sie mit einem resignierten Seufzer.

Ja, auch diesen Plan haben sie beide vergeigt. »Ich weiß.«

»Saylor sagt …«

»Es ist mir scheißegal, was Saylor sagt. Nur du bist mir nicht egal.« Er legte ihr eine Hand auf die Hüfte. »Dreh dich um. Leg deinen Arsch an meinen Schwanz und deinen Rücken an meine Brust.«

Ihre Augenbrauen schossen nach oben. »Löffelchen?«

»Löffelchen für was?«

»Löffelchen, im Sinne von wie zwei Löffel aneinander liegen, nicht das Essbesteck.« Sie schenkte ihm ein schiefes Grinsen, dann rollte sie sich auf den Rücken und rutschte nach hinten, wobei sie darauf achtete, nicht zu sehr gegen ihn zu stoßen, während sie sich in Position brachte. »Das ist Löffeln.«

Nun, Fuck ...

Vor ihr hatte er noch nie eine Freundin in seinem Bett gehabt und er hatte auch keinen Grund, mit One-Night-Stands oder Sweet Butts zu kuscheln, aber mit Tess ...

Offensichtlich genoss er das Löffeln. Und zwar sehr.

Er fuhr mit seinen Fingern die Kurve ihrer Seite entlang, die Vertiefung an ihrer Taille und den Anstieg ihrer Hüfte, dann wieder zurück und folgte dem Weg ihres gebrochenen Arms. Er berührte die Blockbuchstaben, mit denen jemand ihren Gips mit schwarzem Edding signiert hatte. Er las die Worte unter seinem Atem.

Ich bin ein ›Fahren oder Sterben‹-Mädchen!
Dieser Gips ist der Beweis, dass ich es fast geschafft hätte!

HEILIGE SCHEISSE. »Lass mich raten ... Saylor.«

»Seit wann hast du ein Problem mit Saylor?«

»Normalerweise hab ich das nicht, aber dieser Scheiß ist nicht lustig. Ich hätte dich an dem Tag verlieren können.« Er drückte seine Hand auf die leichte Wölbung ihres Bauches. »Ich hätte euch beide verlieren können.«

Er hatte ehrlich gesagt gedacht, sie hätte ein paar Pfund

zugenommen, und obwohl es ihm scheißegal war, wenn sie fünfzig zugenommen hätte, kannte er jetzt den wahren Grund, warum ihr Bauch nicht mehr ganz so flach war wie früher. Er mochte das zusätzliche Gewicht an ihr und wäre nicht traurig, wenn sie es behalten würde, sobald das Kind geboren war.

Kurven machten viel mehr Spaß als gerade Strecken.

Sie drückte ihre Finger auf die Hand, die er auf ihren Bauch gelegt hatte. »Easy …«

»Babe, du musst mich nicht ständig darauf vorbereiten. Sag einfach, was du sagen willst. Ich brauche kein Gleitmittel mehr für das, was als Nächstes kommt. Schieb es mir einfach trocken in den Arsch und bring es hinter dich.«

Er hatte erwartet, dass sie wenigstens kichern würde, aber als sie es nicht tat, wusste er, dass das, was sie als Nächstes sagen würde, schwerwiegend sein würde.

Er war so bereit, diesen Tag hinter sich zu lassen. Er warf einen Blick auf die Uhr auf ihrem Nachttisch. Na und, wenn es erst vier Uhr nachmittags war? Er war kurz davor, ihnen die Decke über den Kopf zu ziehen, damit sie die nächste Woche ungestört schlafen konnten.

Nachdem er in der Badewanne einweichen würde. Er hoffte, dass die Wanne für sie beide Platz hatte.

»Tess«, drängte er, als sie nicht weitersprach.

»Willst du dieses Baby wirklich?«

Fuck, jetzt, wo ihm die Realität bewusst wurde, wollte er es tatsächlich. »Ich hätte nie gedacht, dass ich das jemals sagen würde, aber … Ja, ich will es.« Zumindest tat er es in diesem Moment. Er hatte das Gefühl, dass er diese Antwort noch eine Million Mal wiederholen würde, bevor ihr Kind die Highschool abschloss.

Gott, er hatte noch nie einen Hund besessen, und jetzt sollte er mindestens die nächsten achtzehn Jahre für ein anderes menschliches Wesen verantwortlich sein? Er?

Und wegen dieses Kindes würde er für den Rest seines

Lebens an Tessa gebunden sein. Zu seinem Glück mochte er sie irgendwie.

»Willst du mich?«

Tessa war nicht die Art von Frau, die unsicher war, aber er konnte es in ihrer Frage hören. Heute war viel passiert. *Verdammt*, die letzten paar Wochen waren viel gewesen.

Sein Leben könnte jetzt jederzeit wieder einfach werden. Er hoffte nur, dass es nicht für immer vorbei war.

»Ja, Babe, ich will niemanden mehr. Zweifle nie daran.« Er wollte sie küssen, aber mit seinem kaputten Mund und seiner kaputten Nase war das nicht klug. Außerdem wäre es schwer, sie zu küssen, wenn er nicht durch die Nase atmen konnte. Stattdessen zog er sie ein bisschen näher zu sich heran und strich mit den Fingern über ihren Bauch, um mehr von ihr und seinem Kind zu umfassen. »Hat der Arzt gesagt, ob es ein Junge oder ein Mädchen ist?«

»Es ist noch zu früh. Sie sagte, nach achtzehn Wochen.«

»Achtzehn Wochen. Mein Kopf tut so weh, dass ich gerade nicht rechnen kann. Wie weit bist du schon?« Hatte er an der Vaterfront schon versagt, wenn er es nicht ausrechnen konnte?

Bevor er seine Finger und Zehen zücken konnte, um zu zählen, antwortete sie: »Sie schätzt mich auf elf Wochen.«

Elf Wochen. Wie viele Wochen dauerte eine Schwangerschaft? Scheiß auf Mathe, er würde es bei Gelegenheit googeln. »Glaubst du, sie hat recht?«

»Es muss in der Nacht passiert sein, in der das Kondom geplatzt ist, aber ich weiß das genaue Datum nicht mehr.«

»Ich auch nicht. Elf Wochen«, wiederholte er.

»Wenn ich Zeit habe, schaue ich mal, ob ich herausfinden kann, wann ich Dyna zu ihrem Kinderarzt gebracht habe. Das sollte es besser eingrenzen. Ich habe Carly gesagt, dass ich das mache, aber ...«

Aber, ja, das Leben ging weiter.

»Wenn ich dich ansehe, würde ich nie vermuten, dass du

schon so weit bist.« Nicht, dass er ein Experte wäre, denn das war er ganz sicher nicht. Er hoffte, dass es kein Problem gab und sie deshalb nicht größer war.

»Weil ich nicht viel zeige, könnte der Grund sein, warum er oder sie den Absturz überlebt hat. Vielleicht war er oder sie besser geschützt?«

»Oder es liegt daran, dass sie so verdammt stur ist wie ihre Mutter.«

»Oder er steckt die Schläge weg wie sein Vater.«

Er zuckte innerlich zusammen. »Können wir jetzt nicht von Schlägen sprechen?«

Sie nickte. »Das tut mir leid.«

»Hey, was habe ich über gegenseitige Entschuldigungen gesagt? Wir sind fertig mit diesem Scheiß. Ich bin auch fertig mit dem Reden. Wie siehts mit dir aus?«

»Ich bin auch fertig mit dem Reden. Können wir einfach hier liegen bleiben und die Welt außerhalb dieses Zimmers vergessen?«

»Was immer du willst, Babe.«

Als sie den Kopf drehte, bemerkte er, dass ihre Augen nicht mehr glänzen. Er hoffte, dass das ein gutes Zeichen war.

»Ich will dich.«

Diese drei Worte waren zweifellos ein gutes Zeichen. Eines Tages könnten sich diese drei Worte in etwas noch Besseres verwandeln, aber für den Moment würde er sie nehmen. »Ja, Babe, ich will dich auch. Im Moment bin ich mir nicht sicher, ob ich dir geben kann, was ich dir *wirklich* geben will. Aber hey, dein Arm mag gebrochen sein, aber dein Mund ist es nicht. Und mein Schwanz ist auch nicht gebrochen. Also, so siehts aus.« Er würde nicht Nein sagen, wenn sie ihm einen blasen wollte.

»Ist das dein Ernst?«

»Nein … Vielleicht … Könnte sein. Nein, ich lüge … Irgendwie.«

Ihr Körper bebte und er wünschte sich sehnlichst, er könnte

sie so halten, wie er es wollte, sie atemlos küssen und bis in die nächste Woche ficken. Aber das würde nicht jetzt passieren, nicht heute Abend und auch nicht morgen. Vielleicht nicht einmal irgendwann in dieser Woche.

Es war beschissen, aber so war es nun mal, und sie mussten mit dem leben, was das Leben ihnen bescherte.

Aber er wollte unbedingt mit dem Reden aufhören. Er musste aufhören, sein hämmerndes Gehirn zu überanstrengen und einfach mit seiner Frau *löffeln.* »Wie wärs, wenn wir die ganze Sache einfach einen Tag nach dem anderen angehen, okay?«

Sie seufzte. »Das ist alles, was wir tun können.«

Er war froh, dass sie zustimmte, denn das war der beste Plan, den er in diesem Augenblick hatte. Verdammt, es war der einzige Plan.

Vielleicht würde er sich eines Tages etwas Besseres einfallen lassen.

Heute war es nicht so.

Morgen würde es wahrscheinlich auch nicht so sein.

* * *

»Ich möchte, dass du Easy vergibst, Trip. Und du musst mir auch vergeben.«

Trip lehnte sich über die Bar und stützte sich auf seine Ellbogen, während seine dunklen Augen auf Easy gerichtet waren, der neben ihr stand. Ihr Bruder richtete sich auf und saugte scharf an seinen Zähnen, bevor er ihn fragte: »Spricht sie jetzt für dich?«

Sie drückte Easys Hand. Sie beschloss, sie zu nehmen, bevor sie in die Scheune ging, einen neutralen Ort, den sie für ihr Treffen ausgesucht hatte.

Sie hatte eine Woche gewartet, nachdem Trip Easy mit dem Punisher zugerichtet hatte, um das Treffen mit ihrem Bruder zu vereinbaren. Aber jetzt war es an der Zeit, das Geschehene zu vergessen, die Wogen zwischen ihnen zu glätten und weiterzumachen.

Ihr Blick fiel auf die gebeizte Holzkeule mit dem Lederriemen, die neben Crazy Petes Kutte an der Wand hing. Sie wurde dort aufbewahrt, um sie daran zu erinnern, was passieren kann, wenn eines der Fury-Mitglieder eine Regel bricht. Oder etwas Dummes tat.

Sie war sich verdammt sicher, dass Cage und Easy diese Erinnerung nie wieder brauchen würden. Eine Party mit dem Punisher war mehr als genug für jeden von ihnen.

»Ich brauche sie nicht, um für mich zu sprechen. Aber sie hat darum gebeten, das Reden zu übernehmen, und ich respektiere diese Bitte.«

»Im Gegensatz zu deinem Präsidenten. Oder den Clubregeln. Regeln, die du verdammt gut kanntest, aber ignoriert hast.«

Easys Finger schlossen sich um ihre. »Ich respektiere dich, Trip. Das habe ich immer. Ich bin auch dankbar für das, was du hier aufgebaut hast. Dafür, dass du mich als Prospect akzeptiert hast. Dass du mir erlaubst, eingepatcht zu werden. Dass du mir einen Platz gegeben hast, an dem ich mich niederlassen konnte. Und einen Weg, Geld zu verdienen. Dass du mich in eine Familie aufgenommen hast, da ich keine eigene mehr habe.«

»Du hast eins vergessen ... Dass ich dir meine Schwester zum Schwängern gegeben habe. Jetzt wirst du sicher eine Familie haben.«

»Das war nicht geplant. Wir haben Vorsichtsmaßnahmen getroffen.«

»Vielleicht hättet ihr nicht nach dem Spruch ›Der Zweck heiligt die Mittel‹ vorgehen sollen. Es gab keinen verdammten Grund, warum ihr zwei so herumschleichen musstet. Keinen. Aber ihr habt es trotzdem getan.«

Natürlich dachte Trip das. Für ihn war alles klar und

eindeutig. Dabei sollte er doch wissen, dass das Leben nicht ordentlich war, sondern verdammt chaotisch.

»Wir wollten uns nicht unter Druck setzen lassen, Trip.« Tessa schüttelte den Kopf. »Nein, ich wollte nicht unter Druck gesetzt werden. Das ist genau das, was passiert wäre. Das kannst du nicht leugnen.«

Er zog eine Augenbraue hoch. »Und jetzt bekommst du ein Kind, das nicht geplant war. Ist das kein Druck?«

»Natürlich ist es das, aber …«

»Weißt du, was mich am meisten nervt, Tess?«

Sie machte sich nicht die Mühe, ihm zu antworten, denn ob sie es wissen wollte oder nicht, ihr Bruder würde es ihr gleich sagen.

»Du hast nicht nur Geheimnisse vor mir, sondern auch vor ihm.« Trip schob sein Kinn in Richtung Easy. »Du hast die Tatsache, dass du schwanger bist, vor dem Mann verheimlicht, mit dem du …« Er holte tief Luft. »Vor ihm verheimlicht. Du bist die ganze verdammte Sache falsch angegangen.«

»Dessen bin ich mir bewusst. Es war falsch, es Easy nicht zu sagen, als ich wusste, dass es dem Baby gut geht.«

»Du hättest es ihm sagen sollen, auch wenn es nicht so wäre!«

Die Lautstärke von Trips Stimme hatte sich erhöht, genau wie sein Temperament. Wenn sie es ihm gleichtun würde, würde er nur noch schlimmer werden. Stattdessen holte sie tief Luft und fuhr fort, als ob nichts geschehen war. »Ich wollte auch nicht, dass jemand anderes es herausfindet, bevor du seine Deckenparty veranstaltet hast. Ich wusste, wenn du es irgendwie herausgefunden hättest, wärst du noch brutaler mit dem Punisher umgegangen.«

»Ohne Scheiß«, murmelte Trip.

Der letzte Schlag gegen Easys unbedeckten Kopf ging ihr nicht mehr aus dem Kopf. Er wiederholte sich immer wieder, wenn sie es am wenigsten erwartete. Sie hätte den Vater ihres

Kindes auf der Stelle verlieren können. »Das konnte ich nicht riskieren. Für keinen von euch. Ich habe nicht gelogen, als ich sagte, dass ich ihn dazu gebracht habe, das mit uns zu verschweigen. Ich hatte meine Gründe und er hat sie respektiert.«

»Respektieren. Ihr beide benutzt dieses Wort ständig. Aber was ihr getan habt, ist eine Respektlosigkeit gegenüber den Grundwerten der Fury und unserer Clubfamilie.«

»Wir alle haben Geheimnisse«, murmelte Easy.

Trip neigte den Kopf und starrte ihn an. »Ja, wir haben alle Geheimnisse. Und du wärst wahrscheinlich damit durchgekommen, wenn du nicht mit deinem Motorrad einen Unfall gebaut und das Leben meiner Schwester riskiert hättest oder sie geschwängert hättest. Weißt du, was sie von diesem Geheimnis hat? Ein verdammtes Baby und einen verdammten gebrochenen Arm.«

»Sie hat mich.«

Trip hatte Easy entweder nicht gehört oder er ignorierte diese Antwort einfach. »Es hätte so verdammt viel schlimmer sein können. Sowohl sie als auch meine Nichte oder mein Neffe hätten tot sein können. Und wenn das passiert wäre, E, wärst du es auch.«

Sie warf Easy einen kurzen Blick zu, als sich sein ganzer Körper neben ihr auszubreiten schien. Sie wollte nicht, dass ihr Bruder und der Vater ihres Kindes in eine Schlägerei gerieten. Wenn das passierte, würde Easy verlieren. Er war immer noch zu verletzt von dem Unfall und von Trips Prügel, als dass ein Kampf fair wäre.

Und, *verdammt noch mal*, sie mussten miteinander auskommen.

Sie war die Ursache für den Riss in der Beziehung zwischen ihnen. Das bedeutete, dass sie diejenige war, die ihn reparieren musste. »Du musst aufhören, Trip. Bitte … hör einfach auf. Wir können nicht rückgängig machen, was geschehen ist. Wir müssen nach vorn blicken. Du musst mein Bruder sein und dich nicht wie mein Vater verhalten. Du musst mich unterstützen und nicht verurteilen. Ich habe deine Handlungen nicht ein einziges Mal verurteilt. Nicht ein einziges Mal. Ich habe dir nie einen Vorwurf gemacht, weil du uns bei Mom zurückgelassen hast, obwohl du wusstest, dass sie nichts als Abschaum ist und ihre eigenen Kinder als Schachfiguren in ihrem verkorksten Plan benutzt. Alles nur, weil sie nie über Bucks Betrug hinweggekommen ist.«

Das hat sie nie getan. Tammy schwelgte darin und ließ zu, dass es sie ganz verschlang.

Tessa hatte kein Problem damit, zuzugeben, dass Trip in den letzten zwei Jahren mehr für sie getan hatte als ihre Mutter und ihr Vater in den letzten zweiundzwanzig Jahren. Und das alles nur, weil ihr Vater es ihr übel nahm, dass Tammy ihn in eine Sackgasse gebracht hatte, und ihre Mutter es ihr übel nahm, dass sie dafür zwei weitere Kinder in Kauf nehmen musste.

Ihre Eltern waren das perfekte Beispiel dafür, wie eine Beziehung nicht aufgebaut sein sollte.

»Ohne Scheiß«, murmelte Trip. »Sie hat versucht, ihrer Vergangenheit zu entkommen, indem sie nach Wisconsin geflohen ist, den erstbesten Mann, der sie heiraten wollte, in die Babyfalle gelockt und zwei weitere Kinder gezeugt hat, weil sie dachte, ein neues Leben zu beginnen, würde das alte abstreifen. Es hat nicht geklappt und ja, sie hat euch beide als Schachfiguren benutzt. Ich verstehe, dass du sauer warst, weil ich so schnell wie möglich gegangen bin, aber ich konnte dich und Tucker auf keinen Fall mitnehmen. Das heißt aber nicht, dass ich es nicht wollte. Das heißt aber nicht, dass ich mir keine Sorgen um euch beide gemacht habe. Sobald ich mit meinen Stiefeln auf der Farm angekommen war, habe ich euch ermutigt, hierherzukommen, wenn ihr bereit seid. Ich habe nicht ein einziges Mal die Tür vor euch beiden verschlossen. Ihr habt direkt neben mir gestanden, als ich Tuck sagte, dass er hier willkommen ist, wenn er nach seiner Zeit bei den Marines einen Platz zum Landen braucht. Ich habe dich mit offenen Armen empfangen, als du aufgetaucht bist. Ich war immer hier, um dich zu unterstützen, Tessa. Immer. Anders als unsere verdammte Mutter. Anders als dein Vater. Und, ja, ich beschütze dich, weil wir nicht unsere Eltern sind. Dem Teufel sei Dank dafür. Ich will, dass wir es besser machen und besser sind. So werden unsere Kinder und die Kinder unserer Kinder am Ende besser dran sein.«

»Und dafür liebe ich dich, Trip, aber wenn ich ehrlich bin, fällt es mir gerade schwer, diese Liebe zu spüren.«

Easys Finger krallten sich wieder in ihre und sie warf ihm einen kurzen Blick zu. Sie war sich nicht sicher, ob er alles wusste, was sie und Trip gerade gesagt hatten, aber wenn er für immer ein Teil ihres Lebens sein sollte, musste er alles wissen. Er musste verstehen, woher sie kam und warum sie so war, wie sie war.

Genau wie die Geschichte, die Easy ihr erzählt hatte, warum er ins Gefängnis ging.

»Ich verstehe, dass ich streng bin, Schwesterherz. Aber es gibt einen Grund dafür, den ich gerade erklärt habe. Vergessen wir nicht, dass Easy eine Verantwortung gegenüber mir als President und gegenüber dem Club hatte. Er hätte sich nicht vor dieser Verantwortung drücken dürfen, nur weil du ihn darum gebeten hast.« Als Tessa ihren Mund öffnete, hob Trip eine Handfläche und schüttelte den Kopf. »Ich habs verstanden. Es ist vorbei. Erledigt. Es ist Zeit, nach vorn zu blicken. Das sehe ich auch so. Also, lass mal hören«, Trip wandte sich an Easy und sprach ihn direkt an. »Wie willst du das in Ordnung bringen?«

Wie wollte *er* das in Ordnung bringen? Tessa stöhnte innerlich auf. Jetzt kam der Druck, den sie zu vermeiden versucht hatte.

»Cage und Jem haben gesagt, dass wir bei ihnen bleiben

können, bis wir die Sache geregelt haben.«

»Geregelt? Du meinst, meine Schwester am Tisch beanspruchen? Dass du dich deiner Verantwortung stellst und dich um die Mutter deines zukünftigen Kindes kümmerst? Sie so zu respektieren, dass du deinen Schwanz nicht mehr in andere steckst, auch nicht in die Sweet Butts?«

»Ich brauchte diese verdammte Speisekarte nicht, Prez. Ich weiß, was ich zu tun habe.«

»Tust du das?« Trip strich sich mit der Hand über sein bärtiges Kinn. »Hör zu, wenn unsere Zeit gekommen ist, müssen wir alle eine Entscheidung treffen. Ich fange mit mir an. War es das wert, Stellas Geister zu bekämpfen, als ich immer noch gegen meine eigenen ankämpfen musste? Das war eine Entscheidung, die ich treffen musste. Sie wiederum musste entscheiden, ob sie sich mit einem Arschloch wie mir abgeben wollte. Einem, der auch noch verdammt jähzornig ist. Dem Teufel sei Dank, dass sie mir diese Chance gegeben hat. Welche Entscheidung willst du treffen? Wirst du für das Baby da sein oder, *verdammt*«, Trip riss sich die Mütze vom Kopf und fuhr sich mit den Fingern durchs Haar, »für beide? Und ich spreche nicht davon, für einen Moment in der Nähe zu bleiben. Wenn du nicht auf Dauer für sie da sein willst ...« Den Rest ließ er ungesagt, schlug seine Mütze wieder auf den Kopf und wartete.

»Ich werde das Richtige tun und mich um meine Familie kümmern.«

»Weil du willst oder weil du musst?«, fragte Trip mit einer hochgezogenen Augenbraue.

»Weil ich will. Ich will nicht, dass sie jemals daran zweifelt. Und ich will auch nicht, dass du jemals daran zweifelst. Ich werde für sie da sein, für unser Kind und für dich, Prez. Das ist eine verdammte Garantie.«

»Gut, dass du Garantie statt Versprechen gesagt hast, denn Versprechen sind leicht zu brechen«, neigt Trip den Kopf, »genau wie Regeln.«

Sollten wir das tun?«, fragte Easy Tessa. »Ist es okay?«
»Es ist endlich okay.«
Endlich? »Was bedeutet das?«

»Es bedeutet, dass es okay ist. Mit mir. Mit Carly. Und was noch wichtiger ist, mit Trip.«

Er atmete durch. »Ja, ich schätze schon. Nicht, dass es mir wichtig wäre, Trips Einwilligung dafür zu bekommen, dass wir heute Nacht Sex haben.«

»Es ist wahrscheinlich das Beste, wenn wir das nicht vorher mit ihm besprechen.«

»Du erzählst mir nichts, was ich nicht weiß. Aber das Ding ist … Er muss sich zurücknehmen und mich so mit meiner Familie umgehen lassen, wie ich für richtig halte. Er wird der Onkel des Babys sein. Nicht Vater, nicht Großvater. Ich bin der Vater. Ich entscheide, was das Beste für uns ist.«

»Vergiss nicht, dass ich auch ein Mitspracherecht habe«, erinnerte sie ihn.

»Ja, Babe, natürlich hast du das. Wir machen das zusammen. Wie auch immer, dein Bruder mischt sich schon genug in unsere Angelegenheiten ein, er muss nicht auch noch in unserem Bett liegen.« Genau genommen war das Bett, in dem sie lagen, nicht *ihr* Bett, sondern das von Tessa. Aber er würde es mit ihr teilen, während sie beide bei Cage und Jemma wohnten.

»Er hat gesagt, dass er versucht, sich nicht zu sehr einzumischen …«

Easy schnaubte, bereute es dann aber schnell, da seine Nase noch nicht ganz verheilt war. Es hatte auch eine Weile gedauert, bis das geplatzte Blutgefäß in seinem rechten Auge verschwunden war, und überall an seinem Körper waren noch Spuren seiner Verletzungen zu sehen. Sie waren immer noch in verschiedenen Formen, Größen und Farben zu sehen.

Er war ein verdammtes Wrack.

Sein Leben war ein verdammtes Wrack.

Bis Easy für sich und Tessa eine gemeinsame Wohnung finden würde, durften sie bleiben. Er dachte sich, dass es daran lag, dass sie Tessa als ihre Hausmaus nicht verlieren wollten.

Trotzdem konnten sie nicht für immer bleiben. Die Wohnung von Jem und Cage hatte zwar eine angenehme Größe, aber für vier Erwachsene und einer aktiven Zweijährigen würde es nach der Geburt des Babys ein bisschen eng werden.

Noch wichtiger war, dass Easy seine Ruhe haben wollte. Vor allem für das, was gleich passieren würde …

»Da meine Schwimmer schon an Land waren und keiner von uns rote, entzündete Genitalien oder fragwürdige Warzen hatte, brauchen wir wohl kein Gummi mehr zu benutzen.«

»Ich denke nicht. Aber … Warzen?« Sie rümpfte die Nase und das war überraschend sexy.

»Ja, ich … Schon gut.« Er behielt seinen neutralen Gesichtsausdruck bei.

»Bitte sag mir, dass das ein Scherz ist.«

»War nur ein Scherz. Ich hatte nie Genitalwarzen, nur Filzläuse.«

»Filzläuse?« Ihre Frage klang lauter, als ihm lieb war. Das

Schlafzimmer von Cage und Jemma lag nur auf der anderen Seite des Flurs. Ein weiterer Grund, warum sie ausziehen sollten, sobald Easy seinen Scheiß auf die Reihe bekam.

Zum Glück hatten er und Tessa monatelang geübt, beim Ficken nicht so laut zu sein. Und jetzt, wo er wusste, dass der Arzt es erlaubte, würde er sie heute Abend ordentlich ficken. »Ja, im Gefängnis. Einer meiner Zellengenossen hatte sie, also haben wir sie alle bekommen.«

»Du hattest Sex mit deinem Zellengenossen?«

»Er war eigentlich ziemlich heiß. Von hinten sah er aus wie eine Frau. Er hatte auch richtig große Brüste.« Easy machte mit beiden Händen eine drückende Bewegung, als ob er die Titten hupen würde.

Sie tat so, als ob sie würgen würde. »Ich will jetzt keinen Sex haben.«

»Du weißt doch, dass ich dich verarsche, oder?«

»Tust du das?«

Easy grinste. »Ja, ich stehe nicht auf Männerbrüste oder haarige Ärsche.«

»Notiz an mich selbst: Arschhaare sind ein Abtörner für meinen zukünftigen Old Man, also meine Backen regelmäßig rasieren.«

Er lachte, wurde dann aber schnell wieder nüchtern, als er ihre Worte verstand. »Willst du mich wirklich zu deinem Old Man machen?«

»Ist es das, was du willst?«

»Tess, ich weiß, dass das alles viel schneller geht, als wir beide wollten, aber …«, er nickte, »ja. Ich möchte, dass du meine Kutte trägst. Außerdem müssen wir uns eine eigene Wohnung suchen, bevor unser Kind kommt.«

»E, du musst nicht hier bei mir bleiben, wenn du nicht willst. Du kannst in der Schlafbaracke wohnen.«

»Ja, ich weiß, aber Cage und Jem haben gesagt, dass es okay ist.«

»Ich meinte nicht nur jetzt, sondern auch nach der Geburt des Babys. Überleg doch mal, wir können das Kind gemeinsam großziehen, aber *wir* müssen dafür nicht zusammen sein. Ich will nicht, dass du dich verpflichtet fühlst.«

Ihre Ungewissheit, was sie beide betraf, nervte ihn gewaltig. Aber er verstand, woher diese Unsicherheit rührte. Ihre Mutter hatte einem Mann durch ihre Schwangerschaft in die Falle gelockt. Sie wollte nicht, dass er sich auch so gefangen fühlte.

Obwohl er das zu schätzen wusste, musste Tessa daran denken, dass ihre Eltern nicht sie waren.

Ja, das Baby, das sie trug, war nicht geplant, aber Tessa und Tucker wurden aus dem falschen Grund geplant.

»Das ist keine Option, Babe. Ich sage dir jetzt schon, dass ich das nicht will.« Er drückte seine Hand auf die leichte Erhöhung ihres Bauch. »Wir werden eine Familie sein. Wir drei. Der Gedanke daran wächst mit jedem verdammten Tag mehr und mehr in mir. Also, zweifle nie daran, dass ich das will. Ich dachte, du willst das auch. Vor allem, weil du mich deinen zukünftigen Old Man nennst.«

Sie drückte ihre Hand auf seine. »Das will ich. Aber ... Was ist mit Dyna?«

Er drehte seine Hand um und verschränkte ihre Finger ineinander. »Was ist mit ihr?«

»Sie *ist* das, was ich mache. Mein Leben dreht sich um sie. Ich kann nicht einfach vor ihr oder Jem und Cage weglaufen.«

»Niemand sagt, dass du das tun sollst. Mach so weiter wie bisher. Sobald wir eine eigene Wohnung haben, werden wir nicht mehr bei ihnen wohnen. Komm tagsüber hierher und nachts zu mir nach Hause. Wir werden auf demselben Grundstück leben. Wenn ihnen das nicht gefällt, können sie sich eine andere Hausmaus suchen. Aber ich habe schon mit Cage darüber gesprochen und er hat kein Problem damit, dass du nur tagsüber hier bist. Er sagt, er und Jem können die Nächte übernehmen.«

Sie flüsterte die Erinnerung: »Ein Tag nach dem anderen.«

»Ja. Und auch eine Nacht nach der anderen.« Aber egal was passierte, seine erste Priorität war es, ihnen eine eigene Wohnung zu besorgen, damit sie sich einrichten konnten, bevor das Kind kam. Bis dahin musste noch so viel erledigt werden, dass der Gedanke daran überwältigend war.

Er bewegte sich, bis er zwischen ihren gespreizten Schenkeln lag. Dort gehörte er hin. Es würde für immer sein Platz sein und niemand sollte versuchen, ihn ihm wegzunehmen.

Sie war bereits nackt – sie beide waren es – also würde es nicht viel brauchen, um in sie hineinzugleiten. Aber es war schon Wochen her – viel zu lange – dass sie das letzte Mal Sex hatten, also hatte er es heute Abend nicht eilig, zumal sie sich keine Sorgen mehr machen mussten, erwischt zu werden. Sie konnten sich die Zeit nehmen und sich gegenseitig genießen.

Er hatte vor, jeden verdammten Zentimeter von ihr wiederzuentdecken. Und zwar genau in dieser Sekunde …

»Drück deine Titten zusammen«, murmelte er und ließ seine Lippen an ihrem Kinn entlang gleiten.

Als sie das tat, blieb seine Aufmerksamkeit an ihrem Gips hängen. Eine weitere Erinnerung daran, wie verrückt ihr Leben in den letzten Wochen gewesen war. Die Achterbahn konnte jetzt jederzeit in ihre Station einfahren. Er war bereit, auszusteigen.

Er nahm eine Brustwarze in den Mund und ließ sich Zeit, an ihr zu saugen, sie zu lecken und mit der Zunge über die kieselige Spitze zu streichen.

Als ihr Atem stockte und sie stöhnte, lächelte er gegen ihr weiches Fleisch.

Ihre Beziehung hatte vielleicht nur mit dem Ficken angefangen, einer gegenseitigen Vereinbarung, sich gegenseitig zum Höhepunkt zu bringen, aber … verdammt … es stellte sich heraus, dass es so viel mehr war. Und er war kein bisschen sauer darüber.

Wie die nächtlichen Fahrten mit ihm auf seinem Schlitten, sie fühlten sich einfach gut zusammen. Sie harmonierten, obwohl neun Jahre zwischen ihnen lagen. Sie hatte sich verändert, seit sie in Manning Grove angekommen war. Wahrscheinlich, weil sie ein Zuhause gefunden, sich mit liebevollen, hilfsbereiten Menschen umgeben und die Verantwortung für Dyna übernommen hatte.

Sie war hier aufgeblüht. Aber das war er auch.

Als er zu der anderen Brustwarze hinüberging und die Aufgabe übernahm, sie zusammenzuhalten, ließ sie ihre Finger in sein Haar gleiten. Sie brauchte ihn wirklich nicht festzuhalten, denn er ging nirgendwo hin.

Mit zusammengezogenen Augenbrauen hob er seinen Kopf leicht an, während er ihre Titten studierte. »Sehe ich nur beschissen oder sind sie größer?«

»Ich bin mir ziemlich sicher, dass sie es sind. Vor ein paar Wochen dachte ich, dass sie sich nach deiner Berührung sehnen. Damals wusste ich nicht, dass sie empfindlich und schmerzhaft waren, weil ich schwanger war.«

»Tun sie jetzt weh?« Er wollte es nicht noch schlimmer machen, falls sie es taten.

Sie hob eine Schulter vom Bett ab und zuckte mit den Schultern. »Sie könnten, wenn sie mehr massiert würden.«

Er grinste.

»Mit deinem Mund«, fügte sie hinzu.

Das könnte er tun. »Nur deine Titten? Oder willst du diesen Mund auch noch woanders haben?«

»Soll ich dir eine Karte des Weges zeichnen, auf dem du dich begeben musst?«

»Nicht nötig, aber ich weiß den Gedanken zu schätzen.«

Tessa presste ihre Lippen zusammen und ihre Augenwinkel kräuselten sich.

Er grinste wieder, legte den Kopf schief und machte sich wieder an die Arbeit. In Wahrheit war es nicht wirklich

Arbeit. Er könnte das mit Tessa für den Rest seines Lebens tun.

Das hatte er auch vor.

Er saugte ihren Nippel tief in seinen Mund und nahm ihren anderen Nippel zwischen seine Finger. Er versuchte, nicht zu grob zu sein, als er ihn drehte, aber ihr Rücken hob sich und sie drückte ihre Titte tiefer in seine Hand und verlangte: »Mehr.«

Er gab ihr, was sie wollte. Mehr Mund, mehr Zähne, mehr Zunge. Er war nicht mehr vorsichtig oder sanft zu ihr. Er gab ihr alles, was sie wollte, alles, was sie verlangte. Und wie am Anfang waren keine Worte nötig. Nur Seufzer und leises Wimmern. Ihre Finger ermutigten ihn, indem sie sein Haar grob packte und ihre Nägel Halbmonde in seine Haut gruben.

Er wollte sich auf sie stürzen, aber er sehnte sich danach, zum ersten Mal in ihr zu sein, ohne ein Gummi zu benutzen. Er würde seine Ungeduld morgen und übermorgen wieder gutmachen, denn ihre Muschi war seine Lieblingsspeise. Frühstück, Mittag- und Abendessen, er würde nie genug davon bekommen.

Mit einem feuchten Knall ließ er ihre Brustwarze los, und mit einem letzten Kuss auf die harte Spitze richtete er sich auf und beanspruchte ihren Mund. Genauso wie er vorhatte, sie als seine Old Lady zu beanspruchen.

Wann immer sie bereit war, würde er sich vor diesen Tisch stellen, vor den gesamten Vorstand, und verkünden, dass Tessa ihm gehörte. So wie er sie jetzt gerade zu der seinen machte.

Er vermisste es, in ihr zu sein. Er vermisste diese Verbindung zwischen ihnen. Die Verbindung, die entstand, als sie sich dessen nicht einmal bewusst waren. Sie kam aus dem Nichts und traf sie beide, als sie es am wenigsten erwarteten, wie ein außer Kontrolle geratener Mack Truck, der seine Bremsen verlor.

Aber da waren sie nun. Was mit nichts begann, wurde zu etwas, für das es sich zu kämpfen lohnte. Und das würde er jeden Tag seines Lebens tun, wenn es sein müsste.

Er brach den Kuss ab und murmelte gegen ihre Lippen. »Tut mir leid, Babe. Ich kann nicht warten. Ich werde es später wiedergutmachen. Ich muss jetzt in dir sein.«

Sie bewegte sich unter ihm, schlang ihre Beine um seine Oberschenkel und hob ihre Hüften leicht an, um ihn zu ermutigen. »Ich brauche dich auch.«

Er schob seine Hand zwischen ihre Körper, packte seinen Ständer und ließ ihn durch ihre glitschigen, heißen Falten gleiten, bis er die Stelle fand. Die Stelle, wo er hingehörte und gleichzeitig ihm gehörte.

Ohne eine weitere Sekunde zu warten, trieb er sich selbst den ganzen Weg nach Hause. Sobald er das Ende ihrer Spalte erreicht hatte, zog er ihn heraus und tat es noch einmal.

Und noch einmal.

Sie begegnete ihm Stoß um Stoß, ihre Muschi drückte ihn zusammen, kräuselte sich um ihn und brachte ihn dazu, seinen verdammten Verstand zu verlieren. Ohne ein Gummi als Barriere steuerte er viel zu schnell auf diese gefährliche Grenze zu.

Er hielt kurz inne und holte tief Luft, um sein Tempo zu drosseln. Er strich mit dem Rücken seiner Finger über ihre gerötete Wange, während er in ihre verführerischen Augen blickte. »Geht es dir gut?«

Sie nickte. »Ja, hör nicht auf.«

»Ich höre für mich auf, nicht für dich. Es sei denn, du willst, dass ich aufhöre, dann sag es einfach und ich höre auf.«

»Mir geht es gut, aber es wird mir besser gehen, wenn du weitermachst.«

»Ich habe noch nie ohne Gummi gefickt, also wird es ein Sprint und kein Marathon. Ich will nur ehrlich sein, damit du nicht enttäuscht bist.«

Sie schürzte ihre Lippen, als ihre dunkelbraunen Augen seine trafen. »Damit habe ich kein Problem, solange ich mit dir das Ziel erreiche.«

»Ich werde dich nicht zurücklassen. Garantiert.«

Ich bin froh, dass du ›garantiert‹ und nicht ›versprochen‹ gesagt hast.

Easy ließ den Kopf sinken und schüttelte ihn. »Ich habe gesagt, dass ich deinen Bruder nicht mit uns in diesem Bett haben will.«

»Ich garantiere dir, dass er das nicht mehr sein wird, wenn du weitermachst.«

»Tess …«

Sie strich ihm die Haare aus dem Gesicht und flüsterte: »Ich habe das vermisst.«

»Ich auch.« Seit dem Tag, an dem er erfahren hatte, dass sie schwanger war, war es toll gewesen, sie jede Nacht im Arm zu halten, aber es war nicht dasselbe, wie in ihr zu sein.

Sex zwischen ihnen war anfangs vielleicht einfach nur der Akt des Fickens und Befriedigens, aber jetzt war er so viel mehr.

Er konnte es nicht erklären, also akzeptierte er es einfach.

»Okay, der Startschuss fällt gleich, also mach dich bereit …«

»Ich war schon bereit. Du bist derjenige, der …«

Sobald er sich wieder in Bewegung setzte, hörte sie auf zu lachen und er vergaß alles außer ihr.

Er hoffte verdammt noch mal, dass sie alles außer ihm vergaß.

Er rammte seine Knie in die Matratze, fuhr mit der Hand in ihr Haar und riss ihren Kopf nach hinten, um ihre Kehle freizulegen, damit er seinen Mund auf die zarte Wölbung drücken und ihre Haut schmecken konnte. Ihr Puls pochte gegen seine Zunge, während er weiter in sie stieß und ihr gab, was sie brauchte und wollte, während sie sich ihm hingab.

Er verlor sich in ihr, in ihrem Rhythmus, in ihren gemeinsamen Atemzügen. Es war heiß, befriedigend und so verdammt perfekt. Genauso wie sie.

Sie stöhnte: »Easy …«

Manchmal war sein Straßenname verwirrend. Er war sich

nicht sicher, ob sie ihm sagte, er solle nachlassen oder ihn ermutigen, weiterzumachen.

»E«, stöhnte sie wieder, »lass mich kommen. Mach, dass ich komme … bitte.«

Sosehr er es auch mochte, wenn sie seinen Namen sagte, musste er aufpassen, dass sie nicht zu laut wurde, damit Cage sie nicht rauswarf. Er bedeckte ihren Mund mit seinem eigenen und versuchte, ihre Schreie zu unterdrücken. Er schluckte jedes Stöhnen, jedes Wimmern und seinen Namen jedes Mal, wenn er ihre Kehle hinaufrollte.

Er nahm alles hin, bis er nicht mehr konnte. Bis er seine eigene weiße Fahne schwenkte. Bis er nicht mehr wie ein braver kleiner Soldat weitermarschieren konnte.

Er war dabei, die Schlacht zu verlieren.

Er zog seinen Mund von ihrem zurück. »Sag mir, dass du auch fast da bist …« *Verdammt noch mal.*

»Mach … Mach …«

Er schlug eine Hand auf ihren Mund, als ihre Hüften nach oben schossen und sich gegen ihn pressten, um ihn so tief wie möglich in sie zu stoßen. Dann passierte es …

Die starken Wellen zogen an ihm, melkten seinen Schwanz und trieben ihn über die Kante in den Abgrund. Als er sie über die Kante jagte, vergrub er sein Gesicht an ihrer Kehle und stieß ein langes, tiefes, befriedigendes Grunzen aus. Zum ersten Mal – und bestimmt nicht zum letzten Mal – spritzte er absichtlich und nicht aus Versehen in sie.

Als er kam, konnte er nur noch daran denken, dass er sie als sein Eigentum markiert hatte. Nur seins.

Er hätte nie gedacht, dass er jemals nur eine Frau wollen würde. Aber hier war er nun. Mit der einen Person, die für immer seine sein würde und auch für immer ihm gehören würde.

»Meins. Von niemand anderem. Nie wieder, Tess. Du gehörst zu mir.«

Gerade als er geglaubt hatte, sein Leben im Griff zu haben, gerade als er geglaubt hatte, die Welt im Griff zu haben, kam etwas, jemand, daher und bewies, dass er völlig falsch lag.

Dieser Jemand war Tess.

Sie war nachts in sein Zimmer geschlichen und hatte sein Leben auf den Kopf gestellt, und *verdammt*, er bereute es keine Sekunde.

Er war nicht länger unsicher. Er war sich jetzt über alles verdammt sicher.

Über sie. Über sie beide. Und über das Gründen einer Familie.

Er blieb tief in ihr vergraben und wollte dort so lange bleiben, wie es körperlich möglich war. Sie klammerten sich aneinander und keiner sagte ein Wort, während sich ihre Herzschläge verlangsamten, ihre Atmung wieder normal wurde und die Schweißperlen auf ihrer Haut trockneten.

Als er nicht mehr in ihr bleiben konnte, glitt er vorsichtig heraus, rollte sich sofort vom Bett und ging ins Bad, um sich zu säubern und ihr einen nassen Waschlappen zu bringen. Ein Nachteil, wenn man kein Gummi benutzt, ist die Sauerei, aber diese kleine Unannehmlichkeit war es wert, nichts zwischen ihnen zu haben.

Als er zum Bett zurückkehrte, streckte sie ihre Hand nach dem feuchten Waschlappen aus. Er winkte ab und nahm sich die Zeit, sie vorsichtig zu säubern. Als er fertig war, warf er den Lappen in den Wäschekorb im Badezimmer und hielt auf dem Weg zurück zu ihr in der Badezimmertür inne.

Sie lag immer noch nackt auf den Laken und hatte es nicht eilig, ihren sich verändernden Körper vor ihm zu verstecken. *Dem Teufel sei Dank.* Denn zu wissen, dass dieser Körper ein Kind beherbergte, das er mit erschaffen hatte, machte sie in seinen Augen, wenn möglich, noch schöner.

Er hatte es für Quatsch gehalten, als er gehört hatte, dass schwangere Frauen strahlten. Jetzt sah er es direkt vor seinen

Augen. Ob das tatsächlich von der Schwangerschaft herrührte oder nicht, war er sich nicht sicher. Vielleicht bildete er sich das alles nur ein.

Aber er würde gerne glauben, dass sein Kind sie von innen heraus zum Strahlen brachte.

Dieses Kind würde ein neuer Anfang für sie beide sein.

Er trat aus dem Türrahmen und ging zurück zum Bett. »Als dein Bruder mich verprügelt hat, habe ich etwas gemerkt …«

»Dass es weh tut?« Sie drehte sich so weit um, dass sie das oberste Laken über sich ziehen konnte und hielt die Ecke hoch, um ihm zu zeigen, dass er zu ihr kommen sollte.

Er tat es, und als sie unter der Decke lagen, rollten sich beide mit dem Gesicht zueinander. »Fuck. Das wusste ich schon, bevor es überhaupt angefangen hat.«

»Und was dann?«

»Wenn ich schon mit jemandem festsitze, dann zum Glück mit dir.«

Sie schlug ihm auf den Arm. »Das hört sich nicht nach einer Erleuchtung an. Das klingt, als würdest du dich niederlassen.«

»Nein, Babe, ich bin weit davon entfernt, mich niederzulassen. Und ich scherze nur. Aber hier ist die Wahrheit … Ich möchte, dass du das hörst, Tess … Hörst du mir zu?«

Sie nickte.

Er sagte es langsam, damit sie kein Wort verpasste. »Wenn ich müsste, würde ich jeden Tag meines Lebens Prügel einstecken, um mit dir zusammen zu sein.«

Er beobachtete, wie ein Wechselbad der Gefühle über ihr Gesicht lief. Es ärgerte sie, dass ihre Hormone sie oft zum Weinen brachten. Aber er fand es toll, dass ihre Schwangerschaft sie so weit erweicht hatte, dass sie diese Gefühle zeigen konnte und dass sie bereit war, sie mit ihm zu teilen.

»Warum?«, flüsterte sie mit belegter Stimme. »Ich bin es nicht wert.«

Da sprach wieder einmal ihre verdammte Vergangenheit aus

ihr. Wenn es sein musste, würde er den Rest seines Lebens damit verbringen, ihr zu zeigen, dass sie es mehr als wert war und dass sie ihm alles bedeutete.

Er würde auch den Rest seiner Tage damit verbringen, zu hoffen, dass das Karma Tammy in den verdammten Arsch biss.

»Genau da liegst du falsch. Für mich bist du jeden verdammten blauen Fleck oder gebrochenen Knochen wert. Blutergüsse verschwinden und gebrochene Knochen heilen irgendwann, aber wenn wir zusammenhalten, werden wir am Ende stark sein.«

Sie wischte sich über die Augen. Er zog ihre Hände weg und wischte mit dem Daumen die letzte Träne weg, die sich losgerissen hatte.

»Du hast gesagt, ich gehöre zu dir. Gehörst du auch zu mir?«

Er hasste diese Zweifel, aber er würde auch daran arbeiten, sie loszuwerden. »Ja, Babe, ich habe dir schon gesagt, dass ich niemanden außer dir will.« Er würde jeden verdammten Tag damit verbringen, ihr das auch zu beweisen.

»Aber kannst du mit dieser Entscheidung für immer leben? Für immer ist eine lange Zeit.«

Stimmt, aber … »Tess, nur damit du es weißt … für immer wird nie lang genug sein.«

Garantiert.

EPILOG

Aus der Asche auferstehen

»Wir hätten das nicht tun müssen, weißt du«, murmelte Tess, schob sich an Easy heran und stieß ihre Schulter an seine.

Er stand in der Nähe des provisorischen Torbogens im Innenhof, wo sie ihr Gelübde ablegen würden. Wieder einmal machte sie sich Sorgen, dass er sich gezwungen fühlen könnte. Er verstand, woher das kam und hoffte, dass der Schaden, den ihre Mutter verursacht hatte, eines Tages verschwinden würde.

Sie arbeiteten daran, aber es war ein langer, holpriger Weg.

»Ich trage deine Kutte. Das bedeutet für mich das Gleiche.«

Für ihn war es ähnlich, aber nicht das Gleiche. »Nein, Tess, ich will, dass du meinen Nachnamen trägst. Ich will, dass du deinen alten loswirst. Der bedeutet nichts. Meiner wird dir etwas bedeuten. Wir sind eine verdammte Familie. Ethan hat meinen Namen, du solltest ihn auch haben.«

Er betrachtete seine Frau, deren langes braunes Haar mit den großen, federnden Locken, die Teddy Bryson ihr verpasst hatte, sanft um ihre Schultern fiel. Der Salonbesitzer hatte auch ihr Make-up perfekt gemacht. Es war nicht übertrieben, sondern betonte alle ihre Gesichtszüge, die er so sehr liebte.

Ihre dunkelbraunen Augen starrten ihn an, voll von etwas, von dem er verdammt glücklich war, der Empfänger zu sein. Liebe. Und jedes Mal, wenn er sie in ihren Augen sah oder die Worte über ihre Lippen kommen hörte, traf es ihn wie ein Schlag in die Brust.

Jedes verdammte Mal.

Seine zukünftige Frau sah verdammt sexy aus in ihrem elfenbeinfarbenen Sommerkleid, das ihre durch das Stillen größer gewordenen Titten, ihre breiteren Hüften und das, was von ihrem Babybauch übrig geblieben war, umschmeichelte. Ihm war es egal, ob ihr Bauch – den sie ›Pooch‹ nannte – jemals verschwinden würde, denn er hatte seinen fast sechs Monate alten Sohn beherbergt und ernährt.

Sie hatte kein richtiges Hochzeitskleid gekauft, weil sie seine Kutte tragen wollte, wie Stella es getan hatte, und weil sie beide wollten, dass dieser Tag entspannt und lustig war. Eine Party, genau wie bei der Hochzeit ihres Bruders.

Auch die Verbündeten der Fury, die Dirty Angels und Dark Knights, hatten den Tag zum Anlass genommen, um ein Wochenende lang zu feiern und Kontakte zu knüpfen, sodass die Scheune und die Umgebung wieder zu einem Meer von Bikern, Frauen und Kindern wurden. Wie bei ihrem letzten Treffen trugen die Old Ladys ihre Kutten und auch die Kinder zeigten stolz und deutlich, zu wem und wohin sie gehörten.

Auch sein eigener Sohn.

Easy hatte für Ethan eine winzige Fury-Kutte aus Jeansstoff anfertigen lassen, aber da er schnell aus ihr herauswachsen würde, beschloss er, sie für die Hochzeit zu ändern. Auf dem oberen Rocker stand wie üblich ›Eigentum von‹, aber der untere Rocker war mit ›Easy & Tess‹ bestickt.

Vielleicht würde ihr Sohn eines Tages seine eigene Kutte tragen. Wenn er alt genug war und sich entschloss, der Fury beizutreten, würde Easy damit mehr als einverstanden sein. Wenn Ethan einen Megakonzern leiten wollte, wäre das für ihn auch in Ordnung. Er wollte nur, dass sein Kind glücklich war und ein gutes Leben führte, so wie er es auch für seine Old Lady und baldige Ehefrau wollte.

Bewegungen in der Nähe des Steinplatzes vor der Scheune erregten seine Aufmerksamkeit, und er blickte über Tessas Kopf hinweg, um zu sehen, dass sein Hochzeitsgeschenk für sie angekommen war.

Easy murmelte zu Tess: »Babe, weißt du, wer da mit Trip spricht?« Er neigte seinen Kopf in ihre Richtung.

Tessas dunkelbraune Augen blickten zu ihrem Bruder und sie keuchte. Dann, als hätte jemand auf den Startknopf gedrückt, kreischte sie, schob Ethan zu ihm und sobald Easy ihren Sohn fest im Griff hatte, zog sie ihre Sandalen aus und rannte barfuß über den Hof davon.

Er drückte Ethan fest an sich und hielt den Atem an, weil er hoffte, dass sie bei diesem Sprint nicht hinfiel und Dreck fraß.

Als sie die beiden Männer erreichte – dem Teufel sei Dank in einem Stück –, warf sie sich auf den Mann in der blauen Marineuniform, und mit einem gigantischen Lächeln nahm Tucker sie in die Arme und schwang sie herum, während sie beide lachten. Er hatte keinen Zweifel, dass auch ein paar Tränen geflossen waren.

Easys Schmunzeln weitete sich zu einem eigenen Grinsen aus und er blickte auf seinen Sohn hinunter. »Ich glaube, Mami hat meinen Arsch schon verlassen, bevor wir überhaupt geheiratet haben.«

Das war das beste Geschenk, das Easy Tess machen konnte, abgesehen von seinem Nachnamen. Und natürlich das Haus, das die Amish in *Cluburbia* für sie gebaut hatten. Es mochte winzig sein, aber es war ein Anfang und wenn ihre Familie wuchs, hatten sie Platz, um anzubauen. Wenn Tess wollte, konnten sie auch ein größeres Haus auf dem Berg bauen, zusammen mit Whip und Fallon und Whips Mutter Tonya.

Für diese Entscheidung hatten sie noch viel Zeit, denn Fallon und Reese hatten das Grundstück erst vor Kurzem nach viel juristischer Arbeit erworben. Außerdem begann die vernarbte Erde gerade erst zu heilen.

Da Tessa ihm bereits das größte Geschenk gemacht hatte, das sie ihm machen konnte, seinen Sohn, ließ Easy Trip Tucker kontaktieren, um zu fragen, ob er sich für die Hochzeit freinehmen konnte. Tessa hatte ihn seit seinem Abschluss im Boot Camp nicht mehr gesehen, und das war schon ein paar Jahre her.

Ethan erregte die Aufmerksamkeit seines Vaters mit einer Kombination aus Glucksen und einer sabberbedeckten Faust, die er gegen seine bärtige Wange schlug.

»Heute wirst du zum ersten Mal deinen Onkel Tuck kennenlernen.«

Als Ethans große Augen sich zu ihm umdrehten, lachte er aus vollem Halse, sodass eine Spuckblase entstand, die sich an seine bogenförmigen Lippen schmiegte.

Ihr Sohn hatte dunkelbraunes Haar und die gleichen Augen wie Tess und Easy. Bis jetzt waren seine Gesichtszüge eine perfekte Kombination aus den beiden.

Eine weitere Bewegung erregte Easys Aufmerksamkeit und er drehte sich zu seinem Trauzeugen um, als dieser sich näherte. Shades dunkle Augen glitten von Tessa, Tucker und Trip, die jenseits der sich ständig bewegenden Menge standen, zu Easy und Ethan. Abgesehen davon, dass er während der Zeremonie an seiner Seite stand, hatte Easy Shade um einen Gefallen gebeten ... Er sollte nach seinen Eltern Ausschau halten.

»Sind sie angekommen?«

Mit grimmiger Miene schüttelte Shade den Kopf und klopfte ihm auf den Rücken. »Nein, Bruder. Du hast mit der Einladung die Hand ausgestreckt. Sie konnten sie annehmen oder ignorieren. Mehr kannst du nicht tun. Wenn sie nicht gewillt sind, darüber hinwegzukommen, dann ist es vielleicht besser so.«

Easy konnte dem nur zustimmen.

Dies wäre die einzige Chance, den Bruch zwischen ihm und seinen Eltern zu kitten. Deacon hatte ihre aktuelle Adresse herausgefunden und Easy schickte ihnen einen handgeschriebenen Brief zusammen mit einem Bild von Ethan.

Wenn ihr eigenes verdammtes Enkelkind sie nicht dazu bringen konnte, die Hand auszustrecken, dann glaubte Easy, dass nichts mehr ging. Aber zumindest versuchte er es um Ethans willen.

Sein Sohn streckte seine pummeligen Arme nach Shade aus und machte eine ruckartige »Gib-her«-Bewegung. Easys Arbeitskollege und Bruder zögerte nicht, ihm das Baby wegzunehmen. Ethan fühlte sich immer zu Shade hingezogen, und Tessa vermutete, dass es daran lag, dass Easy und Shade beide lange Haare hatten.

Es spielte keine Rolle, warum, aber eines war sicher: Shade lehnte es nie ab, Ethan zu halten. Nicht ein einziges Mal. Allerdings zögerte Easys Bruder auch nie, ihm das Baby zurückzugeben, wenn sein Kind in die Windel kackte.

Der Mann mochte auf eine unauffällige Art tödlich sein, aber er konnte gut mit Babys umgehen. Solange er sie zurückgeben konnte, da er selbst keine wollte. Nach dem, was Shade gesehen und durchgemacht hatte, war Easy nicht überrascht, dass der Mann keine weiteren Kinder in die Welt setzen wollte. Er hatte alle Hände voll zu tun mit Jude und den Mädchen, die ohnehin keine Mädchen mehr waren.

Neben ihm murmelte Shade: »Eines wissen wir beide nur zu gut: Blut ist nicht immer Familie und Familie ist nicht immer Blut.«

Es gab keine wahreren Worte …

Trotzdem war es eine verdammte Schande, dass Ethan

beide Großelternpaare nicht kennenlernen würde. Easys Eltern, weil sie ihm das Unrecht, das er nie wieder gutmachen konnte, nicht verziehen hatten. Tess' Eltern, weil sowohl sie als auch Trip nicht wollten, dass sie mit Rush oder Ethan zu tun hatten.

Es war eine verdammte Schande, dass es so kommen musste, aber Easy machte sich keinen Stress, denn heute waren sie wie an jedem anderen Tag von einer Familie umgeben, die sie liebte und unterstützte.

Trip hatte nicht nur einen Club und eine Familie aufgebaut, die von innen heraus stark waren, sondern er war auch klug genug, Beziehungen zu zwei mächtigen Clubs aufzubauen. Ihr starkes Bündnis war deutlich daran zu erkennen, wie viele Mitglieder dieser Clubs an diesem Wochenende erschienen waren.

Egal, was zwischen Trip und ihm wegen Tessa vorgefallen war, Easy erkannte die Tatsache an, dass Trip ein großer Anführer war. Und mit einer großen Führungspersönlichkeit kam auch eine große Verantwortung. Eine Verantwortung, die Easy nicht auf seinen Schultern lasten haben wollte.

Sich um Tessa, Ethan und sich selbst zu kümmern, war mehr als genug.

»Liebe sollte nicht an Bedingungen geknüpft sein. Wenn sie das tut, ist es keine Liebe.«

Shade musste heute sehr philosophisch sein. Chelle, die Schulbibliothekarin, war eine Leseratte. Nachdem sie ihrem Mann geholfen hatte, seine Legasthenie in den Griff zu bekommen, begann auch er, viel zu lesen, und das merkte man.

»Das stimmt.« Easy blickte auf einen zufriedenen Ethan in Shades Armen. »Ich hätte nie gedacht, dass ich mal heiraten würde. Ich hätte auch nie gedacht, dass ich mal ein Kind haben würde. Ich kann es irgendwie immer noch nicht glauben.«

Die Realität hatte ihn jedoch wie ein Schlag ins Gesicht getroffen, als er mit ansehen musste, wie der Kopf seines

Sohnes Tessas zuvor enge Muschi auf eine scheinbar unmögliche Breite ausdehnte.

In diesem Augenblick wurde ihm klar, dass es ein Fehler war, mit ihr im Kreißsaal zu sein, auch wenn er die Horrorgeschichten von Trip, Deacon und den anderen gehört hatte.

Aber, *verdammt*, wenn sie ihn dabeihaben wollte, würde er sich damit abfinden und sofort wieder dabei sein, wenn sie ihr nächstes Kind bekämen. Das nächste Mal würde er einfach besser vorbereitet sein. Hoffentlich.

»Du und ich, Bruder. Das Leben neigt dazu, uns alle zu überraschen. Chelle war das Beste, was mir passieren konnte. Tessa ist das für dich. Wenn es richtig ist, ist es richtig. Das kann man nicht leugnen.«

Easy nickte und seine Augen fanden Tess, die Tucker Stella und Rush vorstellte. Trip war verdammt glücklich, von seiner echten Familie umgeben zu sein. So ein breites Lächeln hatte Easy nicht mehr auf dem Gesicht seines President gesehen, seit er erfahren hatte, dass Stella schwanger war.

Das erste Mal.

Jetzt war Stella wieder schwanger und sie wussten bereits, dass es wieder ein Junge sein würde.

Trips Traum ging in Erfüllung.

Der Mann verdiente alles Gute, das ihm widerfuhr. Er hatte viel geopfert, um hier auf dieser Farm und in diesem Club etwas Gutes zu schaffen. Nicht nur für sich selbst, sondern für alle Beteiligten.

Die langen Beine von Judge verschlangen den Weg zwischen ihnen. »Bist du bereit, Bruder?«

War er das? »Ja.« Aber er brauchte zuerst seine Braut.

Judge drehte sich um, hielt sich die Hände vor den Mund und rief allen zu, sich zu setzen oder auf ihre Plätze zu gehen.

Während Judge noch ein paar Mal brüllte, um die Aufmerksamkeit aller zu bekommen, schaute sich Easy auf dem überfüllten Hof um und nahm all die Veränderungen und

Erweiterungen wahr, die die Fury in den letzten Jahren erfahren hatte.

So viele verdammte Veränderungen seit dem Tag, an dem er als Prospect auftauchte.

Whips Mutter Tonya setzte sich schnell auf einen Platz neben Whip und der schwangeren Fallon. Liz und Crash saßen direkt hinter ihnen. Die ehemalige Sweet Butt lebte mit ihrem Mann in Shadow Valley ihr bestes Leben. Ihr Sohn JJ war fast so alt wie Ethan.

Gabi schnappte sich den Platz neben Liz. Sie war zwar noch nicht alt genug, um eine Hausmaus zu sein, aber Liz und Crash hatten ihr trotzdem angeboten, sie bei sich aufzunehmen, und bis jetzt hatte es perfekt geklappt. Tonya hatte ursprünglich angeboten, sie stattdessen zu adoptieren, aber es war besser, wenn Gabi nicht auf dem Berg lebte, da dort das Haus von Whips Mutter gebaut wurde.

Auch wenn sie jetzt offiziell zum DAMC gehörte, stand Gabi immer noch unter dem Schutz des BFMC. In den beiden Clubs war sie von Menschen umgeben, die genau verstanden, was sie durchgemacht hatte, und die sie bei allem unterstützen konnten, was sie brauchte. Easy hoffte, dass der Teenager erkannte, wie glücklich sie war.

Während Cujos apfelförmiger Kopf aus Rooks Kutte lugte, legte Dutchs ältester Sohn einen Arm über Jets Schultern und führte sie zu ein paar Sitzen im hinteren Bereich.

Rex und Nico – inzwischen vollgepatchte Mitglieder – saßen zusammen mit Woody, Dozer und Bones in der letzten Reihe zwischen einigen Dirty Angels und Dark Knights.

Eddie, der Schlagzeuger von Syn, hatte vor einem Jahr beschlossen, den Club und The Synners zu verlassen. Syns Manager machte keinen Hehl daraus, dass er froh war, dass Eddie die Band verlassen hatte, und hatte kein Problem damit, ihn schnell durch einen viel besseren Schlagzeuger zu ersetzen.

Ein paar der neuesten Prospects der Fury versammelten sich

an der Seite, zusammen mit einigen Rekruten der Angels und Knights. Sie waren bereit, mit anzupacken und zu helfen, wenn sie von gepatchten Mitgliedern Befehle bekamen.

Als alle die Nachricht von Judge verstanden hatten, verließ er Easy und Shade, um sich zu Cassie und ihrem Sohn Sebastian – von Daisy Bash genannt – in die erste Reihe mit Crazy Daze selbst zu setzen. Jury saß zwischen Cassie, die das Baby im Arm hielt, und Daisy, da die amerikanische Bulldogge jetzt noch enger an den Kindern hing als an Judge.

Judges ältester Sohn hatte das College etwa zur gleichen Zeit abgeschlossen, zu der auch der jüngste Sohn des Club-Enforcers geboren worden war. Ry, der inzwischen so groß wie sein Vater war, lebte derzeit in der Schlafbaracke. Judge hoffte zwar, dass er in der Nähe bleiben würde, aber er war froh, wenn sein Ältester seinen Weg in der Welt fand, auch wenn es nicht in Manning Grove war.

Feuriges Rot stach Easy ins Auge, als Sig und Autumn ihre drei Adoptivkinder Ezrah, Noah und Cyrus zu den leeren Plätzen trieben. Es hat alle verdammt überrascht, wie gut Sig mit den drei rothaarigen Jungen zurechtkam. Sowohl Sig als auch Red schienen zu gedeihen, seit sie zu einer Familie geworden waren. Niemand hätte je gedacht, dass Kinder etwas Gutes für Sig sein würden, aber es sind schon seltsamere Dinge passiert. Zum Beispiel, dass Easy ein eigenes Kind bekommen hat.

Irgendetwas an der Vaterrolle konnte einen Mann verändern. Im Fall von Sig – und auch von Easy – glücklicherweise zum Besseren.

Sowohl Reese als auch Deacon hielten Danes Hände, als er zwischen ihnen zu den Reihen der Klappstühle ging. Wie seine Schwester Jury klebte auch Justice wie Leim an dem Jungen. Wenn jemand versuchte, sich mit Dane anzulegen, würde er eine Schnauze voller scharfer Zähne abbekommen.

Das brachte Easy auf den Gedanken, sich einen Hund anzuschaffen. Einen großen. Keinen kleinen, zähnefletschenden Bastard wie Cujo, der sich wild verhielt, aber den man mit einem Dropkick zum Mond befördern konnte. Vielleicht einen Deutschen Schäferhund, einen Rottweiler oder einen Dobermann. Eine Rasse, die treu und beschützend war.

Er wurde aus seinen abschweifenden Gedanken gerissen, als er sah, wie Romeo, der President der Dark Knights, unter dem Pavillon mit Maddie auf Tuchfühlung ging. Maddie war mit dem Rücken an einen der Holzpfosten gepresst, und Romeo hatte seinen Unterarm über ihrem Kopf ebenfalls an den Pfosten gepresst, während er sich dicht an sie heranlehnte und mit ihr sprach. Beide lächelten, was mehr als freundlich aussah.

Fuuuuuck.

Easy warf einen kurzen Blick auf Shade. Es war keine Überraschung, dass der Mann sie bereits im Visier hatte, denn er beobachtete seine Familie immer wie ein verdammter Falke. Mit angespanntem Kiefer und scharfen Augen übergab er Ethan und murmelte: »Bin gleich wieder da«, bevor er entschlossenen Schrittes in diese Richtung ging.

»Judge«, rief Easy und neigte seinen Kopf zu dem Thema, das die Dinge zwischen den beiden Clubs aus dem Ruder laufen lassen könnte, wenn entweder Romeo oder Shade aus der Fassung gerieten.

»Bin schon dabei«, antwortete Judge, der das Problem sofort erkannte und keine Zeit verschwendete, um dorthin zu gehen.

Ein paar Reihen weiter saßen Ozzy, Shay, Rev und Reilly nebeneinander. Ozzy hielt einen besitzergreifenden Arm um seine Old Lady, denn bei der letzten Hochzeit hatte er Liz an Crash verloren. Easy wusste, dass der Club-Secretary das mit Shay auf keinen Fall noch einmal zulassen würde. Und der Mann sollte sich Sorgen machen, denn er war ein Arschloch. Zum Glück war Shay introvertiert und süß, das genaue Gegenteil von ihrem Old Man, sodass sie sich gegenseitig ausglichen.

Cage und die schwangere Jemma saßen neben Dutch, da der

alte Mann seine ›Dutchess‹ auf dem Schoß hielt. Natürlich trug Dyna ein Shirt, das ihr Großvater extra für sie genäht hatte:

*Fun*pa*
/Nomen/
1. Wie ein Opa, nur cooler
2. Ein knallharter Biker
3. Attraktiver, großartiger und definitiv klüger als Papa

EASY HOFFTE, dass der Original all die früheren Strampler und Shirts, die er für Dyna gekauft oder machen lassen hatte, für sein neuestes Enkelkind aufbewahrte. Ansonsten sollte er seine eigene Bekleidungslinie gründen.

Er verschluckte sich an seinem Lachen, als er Maddie anschaute, die nun über den Hof ging und überhaupt nicht glücklich aussah, als Shade ihr folgte. Die College-Absolventin war genauso alt wie Tessa, aber Shade beschützte sie, als wäre sie zehn Jahre jünger. Shade wartete, bis Maddie mit Jude, Chelle und Josie zusammensaß, und sprach dann ein paar leise Worte mit seiner Familie, bevor er zurück zu Easy ging, um sich für die Zeremonie vorzubereiten.

Während Shade mit ihnen sprach, war Easy nicht entgangen, dass Jude nur Augen für Gabi hatte, die ein paar Reihen weiter vorn saß. Jetzt wurde klar, warum Shade nicht wollte, dass Gabi auf Dauer bei seiner Familie blieb.

Der Mann war viel schlauer, als die meisten Leute dachten.

Easys Blick glitt über Dodge, Syn und Maya und landete auf Castle, der an der Seite stand und sich mit einer Frau unterhielt, die entweder zu den Dark Knights oder den Dirty Angels gehörte. Easy konnte die Kutte der jungen Blondine nicht von hinten sehen, aber sie war aus Jeansstoff, was in ihrer Welt bedeutete, dass sie zwar einem Club angehörte, aber keine Old Lady war.

Auch wenn sie nicht offiziell vergeben war, bedeutete das nicht, dass sie verfügbar war, vor allem, wenn ihr Vater ein Knight oder ein Angel war.

Diese Sorge war schnell vergessen, als Saylor sich zu ihm an den Bogen gesellte. Sie war Tessas offizielle ›Brautjungfrau‹.

»Bist du bereit, mein Mädchen zu heiraten?«, fragte Revs Schwester und Tess' beste Freundin mit einem verschmitzten Lächeln.

»Sie ist nicht dein Mädchen, Saylor. Sie gehört mir.«

Shade, der wieder an der Seite von Easy stand, als sie sich den gefüllten Sitzen zuwandten, schnaubte leise.

»Sie wird immer mein Mädchen sein, E. Ich ficke sie nur nicht.« Saylor drehte sich zu ihm um. »Möchtest du, dass ich Ethan während der Zeremonie halte? Oder ich kann ihn Stella geben.«

Easy drückte Ethan in seine Arme. »Nein. Ich werde ihn halten. Ich will, dass er ein Teil davon ist.«

»Und wenn er in die Windel macht?«

»Dann gebe ich ihn dir zum Wechseln, weil du deine Nase gerne in unsere Angelegenheiten steckst.«

Ihr Austausch wurde unterbrochen, als Sully von den Dark Knights seinen Platz unter dem Bogen einnahm, um sie zu trauen und die ganze Sache zwischen ihm und Tessa für rechtskräftig zu erklären.

Das geschah verdammt noch mal wirklich.

Mussten sie das? Nein. Wie Tessa gesagt hatte, trug sie bereits seine Kutte. Das bedeutete ihm mehr als jeder Ehering, aber es war etwas, das er Tessa geben wollte. Sein Baby, seinen Namen und schließlich sich selbst.

Easy runzelte die Stirn, als Trip den ›Gang‹ hinaufging, den schmalen Streifen Gras zwischen den beiden großen Abschnitten mit besetzten Stühlen. Ja, ihre Hochzeit war nicht besonders ausgefallen, aber das musste sie auch nicht sein. Das Wichtigste war, dass alle, die ihnen wichtig waren, da waren, um ihren Tag mit ihnen zu teilen.

Als Trip ankam, murrte Easy: »Ich dachte, du würdest sie zum Altar führen.«

»Das war geplant. Aber Tuck hat gefragt, ob er es stattdessen machen kann.«

Easys Augenbrauen schossen in Richtung seines Haaransatzes. »Ich bin überrascht, dass du zugestimmt hast.«

Trip schnaubte und schüttelte den Kopf. »Ich wollte mich nicht mit ihm streiten. Und sieh nur, wie schick mein kleiner Bruder in seinem blauen Anzug aussieht.«

Der Stolz in Trips Stimme und seinen Augen war nicht zu überhören und zu übersehen.

Tessa hatte ihren Arm hinter der letzten Stuhlreihe in Tuckers Arm gelegt, beide Augenpaare waren auf den Bogen gerichtet. Und auf Easy.

Sie sah ein bisschen ängstlich aus, wie sie dastand und ihre Unterlippe zwischen den Zähnen klemmte.

Trip stieß ihn mit dem Ellbogen an. »Nervös?«

Sollte er zugeben, dass er, genau wie Tessa, verdammt nervös war? Dies war ein großer Schritt. Auch wenn er Tess schon vor über einem Jahr am Tisch für sich beansprucht hatte, legte er heute seinen Anspruch für immer fest.

»Warst du das?«, fragte Easy den Fury-President. Bald würden sie beide dem Wort ›Bruder‹ das Wort ›Schwager‹ hinzufügen.

»Fuck, nein. Manchmal sind Menschen einfach füreinander bestimmt und haben das Glück, sich zu finden. Stella ist meine ›Vorbestimmte‹. Sie wusste es schon vor mir, als wir noch Kinder waren. Natürlich war ich damals zu jung, eingebildet und ein totaler Dummkopf, um das zu erkennen. Als sich unsere Wege dann endlich wieder kreuzten, war sie zu verschlossen, um es zu erkennen. Ich habe ihr geholfen, sich von ihrer

Vergangenheit zu befreien, so wie sie es für mich getan hat. Genauso wie du es für Tessa getan hast.« Trip klopfte ihm auf den Rücken. »Dafür werde ich mich bei dir bedanken.«

»Am Anfang warst du nicht so dankbar«, erinnerte ihn Easy.

»Wir werden das heute nicht alles wieder aufwärmen. Heute ist ein Tag zum Feiern und eine Erinnerung daran, weiterzumachen und nicht zurückzublicken. Wir sollen aus unserer Vergangenheit lernen.«

Das konnte Trip leicht sagen, denn er war nicht derjenige, der mit einem Knüppel verprügelt wurde oder ein paar Schläge auf die Nase bekam.

Aber der Mann hatte recht, sie mussten die hässliche Vergangenheit vergessen und sich auf eine bessere Zukunft vorbereiten. Die Zukunft von Easy war sowohl in seinen Armen als auch am Ende des Ganges, wo sie auf das Signal wartete, auf den Bogen und ihren zukünftigen Ehemann zuzugehen.

Jemand musste das Signal gegeben haben – höchstwahrscheinlich Sully –, denn Tessa und Tucker begannen ihren langsamen Gang durch das Gras. Tessa war immer noch barfuß, seit sie ihre Sandalen ausgezogen hatte, aber es war perfekt.

Sie war perfekt.

Als sie näher kam, trafen sich ihre Augen und blieben stehen. Ihre Augen glitzerten, was auch seine Augen zum Brennen brachte.

Fuck, wenn er vor drei verdammten MCs in Tränen ausbrechen würde. *Verdammt noch mal.*

Er schüttelte sich innerlich und schob Ethan auf die andere Seite, als Tucker ihm Tessa übergab. Er schüttelte sich innerlich und schob Ethan auf seine andere Seite, als Tucker ihm Tessa übergab. Er würde später Zeit damit verbringen, seinen zukünftigen Schwager kennenzulernen, aber erst einmal reckte er dem Marine zum Dank sein Kinn entgegen. Tucker erwiderte es und verschwand schnell.

In weniger als zehn Minuten war Easy offiziell verheiratet,

denn, *dem Teufel sei Dank*, Sully hatte es kurz und bündig gehalten.

Biker. Old Man. Vater. Schwager. Onkel. Ehemann.

Das waren nur ein paar der Bezeichnungen, die ihn beschrieben. Aber das Leben war nicht immer so einfach und ordentlich.

Als er angewiesen wurde, die Braut zu küssen, ließ er sich Zeit damit, ohne sich darum zu kümmern, dass sie einen Aufschrei von Johlen, Pfiffen, Stiefelstampfen und Brust-schlagen auf der Empore verursachten. Das ermutigte ihn nur, den Kuss zu verlängern und zu vertiefen, bis sie beide atemlos waren und Ethan seine Ungeduld kundtat. Als er Tess endlich losließ, drückte er auch seinem Sohn einen Kuss auf die Stirn.

Und als Sully sie als Mr. und Mrs. Ethan Long vorstellte, drehte er Tessa so, dass sie sich einem Meer von grinsenden Männern und tränenüberströmten Frauen gegenübersahen.

Er grinste auch.

Ja, die Blood Fury hatte sich so sehr verändert, seit er vor ein paar Jahren zum Prospect wurde.

Trotzdem konnte er sich keinen Ort vorstellen, an dem er lieber wäre, oder andere Menschen, mit denen er lieber zusammen sein wollte, als dort, wo er stand und wen er ansah. Und was noch wichtiger war: Er konnte sich niemanden vorstellen, den er lieber an seiner Seite hätte.

Er ergriff Tessas Hand, verschränkte ihre Finger mitein-ander und drückte sie.

Als er seine Frau und seinen Sohn zurück durch den Gang führte, war das erste Wort, das ihm in den Sinn kam, Familie.

Das zweite Wort war …

Zuhause.

Er hatte beides und alles andere, was er je gesucht hatte, hier gefunden, und er würde nichts davon aufgeben.

* * *

»Und wenn nur noch Asche übrig war, würde sie sich wieder in Flammen hüllen. Sie erhob sich aus dem Staub ihrer Vergangenheit, um den Funken ihrer Zukunft neu zu entfachen. Sie war ein Phönix, ihre eigene Erlösung; wiedergeboren, erneuert, auferstanden.«
~ LaRhonda Toreson

* * *

VIELEN DANK, dass Sie den Blood Fury MC begleitet haben. Diese Serie war eine ganz schöne Reise, aber keine Sorge, sie ist noch nicht ganz zu Ende. Auch wenn dies das letzte Buch der ›Haupt‹-Serie ist, sollten Sie meine Website, meinen Newsletter oder Facebook (auf meiner Autorenseite oder in meiner Lesergruppe) im Auge behalten, denn einige der anderen Charaktere werden ihre eigenen Geschichten bekommen.

Vielen Dank, dass Sie dieses Buch gelesen haben!

* * *

Melden Sie sich für Jeannes Newsletter an, um über ihre kommenden Veröffentlichungen, Verkäufe und vieles mehr informiert zu werden!
http://www.jeannestjames.com/newslettersignup

WENN IHNEN DIESES BUCH GEFALLEN HAT

Vielen Dank, dass Sie Blood & Bones: Easy gelesen haben. Wenn Ihnen die Geschichte von Easy und Tessa gefallen hat, hinterlassen Sie bitte eine Rezension bei Ihrem Lieblingshändler und/oder bei Goodreads, damit andere Leser es auch wissen. Rezensionen sind immer willkommen und schon ein paar Worte können einem unabhängigen Autor wie mir sehr helfen!

HOLEN SIE SICH IHR KOSTENLOSES BUCH!

Tragen Sie sich in meine E-Mail Liste ein, um als erstes von Neuerscheinungen, kostenlosen Büchern, Sonderpreisen und anderen Zugaben zu erfahren.

https://geni.us/jungfrauunddervampir

BÜCHER VON JEANNE ST. JAMES

Die Dare-Ménage-Serie:
(können unabhängig gelesen werden)
Gewagte Verführung
Gewagtes Angebot
Ein Gewagter Dreier
Gewagtes Verlangen
Gewagte Hingebung
Gewagte Reise

Blood & Bones: Blood Fury MC™**
Blood & Bones: Trip
Blood & Bones: Sig
Blood & Bones: Judge
Blood & Bones: Deacon
Blood & Bones: Cage
Blood & Bones: Shade
Blood & Bones: Rook
Blood & Bones: Rev
Blood & Bones: Ozzy

Blood & Bones: Dodge
Blood & Bones: Whip
Blood & Bones: Easy

BÜCHER VON JEANNE ST. JAMES

ÜBER DIE AUTORIN

JEANNE ST. JAMES ist eine USA Today-Bestsellerautorin für Liebesromane, die ein Alphamännchen (oder zwei) liebt. Sie war erst dreizehn, als sie mit dem Schreiben begann, und ihre erste bezahlte Veröffentlichung war eine erotische Geschichte im Playgirl-Magazin. Ihr erster erotischer Liebesroman, Banged Up, wurde 2009 veröffentlicht. Sie ist glücklicherweise im Besitz von furzenden französischen Bulldoggen. Sie schreibt M/F-, M/M- und M/M/F-Ménages.

www.ingramcontent.com/pod-product-compliance
Lightning Source LLC
Chambersburg PA
CBHW021222060726
47590CB00005B/1603